教育部人文社会科学研究《五至十一世纪敦煌作家作品的整理与研究》（12YJA751086）项目资助

西安文理学院配套经费资助

武汉大学人文社会科学青年学者学术团队建设计划资助（Whu2016005）

五至十一世纪
敦煌
文学研究

钟书林　著

中国社会科学出版社

图书在版编目（CIP）数据

五至十一世纪敦煌文学研究／钟书林著 . —北京：中国社会科学出版社，2018.9

ISBN 978-7-5161-9064-7

Ⅰ.①五…　Ⅱ.①钟…　Ⅲ.①敦煌学－文学研究－中国　Ⅳ.①I206.22

中国版本图书馆 CIP 数据核字（2016）第 241700 号

出 版 人	赵剑英
责任编辑	曲弘梅
责任校对	冯英爽
责任印制	戴　宽

出　　版	中国社会科学出版社
社　　址	北京鼓楼西大街甲 158 号
邮　　编	100720
网　　址	http：//www.csspw.cn
发 行 部	010-84083685
门 市 部	010-84029450
经　　销	新华书店及其他书店

印刷装订	北京君升印刷有限公司
版　　次	2018 年 9 月第 1 版
印　　次	2018 年 9 月第 1 次印刷

开　　本	710×1000　1/16
印　　张	18.5
插　　页	2
字　　数	267 千字
定　　价	76.00 元

或曰：敦煌者，吾国学术之伤心史也。其发见之佳品，不流入于异国，即秘藏于私家。

——陈寅恪《陈垣敦煌劫余录序》

敦，大也。煌，盛也。

——（东汉）应劭《〈汉书〉注》

敦，大也，以其广开西域，故以盛名。

——（唐）李吉甫《元和郡县图志》

序

刘跃进

　　敦煌宝藏被发现，不过百年的历史，却是一部伤心史，又是一部当代中国学术的奋进史。当初，很多精品多流失海外，中国学者早期的敦煌研究，主要集中在文献的抄录、描摹、影印、整理、出版等方面，还谈不到深入研究。曾几时，有句很流行的话，叫敦煌在中国，敦煌学在国外。半个多世纪以来，一代代中国学者怀着舍我其谁的历史的责任感，焚膏继晷，不畏艰辛地从事着这项工作。而今，中国的敦煌学已从最初的文献整理，深入到各个领域的系统研究，在当代中国学术发展史上占据极为重要的学术地位。

　　敦煌文献中有明确纪年的文书，最早为英藏 S. 113《西凉建初十二年（416）正月敦煌郡敦煌县西宕乡高昌里籍》，最晚为俄藏 Дx1696 "宋咸平五年壬寅岁（1002）五月十五日记" 的写经经卷，前后跨度约六百年。在这批文书中，与文学相关的文献极为丰富。王重民、王菽庆、向达、周一良、启功、曾毅公等编的《敦煌变文集》（人民文学出版社 1957 年版）、张锡厚的《敦煌文学》（上海古籍出版社 1980 年版）、颜廷亮主编的《敦煌文学概论》（甘肃人民出版社 1993 年版）、季羡林主编的《敦煌学大辞典》（上海辞书出版社 1998 年版）、任半塘编的《敦煌歌辞总编》（上海古籍出版社 2006 年版）、张锡厚主编的《全敦煌诗》（作家出版社 2007 年版）、颜廷亮的《敦煌文学千年史》（人民文学出版社 2013 年版）、伏俊琏的《敦煌文学总论》（甘肃教育出版社 2013 年版），等等，不论是校录，还是研究，已经取得多方面成就。如何在过往研究基础上推陈出新，是摆在每一位敦煌文学研究工作者面前的一道难题。

钟书林教授的《五至十一世纪敦煌文学研究》以敦煌本土作家作品为研究对象，从若干专题入手，系统考察了这五六百年间敦煌作家生平创作情况，并对李暠西凉文学与中原文脉、P. 2555 陷蕃组诗研究与唐代开元盛世的边疆格局、从《为肃州刺史刘臣璧答南蕃书》看唐代中期的唐蕃关系、《李陵变文》与中晚唐内外政局、《王昭君变文》与唐蕃长庆会盟的政治关系、中晚唐敦煌政治风云与悟真诗文集原貌探微、悟真与京城两街诸寺高僧及诸朝官的诗歌酬唱，以及 P. 3963、P. 3259 悟真纪念文集与张承奉、曹议金政权等多方面专题深入探讨，充分彰显出五至十一世纪敦煌文学的独特背景，可以视为当代敦煌文学研究的最新成果。

我在阅读过程中，对下列四个方面的论述印象深刻。

第一，作者注重横向与纵向的比较，在密切关注敦煌文学的同时，兼顾同时代同一题材在不同地区、不同作家笔下的不同表现，视野非常开阔。作者长期关注东汉文学，著有《范晔之人格与风格》（中国社会科学出版社 2010 年版）、《〈后汉书〉文学初探》（中国社会科学出版社 2010 年版）、《士与文学》（中国社会科学出版社 2012 年版）等著作。他进入中国社会科学文学研究所博士后流动站后，选择的博士后出站报告题目是《东汉文学纪事专题研究》，并顺利结项出站。作者对陶渊明也有过系统的研究，著有《隐士的深度：陶渊明新探》（中国社会科学出版社 2015 年版）、《陶渊明研究学术档案》（武汉大学出版社 2014 年版）。作者对敦煌文献也下过功夫，著有《敦煌文研究与校注》（武汉大学出版社 2014 年版）。基于这样广阔的学术背景，钟书林的研究摆脱了"就敦煌而说敦煌的倾向，把自己完全封闭在敦煌学的范围里，使敦煌学的路子越走越窄"（荣新江《中国古史研究十论》）的僵化研究模式。过去多认为《李陵变文》创作时间为敦煌陷蕃时期，是敦煌人为自己落蕃身份的自我辩护的写照。本书《北朝至唐代中后期的敦煌文学走势与中原政治格局》有一节，从《史记》《汉书》到变文，以李陵为中心，分析人物形象变化，并辅之以中晚唐时期诗文作品为内证，将《李陵变文》的创作时间推定在中晚唐时期，结论可以信据。过去对于五胡十六国文学情况，关注与重视程度不够。本书洋洋洒洒，用五万多字的篇幅，对不同时期或同一时期的不同作家作品进行横纵比较，为我们全景式地展现了魏晋南北朝、唐、五代、宋时期的文学风貌。不仅如此，作者通过探讨敦煌文学与中原文学之间的互动关系，有助于我们深刻认识中原文学是如何影响敦煌本土作家及其作品创作的，敦煌边疆地域文学又是如何与中原文学进行联系与交流的。这样的研究，不仅是历史的，也是现实的，不仅是局部的，也是整体的，对于我们全面认识中华文学的总体风貌，具有重要参考价值。

　　第二，作者关注到敦煌文学文献中的不同文体特色。按照通常看法，敦煌文学大约有三十多种文体，包括：表、疏，书、启，状、帖、牒，书仪，契约，传记，题跋，论说，文、录，颂、箴，碑、铭，祭文，赋，诗，偈、赞，邈真赞，歌谣，曲子词，佛曲，儿郎伟，民间曲词，变文，讲经文，因缘（缘起），押座文、解座文，小说，话本，诗话等。与传统文人常用文体（如《昭明文选》分类）最大的不同，就是实用性。敦煌文学追求实用，而又雅俗兼备。如敦煌文献中的写经题记，实开后世题跋之先河。又譬如邈真赞，我从张志勇的《敦煌邈真赞译注》中知道，唐五代时期的敦煌地区，长期流行着这样一种风俗，人死后，家属或者朋友要请人画像，有的可能是生前就已画好。多数情况是从人死到下葬前七日内完成，不仅作画，还要写赞，当地称作邈真诗，也有真仪赞、图真赞、邈影赞、写真赞、彩真赞等不同称谓。这种文体，图画与文字相辅相成，以赞配图，图文并茂。这类作品，在叙事赞颂的同时，不可避免地要涉及大量的宗教史料、美术教育、民间信仰、画像构图、画法技巧等问题，具有文学、史学及艺术研究的独特价值，与中原流传的画像赞又多有不同。诚如作者所说，这些作品十分讲求文采，追求骈俪之美，使人能够感受其绚丽多姿的审美追求，充分展现出它们应用性与文学性兼具的艺术风格。这在其他散文作品中，是很少能见到的。

第三，在文本整理的基础上，作者还勾勒相关作品研究与作家生平事迹，重点论述刘昞、宋繇、李暠主导下的文坛走向。譬如，我们过去对于李暠个人创作活动与群僚的文学雅集，所知不多，即便有所涉猎，也多一带而过。本书钩沉史迹，从不同专题入手，深入描述，对李暠西凉文学集团展开全面深入的研究，多所创获。又譬如，敦煌文学有一个特殊内容，即唐蕃关系问题。这是唐代政治、经济、文化变化的一个晴雨表。作者敏锐地抓住这一环节，从敦煌 P.2555 陷蕃组诗入手，探讨唐代开元盛世的边疆格局，并从敦煌陷蕃组诗的创作背景，考察唐代开元后期的西北外交关系，从而进一步推论出陷蕃组诗作者身份为大唐出使塞外戎乡的"富有宰相之望"的吏部尚书李暠。与此同时，作者还对《为肃州刺史刘臣璧答南蕃书》一文细加疏证，探讨唐代中期的唐蕃关系，从而得出这篇作品的创作背景与具体创作时间。此外，作者还对《李陵变文》的创作时间与中晚唐的内外政局、《王昭君变文》的创作时间与唐蕃长庆会盟的内在关系，将敦煌文学作品的诞生与中原政治、军事、文化诸关系有机结合起来综合考察，极大地丰富和深化了敦煌文学与中原文化诸关系的认识，开拓了学术研究的新视野。此外，本书还对过去不曾留意的李暠妻尹氏、国师刘昞、僚属宋繇等人的文学创作分别进行专节研究，如对刘昞的研究，是在伏俊琏《〈人物志〉研究》之后的重要成果。

第四，个案研究的丰富、深入，是本书给人厚重之感的一个重要因素。譬如对于悟真及其诗文集的研究就很精彩。悟真是敦煌归义军政权初期的重要本土作家，也是迄今发现的敦煌遗书中作品最为丰富的敦煌本土作家。历来颇受重视，但主要侧重于悟真生平及文集的简要勾勒，缺乏深入具体的研究。本书分七个专节，内容涉及广泛而丰富，第一次对悟真诗文集原貌展开深入研究，得出这样几个值得重视的结论：一是对 S.4654《赠沙州僧法和悟真辄成韵句》的考察，认为是无名氏题赠给悟真的一首诗。这首诗，原本是一首佚名作品，置于悟真大中五年入京与京城大德高僧及诸朝官酬答组诗中。有人将其拆分为两首诗：《又赠沙州僧法和（下阙）》《（上阙）悟真辄成韵句》，认为它们"分别为二首诗诗题的前后部分。因钞写舛行致使前后二诗题'拼接'，前诗未钞而佚去。前者为赠悟真诗，后者究其诗意，应非赠悟真之作"。也有人将其看作一个整体，把诗题校改为《又赠沙州僧法师悟真辄成韵句》。本书从诗题中"和"字切入，认为"和"应是"禾上"的合体，禾上，即和尚。原《赠沙州僧法和悟真辄成韵句》，实际应当是《赠沙州僧法禾上（和尚）悟真辄成韵句》，是某人赠给悟真的一首诗。二是将 P.4640 卷《大唐宗子陇西李氏再修功德记》（《乾宁碑》）判归悟真所作，并由此考察他晚年与李明振家族执政之间的微妙关系。三是从文本内证出发，将 P.4660、P.4640 中一些佚名碑铭、邈真赞作品定为悟真所作，进一步丰富了对悟真诗文集的整体认识。四是结合文本内证及敦煌归义军史，详细考证了 P.3963、P.3259 悟真纪念文集与张承奉、曹议金政权之间的复杂关系。P.3963、P.3259 悟真纪念文集，过去学术界关注重视很不够，一般学者仅提及篇名而已，个别学者在 20 世纪 90 年代作有校录，但限于当时条件，错讹不少。本书对此文重新校录，认为 P.3963、P.3259 悟真纪念文集系为纪念悟真去世 30 周年而作，反映了悟真晚年与张承奉政权的微妙关系，以及曹议金政权建立初期佞佛的政治背景，并发掘出一些与当时归义军政权之间重要的史实关系，极大地丰富了这一领域的研究。五是进一步为曹议金是粟特曹国人后裔的说法提供新的佐证。关于归义军政权曹议金是否是粟特曹国人的后裔，曾有广泛讨论，颇多分歧。本书在爬梳敦煌遗书以及深入探究 P.3963、P.3259 悟真纪念文集时，也找到了一些蛛丝马迹，可以进一步佐证曹议金是粟特曹国人后裔的说法。

　　从后记中得知，这部著作是教育部的项目成果，曾得到西安文理学院的配套经费资助。结项时，作者已经调入武汉大学任教，不久又进入中国社科院文学研究所博士后流动站。作为合作导师，我有机会较早通读全书，并提出一些建议。譬如，我希望标题再质朴一些，不要刻意追求形式，准确最重要。我还建议作者将综合思考与文献考订有机结合起来，认真打磨，修订完善。作者愉快地接受了我的建议，对全稿作了系统修订，并希望我对他的研究成果做一些评价工作。客观地说，我对敦煌学没有发言权，但是通过阅读钟书林的著述，确实学到很多东西，也常常引发联想。以上所述，就是一些肤泛的读后感，很想与大家共享，故不揣谫陋，表而彰之，权作引论而已。

　　是为序。

2017 年 9 月写于京城爱吾庐

目　　录

第一章

敦煌文学的特质新议

1900 年，敦煌莫高窟藏经洞文书的发现，是人类文化史上划时代的大事。这些文书在时间上跨度较大，上起五世纪，下至十一世纪。有明确纪年的文书，最早为英藏 S.113《西凉建初十二年（416）正月敦煌郡敦煌县西宕乡高昌里籍》，最晚的为俄藏 Дx1696 "宋咸平五年壬寅岁（1002）五月十五日记"的写经经卷，从东晋十六国迄至宋初，前后长达五六百年。这批敦煌遗书的发现，极大地丰富和推动了中国古代政治、经济、文化、语言、文学、宗教、艺术、考言、历史等不同学科领域的研究与学术发展。

陈寅恪先生在《陈垣敦煌劫余录序》中说："一时代之学术，必有其新材料与新问题。取此材料，以研求新问题，则为此时代学术之新潮流。""敦煌学者，今日世界学术之新潮流也。"① 为此呼吁国人投身于敦煌学的研究。21 世纪伊始，荣新江先生在《敦煌学十八讲》中曾引用上述陈先生的话，对 21 世纪的敦煌学作展望时说："敦煌学之所以一直作为世界学术之新潮流而长盛不衰，原因之一是敦煌文献收藏单位在不断公布新材料，敦煌学者也在不断地思考新问题。""敦煌写本的编目、整理、校录、考释和敦煌学的个案研究，仍将在 21 世纪持续下去，而且相信会做得越来越细。但从敦煌学的资料来看，还有不少课题值得开拓。"② 这是继陈寅恪先生之后，再次对国人挨身于敦煌

---

① 陈寅恪：《陈垣敦煌劫馀录序》，《陈寅恪集·金明馆丛稿二编》，生活·读书·新知三联书店 2001 年版，第 266 页。

② 荣新江：《敦煌学十八讲》，北京大学出版社 2001 年版，第 365 页。

学研究的 21 世纪呼吁。

　　敦煌遗书发现一百多年来，敦煌学呈现出一片繁荣盛况，但其具有广阔而丰富的研究前景，期待我们去努力。有鉴于此，笔者主要以敦煌遗书为研究对象，试以钩沉五至十一世纪敦煌本土作家作品创作的原貌，希冀进一步丰富敦煌文学的认识与研究。

第一节　独特的文人作家群体

　　敦煌，地处河西走廊，从西汉时期开始，移民屯田，发展经济，促进河西地区的稳定与繁荣。两汉时期，河西地区安定富足，成为中原人士避乱的安全港湾。西汉末年，王莽篡政，中原内乱；东汉末年，董卓叛乱，三国争胜，一些世家大族为了躲避中原纷乱，避居河西，为敦煌文化的长足发展带来了新鲜的学业。西汉末年，扶风班彪避乱河西，投奔窦融，窦融保据河西，归顺刘秀，进一步促进了河西的繁荣与富庶，到东汉时，敦煌作为丝绸之路的咽喉之地，很快发展成为"华戎所交，一都会也"（《后汉书·郡国志》），各国商旅，僧侣使臣，集会敦煌，所谓"驰命走驿，不绝于时月；商胡贩客，日款于塞下"（《后汉书·西域传》），一派繁荣富庶，也吸引着大批中原大族迁居于此，带来了中原先进的科学技术、丰富的文化知识，从敦煌遗书中可以追溯到的有名大族，如索、阴、张、氾、令狐、唐、曹等当时大姓，为后世敦煌文化的发展奠定了坚实的基础。即使在后来敦煌被吐蕃统治近一百年后，仍然能够旗帜鲜明地保持中原文化特色，不能不归因于前代的雄厚文化根基。

　　从现有敦煌遗书出土的五世纪初叶，敦煌正处于五胡十六国的大分裂大动荡时期。时值西晋永嘉之乱，一些中原世族逃奔河西，一时之间，中原英才，再聚河西，承继中原文脉。《资治通鉴》云："凉州自张氏以来，号为多士。"胡三省注："永嘉之乱，中州之人士避地河西，张氏礼而用之，子孙相承，衣冠不坠，故凉州号为多士。"（《资治通鉴》卷 123）"凉州虽地居戎域，然自张氏以来，号有华风。"
（《北史·胡叟传》）公元 400 年，李暠占据敦煌，创立西凉政权，继
张氏之后，在敦煌地区又一个汉人建立的割据政权。李暠励精图治，
短短十数年间，凝聚了一批全国知名的学者，如刘昞、宋繇、张湛、
阚骃、张显、氾称、索敞、程骏、阴兴等，皆一时之杰，开创了"区
区河右，而学者坲于中原"的彬彬盛况。可惜好景不长，公元 422 年，
李暠开创的西凉政权被北凉蒙逊所灭；公元 439 年，北魏攻破姑臧，
北凉灭亡。北魏皇帝下诏凉州"士民东迁"，除刘昞因年过 70 岁，恩
准返乡外，其他如宋繇、张湛、阚骃、索敞、程骏、阴兴等，先后被
迫离开河西，一时之间，敦煌等地人才空缺，从此一蹶不振。从北魏
迄隋朝，敦煌文学发展相当缓慢，创作的文学作品不怎么多，但它为
敦煌文学入唐后的繁荣作了准备。

步入唐朝后，大唐以雄浑的国势，开放的胸襟，为敦煌带来了一
次空前发展。在唐五代时期，结合敦煌本土作家作品创作的情形，一
般又将敦煌文学又分为三个时期。

一是唐代前期，以中原文学作品传入敦煌为主，敦煌本土作家作
品不具代表性。但是，中原腹地文学作品的大量涌入、中原作家的边
塞文学创作，很快地促使敦煌本土文学走向复苏，今天所能见到的大
多是一些无名氏作品，当然也出现了一些名家。如杨绶《大唐陇西李
氏莫高窟修功德记》（P.3608、P.4640），创作于大历十一年（776）
八月，但这篇作品在敦煌地区流传很广，直到近一百年后，敦煌从吐
蕃手中光复了，当时的归义军政权中的僧界最高长官唐悟真（869—
895）还都很喜爱这篇作品，足见它的文学魅力。不过，严格意义上来
讲，杨绶可能并不是敦煌本地人。从唐朝开国（618），到大历十一年
（776），长达 1500 多年；而且，即使在大唐文学一片繁荣昌盛的背景
下，敦煌本土文学的复苏之路，仍然是艰难而漫长。当然，这个时期
敦煌本土作家不够突出的很大原因在于，大唐安定富庶，中原文化尤
其是都城长安文化主导全国，所以，敦煌本土人才都奔赴中原腹地。

而与此同时，从外地来到敦煌漫游、从政的墨客骚人，自然也不在少数，他们的文集作品，也大多散落在今天的敦煌遗书中。不过，这不是本书所要讨论的重点。

二是吐蕃统治时期，敦煌文学初具形态，本土作家作品逐渐在唐代文坛中崭露头角，以窦昊《为肃州刺史刘臣璧答南蕃书》、王锡《上吐蕃赞普书》以及 P.2555 卷的 72 首敦煌没蕃人的诗歌最为典型，历来备受关注。这个时期，敦煌本土涌现了不少名家，如窦良骥、吴洪辩、吴法成、唐悟真、善来、李颙、利济、智照等，他们的出现，为敦煌文学注入了活力，带来了敦煌本土文学新的发展机遇。吐蕃统治敦煌，成为唐五代敦煌本土文学发展的转折点，敦煌本土文学创作从此走向新的繁荣。

三是归义军时期，颜廷亮指出这是"敦煌文学历史上作者最夥、作品最多、成就最大、发展时间又持续最长的时期"，也是"敦煌文学历史上的黄金时期和代表时期"①，前后长达 190 年之久。这一历史阶段，一般学界大致又细分为归义军前期（848—914），为归义军张氏政权；归义军中期（914—1002），为归义军前曹氏政权；归义军后期（1002—1036），为归义军后曹氏政权。纵观归义军时期近两百年间，敦煌本土作家队伍空前壮大，作品数量剧增，敦煌文学的代表性作家和作品大多出自这一时期。

归义军时期的两位名僧：悟真和道真，分别代表了归义军前期和归义军中期两个重要时期诗歌创作的高峰，P.3052、P.4640、P.4660、P.3770、P.3720、Дx153 等敦煌写卷，留下他们数量可观的作品。同时，涌现了一批像张永（进）、张文彻、张球、张延锷、杜太初、杨继恩、翟奉达、李幸思、灵俊等出色的本土作家，以及《白雀歌》《龙泉神剑歌》《张议潮进表》《敦煌录》《白鹰诗》《敦煌廿咏》等优秀作品。而到了归义军后期，在敦煌本土文学领域已经缺

---

① 颜廷亮：《敦煌文学千年史》，人民文学出版社 2013 年版，第 143 页。

乏旗帜性人物，敦煌总体走向衰落。敦煌文学历史上的黄金时代，也由此结束，颇令人扼腕长叹。

此外，敦煌文学作者的民间化色彩浓厚，作者群体广泛。敦煌文学作品作者不仅为数众多，而且社会阶层分布十分广泛，上到归义军节度使、显宦望族、僧官大德，下至贩夫走卒、沙弥农夫，无所不包。同时还有一定数量的女性作者、儿童作者，在祭文、愿文、写经题记、书仪、打油诗等应用性、趣味性很强的作品中，均出现她们的身影。所有这些，展现出敦煌文作者群体的独特之处。

当然，这些民间作者大多佚名，如任半塘《敦煌歌辞总编》收录敦煌歌辞 1300 余首，序言称"1200 首内僧、俗具名之作仅占 225 首，余 975 首皆失名之作"；汪泛舟《敦煌石窟僧诗校释》指出，在数量千余首敦煌石窟僧诗中，虽然有以道安、悟真、禅月、良价、道真等人为代表的高僧、名僧创作的诗篇，但是敦煌僧诗中的大部分作品，则出自无名氏之手。所有这些，都给敦煌本土作家作品整理与研究带来一定的难度。

第二节　异域文体的独特风貌

五世纪伊始，西凉政权的创立者李暠便以出色的文学才华而统领群英，他曾创作《靖恭堂铭》《上巳日曲水诗宴序》《述志赋》《大酒容赋》《贤明鲁颜颂》《麒麟颂》《辛夫人诔》和上东晋王朝表文、诫诸子手令、临终遗嘱等诗、赋、文数十篇。其作品形式之丰富，文采之高妙，俱自成一家，独领风骚。而时誉甚高的刘昞的作品，更是一时之冠，无论是《人物志注》的义理宏旨，还是《酒泉颂》的清丽典雅，都成为时代的标志性作品。

步入归义军时代，敦煌文学再度繁荣，除了上文所描述的名家名作外，更是彰显出敦煌异域的特色风貌。各类文体作品异彩纷呈，异常丰富，特色鲜明。

一　崭新文体不断涌现

众所熟知，敦煌遗书的出现，给文学界带来了"变文"，变文作品的出现，让人们对于宋代说唱文学的源头有了更深的了解。同样地，敦煌曲子词、敦煌歌辞的发现，让人们对于词的源头也有了更深的探索。这是过去学术界比较关注的，但是伴随敦煌文学研究的进一步深入，最近三四十年来，对于敦煌文学作品中涌现的新文体有了更为深入的研究，从过去文学大类的关注，逐渐细化到某些具体作品的研究。例如，邈真赞作品，它既不同于一般意义上的"赞"文，也不同于一般意义上的祭文，它在体例结构、内容书写等方面，都具有独特的风格。又如"儿郎伟"作品，数十年来的研究表明，仅是对于这类作品的文体性质的探讨，学术界至今仍然没有形成一个统一的认识。还有如"书仪"作品，它以准类书的形式，在类书不够丰富的年代发挥着重要功能，绝非一般书信的功能所能比拟。古代书仪作品甚多，但能够保留到后世的只有司马光的《书仪》，而敦煌书仪作品的问世，极大地丰富和开拓了人们对书仪的认识与研究。

此外，还有"灵验记"等，既不像一般的"记"类散文，又与小说有着一定区别。敦煌遗书中以"记"名篇的作品，其丰富与复杂的程度，远超乎我们今天的想象。依其内容，大致可分为以下重要几类：（1）今天所划分出的"小说"文类。这在传世文献中，就小说文体而言，以"记"名篇，恰是唐代传奇小说的一个特征，如 S. 2630《唐太宗入冥记》等。（2）"不能入正传者"的史传作品。如 P. 2652《天地开辟以来帝王记》、P. 2810BV《唐肃宗上元元年至大历五年大事记》、P. 4073V《唐德宗年间大事记》、P. 3721《瓜沙两郡大事记》等，都属于史传文学作品。（3）宗教性质文书。这是敦煌遗书与传世文献的最大差别。既有功德记、灵验记、因缘记，也有佛经注疏的义记等，这些"记"文形式，在传世文献多是不常见的，显示出它们弥足珍贵的文献价值和文学价值。如《善惠买花献佛因缘记》（S. 3050V）叙事性强，对话语言生动传神，塑造的善惠、婢女等人物形象栩栩如生，具有较高的文学价值。（4）记述类作品。虽然数量偏少，但总体文学方面的成就超越了佛教类"记"文作品。如《建常定楼记》（P.2481V），骈对精工，音律铿锵，不失为归义军曹氏政权时期难得的佳作。而《大汉天福十四年（949）归义军节度使曹元忠建窟檐记》（S.0518）的史学价值，亦为不菲。又如《越州诸暨县香严寺经藏记》（P.2804、P.3040）一文，在当时竞相传抄，从诸暨传到敦煌，并形成不同的抄本。而《建佛堂门楼文》（P.2857）骈俪精工，偶对谨严，当不失为名家手笔。

二　作品文体界限模糊

敦煌文学创作没有经过太多外在的干预，不少文学作品仍然保留着原生态状貌，今天我们去阅读这些作品的时候，仍然可以清晰地看到当年创作时留下的痕迹，仍然可以想象或揣摩它们被创作时的情形。可能也因为缺少了更多的外在的规范与束缚，不少敦煌文学作品信手写来，突破了传统文体的界限与领域。例如《黄仕强传》，已知的有12件抄本，在敦煌地区甚为流行，其作品以"传"名篇，但与史传作品相去甚远，也不同于一般的唐代传奇，从故事内容看又颇类于感应记，但柴剑虹先生认为应该称之为"黄仕强入冥记"，因为它与《唐太宗入冥记》一样，都不能算作变文。[①]

又如《茶酒论》在敦煌颇为流行，现存6件抄本，最早为刘复先生编入《敦煌掇琐》，在目录中，它与《韩朋赋》《燕子赋》等，同被归入小说类。[②] 稍后，郑振铎先生《中国俗文学史》认为它是从战国时期宋玉的大言赋、小言赋发展来的"争奇"一类的游戏文章。[③] 由

---

① 柴剑虹：《读敦煌写卷〈黄仕强传〉札记》，中国敦煌吐鲁番学会语言文学分会编纂：《敦煌语言文学研究》，北京大学出版社1988年版，第255页。

② 刘复：《敦煌掇琐》，黄永武主编：《敦煌初集丛刊》（第十五册），（台北）新文丰出版公司1985年版。

③ 郑振铎：《中国俗文学史》，上海书店1984年版，第175页。

于郑先生是在俗文学史中说这番话，后世又将《茶酒论》归入俗赋一类，虽然郑先生本人并未使用"俗赋"一词。后来，王重民等又将它收录《敦煌变文集》中①，将它归类为敦煌变文中的对话体②。到了20世纪80年代初，张锡厚先生率先突破成见，认为《茶酒论》应该受俳谐文影响的论议文体③。随后，周绍良先生进一步肯定了这一说法，并将它归入论说体④。受这一影响，颜廷亮先生主编的《敦煌文学概论》将《茶酒论》归入敦煌文的论说体中⑤。到了20世纪90年代初，赵逵夫先生又从戏剧的角度提出新的看法，认为《茶酒论》是唐代的一个俳优戏脚本⑥。尽管众说纷纭，新见迭出，但在90年代末，张鸿勋先生编撰《敦煌学大辞典》"茶酒论"词条时，遵从一般性的说法，将《茶酒论》归入俗赋一类⑦。不过针对这一分类，谭家健先生提出了异议。他说："据我所见，似乎可以算作白话散文。"⑧纵观《茶酒论》文体研究近百年的历史，总体分歧仍然较大，足见其文体的复杂性。究其根本，《茶酒论》出自敦煌乡贡进士王敷之手，具有鲜明的敦煌地域特色。所以，它既带有中原文化的烙印，又吸取了西域文明的养分，最终成为多元文化的艺术结晶。

由于敦煌文学作品文体的这些特殊性，导致对于一些作品的定名

---

① 王重民、王菽庆、向达、周一良、启功、曾毅公：《敦煌变文集》，人民文学出版社1984年版，第267—272页。1997年出版的张涌泉、黄征两位先生的《敦煌变文校注》沿用旧的分类，而对王先生的《茶酒论》录文作了新校。见张涌泉、黄征《敦煌变文校注》，中华书局1997年版，第423—433页。

② 王重民：《敦煌变文研究》，《敦煌变文论文录》，上海古籍出版社1982年版，第273页。

③ 张锡厚：《敦煌文学》，上海古籍出版社1980年版，第116页。

④ 周绍良：《敦煌文学刍议》，《甘肃社会科学》1988年第1期，第103页。

⑤ 颜廷亮主编：《敦煌文学概论》，甘肃人民出版社1993年版，第492—494页。

⑥ 赵逵夫：《唐代的一个俳优戏脚本——敦煌石窟发现〈茶酒论〉考述》，《中国文化》第3期，生活·读书·新知三联书店1991年版，第157—163页。

⑦ 季羡林主编：《敦煌学大辞典》，上海辞书出版社1998年版，第586页。

⑧ 谭家健：《中国古代通俗文述略》，《衡阳师范学院学报》2006年第2期，第35页。

也呈现出较大分歧。最典型的，如 S.6973、S.3329、S.6161、S.11564、P.2762 等写卷记载的一份文书，早期学者均视作《张义潮传》或《张义潮别传》，罗振玉先生《补唐书张义潮传》、姜亮夫先生《罗振玉唐书张义潮传订补》、向达先生《补唐书张义潮传补正》等，均据此补载史传之不足而加以研究。而同时代刘铭恕先生《斯坦因劫经录》则定名为《张义潮勋德记》。到 20 世纪 90 年代，李明伟先生在《敦煌文学概论》中仍然沿用《张义潮别传》的定名①。而日本学者藤枝晃曾经将 S.6973、S.3329、S.6161、P.2762 缀合整理，题名《张淮深碑》②。20 世纪 90 年代初唐耕耦、陆宏基先生的《敦煌社会经济文献真迹释录》中也定名为《张淮深碑》③。而同时期出版的郑炳林先生的《敦煌碑铭赞辑释》定名为《张氏修功德记》④，与上述诸家定名皆不相同。也是同一时期，荣新江先生发表《敦煌写本〈敕河西节度兵部尚书张公德政之碑〉校考》鸿文，将 S.11564 补缀在 S.3329 的漏洞之中，使上下文义贯通，并且考证出本篇的题名。⑤

但《敦煌学大辞典》收录上述诸贤看法时，仍然是数说并存，即使在《敦煌学大辞典》参编者那里也都没有达成一致意见。如李永宁先生从荣新江先生说法，撰"敕河西节度兵部尚书张公德政之碑"条，同时又立有"张淮深碑"条，并在"敕河西节度兵部尚书张公德政之碑"条的内容中说："学界习称'张淮深碑'。"⑥李先生将对于此篇的两种定名同时加以阐释。而柴剑虹先生在"张氏修功德记卷背

---

① 颜廷亮主编，李明伟撰稿：《敦煌文学概论》，甘肃人民出版社 1993 年版，第 474 页。

② ［日］藤枝晃：《敦煌千佛洞之中兴·碑记六》，《东方学报》（京都）第三十五册《敦煌研究》专号。

③ 唐耕耦、陆宏基：《敦煌社会经济文献真迹释录（五）》，全国图书馆文献缩微复制中心 1990 年版，第 198 页。

④ 郑炳林：《敦煌碑铭赞辑释》，甘肃教育出版社 1993 年版，第 407 页。

⑤ 荣新江：《敦煌写本〈敕河西节度兵部尚书张公德政之碑〉校考》，《周一良先生八十生日纪念论文集》，中国社会科学出版社 1993 年版，第 206—216 页。

⑥ 季羡林主编：《敦煌学大辞典》，上海辞书出版社 1998 年版，第 333 页。

诗"条中，将此篇题名称为"张氏修功德记"①。其看法与郑炳林先生相同。

此篇文书定名的不一致，有时甚至会出现同一位学者的前后研究之中。如饶宗颐先生《法藏敦煌书苑精华》即是一例。饶先生对此篇文书的 P. 2762 的定名，在该书的"细目"中称为《张淮深修功德记残卷》，而在该书的"解说"部分却依从荣新江先生的说法，定名为《敕河西节度兵部尚书张公德政之碑》，导致前后出现分歧。

同是一篇作品，在近百年间，十多位颇具专业水准的学者共同研究，却难以达成一种共识，足见其文体的复杂性。

三　文体种类丰富繁多

敦煌文学作品内容广博，不少学者习惯用官、私文书的概念来命名一些敦煌文学作品。这确实体现了敦煌文学不同于其他文学作品的鲜明特色。有政治场合使用的诰命、诏敕、表、状、疏等官方文书，有亲友僧侣之间的私函、书启，有民间社团、僧尼团体的组织活动文书社司转帖、斋琬文、释门文范，有民间应用文书契约、放妻书、遗令，有社会各阶层人士婚丧、游历、礼佛的障车文、祭文、游记、愿文，有各类社会活动、宗教仪式、民间礼仪形成的作品上梁文、邈真赞、书仪等，敦煌遗书以百科全书式的图景展现着敦煌乃至整个河西地区的社会历史生活画面，形成了独具特色的敦煌文学风貌。

敦煌遗书中敦煌文学作品，完整地展示了五六百年间中国文学所走过的历史路径，这种未经历史尘埃掩埋或淘汰的文学状貌，原生态地体现了敦煌文学曾经的源起、生成、发展、繁荣与凋零。也将那些未经历史洗刷或淘汰的原生态敦煌文学作品，展现于世人面前，丰富而芜杂。

敦煌文学作品文体种类之丰富繁多，令人叹为观止。老一辈敦煌

---

① 季羡林主编：《敦煌学大辞典》，上海辞书出版社 1998 年版，第 569 页。

学家周绍良先生曾经依照《文选》的分类方式，对敦煌文学提出了三十种文体类目①，分别为：表、疏，书、启，状，帖、牒，书仪，契约，传记，题跋，论说，文、录，颂、箴，碑、铭，祭文，赋，诗，偈、赞，邈真赞，歌谣，曲子词，佛曲，儿郎伟，民间曲词，变文，讲经文，因缘（缘起），押座文、解座文，小说，话本，诗话，词文，共计三十大类，三十八小类，这些划分类别，颇为契合敦煌文学作品文体的真实状貌。如此丰富而繁多的文学作品门类，在此前中国任何一个历史时期都不曾有过。因为这其中有不少的作品文体，是在敦煌文学中所独有的。这些丰富作品文体的出现，奠定了敦煌文学在中国文学中的独特地位，显得弥足珍贵。

当然，如此丰富而芜杂的作品文体，给敦煌文学研究也带来了一定的困难。譬如，敦煌文学由于受到佛教文化广泛而深刻的影响，多僧徒之作，多宗教色彩浓厚之作，如何判定一篇作品的宗教性与非宗教性。例如以敦煌曲辞为例，饶宗颐、戴密微的《敦煌曲》将具有宗教色彩的《五更转》《十二时》《百岁篇》三调，"通通撤出敦煌歌辞的范围"，而任半塘《敦煌歌辞总编》主张只要是"一切有音乐性的歌辞写本"都予以收录。

又比如，许多敦煌文学作品在当时一般都具有比较强的应用价值，如何区分它的应用性与文学性。以写经题记为例，它本是用于一定宗教目的的文书，应用性很强，但这些题记，在今天看来，却颇富历史价值。荣新江先生曾指出："敦煌佛典和道经写本后的题记，往往富有研究旨趣，向来为学者所注意。许国霖曾辑北平图书馆所藏为《敦煌石室写经题记》一书，陈寅恪先生为该书所撰序言中，曾据以论证南朝佛经之北传问题。周先生同样留意于此，除了在《跋隋开皇写本

① 见《敦煌文学刍议》，系周先生提交1987年香港国际敦煌学术讨论会论文，在《甘肃社会科学》发表时有所删节。而该文在台北新文丰出版公司出版时，所提到的文体总类为"三十二"种，见周绍良《敦煌文学刍议及其他》，（台北）新文丰出版公司1992年版，第4—63页。

〈禅数杂事〉残卷》中，考释叆翁所藏卷子题记中的人物与制度外，又在《跋〈敦煌秘籍留真〉》一文中，以其对魏晋南北朝隋唐史籍的广博知识，来阐释田氏所刊敦煌写本题记的内涵，同样以题记来补充史籍所不具备的史事。……周先生在文中说：'敦煌写本题记单独或无意义，汇而读之，乃可以考史实，窥世变。苟取所有敦煌写本之题记汇集之，当大有助于南北朝隋唐史之考订也。'"① 同时，其文学价值也颇值得予以关注。如《〈佛说金刚坛广大清净陀罗尼经〉题记》（P. 3918）作为敦煌题记中最长的一篇题记，又可谓是一篇《佛说金刚坛广大清净陀罗尼经》"灵验记"，提供了关于这部经书在传播过程中的种种灵验故事，叙事性强，具有较高的文学价值。又如《〈妙法莲华经序品第一〉题记》（P. 3788）与敦煌写本中的《邈真赞》等文体，颇为相似。骈俪精工，文藻华美，文学价值较高。而《〈老子道德经〉题记》（P. 2255+P. 2417）、《〈十戒经〉题记》（P. 2350）等，则再现了当时敦煌道教的繁盛景象。

因此，由于这些复杂性的存在，如何给敦煌文学一个适当的定义，如何划定敦煌文学的研究范围，仍然是一个颇富争议的话题。如柴剑虹先生曾经提出敦煌文学是"模糊概念"的看法，他认为敦煌文学的时代、作者、地域等均还种种模糊，"还远未达到真正清晰的了解，对不少写卷性质的判断，还存在着不少有待解决的疑问"②。这些"模糊性"及一些富有争议的话题，必将影响与促进敦煌文学更为深入的探讨。

第三节　中原正统文学与敦煌本土文学的雅俗交锋

周绍良先生《敦煌文学刍议》曾经指出，敦煌文学应该包括三个大的

---

① 荣新江：《才高四海 学贯八书——周一良先生与敦煌学》，《敦煌学新论》，甘肃教育出版社 2002 年版，第 384 页。

② 柴剑虹：《"模糊"的"敦煌文学"》，项楚主编：《敦煌文学论集》，四川人民出版社 1997 年版，第 1 页。

领域：①传统文学和民间文学；②边疆文学和中原文学；③官府文学和寺庙文学。这三个领域彼此互通，相辅相成。① 这是非常富有见地的划分，他抓住了敦煌文学具有的重视互动交流、雅俗兼备的总体特征。

一　中原正统文学与敦煌本土文学的互动交流

纵观五至十一世纪敦煌文学的发展进程，互动交流是其时代文学的主旋律。在互动与交流中，创造出颇具代表性的作品。互动交流，成为敦煌本土文学发展的内在原动力。具体说来，敦煌本土文学的互动交流，主要有以下四种形式。

一是文学集会。敦煌文学史上比较典型的文学集会，主要集中于两个时期：其一是李暠西凉政权；其二是张承奉西汉金山国政权。李暠作为"好文"之君，精通文学之道，"延词学之士"，时常雅集唱和，成为五胡十六国时期一道亮丽的绿洲风景。李暠西凉政权的文学集会，据其文献记载，至今可知的文学集会，主要有靖恭堂、嘉纳堂的文学雅集、迁都酒泉与酒泉刻铭、《槐树赋》集会、三月三日曲水赋诗。这些文学集会活动，与中原魏晋文学集会颇为相似，或效仿建安文学集团的咏唱，或模拟王、谢名士的曲水赋诗，李暠从以帝王之尊的提倡和参与，到歌咏题材的承继，如靖恭堂序颂、酒泉勒铭、槐树赋、曲水赋诗等，倾注了巨大的热忱与精力，绽放出异域的奇彩。

西汉金山国政权是由归义军创立者张议潮之孙、张淮鼎之子张承奉在敦煌建立的又一个以汉族为主的独立政权。与李暠西凉政权遥相呼应。张承奉打击佛教，崇信儒学，筑坛拜天，自号金山白衣天子，"建国号"、"封后妃"、"设百官"，并计划"建帝京"、"建宗庙"，得到宰相兼御史大夫张文彻等人的拥戴。在西汉金山国政权时期，也有多次文学集会。这些文学集会活动，多围绕歌咏金山国政权建立而展开，现存可考的代表性作品有《白雀歌》《龙泉神剑歌》等，还有

---

① 周绍良：《敦煌文学刍议》，《甘肃社会科学》1988 年第 1 期。

关于与回鹘的对外关系及政治活动上，所形成的代表性作品《沙州百姓一万人上回鹘天可汗状》，其作者虽然署名为宰相兼御史大夫张文彻、"三楚渔人臣张永进"等①，但从中折射出当时文学集会的盛况。这三篇代表性作品，仅是当时文学集会的一种遗迹。

二是诗歌酬唱。大中五年（851），敦煌光复不久，悟真作为敦煌特使入朝觐见唐宣宗，与京城长安的两街诸寺高僧及诸朝官相互酬答赠诗，充分体现了当时敦煌文学与中原文学的碰撞与交流。

这组酬答诗在当时流传甚广，仅迄今发现的敦煌遗书中，就有三种不同的抄本：P.3720、P.3886V、S.4654。参与诗歌酬唱，有辩章、宗苍、圆鉴、彦楚、子言、建初、太岑、栖白、有孚、可道、景昙（或录作"导"）、道钧等12位具名高僧，一位佚名高僧，以及一位朝官杨庭贯，加上悟真，共计15人，共有18篇作品②，其中诗序两篇（悟真诗序、辩章赞奖词），诗歌16首。

但上述这些，绝非这组酬答诗的全貌。因为仅从悟真的诗序反映，参与酬答的诗人是"两街诸寺高僧及诸朝官"，从"诸朝官"的记载来看，"诸"表示众多，显然绝非只有朝官杨庭贯一人。我们期待有更多的惊喜发现。

三是师友切磋。在P.4640、P.4660等敦煌遗书中，笔者发现其作品以悟真为主，但围绕着悟真又收集了不少其师友的作品，这些现象的存在，反映了悟真与师友文学唱和、切磋的文学生活原貌。在P.4640、P.4660卷中，同时收录有洪辩《都教授李教授阇梨写真赞》，窦良骥《阴处士碑》《吴僧统碑》《先代小吴和尚赞》《吴和尚赞》，张球《吴和尚赞》《翟神庆邈真赞》《凝公邈真赞》《译经三藏吴和尚邈真赞》《张禄邈真赞》《敦煌阴处士邈真赞并序》等多人的多

① 颜廷亮：《敦煌西汉金山国文学考述》，甘肃人民出版社2009年版，第34、46页。

② P.3720大中五年黄牒不计入；《赠沙州僧法和悟真辄成韵句》算一首，不算两首。

篇作品。

窦良骥《吴僧统碑》《先代小吴和尚赞》提及的吴僧统、小吴和尚都是敦煌都僧统洪辩。而吴僧统洪辩，又是悟真的老师。敦煌莫高窟 17 窟《洪辩告身碑》中有唐宣宗诏书曰："敕洪辩师所遣弟子僧悟真上表事具悉。"P.3720 有《敕河西都僧统洪辩都法师悟真告身》。张议潮光复敦煌后，洪辩出任河西释门都僧统，协助管理河西地区。而悟真作为洪辩颇为器重的弟子，跟随张议潮"随军驱使，长为耳目"，颇受重视。窦良骥，又作窦良器，自称"骥"，人们尊称"窦夫子"。窦良骥年龄略长于悟真，生活于敦煌陷蕃、光复时期。其所存作品中多篇是为洪辩写的，可见他与洪辩的感情非同一般。悟真作为洪辩弟子，又是当时敦煌公推的文章高手，而追念其师洪辩的文章，大多出自窦良骥之手，足见悟真对窦良骥颇为敬重。

而张球《吴和尚赞》一般多认为指敦煌陷蕃时期的译经三藏吴和尚吴法成。吴法成，为吐蕃统治敦煌后期、归义军初期的著名译经高僧。张议潮曾经跟从吴法成学习，张议潮击退吐蕃后，吴法成应张议潮之请，留在敦煌继续讲经（P.4660）。而根据日本橘瑞超所得敦煌文书《瑜伽师地论》卷 23 题记、P.4660《吴和尚邈真赞》等记载，敦煌高僧恒安即为吴法成的弟子。而据 P.4660 卷，悟真的不少文学作品，都是通过恒安抄写，并得以珍藏保存的。

张球出生比悟真稍晚，两人同时经历了吐蕃统治敦煌、归义军政权初期两个重要历史阶段，而且是这个历史时期两个文学成就最高的人。悟真第一，张球次之。P.4640、P.4660 收录的张球这些作品，都创作于悟真任都僧统之前。从这个意义上看，似乎也成为早丰悟真与张球文学切磋的一个历史见证。

四是作家交流。悟真雅好文学，他在注重师友切磋交流的同时，也很注重作家之间的交流。现存一些悟真作品中，还能够鲜明地看到这一点。例如，广明元年（880）悟真《唐和尚百岁书》自序说："自责身心，裁诗十首。虽非佳妙，狂简斐然。散虑摅怀，暂时解闷。鉴识君子，矜无诮焉。"（S.0930V）从末句"鉴识君子，矜无诮焉"来看，他平素颇有注重与之切磋交流的习惯。正因此，在一些作品的结尾处，他都会谦逊地表述这样一层含义：文笔粗劣，欢迎批评。如P.4640《沙州释门索法律窟铭》序文结尾："诚罕免固辞，粗云而记述。"P.4660《河西管内都僧统邈真赞并序》序文结尾："何图逝矣，空留相质之文。余固不文，匪然成赞。"同卷《索公邈真赞》结尾："虚才敢述，游笔多惭。辄申狂赞，钦（与）讼（颂）美焉。"同卷《李僧录赞》序文结尾："后生可畏，宁侔老成。自揣不才，而铭赞曰。"这些谦逊的话，反衬出他日常创作交流的原貌。

二　敦煌本土文学的雅俗兼胜

敦煌文学雅俗共赏，这为大家所熟知。敦煌文学以俗为主，但也颇注重"雅"的特征，雅俗并重，体现出难得的雅俗兼备的艺术风格。即使是应用性作品，也十分讲求文采，追求骈俪之美，如邈真赞、书仪等作品。在一些通俗的作品之中，仍然能够感受其绚丽多姿的审美追求，充分展现出它们应用性与文学性兼具的艺术风格。这在其他散文作品中，是很少能见到的。

比如敦煌书仪作品，本是供人们写信时模仿和套用的参考书，应用性强，但很讲求骈偶对仗、用典隶事之美。在《朋友书仪》中，这样精美的对偶句式，不胜枚举。如"荒庭独叹，收泪思朋；草室孤嗟，行啼忆友"、"旧时花颜，托梦里而申交；昔日翠眉，嘱游魂而送喜"、"分颜两地，独凄怆于边城；悬心二处，每咨嗟于外邑"、"月流光于蓬径，万里相思；星散彩于蒿蓬，千山起恨"、"翠柳摇风，花飞王母之园；柳苑新妆，叶落陶潜之室"、"渺渺千山，等萍流之逐浪；飘飘渌叶，犹思落树之花"、"燕绕珠梁，思发三春之客；鸿游玉苑，多伤九夏之宾"、"来时玉面，逐思而消；别日金颜，随愁而改"等。①

---

① 录文参考周一良、赵和平《唐五代书仪研究》，中国社会科学出版社1995年版，第118—129页。

一些经过文人精心创作的佛事作品，弥足精彩。如 P. 2314《进新译大方广佛华严经表》："一言一句，皆自在之法门；无始无终，悉甚深之境界。香函始届，甘露梦而夕洒；贝牒初开，良雨应而朝洽。七曜垂象，景丽于三明；八体成文，光敷于五义。九会真诠，词中悉现；百城奥旨，字下皆明。想生、融之茂范，始愧当仁；顾澄、什之遗风，终惭策蹇。"这些文句，对仗齐整，鱼贯而出，读之仿佛行于山阴道中，应接不暇，美不胜收。

张仁青先生曾说："郦道元之注《水经》，丽句缤纷；杨衒之之记《伽蓝》，偶语盈卷。"[①] 而反观敦煌文学作品中，S. 5448《敦煌录》以及诸多的"功德记"，如 S. 4245《创建伽蓝功德记并序》、P. 3564《莫高窟功德记》等，也集众美于一体，颇有《水经注》、《伽蓝记》之余韵。

滑稽讽刺作品《祭驴文》，俏皮幽默，语言俚俗，虽然出自文士之手，而深晓民情，为雅俗兼具的典型。譬如写驴的临终窘况："肋底气胁胁，眼中泪汪汪。草虽嫩而不食，豆虽多而不尝。小童子凌晨报来，道汝昨夜身亡。汝虽殒蒉，吾亦悲伤！"又如写对驴来生转世的嘱咐："汝若来生作人，还来近我；教汝托生之处，凡有数般：莫生官人家，轭驮入长安；莫生军将家，打毬力虽摊；莫生陆脚家，终日受皮鞭；莫生和尚家，道汝罪弥天。愿汝生于田舍家，且得共男女一般看！"嬉笑怒骂，文笔激愤，雅俗共赏。

第四节　与时俯仰　彰显特色

从五至十一世纪敦煌文学所折射的发展特征来看，敦煌文学还有个很大的特色，就是它地处僻境，有着其自身的独立性和完整性。它与中原文学有时遥相呼应，有时又互不影响。总体来说，敦煌文学的

---

① 张仁青：《中国骈文发展史》，浙江大学出版社 2009 年版，第 47 页。

发展，并不完全同步地追随中原政治与文学的发展步伐，也不紧随中原政治与文学的繁盛、衰枯而亦步亦趋。

西晋末年，五胡乱华，永嘉之乱，中原板荡，王室南渡，东晋偏安，文士凋零，"少有全者"，中原文学，总体沉寂，难以掩饰渐趋衰落的荣光。而此时的敦煌，却人才济济，名家辈出，君臣雅集，热闹非凡。"永嘉之乱，中州之人士避地河西，张氏礼而用之，子孙相承，衣冠不坠，故凉州号为多士。"（《资治通鉴》卷 123）前有张轨创立的前凉政权，后有李暠开基的西凉政权，一前一后，济济多士，荟萃敦煌；前有"股肱谋臣"宋配、阴充、氾瑗、阴澹，后有"词学之士"刘昞、宋繇、阚骃、张湛、索敞。当时敦煌人才之盛，史称"区区河右，而学者埒于中原"（《周书·庾信传论》）。李暠也自称："此郡世笃忠厚，人物敦雅，天下全盛时，海内犹称之，况复今日，实是名邦。"（《手令诫诸子》）延及后世，唐代史学家刘知几不禁感叹："夫十室之邑，必有忠信，欲求不朽，弘之在人。何者？交趾远居南裔越裳之俗也，敦煌僻处西域昆戎之乡也，求诸人物自古阙载。既而士燮著录，刘昞裁书，则磊落英才，粲然盈瞩者矣。"（《史通》卷 18）中原英才，会聚河西，中原文化在河西僻地薪火相传，绽放出异域中"华风"奇彩与辉煌。

到了初唐、盛唐，中原文学人才鼎盛，繁花似锦，而敦煌本土文学却相对沉寂。偶有从中原腹地奔赴敦煌的墨客骚人，却留下不少脍炙人口的作品，酝酿成就了唐代边塞诗派的声威，算不得本土文学的辉煌。安史之乱后，中原文学渐趋萧条，而敦煌文坛渐趋热闹，并且逐步复苏、兴盛。尤其是敦煌落入吐蕃统治以后，从敦煌落蕃到归义军张氏政权、归义军西汉金山国政权，再到归义军曹氏政权，敦煌文学与中原文学并行发展，与中原文学互相补充，各具特色。敦煌文学从此步入了历史上发展的黄金时期，成就了敦煌文学今日的辉煌。不论其作品样式，还是作品内容，都呈现出中原文学所未能有过的文学态势。在这短短的二三百年间，涌现了中国文学史上的一些新兴的文学题材、文学文体，在儿郎伟、邈真赞、变文、讲唱文、曲子词、佛曲、上梁文等领域，绽放了异域的奇葩，给中原文学的发展带来了生机和活力。

敦煌文学在中国文学史上有着独特地位，它并不因为中原文学的衰落而衰落，也不因为中原文学的繁盛而繁盛。有时中原文学衰落了，它却依然繁盛；有时中原文学繁盛了，它却依然沉寂。它与中原文学始终保持若即若离的关系，有时共享荣枯，有时却大相径庭，始终保持着异域的本色。

敦煌文学与中原文学的关系，之所以会呈现上述特征，笔者以为主要有三个方面的原因。

一是敦煌地域遥远，作为边陲之地，文学传播及影响，有一定的缓冲、间歇。因此，时代的变局，尤其是当时中原文学的繁盛，并不能立即在敦煌反映出来。盛世的文化渗透力，有如春雨润物，柔韧而久长。这是初唐、盛唐时期，敦煌本土文学并不十分热闹的原因之一。

经历了北魏"士民东迁"的巨大创伤，从北魏迄隋朝，敦煌地区曾经有太长时间的"文学荒漠"。到了唐代初期，即使有大唐中原文学的滋润与给养，敦煌文学也很难在短时间内恢复元气。况且当时大唐国势鼎盛，人才多集中于京城地区。敦煌文学的复苏与发展，也必须在一定程度上依赖于一批敦煌本土优秀作家的参与。

二是乱世破坏力强，波及迅速，敦煌作为边陲地区，尤其反应敏锐。所以中原乱世文学，比起中原盛世文学，破坏力强，很快影响和波及敦煌地区。譬如西晋永嘉之乱的初期、唐代安史之乱的初期，对于同时期的敦煌文学的破坏力和影响力都是比较大的。不过，由于敦煌地处河西，所遭遇的中原乱世的破坏力影响，从程度上说相对比较有限，在时间上相对较短。敦煌文化似乎对于中原乱世文化有一种"本能的反弹"和"免疫力"，它会及时调整这种乱世破坏力的影响，使之降至最低程度。这就是西汉末年王莽乱世、西晋永嘉之乱后，敦煌能够成为中原人士避乱的原因之一。

三是敦煌作为乱世地，承继了中原地区的文脉与传统，为它在乱世中的崛起提供了便利条件。在西汉、西晋末世，大批文士寓居敦煌，带去了许多先进的中原文化、科学技术，同时也带去了许多优秀的文学作品，敦煌相对稳定和宽松的政治环境，为他们的文学创作提供极好的条件，所以一时之间，文学雅集，名作涌现。而相比之下，此时中原"士民涂炭，故文章黜焉"。

安史之乱后，吐蕃蚕食陇右、河西，陇右、河西相继沦陷，而敦煌军民同仇敌忾，誓死抗敌，成为当时河西地区最后被吐蕃攻陷的地方。敦煌民众的顽强抵抗，与吐蕃达成协议，获得了"勿徙他境"的善待。

正是这番用鲜血换来的可怜的善待之举，却成为此后敦煌文学崛起的基点。敦煌文学正是依赖于这一点，敦煌人民"穷且弥坚"，沦陷的生活苦难与民族耻辱，点燃敦煌沦陷区人民的创作热情，他们始终心系中原，抱着对中原文化的极大热情，从吐蕃统治敦煌时期，到敦煌光复后的归义军时期，逐步成长、繁盛，创造了这段二三百年间的中国文学奇迹。这一段敦煌文学史的黄金时代，也成为我们今天研究敦煌文学的焦点与重心。

"草木有本心，何求美人折？"（张九龄《感遇》）敦煌文学犹如绽放在祖国大园圃中的一朵异域奇葩，它虽无牡丹之高贵，却有兰草之幽香。

无论你是赞赏它，还是批评它，无论你是青睐它，还是遗忘它，它都在那里。作为民族曾经的记忆与辉煌，永远都在那里。

第二章

西凉李暠文学集团与中原文脉

西晋永嘉之乱，不少中原人士逃奔河西敦煌等地，一时之间，中原英才会聚河西，中原文化在河西僻地薪火相传。张轨开拓弘业，李暠承其余绪，成就了河西一百多年割据政权中两个颇具"华风"特色的辉煌时代。他们为保存中原文化，推动敦煌文明进程，发挥了重要作用。

《资治通鉴》云："凉州自张氏以来，号为多士。"胡三省注曰："永嘉之乱，中州之人士避地河西，张氏礼而用之，子孙相承，衣冠不坠，故凉州号为多士。"（《资治通鉴》卷123）身处北凉时期的胡叟也自称："凉州虽地居戎域，然自张氏以来，号有华风。"（《北史·胡叟传》）继张氏之后，李暠成为这个"华风"时代的舵手，更成为五胡十六国国君中的典范。

李暠雄才大略，文武兼备，"少而好学，性沉敏宽和，美器度，通涉经史，尤善文义。及长，颇习武艺，诵孙吴兵法"（《晋书·凉武昭王传》）。史称"凉土丧乱，民无所归，推陇西李暠于敦煌，以宁一州"（《魏书·唐和传》），李暠被时贤公推为镇抚敦煌的首选人物。

《册府元龟》记载："夫僭称名号，据有山河，长百万之氓，跨数州之域，生杀在手，强弱繇心，或学通经史，暗会孙吴，或艺精骑射，兼该象纬，而又饰之以词翰，辅之以度量，强明政事，固多才艺，亦可谓人杰矣。不然，曷以臣伏党类，驾驭群豪者乎？"（卷220）并将李暠作为颇具此类才艺的人杰的楷模。《册府元龟》还记载："昔十六国之君，皆以晋室衰微拓据境土，然而居礼义之乡，睹衣冠之俗，积习生常，遂革其性，或著述词赋，或善工草隶，延词学之士，游集于文义，聚经史之言，讨论于典训，故先圣之言曰：'有教无类。'诚不诬哉。"（卷220）并将李暠作为十六国之君"好文"的表率。

李暠据敦煌称王，建立西凉国，敦煌有史以来第一次成为国都，进入了前所未有的全盛时期，李暠以西凉王之尊，"延词学之士"，"聚经史之言"，一时之间，人才济济，文学繁荣，名家辈出。最负盛名者，如刘昞（字延明）。《周书》卷41《庾信传论》云：

> 既而中州版荡，戎狄交侵，僭伪相属，士民涂炭，故文章黜焉。其潜思于战争之间，挥翰于锋镝之下，亦往往而间出矣。……至朔漠之地，蕞尔夷俗，胡义周之颂国都，足称宏丽；区区河右，而学者埒于中原，刘延明之铭酒泉，可谓清典。子曰"十室之邑，必有忠信"，岂徒言哉。

《周书》"区区河右，而学者埒于中原"，对永嘉之乱后的河西僻地人才济济，称赞备至，尤其称赞刘昞为群贤之翘楚。唐代刘知几说："夫十室之邑，必有忠信，欲求不朽，弘之在人。何者？交趾远居南裔越裳之俗也，敦煌僻处西域昆戎之乡也，求诸人物自古阙载。既而士燮著录，刘昞裁书，则磊落英才，粲然盈瞩者矣。"（《史通》卷18）慨叹敦煌僻地"磊落英才，粲然盈瞩"，可见当时敦煌的人才鼎盛情况。

对于当时敦煌人才之盛，李暠在《手令诫诸子》中也说："此郡世笃忠厚，人物敦雅，天下全盛时，海内犹称之，况复今日，实是名邦。"李暠告诫诸子，敦煌世代人才荟萃，天下兴盛时，虽为僻地，也不乏海内之才，天下大乱时，贤才避乱于此，更是天下名邦所在。从李暠对诸子的告诫中，我们仿佛可以睹见当时敦煌人才济济的彬彬盛况。

第一节　西凉王李暠与群僚的文学创作活动

李暠作为"好文"之君，精通文学之道，"延词学之士"，时常雅集唱和，这些文坛佳话，成为五胡十六国时期一道道亮丽的绿洲风景。李暠在位十余年，今天依然可以重温的文学雅集活动，达五六次之多。戎马倥偬，文笔翰墨，白马书生，文武相持，交相辉映。

一　靖恭堂、嘉纳堂的文学雅集

李暠建立西凉后，先后建有靖恭堂、嘉纳堂，作为政事之所。靖恭，亦作"靖共"。《诗经·小雅·小明》："靖共尔位，正直是与。"高亨注："靖，犹敬也。共，奉也。"以此作为议事厅的堂名，足见李暠励精图治的恭敬与谨慎。

《晋书·凉武昭王传》记载，晋隆安四年，晋昌太守唐瑶移檄六郡，推李暠为大都督、大将军、凉公、领秦凉二州牧、护羌校尉。李暠"乃赦其境内，建年为庚子"，封官拜将，招抚天下，派遣宋繇"东伐凉兴，并击玉门已西诸城，皆下之，遂屯玉门、阳关，广田积谷，为东伐之资"。靖恭堂的兴建，正是在这样一片开国形势大好的背景下动工的。《十六国春秋》记载：

> 壬寅三年春正月，暠于南门外临水起堂，名曰靖恭之堂，以议朝政，阅武事。堂成，图赞自古圣帝明王、忠臣孝子、烈士贞女，暠亲为序颂，以明鉴戒之义。当时文武群僚，亦皆图焉。是月，有白雀翔于靖恭堂，暠观之大悦，颂之。①

在靖恭堂落成后，李暠组织了规模较大的文学庆典活动，文武百

---

① （北魏）崔鸿著，（清）汤球辑补：《十六国春秋·西凉传》，丛书集成初编本，商务印书馆1936年版，第635页。

官都作有靖恭堂图赞，内容从自古圣帝明王、忠臣孝子，到烈士贞女，李暠亲自为之序颂，"以明鉴戒之义"，阐明靖恭堂取名的深意。这次庆典过后，"有白雀翔于靖恭堂"，"暠观之大悦，颂之"，因此又作了第二篇颂文。可惜这次文学雅集活动的作品，几乎已经失传了，仅李暠、刘昞留有作品的名称："《靖恭堂颂》一卷，晋凉王李暠撰"（《隋书·经籍志》）、"《靖恭堂铭》一卷"（魏书·刘昞传），其余不得其详。清代《佩文斋书画谱》记载有"凉《靖恭堂图》"（卷65），也仅记载其名，图赞其实早已失传。这次雅集活动，以图赞自古圣帝明王、忠臣孝子、烈士贞女的文学形式，奠定了西凉建国的基调，吸引了更多的人才前来投奔。

嘉纳堂，顾名思义，是李暠礼贤下士，广纳群言的议政之所。《晋书·凉武昭王传》记载，李暠建国初，"时有赤气起于玄盛后园，龙迹见于小城"。应这些祥瑞之兆，李暠在落成靖恭堂不久，"又立泮宫，增高门学生五百人"，"起嘉纳堂于后园，以图赞所志"。在后园的赤气祥瑞之所，李暠建嘉纳堂，供广聚群贤之用。建成后，又作嘉纳堂图赞，来加以庆贺。可惜这次文学雅集活动，由于没有作品流传下来，以致湮没无闻，鲜有关注。

二　迁都酒泉与酒泉刻铭

西凉建立五年后，李暠为了更好地遏制北凉蒙逊的侵掠，决定迁都酒泉，以"渐逼寇穴"的方式保护"晋之遗黎"。《十六国春秋》记载：

> 建初元年，冬十月暠燕群僚于嘉纳堂，因谓之曰："昔河右分崩，群豪竞起，吾以寡德为众贤所推，何尝不忘寝与食，思济黎庶。故前遣母弟縣董率云骑，东殄不庭，军之所至，莫不宾下。今惟蒙逊鸱峙一城。自张掖已东，晋之遗黎，虽为戎虏所制，至于向义思风，过于殷人之望西伯。大业须定，不可安寝，吾将迁

都酒泉，渐逼寇穴，诸君以为何如？"右长史张邈曰："殿下此议，实社稷之利也。"乃力赞成之。暠大悦，曰："二人同心，其利断金。张长史与孤同矣，夫复何疑！"遂以右司马张体顺为宁远将军、建康太守，镇乐涫，征宋繇为右将军，领敦煌护军，与其子敦煌太守让镇敦煌。遂迁居于酒泉。①

李暠将迁都酒泉，归于民心所向，认为凉州治下的百姓"向义思风，过于殷人之望西伯"，因此决定迁都，得到张邈等人的拥戴，认为"实社稷之利"。

关于李暠迁都酒泉，还有一个美丽的传说，据《说郛》记载，晋安帝隆安元年，凉州牧李暠微服出城，"逢虎道边，虎化为人，遥呼暠为西凉君。暠因弯弧待之，又乃遥呼暠曰：'有事告汝，无疑也。'暠知其异，投弓于地，人乃前曰：'敦煌空虚，不是福地。君之子孙，王于西凉，不如从酒泉。'言讫，乃失。暠乃移都酒泉"②。此处记载李暠迁都酒泉的传说，在《太平寰宇记》中也有相同的记载，不过，标明出处是据刘昞《敦煌实录》所云。倘若真的是出自刘昞《敦煌实录》的话，那么这个传说的意义就颇值得关注了。李暠为了更好地防御北凉蒙逊，决定迁都酒泉，这是其迁都的主要原因。而刘昞《敦煌实录》的记载，从传说的角度，为李暠迁都进一步宣传造势。从这个意义上说，其在当时的政治影响力，当不减于班固《两都赋》为东汉建都洛阳的舆论造势。

李暠迁都酒泉后，西凉呈现一派欣欣向荣的景象。《十六国春秋》记载："（李）暠既迁酒泉，乃敦劝稼穑，群僚以年谷频登，百姓乐

---

① 《十六国春秋》，文渊阁四库全书本。《晋书·凉武昭王传》、汤球辑补的《十六国春秋·西凉传》记载与此稍有差异。
② 《说郛》卷60下。同时记载于《太平寰宇记》卷152，注明源自刘昞《敦煌实录》。

业，请勒铭酒泉，暠许之。于是使儒林祭酒刘昞为文，刻石颂德。"①这应该是迁都酒泉后一次大型的文学宴集活动。在中原地区，刻石颂德，渊源已久。秦始皇统一中国，"东行郡县，上邹峄山"，"立石，与鲁诸儒生议，刻石颂秦德"，有绎山刻石；又上泰山，"立石，刻所立石"（《史记·秦始皇本纪》），史称泰山刻石。此外，还有琅邪台刻石、芝罘刻石、芝罘东观刻石、碣石门刻石、会稽刻石、句曲山白璧刻文等，一一歌颂秦始皇统一天下的功业。东汉时期，窦宪出击匈奴，大获全胜，"遂登燕然山"，"刻石勒功，纪汉威德"，令班固作铭。燕山刻铭，自此成为文学史上盛事。李暠此次勒铭酒泉，刘昞作文，即是仿效上述中原刻石颂德风气的体现，亦为敦煌文学史上的一桩盛事。

李暠虽然迁都酒泉，但并不以为据点，进攻北凉，而是以此为屏障，保护西凉境内百姓不受北凉侵扰。所以，一时之间，百姓安居乐业，西凉祥瑞不断，一派欣欣向荣的景象。史书记载："既而蒙逊每年侵寇不止，暠志在以德抚其境内，但与通和立盟，弗之校也。"②建初四年，"时白狼、白兔、白雀、白雉、白鸠，皆栖其园囿，群僚以为白祥，金精所诞，皆应时雍而至。又有神光甘露连理嘉禾众瑞，请史官记其事，暠从之"③。可谓天时、地利、人和，一时俱备。此时，西凉政权正如冉冉升起的朝阳，照耀着西北。

三　西凉《槐树赋》活动与魏晋文学

《十六国春秋》记载："初河右不生楸、槐、柏、漆，张骏之世取于秦陇而植之，终于皆死。至是而酒泉宫之西北隅，有槐树生焉，乃

---

① （北魏）崔鸿著，（清）汤球辑补：《十六国春秋辑补》卷93《西凉传》，丛书集成初编本，商务印书馆1936年版，第640页。

② 《十六国春秋》，文渊阁四库全书本。

③ （北魏）崔鸿著，（清）汤球辑补：《十六国春秋辑补》卷93《西凉传》，丛书集成初编本，商务印书馆1936年版，第642页。

著《槐树赋》以寄情，盖叹僻陋遐方，立功非所也，遂命主簿梁中庸及儒林祭酒刘昞等并作。"① 这次《槐树赋》的文学活动，《太平御览》、《册府元龟》等典籍均有记载，以《十六国春秋》记载最为翔实。此次活动由李暠发起，梁中庸、刘昞等作为僚属，当时也作有作品，可惜都失传了。

关于这次活动的时间，诸家记载并不一致。文渊阁四库全书本的《十六国春秋》将此次活动系于建初四年"白精"祥瑞之后，而清人汤球辑补的《十六国春秋》却没有明确纪年，只是将此次活动系于李暠去世之后，采用追述回忆的方式记录此事。② 这一情形，与《太平御览》相似。《太平御览》以追述生平形式的回忆此次活动，没有系年，置于《述志赋》之后（《太平御览》卷124）。《册府元龟》也没有明确纪年，系于《曲水赋》《述志赋》之后（《册府元龟》卷228）。《太平御览》《册府元龟》均为大型类书，对于此次活动仅以摘抄的方式予以记载，汤球辑补的《十六国春秋》受此影响，也没有系年。因此，笔者认为文渊阁四库全书本《十六国春秋》"建初四年"的记载，可以信从。

李暠《槐树赋》的创作初衷，按《十六国春秋》记载，是借槐树以寄情，"叹僻陋遐方，立功非所也"，借物抒怀，颇类于其《述志赋》的创作。所以，《太平御览》、《册府元龟》均将此赋置于《述志赋》之后，盖渊源于此。

《晋书》记载东晋名将桓温北伐，"行经金城，见少为琅邪时所种柳皆已十围，慨然曰：'木犹如此，人何以堪！'攀枝执条，泫然流涕。于是过淮泗，践北境，与诸僚属登平乘楼，眺瞩中原，慨然曰：'遂使神州陆沈，百年丘墟，王夷甫诸人不得不任其责！'"李暠《槐树赋》有感而发，与桓温"木犹如此，人何以堪"的慨叹，情景何其

---

① 《十六国春秋》，文渊阁四库全书本。

② （北魏）崔鸿著，（清）汤球辑补：《十六国春秋辑补》卷93《西凉传》，丛书集成初编本，商务印书馆1936年版，第645页。

相似。二人的抱负与功业，缘木而发，无限感慨。

在中国上古文化里，槐树的政治象征色彩浓厚，与政治关系密切。《周礼·秋官·司寇》云："面三槐，三公位焉，州长众庶在其后。"曹植《魏德论》曰："武帝执政日，白雀集于庭槐。"（《全三国文》卷17）此槐树代表三公之位。又《春秋元命苞》曰："树槐，听讼其下。"姜太公《金匮》记载："武王问太公曰：'天下神来甚众，恐后复有试予者也。何以待之？'太公曰：'请树槐于王门内，王路之右，起西社，筑垣墙，祭以酒脯，食以牺牲，尊之曰社。……客有益者入，无益者距之。岁告以水旱与其风雨，泽流悉行，除民所苦也。'"（《全上古文》卷7）槐树与政治有密切渊源。

无独有偶，殷仲文东晋名臣也有顾槐之叹，与李暠、桓温鼎足而三，可见当时的风气。庾信《枯树赋》曰："殷仲文风流儒雅，海内知名。世异时移，出为东阳太守。常忽忽不乐，顾庭槐而叹曰：'此树婆娑，生意尽矣。'"殷仲文以槐自比，借槐抒怀，与李暠《槐树赋》中的失落心迹相类似。

从建安时代起，文学集团蔚然成风，《槐树赋》的集体创作活动，便弥漫在魏晋的文学风气里。曹魏时期《槐树赋》的集体创作活动，今天可以考知的有魏文帝《槐树赋》、曹植《槐树赋》、王粲《槐树赋》，以及繁钦的《槐树诗》，这样同题的诗赋创作，可见当时创作的风气，赖《初学记》《艺文类聚》等类书予以保存，得以管窥其貌，其他佚亡者无从知晓。晋代的挚虞、傅选、庾儵、王济等，也都有《槐树赋》传世。《晋书》卷51《挚虞传》记载："挚虞善观玄象，尝谓友人曰：'今天下方乱，避难之国，其唯凉土乎！'"挚虞通过观察天象，早已预测到了西晋末年的大乱，并提前告诫友人凉州可以作为避乱之地。挚虞的这番话，道出永嘉之乱世家大族避乱凉州的原因之一，同时也反映出他与凉州的密切渊源。

四　李暠曲水赋诗与晋代文学风会

三月三日曲水流觞的风俗及赋诗活动，主要始于两晋时期。《晋书》记载，晋武帝曾经询问"三日曲水之义"，挚虞回答说："汉章帝时，平原徐肇以三月初生三女，至三日俱亡，邨人以为怪，乃招携之水滨洗祓，遂因水以泛觞，其义起此。"晋武帝听后，指出："必如所谈，便非好事。"但挚虞的说法，遭到束皙的反对，他向晋武帝介绍曰："挚虞小生，不足以知，臣请言之。昔周公成洛邑，因流水以泛酒，故逸诗云'羽觞随波'。又秦昭王以三日置酒河曲，见金人奉水心之剑，曰：'令君制有西夏。'乃霸诸侯，因此立为曲水。二汉相缘，皆为盛集。"晋武帝听后大悦，赐束皙"金五十斤"（《晋书·束皙传》）。据此，三月曲水流觞，受到晋武帝的关注。但有关曲水流觞的来历，当时已有不同的说法。挚虞的说法不吉祥，而束皙的说法颇富有政治意义，因此晋武帝大加奖赏。

今可考见的三月三日曲水赋诗的文学集会，始于东晋时期。以王羲之为代表，当时的曲水赋诗活动颇具规模。王、谢、庾、郗等名门望族的贵族，几乎都有诗文传世。如王羲之《三月三日兰亭诗序》《兰亭诗二首》《三月三日诗》，庾阐《三月三日临曲水诗》《三月三日诗》，谢安、谢万、袁峤之、王凝之、王肃之、王徽之、王彬之、徐丰之、孙统等，均作《兰亭诗二首》，孙嗣、郗昙、庾友、庾蕴、庾友、曹茂之、华茂、桓伟、王玄之、王涣之、王蕴之、王丰之、魏滂、虞说、谢绎、曹华等，皆作《兰亭诗》。一时之间，曲水赋诗，洵为彬彬之盛。

余波袅袅，泽及后世。稍后的刘宋时期，宋孝武帝以帝王之尊，将汉武帝柏梁赋诗与晋代曲水赋诗相融合起来，创制了曲水联句，有《华林都亭曲水联句产柏梁体诗》传世。同时期，有谢惠连《三月三日曲水集诗》、颜延之《应诏燕曲水作诗》等佳作。《宋略》记载："文帝元嘉十一年三月丙申，禊饮于乐游苑，且祖道江夏王义恭、衡阳王义季，有诏会者赋诗。"（《文选》李善注）可见刘宋君王宴乐曲水赋诗的大致情形。

而在王羲之之后，宋孝武帝之前，作为西凉王的李暠，已经以帝王之尊，召集群僚曲水赋诗了，由此可见他们与中原文学的紧密关系，以及他们的曲水赋诗活动在中国文学史上的重要地位。

虽然这次活动，史书记载较为简略，也没有相关作品流传至今，但作为西北蛮荒僻地，在当时无疑是一次了不起的文学盛会。四库全书本《十六国春秋》记载："建初九年春三月上巳，暠燕于曲水命群僚赋诗，而亲为之序。"①《太平御览》记载："五年正月又立泮宫，增高门学生五百人。……九月，立第二子歆为世子。正月大赦，改年为建初。元年三月燕于曲水，命群僚赋诗，暠亲为之叙文。"（《太平御览》卷124）上述两家记载中，对于曲水赋诗的时间记载，一作建初九年，一作建初元年，二者相距八年。清人汤球辑《十六国春秋》，从建初九年说。并注云："亦见《御览》三十"②，笼统言之。今存李暠《上巳曲水宴诗序》，惜有录无文。其大抵仿照王羲之《三月三日兰亭诗序》，当时参与赋诗者应亦不少。

纵观现知的李暠与群僚的文学集会，与中原魏晋文学集会颇为相似，或效仿建安文学集团的咏唱，或模拟王、谢名士的曲水赋诗，从以帝王之尊的提倡和参与，到歌咏题材的承继，如靖恭堂序颂、酒泉勒铭、槐树赋、曲水赋诗等，无不倾注了巨大的热忱与精力，绽放出异域的奇彩。

第二节　李暠向东晋朝廷的上表及其辞赋创作

公元400年，李暠据敦煌创立西凉政权，改元庚子，史称庚子元年，时值东晋晋安帝司马德宗隆安四年。公元405年，李暠改元建初，遣使奉表于东晋；翌年，再次奉表，建立起与东晋政府的联系。

---

① 《十六国春秋》卷91《西凉录》，文渊阁四库全书。

② （北魏）崔鸿著，（清）汤球辑补：《十六国春秋辑补》卷93《西凉传》，丛书集成初编本，商务印书馆1936年版，第642页。

一　李暠政权与中原文脉

李暠政权与中原文化渊源颇为密切。李暠为陇西李氏，是西汉陇西名将李广的第十六代孙。李广曾祖父李仲翔在西汉初年为将军，讨叛羌于狄道（又名素昌），寡不敌众，死于狄道，其子奔丧，葬之于狄道，从此定居当地，世代为豪族大姓。李暠高祖李雍、曾祖李柔，"仕晋并历位郡守"，张轨主政凉州后，李柔被封为武卫将军、安世亭侯。李暠父亲李昶，"幼有令名，早卒"，李暠为其遗腹子。因而作为陇西李氏一脉，李暠先辈在凉州声誉极高。

西晋永嘉之乱后，张轨主政凉州，中原人士多避乱来投，史家有"凉州自张氏以来号为多士"美誉，认为"永嘉之乱，中州之人士避地河西，张氏礼而用之，子孙相承，衣冠不坠，故凉州号为多士"（《资治通鉴》卷123），有识之士也看到："凉州虽地居戎域，然自张氏以来，号有华风。"（《北史·胡叟传》）因此，自永嘉之乱后，敦煌虽为僻地，但与中原文化的交流比以前更为频繁、密切了。这些文化风气，到李暠西凉政权仍然在持续，并且受到空前的重视。

因为李氏家族的名望，李暠被敦煌士庶公推为领袖，建立起具有鲜明中原文化色彩的西凉政权。《魏书·唐和传》记载，唐和父亲唐繇（一作瑶）"以凉土丧乱，民无所归，推陇西李暠于敦煌，以宁一州"。可见李暠在当时东归人士心目中的威望。又《晋书·武昭王传》："隆安四年，晋昌太守唐瑶移檄六郡，推玄盛为大都督、大将军、凉公、领秦凉二州牧、护羌校尉。"又《资治通鉴·晋纪三十三》："北凉晋昌太守唐瑶叛移檄六郡，推李暠为冠军大将军、沙州刺史、凉公、领敦煌太守。"胡三省注："六郡，盖敦煌、酒泉、晋昌、凉兴、建康、祁连也。"李暠西凉政权中，确实有不少永嘉之乱后的遗民。李暠也自觉地以拯救"晋之遗黎"为使命。他曾经对群僚说："昔河右分崩，群豪竞起，吾以寡德为众贤所推，何尝不忘寝与食，思济黎庶。今惟蒙逊峙踌时一城。自张掖已东，晋之遗黎，虽为戎虏所制，至于向义思风，过于殷人之望西伯。大业须定，不可安寝。"① 他日夜操劳，为拯救中原遗民忧心。在他统治的凉州，有不少中原人士被加以格外保护。《十六国春秋》记载：

> 沮渠蒙逊来侵，至于建康，掠三千余户而归，暠大怒，率骑追之及于弥安，大败之，尽收所掠之户。初符坚建元之末，徙江汉之人万余户于敦煌，中州之人有田畴不辟者，亦徙七千余户。郭黁之寇武威，武威、张掖已东人，西奔敦煌、晋昌者数千户，及暠东迁，皆徙之于酒泉。分南人五千户，置会稽郡，中州人五千户，置广夏郡，余万三千户分置武威、武兴、张掖三郡，筑城于敦煌南子亭，以威南虏。②

面对蒙逊的屡次侵犯，力主"以德抚境"的李暠这次一反常态，率兵反击，将蒙逊所掠之户悉数追回。从史书的追述来看，此次被蒙逊所掠人口中，不乏中原人士，所以李暠震怒之下，奋起反击。按上述史实记载，符坚迁徙江汉之人万余户、中州之人（即中原之人）七千余户于敦煌，这些江汉之人，即下文所称的"南人"，与中原之人，被李暠分置会稽、广夏两郡，总数仍然高达万户，与分置武威、武兴、张掖三郡的"万三千户"，共同构成李暠西凉国人口的整体，其中作为"晋之遗黎"的江汉之人、中州之人，所占比重不小。

在这些"晋之遗黎"中，有些就是跟随晋朝王室避乱到敦煌的。《魏书·崔宽》记载，崔宽祖父崔彤"随晋南阳王保避地陇右，遂仕于沮渠李暠"。南阳王司马保被杀后，"其众奔凉州万余人"（《晋书·张轨传》）。可见张轨、李暠为保存中原王脉之地，为东晋南阳王司马保部众所栖息之地，他们心系中原，并渴望收复失地。《魏书·崔

---

① （北魏）崔鸿著，（清）汤球辑补：《十六国春秋辑补》卷 93《西凉传》，丛书集成初编本，商务印书馆 1936 年版，第 637 页。

② 同上。

宽》记载，崔宽父亲崔剖"每慷慨有怀东土，常叹曰：'风雨如晦，鸡鸣不已。吾所庶几'"，可谓当时寓居凉州的中原人士及后裔的心理写照。

二　李暠向东晋朝廷的上表

北齐魏收《魏书·太祖纪》云："天兴三年，李暠私署凉州牧凉公。"又《魏书》列传第八十七卷首云："私署凉王李暠。"魏收将李暠归入"私署"之列的做法，遭到了唐代史学家刘知几的批判。刘知几尖锐地指出："私署凉王李暠，此皆篇中所具，又于卷首具列，必如收意，使其撰两汉书、三国志题诸盗贼传，亦当云僭西楚霸王。"（《史通》卷4）李暠虽然建立西凉政权，但其情系东晋，其先后两次上表朝廷，称臣之心，溢于言表。故后世也看得清晰。隋代大儒王通说："东晋凉州牧自张轨世禀晋命，至是李暠据敦煌（沙州），沮渠蒙逊据张掖（甘州），各僭号建元，其实晋一牧而已。"①王通"世禀晋命"，颇得张轨、李暠政权与中原的关系，"其实晋一牧而已"，更指出了张轨、李暠臣服于晋朝中央的实情。唐代许嵩《建康实录》云："隆安四年敦煌太守李暠自称秦、凉二州牧、凉公，号庚子元年。"又云："义熙元年，是岁凉王李暠奉表称藩。"（卷10）这一记载，也表明了李暠与东晋政府的往来关系。有鉴于此，唐代初期编修的《晋书》，一反北齐魏收《魏书》"私署凉王"的称谓，用"国人上谥曰武昭王"中的谥号，将其传记称为《凉武昭王传》。

李暠在位期间，先后两次向东晋朝廷上表称臣，第一次是义熙元年（建初元年）春，第二次是义熙三年（建初三年）冬十二月。《十六国春秋》记载，义熙元年春正月，"西凉公暠自称大将军、大都督，领秦凉二州牧，大赦，改元建初，遣舍人黄始、梁兴，间行奉表诣建康"②。这篇表文，严可均《全晋文》定名为《自称凉公领秦凉二州牧

---

① （隋）王通撰，（唐）薛收传，（宋）阮逸注：《玄经》卷7，汉魏丛书本。
② 《十六国春秋》，文渊阁四库全书本。

奉表诣阙》，其文曰：

昔汉运将终，三国鼎峙，钧天之历，数钟皇晋。高祖阐鸿基，景文弘帝业，嗣武受终，要荒率服，六合同风，宇宙齐贯。而惠皇失御，权臣乱纪，怀愍屯邅，蒙尘于外，悬象上分，九服下裂，眷言顾之，普天同慭。伏惟中宗元皇帝基天绍命，迁幸江表，荆阳蒙弘覆之秒，五都为荒榛之薮。故太尉、西平武公轨，当元康之初，属扰攘之际，受命典方，出抚此州，威略所振，声盖海内。明盛继统，不陨前志，长旌所指，仍辟三秦，义立兵强，拓境万里。文桓嗣位，奕叶载德，囊括关西，化被昆裔，退迩款藩，世修职贡。晋德之远扬，繄此州是赖。大都督、大将军天锡，以英挺之姿，承七世之业，志匡时难，克隆先勋，而中年降灾，兵寇侵境，皇威遐邈，同奖弗及，以一方之师，抗七州之众，兵孤力屈，社稷以丧。

臣闻历数相推，归余于终，帝王之兴，必有闰位。是以共工乱象于黄、农之间，秦项篡窃于周汉之际，皆机不旋踵，覆悚成凶。自戎狄陵华，已涉百龄，五胡借袭，期运将抄，四海颙颙，悬心象魏。故师次东关，赵魏莫不企踵；淮南大捷，三方欣然引领。伏惟陛下道协少康，德侔光武，继天统位，志清函夏。至如此州，世笃忠义，臣之群僚，以臣高祖东莞太守雍、曾祖北地太守柔荷宠前朝，参忝时务，伯祖龙骧将军、广晋太守长宁侯卓、亡祖武卫将军、天水太守安世亭侯畀毗佐凉州，著功秦陇，殊宠之萨，勒于天府，妄臣无庸，辄依窦融故事，迫臣以义，上臣大都督、大将军、凉公、领秦凉二州牧、护羌校尉。臣以为荆楚替贡，齐桓兴召陵之师，诸侯不恭，晋文起城濮之役，用能勋光践士，业隆一匡，九域赖其弘猷，《春秋》恕其专命，功冠当时，美垂千祀。况今帝居未复，诸夏昏垫，大禹所经，奄为戎墟，五岳神山，狄污其三，九州名都，夷秽其七，幸有所言，于兹而验。微臣所以叩心绝气，忘寝与食，彤肝焦虑，不遑宁息者也。江凉虽辽，义诚密迩，风云苟通，实如唇齿。臣虽名未结于天台，量未著于海内，然凭赖累祖宠光余烈，义不细辞，以稽大务，辄顺群议，亡身即事。辕弱任重，惧忝威命，昔在春秋，诸侯宗周，国皆称元，以布时令。今天台邈远，正朔未加，发号施令，无以纪数，辄年冠建初，以崇国宪。冀杖宠灵，全制一方，使义诚著于所天，立风扇于九壤，殉命灰身，陨越慷慨。

表文陈词慷慨，直抒胸臆，先叙述两晋的历史，从西晋开国到永嘉之乱，再到东晋建国江南。紧接着叙述凉州历史，在永嘉乱后，从张轨到李暠，先后主政凉州，"化被昆裔"，"晋德之远扬，繄此州是赖"，称誉凉州对于晋朝文化的远扬之功。接着又叙述李氏先辈功业与中原前朝的关系，表明自己臣服东晋的款诚之心。表文说："自戎狄陵华，已涉百龄，五胡借袭，期运将抄"，至如凉州，"世笃忠义"。从高祖李雍、曾祖李柔等"毗佐凉州，著功秦陇"，而自己虽然自称凉州牧，但誓将"依窦融故事"，效命于中央王朝，"全制一方，使义诚著于所天"。表文之言，发自肺腑，措辞不卑不亢，诸代历史典故，自然融入其间，既有气势，又颇具文采。

第一次表文上奏后，没有获得东晋朝廷的回音，时隔二三年，李暠再次上表，以沙门法泉"间行奉表"。这次上表，严可均《全晋文》定名曰《复奉表》。其文云：

江山悠隔，朝宗无阶，延首云极，翘企遐方。伏惟陛下应期践位，景福自天。臣去乙巳岁顺从群议，假统方城，时遣舍人黄始奉表通诚，遥途险旷，未知达不？吴凉悬邈，蜂虿冲衢，万珍贡使，无由展御，谨副写前章，或希简达。

臣以其岁进师酒泉，戒戎广平，庶攘茨秽，而黠虏恣睢，未率威教，凭守巢穴，阻臣前路。窃以诸事草创，仓帑未盈，故息兵案甲，务农养士。时移节迈，荏苒三年，抚剑叹愤，以日成岁。
今资储已足，器械已充，西招城郭之兵，北引丁零之众，冀凭国
威，席卷河陇，扬旌秦川，承望诏旨，尽节竭诚，陨越为效。

又臣州界迥远，勍寇未除，当须镇副，为行留部分，辄假臣世
子监前锋诸军事、抚军将军、护羌校尉，督摄前军，为臣先驱，
又敦煌郡大众殷，制御西域，管辖万里，为军国之本，辄以次子
让为宁朔将军、西夷校尉、敦煌太守，统摄昆裔，辑宁殊方。自
馀诸子，皆在戎间，率先士伍，臣总摄大纲，毕在输力，临机制
命，动静续闻。

相较于前表，后表内容较为简略，原因是后表上奏时，仍然带有
前表，后表所云"谨副写前章，或希简达"，即是这层意思。由于这
次是前后表同时上奏，所以前表中已有的内容，后表便不再重复，开
篇只是阐明同时上奏前后表的原因。随后，简略地汇报西凉目前的发
展态势，以及相关的人事安排。

上述李暠对于东晋上表的这些真实情感，从其交游也可以得到侧
面旁证。俗话说："物以类聚，人以群分。"又《管子·权修》："观其
交游，则其贤不肖可察也。"从古至今，中国人非常重视交友之道，考
察其交游成为考察一个人品行、思想的重要依据之一。《十六国春秋》
记载，李暠"与辛景、辛恭靖同志友善，景等归晋，遇害江南，暠闻
而吊之"。辛景、辛恭靖作为李暠的挚友，从敦煌"归晋"，其中临行
诀别，李暠必然知晓；当他们"遇害江南"后，李暠又恸情哀悼，足
见彼此的情深义重。以上种种，均可侧面看出李暠对于东晋必然具有
的一些感情。

从后来东晋政府册封的史实来看，第二次上表应该是顺利送达了
东晋朝廷。李暠由此与东晋政府建立了来往关系。《十六国春秋》记
载，李暠去世后，其子李歆继任。李歆即位的第二年，东晋朝廷即颁
布册封文书，史称："嘉兴二年，朝廷以歆为持节都督七郡诸军事、镇

西大将军，护羌校尉、酒泉公"①。由此可见，李氏政权不仅建立了与东晋政府的往来联系，而且得到了东晋政府的肯定。李歆即位后的第二年，东晋政府即派出使者予以册封，可见当时西凉与东晋政府的紧密联系。

《十六国春秋》记载，东晋元熙二年（西凉嘉兴四年）夏六月，晋恭帝禅位于宋刘裕。秋七月，李歆遣使贡献于宋。甲辰，宋诏以李歆为都督高昌等十郡诸军事、征西大将军、酒泉公。② 按此记载，西凉政权在东晋灭亡后，很快地与刘宋朝廷建立联系，并得到刘宋朝廷的册封。西凉覆灭后，李歆之子"重耳脱身，奔于江左，仕于宋，后归魏，为弘农太守"③，也可见当时李氏政权与刘宋王朝的良好关系。无论是东晋王朝，还是刘宋王朝，西凉李氏政权始终与之保持着良好的关系，这也正是身处敦煌僻地的李氏政权臣服中原王朝、情倾中原文化的又一直接体现。

宋儒郑樵在其《通志》中批评唐人尊显李暠的记载及做法，他说："臣谨按：魏史以张寔与乞伏氏同书，李暠与沮渠氏并例，此旧史平心之论也。唐人修晋史，以本朝谱系之故，尊显李暠，不使侪之僭伪，编诸列传曰凉武昭王，至为讳其名，以字书之。既而疑其独异也，则又取张轨世家列于其首，使人不得议其私也。轨以惠帝永宁初，自散骑常侍、征西军司出为护羌校尉、凉州刺史，奉王命为方伯，挂名列传犹之可也。然自中州覆没，子孙相承，九主七十六年，不禀江东正朔，谓非僭国，可乎？李暠遭吕氏崩离，盗割其壤，建年立号，鸱峙一方，稽之于时，盖去中兴已八十四年，彼岂知建业复有典午氏宗枋邪？虽尝奉表归诚，不过仗名义倔强自立耳，非真欲延首万里，受人羁縻也。张氏之先，委质王庭，且不得立在列传。李暠特沮渠乞伏之

---

① （北魏）崔鸿著，（清）汤球辑补：《十六国春秋辑补》卷93《西凉传》，丛书集成初编本，商务印书馆1936年版，第647页。

② 《十六国春秋》，文渊阁四库全书本。

③ （北魏）崔鸿著，（清）汤球辑补：《十六国春秋辑补》卷93《西凉传》，丛书集成初编本，商务印书馆1936年版，第649—650页。

雌者，其得在列传间邪？甚矣！晋史之失也。且其序载记也，各以世次，书张氏据河西，李暠据敦煌，则其姓字已参错于扛鼎者之列，而乃窜其传于他卷中，又自相戾已。今依旧史所定，以二凉归之载记，使以模拟。又自梁氏败亡，萧詧称制江陵，历魏、周、隋，传三主三十三年，县疣附赘，不当闰位，故亦继载记后云。"①平心而论，郑樵《通志》的说法，不甚恰切。他只看到李暠割据称王的一面，未看到其心系中原的真情实感。唐人尊显李暠，固然是李暠跻身《晋书》列传的一大原因。但揆之史实，唐人将张轨、李暠别于沮渠乞伏、沮渠蒙逊等，是别有另一番道理的。五胡十六国政权中，独有张轨、李暠政权虽然僻处凉州，但仍然情系中原，尤其在民族文化的认同上仍然奉中原为正朔，他们自觉地以中原汉人自居，以别于胡人。与李暠同时代的胡叟有如此感慨："凉州虽地居戎域，然自张氏以来，号有华风"（《北史·胡叟传》）。李暠西凉政权中，仍然有多达上万户的"晋之遗黎"，足见"华风"之盛。李暠之妻尹氏在西凉被北凉沮渠蒙逊覆灭后，斥责他说："李氏为胡所灭，知复何言？"又说："子孙漂流，托身丑虏，老年余命，当死于此，不能作毡裘鬼也。"俨然以西凉李氏为晋室在河西的正统。所有这些，都是情系中原，奉中原为正朔的时人心态。因此，从这个意义上，《晋书》将张轨、李暠别于沮渠乞伏、沮渠蒙逊等载记，以其与中原文化的亲疏远近作为划分依据，契合当时的史实。

三　李暠《述志赋》创作与中原地区"述志"感怀的传统

李暠《述志赋》的创作时间，史籍记载不一。《太平御览》、《晋书》本传，均未载明创作时间。按《晋书》本传顺序，《述志赋》的创作时间，在李暠"训诫以勖诸子"之后，在李暠临终顾命宋繇之前，如此顺序，鲜明地体现出李暠壮志未酬、英雄失路的慷慨悲歌。

---

① （宋）郑樵：《通志》卷186《载记》，中华书局1987年影印版，第2967页。

而《十六国春秋》对《述志赋》创作时间有明确系年：建初十年
（415）。《十六国春秋》记载：

　　　　建初十年，暠以伟世之量，当吕氏之末，为群雄所奉，遂起伯
　　（一作霸）图，兵无血刃，坐定千里，谓张氏之业指日而成，河西
　　十郡岁月而一。既而秃发傉檀入据姑臧，沮渠蒙逊基宇稍广，于
　　是慨然著《述志赋》焉。①

　　除时间纪年外，《晋书》本传内容与此相同。李暠西凉建立之初，
形势尚好，所以李暠志向远大，希冀一统河西。然而，好景不长，河
西地区很快形成三足鼎立的局面：有鲜卑拓跋氏（秃发即拓跋的异
译）建立的南凉政权，入据姑臧；段业据张掖的北凉政权很快被蒙逊
所取代，发展势头迅猛，对西凉构成很大的威胁。郑樵《通志》云：
"秃发乌孤据廉川称南凉，段业据张掖称北凉，后三年李暠据敦煌称西
凉，后一年沮渠蒙逊杀段业称凉。"（卷186）足见当时凉州三分的鼎
足之势。正是在这样的形势之下，虽然李暠苦心经营西凉长达十余年，
但收效甚微，面对蒙逊屡屡侵寇的强势，李暠只得"德抚其境"，与
蒙逊"通和立盟"。盛年不再，时不我待，年已六旬有余，李暠倍感
颓唐，壮志未酬，感慨嘘唏，于是写下了这篇《述志赋》。
　　辞赋开篇叙说自己早年无意于功名的归隐思想："幼希颜子曲肱之
荣，游心上典，玩礼敦经。蔑玄冕于朱门，羡漆园之傲生；尚渔父于
沧浪，善沮溺之耦耕。"向往自由、无拘无束的生活。这一点，正如他
起兵时自言"吾少无风云之志"，"不图此郡士人，忽尔见推"，是乱
世风云将他推上西凉王位。乱世之中，他以拯救道义为己任，救生
灵于水火，他描绘说："张王颓岩，梁后坠壑，淳风杪莽以永丧，缙绅
沦胥而覆溺"，"悼贞信之道薄，谢惭德于圜流"，"故覆车接路而继

─────────────

　　① 《十六国春秋》，文渊阁四库全书本。

轨，膏生灵于土壤"。西凉君臣同心协力，戮力苍生，"君希虞夏，臣庶夔益"，国君以虞舜、夏禹等仁君为偶像，大臣仿效夔、益等贤臣。一时之间，人才济济，争相效劳于西凉。然而，现实的残酷，让李暠不能不更加渴望那些运筹帷幄之中的军士，那些驰骋疆场的猛将。国乱思良将，他回望刘邦、刘备时代的英雄，不禁神往：

> 采殊才于岩陆，拔尧彦于无际。思留侯之神遇，振高浪以荡秽。想孔明于草庐，运玄筹之罔滞。洪操盘而慷慨，起三军以激锐。咏群豪之高轨，嘉关张之飘杰，誓报曹而归刘，何义勇之超出！据断桥而横矛，亦雄姿之壮发。辉辉南珍，英英周鲁，挺奇荆吴，昭文烈武，建策乌林，龙骧江浦。摧堂堂之劲阵，郁风翔而云举，绍樊韩之远踪，侔徽猷于召武，非刘孙之鸿度，孰能臻兹大佑！信乾坤之相成，庶物希风而润雨。（《述志赋》）

他渴望与张良、诸葛亮的神遇，他畅想关羽、张飞、周瑜、鲁肃、樊哙、韩信的雄姿英发，"赳赳干城，翼翼上弼，恣毗奔钰，截彼丑类。且洒游尘于当阳，拯凉德于已坠"。其末尾落笔说："思遗餐而忘寐"，"托精诚于白日"，夙兴夜寐，勤劳王事。全篇作品直抒胸臆，多用四六句式，文采华丽，用典较多，悲壮而昂扬，不失英雄气概。

自孔子以降，时光飞逝的忧惧与功业的蹉跎无成，便成了仁人志士的反复咏叹和感怀的主题。《论语·子罕》："子在川上曰：'逝者如斯夫，不舍昼夜！'"又云："子曰：'后生可畏，焉知来者之如今也？四十、五十而无闻焉，亦不足畏也已。'"又《论语·阳货》："子曰：'年四十而见恶焉，其终也已。'"自此，日月如梭，四十无闻的忧惧，便成为个体抒情、述志感奋的传统。

汉代《毛诗序》："诗者，志之所之也，在心为志，发言为诗。"揭示了"诗以言志"的创作传统。今存较早以"某志"直接命篇的诗歌，为东汉敦煌人侯瑾的《述志诗》。侯瑾在敦煌乃至河西影响很大。

《后汉书》本传记载，侯瑾"性笃学"，"作《矫世论》以讥切当时，而徙入山中，覃思著述。以莫知于世，故作《应宾难》以自寄"，"河西人敬其才而不敢名之，皆称为侯君云"。同时代还有仲长统的两首《述志诗》（一作《见志诗》）。可见侯瑾《述志诗》的创作源于当时的世风影响。而李暠身处敦煌，其《述志赋》的创作不免受到侯瑾《述志诗》传统的浸染与熏陶。

　　与"诗以言志"的创作传统相同步的，是"赋以抒怀"的创作传统。元代袁衷有说："古人以赋托志，或比拟贤哲，或寓情幽怨，或述己出处，若愍志、复志、述志之类非一，大抵皆假设仿喻，依楚语属辞。"（《求志赋序》）受屈原感奋以抒情的影响，从西汉开始，便不断有作家将自己的愤懑、感伤诉诸辞赋之中，"以赋托志"。如贾谊《吊屈原赋》，司马相如《长门赋》，司马迁《悲士不遇赋》，扬雄《逐贫赋》，到了东汉，便成为抒情赋中的重要门类：述志赋。如崔篆《慰志赋》、班固《幽通赋》、冯衍《显志赋》等，是东汉早期述志赋的重要作品，其中又以冯衍《显志赋》最具代表性。冯衍胸怀大志，颇富才干，但英雄无用武之地，坎坷潦倒。辞赋主要叙述他的个人遭遇、家庭生活、子嗣早夭等诸多不幸，在自责与恐惧中，决定将退隐作为自己的人生归宿。正因为冯衍《显志赋》艺术上的成功，被后世奉为述志赋的重要源头。

　　清人吴景旭说："自冯衍有《显志赋》，而刘桢之遂志、丁仪之厉志、韦诞之叙志、枣据之表志、曹摅之述志、陆机之遂志、梁元帝之言志，诸赋出矣。"[①]换句话说，自冯衍《显志赋》以降，汉晋南北朝的《述志赋》创作蔚然成风。其中魏晋时期，作品丰富，形式多样。比较有影响的作品，除吴景旭所列举外，还有曹操的《述志令》，曹植的《玄畅赋》、《幽思赋》，潘尼的《怀退赋》，傅咸的《申怀赋》等。曹操《述志令》开篇叙说自己早年的理想："孤始举孝廉年少，

―――――――――――

① 吴景旭：《历代诗话》卷 19，文渊阁四库全书本。

自以本非岩穴知名之士，恐为海内人之所见凡愚，欲为一郡守，好作政教，以建立名誉，使世士明知之。"从少时的理想开始谈起，李暠《述志赋》开篇的章法结构，与此颇为相似，或不免受其影响。

陆机的《遂志赋》创作，意在魏晋述志赋之集大成，其序言交代汉晋述志赋创作的源流甚详：

> 昔崔篆作诗以明道述志，而冯衍又作《显志赋》，班固作《幽通赋》，皆相依仿焉，张衡《思玄》，蔡邕《玄表》，张叔《哀系》，此前世之可得言者也。崔氏简而有情，《显志》壮而泛滥，《哀系》俗而时靡，《玄表》雅而微素，《思玄》精练而何惠，欲丽前人，而优游清典，漏幽通矣。班生彬彬，切而不绞，哀而不怨矣。崔、蔡冲虚温敏，雅人之属也。衍抑扬顿挫，怨之徒也。岂亦穷达异事，而声为情变乎！余备托作者之末，聊复用心焉。

陆机指陈汉晋述志赋诸家的得失，谦称"备托作者之末，聊复用心焉"，实欲发愤著述，以成后来者居上之势。惜其全文不存，仅残篇断句，无从比较其中优劣。

按陆机《遂志赋序》，东汉崔篆以降，诸家"以赋托志"，述志言情，题名各不相同，崔篆曰《慰志赋》，冯衍曰《显志赋》，刘桢曰《遂志赋》，丁仪曰《厉志赋》，韦诞曰《叙志赋》，枣据曰《表志赋》，曹摅曰《述志赋》，陆机曰《遂志赋》，梁元帝曰《言志赋》；班固曰《幽通赋》，曹植曰《幽思赋》；张衡曰《思玄赋》，曹植曰《玄畅赋》；潘尼曰《怀退赋》，傅咸曰《申怀赋》；等等，不一而足，颇为混乱。李暠《述志赋》题名，直接沿用西晋曹摅所创旧题，自此成为固定题名，为后世仿效，形成一种追慕的风气。李暠之后，直接以《述志赋》名篇的，主要有唐代的隋萧后，宋代的张九成，明代的刘基、陶望龄、黄辉，等等，影响深远。

李暠《述志赋》题名，直接沿用曹摅所题，看似偶然，实含追慕。

曹摅是西晋有名的良吏，也是永嘉之乱中为国捐躯的西晋名臣。《晋书·良吏传》记载，曹摅"少有孝行，好学善属文"，临淄县令时广施仁政，最为轰动的是释放囚犯回家过新年，史书云：

> 狱有死囚，岁夕，摅行狱，愍之，曰："卿等不幸致此非所，如何？新岁人情所重，岂不欲暂见家邪？"众囚皆涕泣曰："若得暂归，死无恨也。"摅悉开狱出之，克日令还。掾吏固争，咸谓不可。摅曰："此虽小人，义不见负，自为诸君任之。"至日，相率而还，并无违者，一县叹服，号曰圣君。（卷90）

曹摅的惠政，为后世所仿效。如明代汤显祖为遂昌知县时，仿效曹摅，让囚犯回家过春节，元宵还让囚犯出去观灯。永嘉年间，曹摅率兵平乱，战死疆场，"故吏及百姓并奔丧会葬，号哭即路，如赴父母焉"。无论是曹摅的仁政，还是战死疆场，在当时都引起社会上不小的震动。永嘉之乱，中原人士多逃难凉州，身处其时其地的李暠，对曹摅的人品、事迹必然熟悉，他对曹摅《述志赋》的仿效，透露出他对曹摅人格魅力的敬仰和倾心。李暠《述志赋》开篇："蔑玄冕于朱门，羡漆园之傲生；尚渔父于沧浪，善沮溺之耦耕。"与曹摅《述志赋》开篇颇为相似："慕浮云以抗操，耽箪食之自娱，羡首阳之皎节，叹南山之高疏。""嘉沮溺之隐约，羡接舆之狂歌。"都表达出对沮溺等隐逸生活的向往。然而，时事颓唐，迫使他们不得不放下自我隐逸的梦想，而投身于乱世中，欲力挽狂澜，拯救黎民，瘁心国事。这大致也是李暠与曹摅共有的理想与抱负。

此外，李暠还有赋、颂三篇，都有托物言志的寄托之意。他早年"幼希颜子曲肱之荣，游心上典，玩礼敦经"，因此作《贤明鲁颜回颂》，以寄其怀。又作《大酒容赋》，《十六国春秋》记载，建初十年，李暠"感兵难繁兴，时俗諠竞，乃著《大酒容赋》，以表恬豁之怀"，寄蕴对世风的讽喻。又有《麒麟颂》云："一角圆蹄，行中规矩，游必拜地，翔而后处，不入陷井，不罹网罟，德无不王，为之折股。"麒麟是盛世太平的象征，儒家有"麟为圣王来"的说法，李暠《麒麟颂》的创作，无不寄托着自己对盛世王业的向往和追求。

第三节   李暠的蜀汉情结及其诫子书

李暠之世，凉州三分，南凉、北凉、西凉鼎足而立，北凉蒙逊凶悍奸险，颇类曹操，李暠以蜀汉刘备自比，推行仁政，有很深的蜀汉情结，特别是对诸葛亮、刘备，由衷地仰慕。

一   李暠的刘备、诸葛亮情结

三国蜀汉的英雄人物，如刘备、关羽、张飞、诸葛亮等，常为李暠倾心。他在《述志赋》中说："想孔明于草庐，运玄筹之罔滞。洪操盘而慷慨，起三军以激锐。咏群豪之高轨，嘉关、张之飘杰，誓报曹而归刘，何义勇之超出！据断桥而横矛，亦雄姿之壮发。"赞叹诸葛亮的谋略和关、张的义勇。又说："非刘孙之鸿度，孰能臻兹大佑。"对孙刘联合抗曹赞不绝口。他如同刘备，"采殊才于岩陆，拔尧彦于无际"，为求贤才，"猥自枉屈"，礼请酒泉大儒刘昞出山辅佐，他对刘昞说："吾与卿相值，何异孔明之会玄德。"（《魏书·刘昞传》）将刘昞视为他的军师诸葛孔明，而自比于刘备。

《资治通鉴》记载，李暠起兵前，为段业部将，任敦煌太守，索嗣进谗言，欲夺取敦煌太守，张邈、宋繇劝谏李暠说："段王闇弱，正是英豪有为之日。将军据一国成资，奈何拱手授人。嗣自恃本郡，谓人情附己，不意将军猝能拒之，可一战擒也。"李暠听从张邈、宋繇建议，自立门户，创建西凉。此番张邈、宋繇与李暠的对话，颇似于刘备与诸葛亮的《隆中对》。诸葛亮《隆中对》分析天下形势说："荆州北据汉、沔，利尽南海，东连吴会，西通巴、蜀，此用武之国，而其主不能守，此殆天所以资将军，将军岂有意乎？"劝说刘备自取荆州，以成霸业之基。又《汉末英雄记》记载，刘表病重，上表请刘备领荆州刺史。《魏书》也记载，刘表病重，"托国于备"，顾谓大臣说："我儿不才，而诸将并零落，我死之后，卿便摄荆州。"但刘备拒绝说："诸子自贤，君其忧病。"有人劝刘备宜遵从刘表遗言，刘备却说："此人待我厚，今从其言，人必以我为薄，所不忍也。"①刘备以忠厚之心，不忍领荆州刺史，谦让于刘表之子刘琮，刘琮投降，荆州反而落入曹操之手，刘备颠沛流离，辗转于乱世，只得栖身于益州，而后为了夺荆州，与东吴大起干戈。或许有鉴于刘备让荆州的教训，李暠在起兵时，听从建议，立取敦煌，以此经营河西。

李暠心仪诸葛亮，他晚年抄写诸葛亮训诫，以督促、勉励诸子："览诸葛亮训励，应璩奏谏，寻其始终，周孔之教，尽在中矣。为国足以致安，立身足以成名。"认为诸葛亮的训诫融汇周公、孔子之教，进可富国安民，退可立身成名。李暠病逝前，满怀伤感地对宋繇说："吾少离荼毒，百艰备尝，于丧乱之际，遂为此方所推，才弱智浅，不能一同河右。今气力惙然，当不复起矣。死者大理，吾不悲之，所恨志不申耳。"（《全晋文》）李暠壮志未酬身先死，他一生仰慕诸葛亮，却最终如诸葛亮一样，未能完成统一大业。呜呼，命矣夫。

诸葛亮临终《自表后主》云："伏念臣赋性拙直，遭时艰难，兴师北伐，未获全功。何期病在膏肓，命垂旦夕。伏愿陛下清心寡欲，约己爱民。达孝道于先君，存仁心于寰宇。提拔逸隐，以进贤良。屏黜奸谗，以厚风俗。"（《全三国文》）杜甫《蜀相》诗评诸葛亮："出师未捷身先死，长使英雄泪满襟。"这两句诗，用于评论李暠经营西凉的功业，也颇为契合。

二　李暠《诫子书》与刘备、诸葛亮《诫子书》之比较

刘备、诸葛亮作为著名的政治家，他们的《诫子书》也颇具特色，

---

① （晋）陈寿：《三国志》卷32《先主传》裴松之注，中华书局1959年版，第891页。

后世传诵不息。

刘备《遗诏敕后主》云："朕初疾，但下痢耳，后转杂他病，殆不自济。人五十不称夭，年已六十有余，何所复恨？不复自伤，但以卿兄弟为念。射君到，说丞相叹卿智量，甚大增修，过于所望；审能如此，吾复何忧！勉之，勉之！勿以恶小而为之，勿以善小而不为。惟贤惟德，能服于人。汝父德薄，勿效之。可读《汉书》、《礼记》，闲暇历观诸子及《六韬》、《商君书》，益人意智。闻丞相为写《申》、《韩》、《管子》、《六韬》一通已毕，未送，道亡，可自更求闻达。"（《全三国文》）强调修德、读书，其"勿以恶小而为之，勿以善小而不为"，成为至理名言，颇为后世所称赞。

诸葛亮《诫子书》云："夫君子之行，静以修身，俭以养德，非澹泊无以明志，非宁静无以致远。夫学须静也，才须学也；非学无以广才，非志无以成学。慆慢则不能励精，险躁则不能治性。年与时驰，意与岁去，遂成枯落，多不接世；悲守穷庐，将复何及？"又说："夫酒之设，合礼致情，适体归性，礼终而退，此和之至也。主意未殚，宾有余倦，可以致醉，无致迷乱。"强调修身、养德，以及学习、礼法的重要性，其"静以修身，俭以养德，非澹泊无以明志，非宁静无以致远"，亦成为至理名言，为后世称道。

李暠受刘备、诸葛亮的影响，先后作有两篇《诫子书》。第一篇作于建初二年，即西凉开国的第五个年头。《十六国春秋》记载，"建初二年春正月，暠手令诫诸子"，严可均直接将篇名拟为《手令诫诸子》。其文曰：

吾自立身，不营世利，经涉累朝，通否任时；初不役智，有所要求，今日之举，非本愿也。然事会相驱，遂荷州士，忧责不轻，门户事重。虽详人事，未知天心，登车理辔，百虑填胸。后事付汝等，粗举旦夕近事数条，遭意便言，不能次比。至于杜渐防萌，深识情变，此当任汝所见深浅，非吾敕诫所益也。汝等虽年未至大，若能克己纂修，比之古人，亦可以当事业矣，苟其不然，虽至白首，亦复何成！汝等其戒之慎之。

节酒慎言，喜怒必思，爱而知恶，憎而知善，动念宽恕，审而后举。众之所恶，勿轻承信，详审人，核真伪，远佞谀，近忠正，蠲刑狱，忍烦扰，存高年，恤丧病，勤省案，听讼诉。刑法所应，和颜任理，慎勿以情轻加声色。赏勿漏疏，罚勿容亲。耳目人间，知外患苦；禁御左右，勿作威福。勿伐善施劳，逆诈亿必，以示己明。广加谘义，无自专用，从善如顺流，去恶如探汤。富贵而不骄者，至难也，念此贯心，勿忘须臾。寮佐邑宿，尽礼承敬，宴飨馔食，事事留怀。古今成败，不可不知，退朝之暇，念观典籍，面墙而立，不成人也。

此郡世笃忠厚，人物敦雅，天下全盛时，海内犹称之，况复今日，实是名邦。正为五百年乡党，婚亲相连，至于公理，时有小小颇回，为当随宜斟酌，吾临莅五年，兵难骚动，未得休众息役，惠康士庶。至于掩瑕藏疾，涤除疵垢，朝为寇仇，夕委心脊，虽未足希准古人，粗亦无负于新旧。事任公平，坦然无类，初不容怀，有所损益，计近便为少，经远如有余，庶亦无愧于前志也。

细观此则手令，实为家训，告诫诸子如何立身处世，如何治国平天下，如何"念观典籍"、"事任公平"，"无愧于前志"，吾重心长，殷殷之切，溢于言表。这一时期，西凉国运正隆，蒸蒸日上，正值国家举贤用人之际，李暠训诫诸子在于更好地参与国家政务的处理。建初三年，李暠在给朝廷的奏表中汇报诸子时说："臣州界迥远，勍寇未除，当须镇副，为行留部分，辄假臣世子监前锋诸军事、抚军将军、护羌校尉，督摄前军，为臣先驱，又敦煌郡大众殷，制御西域，管辖万里，为军国之本，辄以次子让为宁朔将军、西夷校尉、敦煌太守，统摄昆裔，辑宁殊方。自馀诸子，皆在戎间，率先士伍，巨总摄大纲，毕在输力，临机制命。"（《复奉表》）逐一交代诸子参与国事的情况。

这篇《手令诫诸子》与《复奉表》前后仅相差一年，所以从这个意义上说，李暠训诫诸子是为了让他们得到更好的历练，也是当时国势发展的需要。

第二篇创作于建初九年，《十六国春秋》记载，建初九年冬十月，李暠写诸葛亮训诫，"以勖诸子"，其文曰：

> 吾负荷艰难，宁济之勋未建，虽外总良能，凭股肱之力，而戎务孔殷，坐而待旦。以维城之固，宜兼亲贤，故使汝等未及师保之训，皆弱年受任。常惧弗克，以贻咎悔。古今之事，不可不知，苟近而可师，何必远也。览诸葛亮训励，应璩奏谏，寻其始终，周孔之教，尽在中矣。为国足以致安，立身足以成名，质略易通，寓目则了，虽言发往人，道师于此。且经史道德，如采菽中原，勤之者则功多，汝等可不勉哉。（《全晋文》）

这是对诸子的进一步训诫，让他们勤加学习诸葛亮的《诫子书》，砥砺名节，辅国安民。李暠告诫诸子："汝等未及师保之训，皆弱年受任"，"古今之事，不可不知"，"经史道德，如采菽中原，勤之者则功多"，可谓爱子心切，其寄望也深。李暠这两篇诫子书，颇为后世所重视，宋代刘清之《戒子通录》收录李暠《诫子书》。明代贺复征《文章辨体汇选》将其作为"私令"文体的代表作品："刘勰曰令者，命也。王祥训子孙遗令、李暠诫诸子手令是也。"如此看来，李暠的《手令诫诸子》为早期"私令"文体的重要源头，在文体学发展史上具有重要的开拓意义。

李暠临终《顾命长史宋繇》曰："吾终之后，世子犹卿子也，善相辅导，述吾平生，勿令居人之上，专骄自任。军国之宜，委之于卿，无使筹略乖衷，失成败之要。"俗话说："知子莫若父。"又说："人之将死，其言也善。"从李暠的两篇诫子书和临终托孤看来，李暠对嗣子李歆存有较大的隐忧，其所言"勿令居人之上，专骄自任"、"无使筹略乖衷，失成败之要"，这都是他生前也已经有所察觉的，所以生前多番训诫诸子，其去世后又委托宋繇"善相辅导"。可惜，江山易改，禀性难移，李歆即位后，"专骄自任"，行事更加肆无忌惮，刚愎自用，太后、群僚的苦心谏议，他都置若罔闻，最终"筹略乖衷（失当）"，身死国灭。

李暠的谆谆训诫，犹然在耳；西凉的往事，却早已如过眼烟云。白云苍狗，世事无常，千载而下，徒令人感慨嘘唏。

第四节 李暠妻尹氏与魏晋贤媛风范

李暠妻尹氏作为西凉王李暠的贤内助，在当时及后世具有很高的声望。尹氏身处敦煌僻境，跻身一代贤媛之列，尤为难得。尹氏传记，首见于唐代房玄龄等编修的《晋书·列女传》中，宋代郑樵《通志·列女传》全篇抄录。唐人将西凉国太后尹氏归入《晋书·列女传》中，着重体现了尹氏的晋室情结。换句话说，尹氏身上焕发出的浓厚的晋室情结，可能是唐人将其编入《晋书·列女传》中的主要原因。

一 尹氏的晋室情结

尹氏颇具贤媛典范的品质，其幼好学，清辩有志节，其懿德品行丝毫不减于魏晋中原名媛。《晋书》本传称其"初适扶风马元正，元正卒，为暠继室，以再醮之故，三年不言，抚前妻子，踰于己生"。尹氏才智过人，辅佐李暠，功劳厥高。李暠创业，多得尹氏襄助，《晋书》本传记载："暠之创业也，谋谟经略，多所毗赞，故西州谚曰：'李、尹王敦煌。'"（卷96）尹氏与李暠共"王敦煌"，可见尹氏在当时敦煌人心目中的地位。尹氏的晋室情结，很大程度上与李暠相契合，并很可能促进或推动了李暠前后两次向东晋政府上表称臣的忠义之举。

尹氏自幼好学，饱受中原文化的熏陶，中原文化底蕴深厚，如她劝谏西凉后主李歆时说："今国虽小，足以为政；知足不辱，道家明诫也。"此处糅合先秦诸家之说。《韩非子·饰邪》云："明于治之数，则国虽小，富；赏罚敬信，民虽寡，强。"又《吕氏春秋·离俗览·用民》云："国虽小，卒虽少，功名犹可立。"这些大体是尹氏"今国虽小，足以为政"一句的由来。尹氏"知足不辱，道家明诫"，源自老子《道德经》第44章："故知足不辱，知止不殆，可以长久。"又如她劝谏李歆说："汝新造之国，地狭人稀，靖以守之，犹惧其失，云何轻举窥冀非望。蒙逊骁武善用兵，汝非其敌。吾观其数年以来，有兼并之志，且天时人事似欲归之。"这可谓《孙子兵法》"知己知彼，百战不殆"理论的实践运用。《孙子兵法》云："故知胜有五：知可以战与不可以战者胜，……故曰：知彼知己，百战不殆；不知彼而知己，一胜一负；不知彼不知己，每战必殆。"李歆不谙兵法，丝毫没有意识到不可以贸然与蒙逊开战，更没有意识到贸然与蒙逊开战的危险性。而尹氏高瞻远瞩，从知己知彼的高度，充分认识到李歆与蒙逊之间的现实差距。这是她熟读《孙子兵法》，自觉将《孙子兵法》运用于军事战争实践的体现。同时，尹氏还分析蒙逊兼具"天时人事"，即《孟子》"天时地利人和"中的两项重要因素：天时、人和。《孟子·公孙丑》："孟子曰：'天时不如地利，地利不如人和。'……故君子有不战，战必胜矣。"尹氏以此委婉规劝李歆不要贸然出战，而应该敬修人和，以待天时。

尹氏心底有很深的中原晋室正统情结，这从她多次对西北各少数民族政权的称呼中悄然流露而出。《晋书》本传记载，西凉覆灭后，尹氏至姑臧，"蒙逊引见，劳之"，对于蒙逊的以礼相待，尹氏并不领情，而且刚毅地说："李氏为胡所灭，知复何言？"当面指斥蒙逊为"胡"，俨然以西凉李氏为晋室在河西的正统。《晋书》本传还记载："沮渠无讳时镇酒泉，每谓尹氏曰：'后诸孙在伊吾，后能去不？'尹氏未测其言，答曰：'子孙漂流，托身丑虏，老年余命，当死于此，不能作毡裘鬼也。'"尹氏将子孙在伊吾称为托身丑虏，又称自己宁愿老死酒泉，也不愿和子孙同居伊吾，将伊吾称为丑虏、毡裘鬼。这样的称呼，以晋室、汉族正统自居，溢于言表。正是因为如此，才使得尹氏虽然身处敦煌僻地，但风范不亚于内地名媛，成为《晋书·列女传》中一颗璀璨的明珠，格外耀眼。

二 尹氏的谏子书

尹氏早年襄助李暠创业，有"李、尹王敦煌"的美誉；李暠去世后，尹氏以太后之尊，对嗣子李歆也多有规劝。《晋书》本传记载，西凉覆灭前夕，尹氏力谏李歆：

> 汝新造之国，地狭人稀，靖以守之，犹惧其失，云何轻举窥冀非望。蒙逊骁武善用兵，汝非其敌。吾观其数年以来，有兼并之志，且天时人事似欲归之。今国虽小，足以为政。知足不辱，道家明诫也。且先王临薨，遗令殷勤，志令汝曹，深慎兵战，俟时而动。言犹在耳，奈何忘之？不如勉修德政，蓄力以观之。彼若淫暴人，将归汝；汝苟德之不建，事之无日矣。汝之此行，不唯师败，国亦将亡。

尹氏之谏，层层深入，循循善诱，处处透露出尹氏的高瞻远瞩，以及作为政治家的气魄和胸襟。管中窥豹，足见时人所云"李、尹王敦煌"，洵非虚誉。无奈李歆刚愎自用，不听尹氏劝阻，以致身败国灭，令人扼腕长叹。尹氏先从敌我双方的现状出发，指出西凉作为"新造之国"，地狭人稀，对北凉蒙逊应以静守为基本国策，不宜轻易主动进攻；如果主动进攻，蒙逊善于用兵，李歆远非敌手。西凉国弱，北凉国强，并占有天时、人和的有利因素，西凉更不宜主动进攻。退一步说，西凉转攻为守，发展国力，增强实力，以待时机，不失为上策。与此同时，这也是先王李暠的临终遗言。李暠在位十多年间，对北凉始终持以"守"势。《十六国春秋》本传记载，北凉沮渠蒙逊每年侵寇西凉，李暠"志在以德抚其境内，但与通和立盟弗之与校"，索承明上书劝谏讨伐蒙逊，李暠回答说："蒙逊为百姓患，孤岂忘之？顾势力未能除耳。"李歆才略智谋，均不及其父李暠，却极力讨伐蒙逊，不顾李暠遗训。所以，尹氏最后劝诫、警示李歆，"不如勉修德政，蓄力以观之"，等待时机，倘若执意妄为，则"不唯师败，国亦将亡"，不幸果如尹氏所料，李歆为蒙逊所灭。李歆既违父亲之遗训，又悖母亲之劝谏，实为亲者痛、仇者快。但从李歆的身死国灭中，更加映衬出尹氏的远见卓识以及非凡的政治才能。

三　尹氏与东晋名媛谢道韫

尹氏的风采，颇有魏晋贤媛神韵，不减于《世说新语·贤媛》中之诸名媛。以东晋名媛谢道韫为参照，尹氏、谢道韫的生平事迹，俱记载于《晋书·列女传》，其中才情、品质也有颇多相类者，借此管中窥豹，可以探究尹氏与中原名媛同俱风韵的大致情形。

尹氏与谢道韫，都是幼时聪慧好学，颇有才辩。《晋书》本传称尹氏"幼好学，清辩有志节"，称谢道韫"聪识有才辩"，以一句"未若柳絮因风起"（卷96），技压群雄。

尹氏初嫁马元正，再嫁李暠，襄助李暠创业，有"李、尹王敦煌"的美誉。谢道韫初嫁王凝之，意甚不乐；后又在宾客谈议中，为王凝之弟王献之解围，彰显她的才辩风流。

在国破家亡之际，尹氏坦然面对，面对蒙逊"引见劳之"的礼遇，尹氏竟然斥责说："李氏为胡所灭，知复何言？"大义凛然，毫无惧色。当有人劝谏说"母子命悬人手，奈何倨傲？且国败子孙屠戮，何独无悲？"尹氏却说："兴灭死生，理之大分，何为同凡人之事，起儿女之悲。吾一妇人，不能死亡，岂惮斧钺之祸，求为臣妾乎？若杀我者，吾之愿也。"看破生死，胆气过人。其巾帼之胆气，与谢道韫比肩。在孙恩之乱中，谢道韫丈夫及诸子相继被害，她却毫无畏惧，"命婢肩舆抽刃出门，乱兵稍至，手杀数人，乃被虏"。当年仅数岁的外孙刘涛即将被害时，被俘的谢道韫却厉声大喝："事在王门，何关他族！必其如此，宁先见杀。"意谓要杀外孙，不如先杀她。正是畏于她的凛然正气，敌兵才不敢贸然动手。史书称孙恩"虽毒虐，为之改容，乃不害涛"（《晋书·列女传》），刘涛性命得保。战争、杀戮，血雨腥风，尹氏、谢氏强忍着家破人亡的苦痛，在乱世中，在敌军前，将生死置之度外，从容不迫，风流依旧，光彩照人。

她们虽然遭受身心的巨大创伤，饱经苦难，但镇定自若，才辩依旧。西凉灭亡后，尹氏困居酒泉，亲人离散，行动受到监控。酒泉守将沮渠无讳每每试探地问尹氏：你的子孙都逃亡到伊吾了，你打算去吗？尹氏却机警地表示：自己甘愿老死酒泉。可是趁人不备时，她却潜逃至伊吾。当沮渠无讳发觉，派人追赶，尹氏却对追赶者说："沮渠酒泉许我归北，何故来追，汝可斩吾首归终不回矣。"尹氏以死相逼，机智过人，终于得与子孙团聚，老死伊吾。谢氏在孙恩之难后，寡居会稽，"家中莫不严肃"，太守刘柳闻其名，请与谈议。谢氏"风韵高迈，叙致清雅，先及家事，慷慨流涟，徐酬问旨，词理无滞"，风采不减当年。

《晋书·列女传》曰："自晋政陵夷，罕树风检，亏闲爽操，相趋成俗。"如此乱世，却有如此名媛，她们"从容阴礼，婉娩柔则"，她们"操洁风霜，誉流邦国"，她们风流雅致，史家称颂。评曰："耸清汉之乔叶，有裕徽音；振幽谷之贞蕤，无惭雅引，比夫悬梁靡顾，齿剑如归，异日齐风，可以激扬千载矣。"深契其人、其行。千载之下，犹睹其容。

第五节　名士与国师的风采：刘昞行迹与著述考论

刘昞，字延明，唐代因避唐高祖李渊之父李昞讳，改称刘景，敦煌人，约生于公元370年，卒于440年，享年七十有余，是活跃于敦煌五世纪上半叶的重要作家。今其可考的《靖恭堂铭》，创作于公元

401 年，时年大约刚过 30 岁。从此他开始崭露头角，活跃于中国的历史舞台。

刘昞一生著述颇丰，后世也颇负盛名，唐代学者刘知几称"刘昞裁书，则磊落英才粲然盈瞩者矣"（《史通》卷 18），唐代令狐德棻等赞誉刘昞"之铭酒泉，可谓清典"（《周书·庾信传论》），对刘昞《酒泉铭》大加称赞。

纵观刘昞一生的行迹，大致可以分为五个时期：一是读书求学，从其十四岁起，大约到成年，即公元 384—390 年；二是隐居酒泉，传道授业，大约从他的二十成年到他的三十而立之年，即公元 390—400年；三是仕于李暠，被李暠征为儒林祭酒、从事中郎。大约从他的三十而立之年到 52 岁，到李暠父子政权为蒙逊所覆灭，即公元 400—422 年；四是仕于蒙逊、牧犍，从他 52 岁到 69 岁，即公元 422—439年，蒙逊拜为秘书郎，专管注记，牧犍尊为国师，亲自致拜。五是仕于北魏，从他 69 岁到 70 岁，即公元 439—440 年。公元 439 年，北魏攻姑臧，牧犍出降，北凉灭亡。当时北魏乐平王镇守敦煌，拜刘昞为乐平王从事中郎。北魏皇帝下诏凉州"士民东迁"，"诏诸年七十以上听留本乡，一子扶养"，时刘昞年过 70，恩准返乡，途中因疾病去世。

古之所谓仁人志士者，平生处处必定精彩。刘昞在其人生的每个历史阶段，都绽放出独特的人生风采与人格魅力，引领时代风骚。

一　"快婿"刘昞与"东床"王羲之

刘昞从青少年时起，便不同凡响，深得授业恩师的宠爱。《魏书》卷 52《刘昞传》记载：

> （刘）昞年十四就博士郭瑀学，时瑀弟子五百余人，通经业者八十余人。瑀有女始笄，妙选良偶，有心于昞，遂别设一席于坐前，谓诸弟子曰："吾有一女，年向成长，欲觅一快女婿，谁坐此席者，吾当婚焉。"昞遂奋衣来坐，神志肃然，曰："向闻先生欲

求快女婿，昞其人也。"瑀遂以女妻之。

刘昞凭借自己的才学在郭瑀门下五百余名弟子脱颖而出，被意属为佳婿。作为学生，能够娶老师之女为妻，这是儒学弟子的莫大荣耀。早年孔子将自己的女儿、侄女分别婚配给他钟爱的两位学生：公冶长、南容。《论语·公冶长》记载：

> 子谓公冶长："可妻也。虽在缧绁之中，非其罪也。"以其子妻之。子谓南容："邦有道不废，邦无道免于刑戮。"以其兄之子妻之。

虽然由于文献的缺失，我们很难具体知道这两位孔门弟子的过人之处，但以孔子贤圣之察，公冶长、南容必有其优异之处。而孔子赐婚弟子，便成为孔门佳话；老师赐婚学生，也成为后世引以为豪的事情。刘昞被老师郭瑀赐婚，足见郭瑀对他的赞许和器重。而刘昞果然不负师望，从自告奋勇地坐上快婿之席，到他晚年闻名遐迩，都验证了郭瑀的先见与卓识。每个人的成长，都不可缺少人生当中的贵人相助。郭瑀为刘昞人生中的第一位"贵人"，师生之间，心有灵犀，互有默契。这样的关怀与照顾，对作为遗腹子的刘昞来说至关重要。这不仅为他奠定了人生起步的重要平台，也是他以后崭露头角的关键起点。所以，我们在考察刘昞的辉煌人生及其成就，不可忽视郭瑀对他的襄助之功。

在《魏书》刘昞本传的记载中，我们也可以看到他青年时代的性情，自信而爽朗，言行举止之间，颇有魏晋名士的风采。这既是时代风气的熏陶，也是他自信人生的投射。他"奋衣来坐，神志肃然"，慷慨而不失稳重；他主动请婚："向闻先生欲求快女婿，昞其人也"，直爽而不失礼仪。后世所称"快婿"（快壻），即沿此而来。快婿，一般指称心如意的女婿。但明代彭大翼所称："快婿，言快意之婿也。"①
似乎更契合当时刘晅主动请婚的情状。其快意之状，颇具魏晋名士的
风采，我们今天读其文，当时情形仿佛就在眼前。

刘晅"快婿"的典故，颇同于东晋名士王羲之的"东床"典故。
《世说新语·雅量》记载：

> 郗太傅在京口，遣门生与王丞相书，求女婿。丞相语郗信：
> "君往东厢，任意选之。"门生归，白郗曰："王家诸郎亦皆可嘉，
> 闻来觅婿，咸自矜持，唯有一郎在东床上坦腹卧，如不闻。"郗公
> 云："正此好！"访之，乃是逸少，因嫁女与焉。

又《晋书》卷80《王羲之传》记载：

> 王羲之，字逸少，司徒导之从子也。羲之幼讷于言，人未之
> 奇。年十三，尝谒周顗，顗察而异之。时重牛心炙，坐客未啖，
> 顗先割啖羲之，于是始知名。及长，深为从伯敦、导所器重。时
> 陈留阮裕有重名，为敦主簿。敦尝谓羲之曰："汝是吾家佳子弟，
> 当不减阮主簿。"裕亦目羲之与王承、王悦为王氏三少。时太尉郗
> 鉴使门生求女婿于导，导令就东厢遍观子弟。门生归，谓鉴曰：
> "王氏诸少并佳，然闻信至，咸自矜持。惟一人在东床坦腹食，独
> 若不闻。"鉴曰："正此佳婿邪！"访之，乃羲之也，遂以女妻之。

王羲之年十三为当时名臣周顗所器重，太尉郗鉴求婿，意属王羲
之。王羲之"东床坦腹食"，潇洒自如，镇定自若，因而被郗鉴意中
为佳婿，体现了魏晋士人所热捧的名士风流。

刘晅晚于王羲之（303—361，或321—379）半个多世纪，其快婿

---

① （明）彭大翼：《山堂肆考》卷100"亲属·快婿"条，文渊阁四库全书本。

风采与王羲之东床坦腹，风流韵致何其相似。仅此一桩，足见青年时代的刘昞对东晋世风的追随与效仿，亦可见当时敦煌地区与中原及江南文化的密切互动和联系。后世更是将"东床"、"快婿"合称，如宋代楼钥《陈夫人挽词》："奇男已南省，快壻更东床。"以"快婿"、"东床"连称，同义复指，足见其流行的情形。

明人冯时可说："刘延明云：'君子尚让，故涉万里而涂清；小人好争，足未动而路塞。'是以让为得，而争为失，非君子之语让也。君子之让位也，真见其才；不当位而让之，让财也，真见其分不当，享而让之，岂其计夫通塞耶？史称延明为郭瑀弟子，瑀弟子五百余人，通经业者八十余人，瑀有女始笄，妙选良偶，遂别设一席，谓弟子曰：'吾欲觅快女婿，谁坐此席。'延明竟奋坐曰：'昞其人也。'瑀遂以女妻之。嗟哉！娶妇以礼，延明杂五百余众之中而奋然出坐，近于争矣，奚其让？故延明之坐席，何如逸少之坦腹？行不掩言，古人所深耻也。"① 冯氏将刘昞"坐席"与王羲之"坦腹"并提，从刘昞"君子尚让"的言论出发，责备他言行不一，"奋然出坐"争席。"君子尚让"，是刘昞《人物志注》中语，这体现出刘昞的青年时代与后来注《人物志》时，前后性情和观念的变化，早年只是一介书生，后来却是硕学经师，从年轻气盛渐趋于稳重老成。不过，这前后两个阶段性情的变化，并不是如冯时可所责备的"行不掩言，古人所深耻"。刘昞青年时代，饱受魏晋名士风流的浸染，所以有奋然争席之举，这也是受名士之风的影响所致。这样的时代风气和行为举止，远非深受理学禁锢的冯时可等腐儒辈所能理解的。从更深层次来看，郭瑀设席、刘昞争席，正是他们师生心有灵犀、暗相契合的反映。史书记载当时情形已经非常明晰："瑀有女始笄，妙选良偶，有心于昞"，因当时刘昞才华出众，此前或有种种暗示，郭瑀已经有意于刘昞，故史书称"有心于昞"，刘昞自然心领神会，所以才"奋然出坐"、争席。刘昞

---

① （明）冯时可：《雨航杂录》卷上，文渊阁四库全书本。

的这番举动，恰恰是其真性情的直接投射，也是魏晋名士性情真率、朴质的反映。因此后世"东床"、"快婿"连称，正是当时世风的真实写照。

二　刘昞的仕宦和著述

《魏书·刘昞传》记载，刘昞与郭瑀女结婚后，"隐居酒泉，不应州郡之命，弟子受业者五百余人"。刘昞门下的这个弟子受业者人数，正是他年十四岁跟从郭瑀学习时郭瑀门下的弟子人数，而此时刘昞正值壮年，仅此一点，足见刘昞在当时的影响力。

公元400年，李暠自立为西凉王，网罗贤才，今存李暠与刘昞诗文往来唱和作品，最早见于公元401年，靖恭堂落成，李暠作《靖恭堂颂》，刘昞作《靖恭堂铭》。《魏书·刘昞传》记载，李暠征刘昞儒林祭酒、从事中郎，李暠礼贤下士，"好尚文典书史，穿落者亲自补治。昞时侍侧前，请代暠，暠曰：'躬自执者，欲人重此典籍。吾与卿相值，何异孔明之会玄德。'"李暠亲自整理遗漏脱落的典籍，身体力行，以此倡导重视文化古籍的风气。他将自己与刘昞的相遇，称誉为刘备与诸葛亮的相遇，可见李暠对刘昞的器重与呵护。正是在这样的环境中，刘昞夜以继日地工作，他一生中的重要著述，主要完成于这一时期。这与李暠对他无微不至的关照密不可分。《魏书·刘昞传》记载，刘昞"虽有政务，手不释卷"，李暠关切地说："卿注记篇籍，以烛继昼，白日且然，夜可休息。"而刘昞却回答说："朝闻道夕死可矣，不知老之将至，孔圣称焉。昞何人斯，敢不如此？"他以孔子为自己的学习榜样，夜以继日，发愤著述。《魏书》卷52《刘昞传》记载：

> 昞以三史文繁，著《略记》百三十篇、八十四卷，《凉书》十卷，《敦煌实录》二十卷，《方言》三卷，《靖恭堂铭》一卷，注《周易》、《韩子》、《人物志》、《黄石公三略》，并行于世。

据此记载，刘昞这一时期的著述主要有如下几种：

1.《三史略记》。所谓"三史文繁"，即《史记》、《汉书》、《东观汉记》三史，其中《史记》130篇，52万多字，《汉书》100篇，80余万字，《东观汉记》143篇（《隋书·经籍志》），"三史"是当时中原地区的重要典籍，倍受世人珍惜。但由于其部头庞大，携带不易，刘昞将其删减为一百三十篇、八十四卷，方便时人阅读，并名曰《略记》，以示区别。

2.《凉书》。五胡十六国时期，先后建立有"五凉"政权：前凉、后凉、南凉、北凉和西凉。刘昞《凉书》的"凉"，具体指哪个政权，最初史无明载。最早的北齐魏收《魏书·刘昞传》仅记载刘昞作"《凉书》十卷"，再无别的说明。唐代令狐德棻、长孙无忌、魏征等奉命编撰的《隋书·经籍志》记载："《凉书》十卷，记张轨事。伪凉大将军从事中郎刘景（笔者按：刘景，即刘昞）撰。"首次提出刘昞《凉书》十卷"记张轨事"，后世一直沿袭此说。由于刘昞《凉书》十卷后世失传，其是否"记张轨事"，其史笔如何，后世皆无从考证。《隋书·经籍志》记载：

> 《传》曰："不有君子，其能国乎？"自晋永嘉之乱，皇纲失驭，九州君长，据有中原者甚众。或推奉正朔，或假名窃号，然其君臣忠义之节，经国字民之务，盖亦勤矣。而当时臣子，亦各记录。后魏克平诸国，据有嵩、华，始命司徒崔浩，博采旧闻，缀述国史。诸国记注，尽集秘阁。尔朱之乱，并皆散亡。今举其见在，谓之霸史。

《隋书》将西晋永嘉之乱后，群雄入主中原所记录的相关史籍，统称为"霸史"。很明显，刘昞《凉书》十卷正是这一时代风气的产物，也是当时的"霸史"之一。惜乎其没有流传于后世。

唐代史学理论家刘知几《史通》中说，史书论赞从《春秋左氏传》开始，"每有发论假君子以称之"，"《史记》云'太史公'，既而班固曰'赞'，荀悦曰'论'，东观曰'序'，谢承曰'诠'，陈寿曰'评'，王隐曰'议'，何法盛曰'述'，刘昞曰'奏'，……其名万殊，其义一揆，必取便于时者，则总归论赞焉"（卷4《论赞》）。据此可知，刘昞在《凉书》中对于论赞的名称有一个创新，他对于论赞的称呼，不同于以往的史书，而新命名曰"奏"，以"奏"来充当论赞的功能。可惜今天无从详细考知他新创的"奏"作为史书论赞的文体功能。

在汉代，"奏"已是一种臣子上呈帝王的文书之一。东汉蔡邕《独断》卷上："凡群臣上书于天子者，有四名：一曰章，二曰奏，三曰表，四曰驳议……奏者亦需头。其京师官，但言'稽首'，下言'稽首以闻'。"但到了六朝以后，"奏"作为陈情叙事的文体功能进一步扩大，《文选·陆机〈文赋〉》："奏平彻以闲雅。"李善注："奏以陈情叙事，故平彻闲雅。"同时，也开始用"奏"来指代那些陈书叙事的简牍。南朝刘宋年间，刘义庆《幽明录·王矩》："矩至长沙，见一人长丈余，著白布单衣，将奏在岸上。呼：'矩奴子过我！'矩省奏，为杜灵之。"[①] 以上例证，折射了从汉代到晋、宋时期，"奏"的文体功能变化发展的情形。刘昞将"奏"作为史书论赞的功能，既是对"奏"的文体功能的进一步发展，也是对史书论赞形式的一种创新。"奏"既然具有"陈情叙事"的功能，刘昞将它附在史传后面，作为评语，以论赞的面貌出现，无疑是一种新变。因而刘知几《史通》将它《史记》的"太史公"、《汉书》的"赞"等，并列为史书的论赞方式之一，也体现了刘知几对这种论赞体例的肯定。

3. 《敦煌实录》。北齐魏收《魏书·刘昞传》云："《敦煌实录》二十卷。"而到了唐代，令狐德棻《隋书·经籍志》云："《敦煌实录》十卷。"是否到了唐代《敦煌实录》有所散佚，从二十卷减少至

---

① 最早见引于《太平广记》卷322，鲁迅《古小说钩沉》辑入《幽冥录》中，参见齐鲁书社1997版，第192页。

十卷，不得详知。后世两说并存，如宋代郑樵《通志》卷 65 云：
"《敦煌实录》十卷。"而同书卷 148 却记载："《敦煌实录》二十卷。"
盖前者从《隋书·经籍志》，而后者从《魏书·刘昞传》，以致同一本
书前后记载淆乱如此。

　　《隋书·经籍志》将刘昞的《凉书》、《敦煌实录》，都归入"霸
史"之列，认为是"自晋永嘉之乱"后，"九州君长据有中原者"、
"缀述国史"的"诸国记注"之一，由此可见《敦煌实录》的文体
特征。

　　身处乱世，生居僻地，刘昞以《凉书》、《敦煌实录》两部"国
史"，显名于世，这是颇为罕见的。唐代刘知几在《史通》中称誉说：
"有如常璩之详审，刘昞之该博，而能传诸不朽。"（卷 10）明人陆深
更进一步说："若常璩之详审，刘昞之该博，能传不朽者盖无几焉。"①
《史通》又说："夫十室之邑，必有忠信，欲求不朽，弘之在人。何
者？交趾远居南裔越裳之俗也，敦煌僻处西域昆戎之乡也，求诸人物
自古阙载。盖由地居下国，路绝上京，史官注记所不能及也。既而士
燮著录，刘昞裁书，则磊落英才粲然盈瞩者矣。向使两贤不出二郡，
无记彼边隅之君子，何以取闻于后世乎？是知著述之功，其力大矣，
岂与夫诗赋小技校其优劣者哉？"（卷 18）刘知几反复地高度评价刘昞
虽地处敦煌僻地，而以史书著述之功闻名后世的不朽之举，同时称赞
刘昞记录敦煌人物事迹的盛举。

　　可惜《敦煌实录》在后世几乎亡佚殆尽，只有一些为学人引录的
零星片段，弥足珍贵。如《古今姓氏书辩证》记载："魏初有博士周
生烈，敦煌人，为《论语义说》。刘昞《敦煌实录》云：'魏侍中周生
烈，本姓唐，外养周氏。'今亦存其说。"②又《厄林》记载："《敦煌
实录》：'侯瑾解鸟音，尝出门，见白雀与翠雀同行，慨然叹曰："今

---

① （明）陆深：《俨山外集》卷 24，文渊阁四库全书本。
② （宋）邓名世：《古今姓氏书辩证》卷 19"周生"，文渊阁四库全书本。

天下大乱，小人君子相与杂居矣。"'"① 侯瑾为东汉敦煌人，朝廷屡次招他做官，但他都以病推辞。作《矫世论》以讥刺当世，"又案《汉记》，撰中兴以后行事为《皇德传》三十篇"，记叙当朝史事。敦煌人敬称他为"侯君"。刘昞择取上述材料，著入《敦煌实录》中，不免带有托史寄怀的色彩。刘昞身处乱世，其早年隐居不仕，盖未遇明主，无所寄托。侯瑾感慨乱世君子小人相与杂居，也深契刘昞当时的情形。

又《太平御览》引《敦煌实录》记载云："索苞有文武才，举孝廉，除郎中，每征伐克敌，勇冠三军，时人比之关、张。宋澄于金城为步羌三千人所围，穷守孤城，垂当破没，苞以完骑五千奋剑突阵，径入与澄对坐，搥头拊掌大笑，羌皆佩楯擢刀，四面直前，苞谓澄曰：'君但安心，观我击之。'乃除彊弓接矢，绕搥射之，莫不应弦而倒，皆陷楯通中，立杀三十余人，创夷者百计，羌即散走称神。"（卷 437）索苞是前凉敦煌人，人称"赛关羽"。刘昞对索苞事迹的记载，既是实录，也是借史咏怀。李暠时代，北凉、西凉、南凉，呈三国鼎立之势，局势颇似魏、蜀、吴三国时代。李暠以蜀汉自居，其《述志赋》云："思留侯之神遇，振高浪以荡秽。想孔明于草庐，运玄筹之罔滞，洪操槃而慷慨，起三军以激锐。咏群豪之高轨，嘉关、张之飘杰，誓报曹而归刘，何义勇之超出！据断桥而横矛，亦雄姿之壮发。"咏赞关羽、张飞的"义勇"与"雄姿"。作为西凉的统治者，李暠经常将自己与刘昞比拟于蜀汉的刘备与诸葛亮，那么谁是英豪关羽、张飞呢？索苞曾是敦煌历史上的英豪，"时人比之关、张"，而李暠时代，也正需要像索苞这样的敦煌英豪，时代呼唤这样的英豪。因此，刘昞《敦煌实录》对索苞事迹的记载，体现了当时李暠政权的一种三国蜀汉情结，这既是李暠的个人情结，也是当时社会的共识。刘昞如此写来，既体现他对乱世良将的呼唤，也折射出他与李暠一致的三国蜀汉情结。

---

① （明）周婴：《卮林》卷 5 "解鸟兽语"，文渊阁四库全书本。

4.《方言》。敦煌自古为华戎交会之地，多民族文化相互碰撞。各民族土语方言，成为统治者移风易俗的第一要务。汉代应劭《风俗通义》说："为政之要，辨风正俗，最其上也。周秦常以岁八月，遣輶轩之使，求异代方言。还奏籍之，藏于秘室。"鲜明地指出了掌握方言与国家治理之间的密切关系。刘昞作为李暠治国理政的重要助手，对于当时敦煌各民族的方言等多有研究，著有《方言》三卷（《魏书·刘昞传》）。刘昞《方言》的撰写，对于敦煌的政治管理和方言民情的研究，提供了极大的便利。

5.《靖恭堂铭》《酒泉铭》《槐树赋》。如前节所述，《靖恭堂铭》是应制之作，应李暠靖恭堂的落成而作。此时期的文学作品，据《十六国春秋·李暠传》记载，刘昞还参与了《槐树赋》等创作。虽然我们今天已经无缘见到刘昞的这些文学作品，但从李暠对刘昞的器重等情形看来，刘昞居于当时文臣之首，应是无疑的。

《十六国春秋》记载，李暠迁都酒泉后，"乃敦劝稼穑，群僚以年谷频登，百姓乐业，请勒铭于酒泉，乃许之。于是使儒林祭酒刘昞为文，刻石颂德"①。据此，刘昞曾奉命作《酒泉铭》，歌颂西凉迁都酒泉，五谷丰登，百姓乐业。

又《十六国春秋》记载："初河右不生楸槐柏漆，张骏之世，取于秦陇而植之，终即皆死。至是而酒泉宫之西北隅有槐树生焉，乃著《槐树赋》以寄情，盖叹僻陋遐方，立功非所也，亦命主簿梁中庸及儒林祭酒刘昞等并作。"②据此，刘昞也应命而作《槐树赋》。

按，上述刘昞的《酒泉铭》《槐树赋》，《魏书·刘昞传》及《魏书·凉王李暠传》均失载。其失载的原因，可能有两个方面：一是《魏书》作者魏收，没有搜集到相关史料，所以失载。二是魏收见到了相关史料，但由于传统观念的原因，仍然视辞赋创作为"壮夫不

---

① （北魏）崔鸿著，（清）汤球辑补：《十六国春秋辑补》卷93《西凉传》，丛书集成初编本，商务印书馆1936年版，第640页。

② 同上书，第645页。

为"的小道，有意地弃而不载，以彰显刘昞的史学、经子注疏等著述。上引刘知几《史通》说："既而士燮著录，刘昞裁书，……是知著述之功，其力大矣，岂与夫诗赋小技校其优劣者哉？"（卷18）称道刘昞"裁书"的"著述之功"，而鄙夷"诗赋小技"。《魏书》对刘昞的《酒泉铭》《槐树赋》弃而不载，或许与《史通》观念相同。

6. 注《周易》《韩子》《人物志》《黄石公三略》。《魏书·刘昞传》记载，刘昞"注《周易》《韩子》《人物志》《黄石公三略》，并行于世"。《周易》为群经之首，可以卜知吉凶祸福之道，颇合安邦治国之大道；《韩非子》融法、势、术于一体，秦始皇重视《韩非子》的思想，帮助秦国富国强兵，最终统一六国；《人物志》是用于甄辨、品评人物，指导人才选拔、考评人才的重要理论书籍；《黄石公三略》是一部专论战略的兵书，相传由黄石公传授汉初张良，张良凭借此兵书帮助刘邦夺取天下，建立汉朝。

因此，纵观上述四部书籍，都不是一般的普通学术书籍，而是辅助统治者治国安邦的重要典籍。刘昞在当时的乱世之中，对这些典籍的一一加以注疏，显然并不只是纯粹的学术研究，而很大程度上为了辅佐李暠统治的需要，体现了刘昞萃心国事的良苦用心。

刘昞的《周易》注、《韩子》注、《黄石公三略》注，都没有流传下来。① 今天有幸能够见到的，只有《人物志》注，从今天遗存的这些"《人物志》注"看来，刘昞的这些注，并不作像汉代儒生繁琐的训诂之书，而是更多地寄托着他的义理思想，即上文所说的有着更高的治国安邦的政治追求。有关"《人物志》注"的体例、内容等，笔者拟在下一节专门论述。

三　刘昞从事著述的时间考论

依《魏书·刘昞传》记载顺序，刘昞一生的重要著述，主要完成

---

① 近年，有学者从《俄藏敦煌文献》中发现了《黄石公三略》夹注本残卷，判定为刘昞注本，可惜残卷仅存的注文颇为简略，无从窥见全貌。详细请参阅刘景云《西凉刘昞注〈黄石公三略〉的发现》（《敦煌研究》2009年第2期）。

于西凉李暠父子时期。但由于刘昞一生"历事三主"：西凉李暠父子、北凉蒙逊父子、北魏拓跋氏。因而不免有学者对刘昞著述的时间产生一些怀疑。例如刘昞《人物志》注的题署，清人编修《四库全书总目提要》提出质疑：

> （《人物志》）其注为刘昞所作，旧本名上结衔题：凉儒林祭酒。盖李暠时尝授是官。然《十六国春秋》称沮渠蒙逊平酒泉，以昞为秘书郎，专管注记，魏太武时，又以昞为乐平王从事中郎，则昞历事三主，惟署凉官者，误矣。①

以上四库馆臣的辩难，既不得《魏书》记载的要略，也未得当时实情。请略加辨析。

西凉政权被北凉蒙逊覆灭后，刘昞为蒙逊所用，"拜秘书郎，专管注记"。按注记，为史官记录之职。东晋干宝《〈搜神记〉序》："国家不废注记之官，学士不绝诵览之业，岂不以其所失者小，所存者大乎？"蒙逊如此安置刘昞，很大程度上即源于刘昞完成的《凉书》、《敦煌实录》等史学著作，视其为国史之才。秘书郎一职，在两晋时期正是"专掌史任"的专职，故《魏书》称蒙逊"拜秘书郎，专管注记"。按《宋书》卷40《职官志》记载：

> 秘书监，一人。秘书丞，一人。秘书郎，四人。汉桓帝延熹二年，置秘书监。后省。魏武帝为魏王，置秘书令、秘书丞。秘书典尚书奏事。文帝黄初初，置中书令，典尚书奏事，而秘书改令为监。掌艺文图籍。《周官》外史掌四方之志、三皇五帝之书，即其任也。汉西京图籍所藏，有天府、石渠、兰台、石室、延阁、广内之府是也。东京图书在东观。晋武帝以秘书并中书，省监，

---

① （清）纪昀等：《四库全书总目提要》，中华书局1997年版，第1569页。

谓丞为中书秘书丞。惠帝复置著作郎一人，佐郎八人，掌国史。周世左史记事，右史记言，即其任也。汉东京图籍在东观，故使名儒硕学，著作东观，撰述国史。著作之名，自此始也。魏世隶中书。晋武世，缪征为中书著作郎。元康中，改隶秘书，后别自为省，而犹隶秘书。著作郎谓之大著作，专掌史任。晋制，著作佐郎始到职，必撰名臣传一人。宋氏初，国朝始建，未有合撰者，此制遂替矣。

　　结合上述记载来看，刘昞在蒙逊时期"拜秘书郎，专管注记"的职责，与魏晋的秘书郎职责相似。由此也可见刘昞在蒙逊心目中的地位和形象。蒙逊为刘昞"筑陆沉观于西苑，躬往礼焉，号玄处"，此处的"陆沉观"，也类似于汉代的石渠阁、东观，为艺文图籍所在。

　　蒙逊之后，其子牧犍尊刘昞为国师，"亲自致拜，命官属以下皆北面受业焉"。蒙逊时期，《魏书》云："先生学徒数百，月致羊酒。"综观北凉蒙逊时代，刘昞位不过秘书郎，职责不过"专管注记"，其一心传授学业，这样的生活，与他早年的生活"隐居酒泉，不应州郡之命，弟子受业者五百余人"极为相似。究其原因，恐怕不是蒙逊父子不肯重用刘昞，而是刘昞不愿为蒙逊父子效力。从上述记载看来，蒙逊父子对刘昞是极尽恩宠，然而刘昞似乎只对授业讲学感兴趣，不愿政治效力。

　　后来，蒙逊子牧犍归降北魏，乐平王镇守凉州，《魏书·阚骃传》记载："姑臧平，乐平王丕镇凉州。"刘昞以素有的名望，被拜为乐平王从事中郎。北魏平定凉州后，随即进行了"士庶东迁"的大规模迁徙，刘昞被特诏恩准返乡，途中遇病身亡。《魏书·刘昞传》云："世祖平凉州，士民东迁，夙闻其名，拜乐平王从事中郎。世祖诏诸年七十以上，听留本乡，一子扶养。昞时老矣，在姑臧。岁余，思乡而返，至凉州西四百里韭谷窟，遇疾而卒。"所谓"思乡而返"，大抵是刘昞不愿效力于北魏的托词，所以刘昞虽然病逝于北魏初年，但并未为北魏效力，其乐平王从事中郎也只是虚职而已。在北魏大规模的东迁中，刘昞没有像当时的其他名士那样，积极奔赴北魏京师。这在一定程度上体现了他对北魏政权所持的不合作态度。他不仅没有奔赴北魏京师，而且离开了北凉蒙逊政权的首府姑臧，返回敦煌故地，即李暠攻权的旧地。因此，刘昞"思乡而返"这一看似平常的举动中，却折射出他对北魏拓跋氏、北凉蒙逊父子、西凉李暠父子三个不同时代政权的微妙情感。从上述刘昞一生的仕宦情况来看，刘昞始终情系李氏政权，李暠当年如何请他出山，我们不得详知，但李暠将他比作诸葛亮，而自比为刘备，其中的君臣相知之乐，或许是刘昞"由是感激"、相许一生的重要原因。

刘昞在西凉时期优宠无比，而到了北凉、北魏时期，却淡出了政坛，这不是当朝者不愿重用他，而是刘昞不愿意为政治效力。从刘昞与同时期其他名人的比较中，大致就可以看出这一点。

一是宋繇，在西凉李暠父子时代，宋繇和刘昞同为李暠所倚重的将臣，刘昞被李暠比为诸葛亮，宋繇为李暠临终托孤大臣。在北凉蒙逊政权中，与刘昞地位相比，宋繇更显优宠无比。《魏书·宋繇传》记载："沮渠蒙逊平酒泉，于繇室得书数千卷，盐米数十斛而已。蒙逊叹曰：'孤不喜克李歆，欣得宋繇耳。'拜尚书吏部郎中，委以铨衡之任。蒙逊之将死也，以子牧犍委托之。"蒙逊不仅"委以铨衡之任"，委以选拔各级官吏的重任，而且委以顾命大臣之职，临终托孤，宋繇此时期的地位比起李暠时代来说，有过之而无不及。蒙逊子牧犍也更是视宋繇为股肱大臣，经常让其伴随左右，北魏初年，牧犍以宋繇为左丞，作为特使，"送其妹兴平公主于京师"，北魏平定凉州后，宋繇又跟随牧犍一同奔赴京师。北魏皇帝拜宋繇为河西王右丞相，赐爵清水公，加安远将军。其后，"长子岩，袭爵，改为西平侯"。相较于刘昞的病逝于"思乡而返"途中，其子"留乡里"、"为城民"，宋繇父子可谓高官厚禄，世代相袭，二者相去甚远。

二是宗钦，"钦少而好学，有儒者之风，博综群言，声著河右。仕沮渠蒙逊为中书郎、世子洗马"，"世祖平凉州，入国，赐爵卧树男，加鹰扬将军，拜著作郎"（《魏书》卷52《宗钦传》）。其弟宗舒，与宗钦同时归顺北魏，"赐爵句町男，加威远将军"。宗钦才能如何？《魏书·宗钦传》称："钦在河西，撰《蒙逊记》十卷，无足可称。"其才能与刘昞相去甚远，然其在蒙逊时贵为"中书郎、世子洗马"，归顺北魏后，赐爵封赏，备受尊崇。

三是张湛，敦煌人，"弱冠知名凉土，好学能属文，冲素有大志。仕沮渠蒙逊黄门侍郎、兵部尚书。凉州平，入国，年五十余矣，赐爵南浦男，加宁远将军"（《魏书》卷52《张湛传》）。张湛才不及刘昞，蒙逊时为兵部尚书，归顺北魏后，赐爵封赏，备受尊崇。

四是阚骃，敦煌人，"博通经传，聪敏过人，三史群言，经目则诵，时人谓之宿读。注王朗《易传》，学者藉以通经。撰《十三州志》，行于世。蒙逊甚重之，常侍左右，访以政治损益。拜秘书考课郎中，给文吏三十人，典校经籍，刊定诸子三千余卷。加奉车都尉。牧犍待之弥重，拜大行，迁尚书。姑臧平，乐平王丕镇凉州，引为从事中郎。王薨之后，还京师。家甚贫敝，不免饥寒。性能多食，一饭至三升乃饱"（《魏书》卷52《阚骃传》）。阚骃才不及刘昞，蒙逊父子时，却"常侍左右，访以政治损益"，"拜大行，迁尚书"，颇受政治恩宠。北魏时，阚骃才能不亚于张湛，却因为不热心归顺北魏，以致贫困潦倒。

在这样的乱世中，曲意阿世者，不减累世的富贵，如宋繇者，而秉持气节者，不免贫寒，如刘昞者。"哀哉，哀哉！非独余哀之，举世莫不哀之也。饥寒常在生前，声名常在身后，二者不相待，此士之所以穷也。"① 刘昞去世约50年后，北魏太和十四年（490），尚书李冲奏曰："昞河右硕儒，今子孙沉屈，未有禄润，贤者子孙宜蒙显异。"于是朝廷破格擢升其一子为郢州云阳令。到北魏正光三年，太保崔光

---

① （宋）苏轼：《东坡题跋》卷2《书渊明乞食诗后》，上海远东出版社1996年版，第104页。

奏曰："臣闻太上立德，其次立功、立言。死而不朽，前哲所尚；厐人爱树，自古称美。故乐平王从事中郎敦煌刘昞，著业凉城，遗文兹在，篇籍之美，颇足可观。如或愍岵，当蒙数世之宥；况乃维祖逮孙，相去未远，而令久沦皂隶，不获收异，儒学之士，所为窃叹。臣忝职史，敢冒以闻奏，乞敕尚书，推检所属，甄免碎役，用广圣朝旌善继绝。敦化厉俗，于是乎在。"正光四年（523）六月诏曰："昞德冠前世，蔚为儒宗，太保启陈，深合劝善。其孙等三家，特可听免。"（《魏书》卷 52《刘昞传》）刘昞去世约 80 年后，以其"硕儒""著业"，子孙享其余泽，"河西人以为荣"。死后能获得这样的殊誉，这在中国古代历史上是较为少见的。

综上，纵观刘昞在三个不同时代的地位变迁，只有在西凉李暠父子时期，他感铭李暠的知遇之恩，将才能发挥得淋漓尽致，才尽其用。蒙逊父子时期，虽然对其礼待有加，但刘昞主要以授业讲学为主，不愿为政治效力。北魏时期，仅有虚职头衔，旋即返归故里，病逝。因此，刘昞一生著述的丰收期，应该主要在李暠父子时期。《魏书·刘昞传》将其一生主要著述，归于李暠父子时期，是合乎当时历史实情的。《人物志注》"旧本名上结衔题：凉儒林祭酒"，即渊源于此。

四　刘昞的《人物志注》

如前所述，刘昞《人物志注》应著述于李暠父子时期，所以《人物志注》"旧本名上结衔题：凉儒林祭酒"。宋代陈振孙《直斋书录解题》记载："《人物志》三卷。魏散骑常侍邯郸刘劭孔才撰，梁儒林祭酒敦煌刘昞注。梁史无刘昞，《中兴书目》云尔，晁氏云伪凉人。"[①]可知宋代也有将刘昞误为梁代的说法。

又，宋代王应麟《玉海》记载："刘劭《人物志》三卷。刘昞《人物志注》三卷。"（卷 57）此书记载将二者分而言之，据此推测，

---

① （宋）陈振孙：《直斋书录解题》卷 10，上海古籍出版社 1987 年版，第293 页。

大抵在宋代时期，刘劭《人物志》、刘昞《人物志注》是作为单行本，分别流通的。何时开始合刻在一起，还有待考证。这样的情形，在古籍中，也是不少见的。例如，《史记》三家注，最早分别为单行本流传，而后大约到南宋才出现《史记集解索隐》二家合刻本，以及《史记集解索隐正义》三家注合刻本。① 刘劭《人物志》、刘昞《人物志注》的流传，大致也和《史记》及《史记》三家注的情形相似，先以单行本的形式流通，主要是写本、抄本形态，宋代以后，才合刻刊印在一起。

刘昞《人物志注》，不重训诂，注重疏通大意，或许受到魏晋时代开始兴起的注重义理的注疏风气的影响。在现存的古人注疏中，他是比较早期的侧重义理疏释的典籍，在古籍的注疏史上地位特殊，值得关注。清代四库馆臣说：“昞注不涉训诂，惟疏通大意，而文词简古，犹有魏晋之遗。《汉魏丛书》所载，仅每篇之首存其解题十六字，而尽删注释，且卷首讹题晋人，殊为疏舛。”② 今赖清人及时整理，得存其古本原貌。③

刘劭《人物志》的出现，是曹魏开始出现的九品中正制的时代产物，为品藻人物、考核人才直接提供理论参考。《人物志》跋语云：“《人物志》三卷十二篇，魏刘劭撰，案隋唐经籍志篇第，皆与今同，列于名家。十六国时敦煌刘昞重其书，始作注解。”④ 刘昞是最早为《人物志》作注的人，并且一直影响至今。倘若推究其作注的个人或时代动因，可能有以下三个方面值得考虑。

一是刘昞虽然身处西北僻地，但对中原文化颇为仰慕，从其 14 岁进学开始，一生所努力著述的文化传统与中原文化一脉相承，尤其是

---

① 参考张玉春、应三玉《史记版本及三家注研究》，华文出版社 2005 年版，第195 页。

② 四库馆臣案语：《人物志》“目录”，文渊阁四库全书本。

③ 清代文渊阁《四库全书》中四库馆臣案语云：“此本为万历甲申河间刘用霖所刊，盖用隆庆壬申郑旻旧板而修之，犹古本云。”

④ 四库馆臣：《人物志》“跋”，文渊阁四库全书本。

其注疏的《周易》《韩子》《黄石公三略》，都是中原文化中的重要典籍。此次他对《人物志》青睐有加，除了对中原文化的仰慕、个人兴趣等因素外，恐怕离不开其时代要求。

二是刘昞注《人物志》可能是出于李暠的请求。李暠身为西凉王，招揽贤才，刘劭《人物志》正为其提供理论依据，他邀请刘昞为其作注，一则是传承中原古籍，二则是为招揽贤才提供智力支持。

三是李暠将刘昞比作诸葛亮，而诸葛亮也是颇为重视人才选拔的，这是促使刘昞在综合时代背景、个人性情、李暠人才政策需求、李暠对他的夸许等多种因素的基础上，为《人物志》作注的直接动因。

早在先秦儒家，孔子即开始重视人物品藻、人才荐举，他提出了有名的考察人才的"五观法"：观学、观言行、观志、观过、观友。这一观念直接启导着三国时期诸葛亮中的"七观法"（《便宜十六策·知人篇》）。此外，在《逸周书·官人》、《大戴礼记·文王官人》中，也假托有周公、文王的观人之法有六征："一曰观诚，二曰考志，三曰视中，四曰观色，五曰观隐，六曰揆德。"《吕氏春秋·孟春纪·论人》中提出过"八观六验"的观人之法。[①] 在此基础上，刘劭《人物志》中提出了"八观""五视"的方法。刘昞《人物志注》在借鉴和吸收前贤人物品评理论的基础上，他通过注疏的方式，进一步深化了有关人才考评的思想，体现了他独到的思考。

总体来说，刘昞《人物志注》中的思想，体现了他儒道并重，兼收并蓄的博大胸襟。他作为当时鸿儒，学问以儒学为主，但又不囿于儒学，所以气象超乎时侪，卓然自成一家。他在《人物志注》开篇说："仁者爱物，蔽在无断。信者露诚，蔽在无隐。此偏材之常失也。"指出儒家"仁"、"信"的缺憾。同时又指出："性质禀之自然，情变由于染习，是以观人察物，当寻其性质也。"强调一个人先天禀性的重要性，同时注意环境对其成长的影响，并以此作为观人察物的根

本出发点。他还说："性资于阴阳，故刚柔之意别矣。"从阴阳出发探讨人性的刚柔之殊。

随后他又指出："阴阳相生，数不过九，故性情之变质亦同之。"紧接着，他分述这九种情形说：

> 神者，质之主也，故神平则质平，神陂则质陂。
>
> 精者，实之本，故精惠则实明，精浊则实暗。
>
> 筋者，势之用，故筋劲则势勇，筋弱则势怯。
>
> 骨者，植之基，故骨刚则植强，骨柔则植弱。
>
> 气者，决之地也，气盛决于躁，气冲决于静矣。
>
> 色者，情之候也，故色悴由情惨，色悦由情怿。
>
> 仪者，形之表也，故仪衰由形殆，仪正由形肃。
>
> 容者，动之符也，故邪动则容态，正动则容度。
>
> 言者，心之状也，故心恕则言缓，心褊则言急。

上述以义理阐发的方式，鲜明地传达出刘昞的人才品评理论，这对刘劭《人物志》理论无疑是一种深入和补充。

刘昞一介儒生，对道家的无为冲淡也颇为赏慕。《册府元龟》记载："程骏师事刘昞，尝谓昞曰：'今世名教之儒，咸谓老庄其言虚诞不切实要，弗可以经世，骏意以为不然。夫老子著抱一之言，庄生申性本之旨，若斯者可谓至顺矣。人若乖一则烦伪生，若爽性则冲真丧。'昞曰：'卿年尚稚，言若老成，美哉！'由是声誉益播。"（卷822）刘昞对这位夸许老庄的学生赞不绝口。在《人物志注》中，刘昞经常将老庄的思想融入自己的注疏中。他说："目不求视，耳不参听，各司其官，则众材达，众材既达，则人主垂拱无为而治。""旷然无怀，委之至当，是以世务自经，万物自理。"此道家的无为而治、崇尚自然。又说："恒怀谦下，故处物上。""常怀退后，故在物先。"此老子的谦下不争。又说："付是非于道理，不贪胜于求名。""通理则止，不务烦辞。"此道家的无名、无言。

此外，《人物志注》中还体现刘昞的一些军事思想。他说："对家强梁始气必盛，故善攻强者，避其初鼓也。"又说："三鼓气胜，衰则攻易。"《十六国春秋·李暠传》记载：

> 建初七年秋八月，蒙逊复背前盟，率轻骑来袭，暠曰："兵有不战而败敌者，挫其锐也。蒙逊新与吾盟，而遽来袭我，我闭门不与战，待其锐气已竭，徐而击之，蔑不克矣。"顷之，蒙逊粮尽引去，暠遣世子歆帅骑五千邀击，败之，获其将沮渠百年。[①]

其中李暠所说的"兵有不战而败敌者，挫其锐也""待其锐气已竭，徐而击之"等军事战略，正与上述刘昞《人物志注》中的军事思想，彼此相互映照。李暠这一军事战略，很有可能就是从刘昞《人物志注》而来。

总之，刘昞《人物志注》，洋洋万言，义理珠玑，随处可见，是探讨刘昞语言艺术、学术思想的一大富矿，值得关注。笔者拟作专文探讨，此处囿于篇幅，仅加以简要阐述。

五 刘昞的教育功绩

刘昞在敦煌文化史上，除了他颇为丰富的著述外，还有他对于敦煌教育所做出的贡献。他知识渊博，一生弟子多达千数，著名的弟子也不少，极大地推动了当时敦煌文化教育事业的发展。按《魏书·刘昞传》记载，刘昞早年"隐居酒泉，不应州郡之命，弟子受业者五百余人"，后来出山辅佐李暠父子，虽然在此期间其受业弟子史书没有具体记载，但揆之常情，应该数量不在少数。他辅佐李暠父子长达二十多年（400—422），此前十年间（390—400 年，即刘昞 20 岁到 30

---

① （北魏）崔鸿著，（清）汤球辑补：《十六国春秋·西凉传》，丛书集成初编本，商务印书馆 1936 年版，第 642 页。

岁），弟子受业者多达五百余人；此后在蒙逊时期（422—433），也仅十年时间，"先生学徒数百，月致羊酒"（《魏书·刘昞传》）。蒙逊之子牧犍时期（433—439），尊刘昞为国师，"亲自致拜，命官属以下皆北面受业焉"。仅按此统计，史书明确记载的刘昞学徒就已经多达一千多人，而且他在辅佐李暠父子二十多年间的学生人数，没有统计在内。倘若仅按照他前后两个十年的学生规模来推算的话，他在李暠父子期间，人数应该也有一千多人。所以，按此推算，他一生中的学生人数，应该有两三千人的规模，而其中有名的弟子也不少，颇负盛名的有索敞、程骏、阴兴等。

《北史·索敞传》记载，索敞，敦煌人，为刘昞助教，专心经籍，"尽能传刘昞之业"。"凉州平，入魏，以儒学为中书博士。京师贵游之子，皆敬惮威严，多所成益，前后显达位至尚书、牧、守者数十人，皆受业于敞"，"诏赠凉州刺史，谥曰献"（卷34）。可见索敞秉承刘昞之业，对北魏文化影响巨大。

又《北史·程骏传》记载，程骏"少孤贫，居丧以孝称"，师事刘昞，"性机敏好学，昼夜无倦"。刘昞曾对门人夸耀他说："举一隅而以三隅反者，此子亚之也。"（卷40）因此"声誉益播"，北凉沮渠牧犍"擢为东宫侍讲"，颇受器重。又《十六国春秋·阴兴传》云："阴兴，敦煌人也，为刘昞助教，与敞齐名，以文学见举，每见昞必巾衣而入。"① 可见刘昞在学生中的威望、学生对他的尊重以及他们的当世影响。

历史的长河，在缓缓流淌。刘昞一代硕儒，当世"蔚为儒宗"，恩泽沾溉后世，百代而下，芬芳犹在，音声依稀，宛如昨日。

第六节　宋繇其人及张显、氾称的谏疏

西凉李氏政权虽然只存在了短短二十多年，但颇得人心，天下英

---

① 《十六国春秋》卷97，文渊阁四库全书本。

才，咸乐为之所用。前有刘昞、宋繇，后有张显、氾称，忠心辅佐李氏父子，成就西凉霸业。虽然时运不济，但其人之品节，可泣鬼神。

一　宋繇其人与晋宋世风

宋繇为李暠同母弟，幼时交好，共创西凉霸业。《十六国春秋·李暠传》记载，李暠少而好学，"尝与吕光太史令郭黁及同母弟宋繇同宿"，"黁起谓繇曰：'君当位极人臣，李君有国土之分，家有骗草马，生白额驹，此其时也。'"吕光龙飞二年（397），段业自称凉州牧，拜李暠效穀令，不久又推举为宁朔将军、敦煌太守。宋繇"自张掖告归敦煌"，游说李暠："兄忘郭黁之言耶，白额驹今已生矣。"李暠于是出任敦煌太守。① 稍后，段业听信索嗣谗言，让索嗣代李暠为敦煌太守，李暠犹豫未定，而效穀令张邈及宋繇劝谏说："吕氏政衰，段氏闇弱，正是英豪有为之日。将军据有一国之成资，奈何束手于人。岂不为天下笑乎？大兄英姿挺特，有雄伯之风，张王之业不足继也。"最终李暠雄踞一方，建立西凉霸业，经营西凉十多年。宋繇是劝谏李暠自立门户的重要人物，李暠从决定出任敦煌太守，到自立为西凉王，宋繇起了关键作用。李暠自称"吾少无风云之志"，"不图此郡士人，忽尔见推"，是宋繇等人将他一步步推上西凉王之位的。

李暠临终时，将后事托付给宋繇，他说："吾死之后，世子犹卿子也，善相辅导，述吾平生，勿令居人之上，专骄自任。军国之宜，委之于卿，无使筹略乖衷，失成败之要。"② 俗话说，"知子莫若父"，李暠所担忧的、不愿意看到的，却终归出现了。李暠子李歆"专骄自任"，刚愎自用，导致西凉政权很快就灭亡了。宋繇作为顾命大臣，在"善相辅导"上严重失职。李歆"专骄自任"，劝谏者不少，却鲜见宋繇的身影。据《十六国春秋》记载，李歆主政时期，劝谏者有：

①　（北魏）崔鸿著，（清）汤球辑补：《十六国春秋·西凉传》，丛书集成初编本，商务印书馆1936年版，第633页。

②　同上书，第645页。

嘉兴二年，"沮渠蒙逊复率众来伐，歆将出拒之，左长史张体顺固谏乃止"。

嘉兴三年，李歆用刑过严，"又好治宫室，缮筑不止，从事中郎张显（一作顗）上疏切谏"，李歆"览之，不悦"。

主簿氾称"又上疏谏"，李歆"亦不纳"。

嘉兴四年李歆"将谋东伐"，张体顺"切谏止之"。

嘉兴四年，李歆"闻沮渠蒙逊攻秦浩亹"，"乃命中外戒严，将攻张掖"，尹太后以为不可。宋繇"亦固谏"，李歆"怒，不听"。宋繇退而叹曰："大事去矣。吾见师之出，不见师之还也。"

防微杜渐，李歆兵败前夕，宋繇"固谏"，可谓晚矣。所谓"大事去矣"，既知如此，何必当初呢？因此，他作为托孤之臣，担负"善相辅导"重任，对于李歆刚愎自用，兵败国亡，具有不可推卸的责任。他对于李歆的"专骄自任"，早期就应该加以劝导，"无使筹略乖衷"，等到李歆兵败的兆头显现，自然无力回天。

更值得注意的是，宋繇的这次劝谏，竟然是在李歆母亲尹太后劝谏无效之后，他才"固谏"的，所以导致李歆怒而不听。李歆为蒙逊所初败时，左右劝李歆还酒泉，李歆自叹说："吾违太后明敕，远取败辱，不杀此胡，复何面目见吾母也。"勒众复战，终为蒙逊所杀。李歆为了此次征讨，已经和母亲翻脸，无论谁再劝谏，必然是盛怒之下，难听善言了。所以，从这个意义看，宋繇的劝谏，完全无用而多余。由此也更可以看出，宋繇在"善相辅导"上的失职。

既然已经预知"大事去矣"，宋繇却也毫无作为，蒙逊杀李歆于蓼泉，却轻而易举趁势攻下酒泉。宋繇摇身一变，成为蒙逊的重臣。《资治通鉴》记载，蒙逊攻下酒泉后，"以宋繇为吏部郎中，委之选举，凉之旧臣有才望者，咸礼而用之"（卷119）。李暠去世，李歆年幼，经验不足，所以郑重托付宋繇，而李歆"专骄自任"，"用刑过严"，"又好治宫室"，却不见宋繇"善相辅导"的身影，直到西凉覆亡，宋繇却归顺蒙逊，为其笼络西凉旧臣。蒙逊临终，也将其子牧犍托付给宋繇。而仅隔数年，宋繇却劝牧犍归顺北魏，并作为特使，护送牧犍之妹兴平公主远嫁于北魏京师，后又随牧犍离开凉州故地，奔赴北魏京师。北魏拜宋繇为河西王右丞相，赐爵清水公，加安远将军；其长子宋岩"袭爵，改为西平侯"。在当时北凉归顺北魏的士人中，宋繇分封最高，爵位世袭罔替。纵观宋繇一生，三仕其主，两番作为托孤大臣，任凭改朝换代，而富贵权势依然如故。小人乎？宋繇也。清人赵翼说："盖自汉、魏易姓以来，胜国之臣即为兴朝佐命，久已习为固然。其视国家禅代，一若无与于己，且转藉为迁官受赏之资。"① 这些"胜国之臣"，"与时推迁，为兴朝佐命，以自保其家世，虽市朝革易，而我之门第如故"②。宋繇的上述表现，正是这一世风的反映。

宋繇的行为，更加反衬出李暠、刘昞身处衰世，而意欲力挽狂澜的烈士悲歌。与宋繇相比，刘昞虽然归顺蒙逊、北魏，却拒绝为其政治效力。这固然一方面是感念李暠的知遇之恩，另一方面也是刘昞作为儒家志士仁人风骨的体现。蒙逊为人阴险，残暴好杀，为"胡夷之杰"。《魏书》称"其先为匈奴左沮渠，遂以官为氏"，"蒙逊滑稽有权变，颇晓天文，为诸胡所归"。李歆"专骄自任"，远非蒙逊敌手。蒙逊攻下敦煌后，"以索嗣子元绪行敦煌太守。元绪麤险好杀，大失人和，郡人宋承、张弘以恂在郡有惠政，密信招恂。恂率数十骑入于敦煌，元绪东奔凉兴。宋承等推恂为冠军将军、凉州刺史。蒙逊遣世子德政率众攻恂，恂闭门不战。蒙逊自率众二万攻之，三面起堤，以水灌城，恂遣壮士一千连版为桥，潜欲决堤。蒙逊勒兵逆战，屠其城"（《晋书》卷87《凉武昭王传》）。蒙逊占领敦煌后，先是起用好杀之徒，继而水灌敦煌，"屠其城"，其罪行令人发指。刘昞归顺后，拒绝

---

① （清）赵翼著，栾保群、吕宗力校点：《陔余丛考》卷17"六朝忠臣无殉节者"，河北人民出版社1990年版，第309页。

② （清）赵翼著，王树民校证：《廿二史札记校证》卷12"江左世族无功臣"，中华书局2001年版，第254页。

为其政治效力，是完全可以理解的。

二　张显、氾称谏疏与忠义悲歌

相较之下，李暠礼贤下士，初任效穀令，即被誉为"温毅有惠政"，因而被推举为敦煌太守，其自立为西凉王后，四方之士，争相奔赴。李暠去世后，张体顺、张显、氾称等忠义之士瘁心辅佐幼主李歆，其奏疏切谏之语，划破历史时空，流传千古。张显（一作颙）上疏劝谏说：

> 凉土三分，势不久立。并兼之本，实在农战；怀远之略，事归宽简。今入岁已来，阴阳失序，屡有贼风暴雨，犯伤和气，是宜减膳彻悬，侧身修道。而更繁刑峻法，宫室是务，人力凋残，百姓愁悴，致灾之咎，实此之由。昔文王以百里而兴，二世以天下而亡，前车之轨，得失昭然。太祖以天挺神姿，应桓文之运，流标万里，为西夏所推，左取酒泉，有易俯拾，右开西域，兵不血刃，实为殿下开创崇规，贻厥孙谋者也。殿下不能奉承先志，混一凉土，侔踪张后，将何以下见先王乎？沮渠蒙逊胡夷之杰，内修政事，外理英贤，攻战之际，身同（一作"均"）士卒，百姓怀之，咸乐为用。臣谓殿下非但不能平殄蒙逊，亦惧蒙逊方为社稷之忧。①

张显劝李歆重视"耕战"，"宽简"为政，不敢贪图逸乐，宜体恤民情，承继先王遗志，开万世基业。张显言意敦敦，纵横开阖，纵则以周文王、秦二世的历史盛衰为镜，横则以蒙逊励精图治的现实对比为忧，可谓语重心长，一片忠贞。但李歆不予重视，依然故我。氾称

---

① 该文内容《御览》卷322引萧方等《三十国春秋》、《晋书·凉武昭王传》等，均有所记载，但以文渊阁四库全书本《十六国春秋》卷92《西凉录·李歆传》记载最全。

紧接着上疏劝谏说：

臣闻天之子爱人后，殷勤至矣。故政之不修，则垂灾谴以诫告之。改者虽危必昌，宋景是也。其不改者，虽安必亡，虢公是也。殿下嗣位以来，元年三月癸卯，敦煌谦德堂陷。八月，效谷地裂，二年元日，昏雾四塞，四月，日赤无光，二旬乃复，十一月，狐上南门。今兹春夏地频五震，六月，陨星于建康。臣虽学不稽古，敏谢仲舒，颇亦闻道于先师，且行年五十有九，请为殿下略言耳目之所闻见，不复能远论书传之事也。

乃者咸安之初，西平地裂，狐入谦光殿前，俄而秦师奄至，都城不守。梁熙既为凉州，藉秦氏兵乱，有全凉之地，外不抚百姓，内多聚敛，建元十九年姑臧南门崩，陨石于闲豫堂，二十年而吕光东反，子败于前，身戮于后。段业因群胡创乱，遂称制此方，三年之中，地震五十余所，既而先王龙兴于瓜州，蒙逊篡弑于张掖。此皆目前之成事，亦殿下之所闻知。效谷，先王鸿渐之始，谦德，即尊之室，基陷地裂，大凶之征也。日者大阳之精，中国之象，赤而无光，中国将为胡夷之所陵灭。谚曰："野兽入家，主人将去。"今狐上南门，亦灾之大也。又狐者胡也，天意若曰：将有胡人入居于此城，南面而君者也。昔春秋之世，星陨于宋，襄公卒为楚所擒。地者至阴，胡夷之象，当静而动，反乱天常，天意若曰：胡夷将震动中国，中国若不修德，将有宋襄之祸。

臣蒙先朝布衣之眷，辄自同子弟之亲，是以不避忤上之诛，昧死而进愚款。愿殿下亲仁善邻，养威观衅，罢宫室之务，止游畋之娱，租后宫嫔妃，诸夷子女，躬受分田，身劝蚕绩，以清俭素德为荣，息兹奢靡之费，百姓租税，专拟军国。虚衿下士，广招英隽，修秦氏之术，以强国富俗。待国有数年之积，庭盈文武之士，然后命韩白为前驱，纳子房之妙算，一鼓而姑臧可平，长驱可以饮马泾渭，方东面而争天下，岂蒙逊之足忧！不然，臣恐社稷之危，必不出纪。①

汜称从天象异常，示警于君的政治高度，引经据典，规劝李歆从梁熙、段业的身败国亡中吸取历史教训，休养生息，广招贤才，富国强兵，待蓄而发。可惜这些谏议，也没有被李歆采纳。但张体顺、张显、汜称等人的忠贞与赤忱，却在西凉政权史上乃至中国文学史上留下耀眼的光环。

即使李歆有"专骄自任"的缺点，但他们却百折不挠，前赴后继，谱写了一曲曲忠义的悲歌，与西凉政权共存亡。即使是在李歆与蒙逊战于蓼泉，"军败失马"的落魄与危难关头，仍然不乏忠义者，如辛渊，将自己的战马让给李歆，自己却"身死于难"，最终"以义烈见称西土"，可见时人的忠义以及对李氏政权的追念。

第七节　李暠政权的余响与魅力

纵观西凉李氏从建国到覆亡，前后不过 22 年，主要活跃于敦煌、酒泉一带，但对于推动敦煌文化的发展，加强敦煌与中原的联系等方面做出了不可磨灭的贡献。敦煌远塞，雄关漫漫，可以遮挡行人的视线，可以阻延铁马兵戈的扣关，却阻挡不了民族文化融合的步伐与进程。

一　李暠政权的民间余韵

李氏覆亡，百姓不免伤怀，有关他们的一些轶事便悄然在敦煌民间传播。《魏书·李暠传》记载，李歆未败时，有一大蛇从南门而入，"至歆恭德殿前"，"有双雉飞出宫内，通街大树上有乌、鹊争巢，鹊为乌所杀"。大蛇入殿，乌占鹊巢，皆为不吉之兆，可见蒙逊入主酒

---

① 《十六国春秋》卷 92《西凉录·李歆传》，文渊阁四库全书本。

泉、敦煌，民间事先已有一定的凶兆。在民间观念中，大蛇、乌，为恶厌之物，雉、鹊，为喜庆之物，这样的褒贬色彩，体现了民间百姓对西凉李氏、北凉沮渠两个政权鲜明的爱憎。

《魏书·李暠传》还记载，李歆败亡前夕，有"敦煌父老令狐炽梦一白头公，帢衣而谓曰：'南风动，吹长木，胡桐椎，不中毂。'言讫忽然不见。歆小字桐椎，至是而亡"（卷99）。此则敦煌老父的梦中谣谚，预示了李歆的败亡。这一故事，被元代陶宗仪《说郛》收录。《说郛》同时还记载了一则李暠的梦："西凉武超王李暠，小字长生。后立歆，字士业。玄盛梦为凉公，领凉州牧，代沮渠，为蒙逊所杀。"（卷77）《说郛》将这两个梦汇编一处，题名"长生桐椎"，各取李暠、李歆小字。既然事前已有噩梦的先兆，那么败亡也就成了顺应天命，无可奈何的事情了。人们以这样梦幻的形式，弱化了对李氏政权覆亡的伤感。

民间百姓之所以对李暠政权寄托了如此的感念与伤怀，细审个中原因，在于李暠父子对敦煌、酒泉贡献良多。一是安定政局，在乱世中为敦煌、酒泉的人们求得一片难得的安定之所。二是招揽河西俊才，李暠礼贤下士，士庶归心。三是以李暠为首，君臣爱慕、戮力传承中原文化，悠游文艺之间。一时之间，文化繁荣，俊杰涌现，成为敦煌历史上短暂的文化繁荣局面。

李氏之颇得民心，以唐氏家族为例，可见一斑。贵为北凉晋昌太守的唐瑶"叛移檄六郡"，"推李暠为冠军大将军、沙州刺史、凉公、领敦煌太守"（《资治通鉴》卷111），创立西凉，厥功甚伟。而唐瑶推举李暠，在于为敦煌谋得一方安定，史书称唐瑶"以凉土丧乱，民无所归，推陇西李暠于敦煌，以宁一州"（《魏书·唐和传》）。在李氏为沮渠蒙逊所灭后，又是唐氏出手相助，唐瑶之子唐和，携外甥李宝避难伊吾。唐和、李宝寄身伊吾，"倾身礼接，甚得其心，众皆乐为用，每希报雪"，后趁北凉被北魏击败之际，李宝率众"自伊吾南归敦煌，遂修缮城府，规复先业"（《魏书·李宝传》），李氏至此复兴。

李宝被北魏授镇西大将军、都督西陲诸军事、开府仪同三司、领护西戎校尉、沙州牧、敦煌公，仍镇敦煌。李氏政权的创立、逃亡、复兴，都离不开唐氏家族的追随与拥戴。

二　李暠政权的文化遗响

西凉李氏虽然只有22年，但当时河西的人才多聚集在李暠麾下，乐为效命，也为后来北凉、北魏王朝贡献了不少人才。如阴仲达，武威姑臧人，其祖父阴训，仕李暠为武威太守，颇为倚重，李氏覆亡后，其父阴华为北凉姑臧令，阴仲达"少以文学知名"，北魏平定凉州后，阴仲达与段承根被誉为"凉土才华"（《魏书·阴仲达传》），同修国史，除秘书著作。又如张湛，敦煌人，其父张显，"有远量"，李暠"引为功曹"，"甚器异之"，并对人夸耀说："吾之臧子原也。"擢为酒泉太守。张湛"弱冠知名凉土，好学能属文，冲素有大志"，李氏覆灭后，仕于沮渠蒙逊，"位兵部尚书"。"凉州平"，北魏拜为宁远将军，赐爵南蒲男。北魏司徒崔浩"识而礼之"，称誉说："敦煌张湛、金城宗钦、武威段承根三人皆儒者，并有俊才，见称西州。每与余论《易》，余以《左氏传》卦解之，遂相劝为解注，故为之解。"（《北史·张湛传》）对张湛的学问赞不绝口。

又如辛渊，仕李暠为骁骑将军，李歆"亦善遇之"，李歆与蒙逊战于蓼泉，军败失马，辛渊"以所乘马授歆，而身死于难，遂以义烈见称于西土"，"其后子孙仕魏，俱至显官"。又如阚骃，敦煌人，祖父阚倞、父亲阚玖，"并有名于西土"，阚玖仕李暠为会稽令。阚骃"博通经传，聪敏过人，三史群言，经目则诵"，李氏覆亡后，沮渠蒙逊"甚重之，常侍左右，访以政事损益"。其子牧犍"待之弥重，拜大行台，迁尚书"。北魏平定姑臧后，乐安王拓跋丕镇守凉州，引为从事中郎。

刘昞初隐居酒泉，"不应州郡命"，李暠建国后，拜刘昞为儒林祭酒、从事中郎，迁抚夷护军，颇为倚重。李氏覆亡后，蒙逊拜为秘书郎，专管注记。其子牧犍尊为国师，"亲自致拜，命官属以下，皆北面受业"。北魏平凉州后，拜刘昞为拜乐平王从事中郎。北魏太和十四年，又拜其子为郢州云阳令。北魏正光三年，又诏敕"其孙等三家，特可听免"，"河西人以为荣"（《北史·刘昞传》）。索敞，敦煌人，为刘昞助教，"尽传刘昞业"，"入魏，以儒学为中书博士"，"京师贵游之子，皆敬惮威严，多所成益，前后显达位至尚书、牧、守者数十人，皆受业于索敞"。索敞去世后，朝廷"诏赠凉州刺史，谥曰献"（《北史·索敞传》）。又程骏，师事刘昞，"性机敏好学，昼夜无倦"，李氏覆亡后，被沮渠牧犍擢为东宫侍讲。

宋繇，敦煌人，仕李暠父子，"历位通显"，为李暠顾命大臣，后委身仕于蒙逊，拜尚书吏部郎中，"委以铨衡"，临终"以子牧犍托之"，"牧犍以为左丞，送其妹兴平公主于京师"，北魏拜宋繇为河西王右丞相，锡爵清水公，谥恭公。

综观上列诸多贤才，多成长于李暠执政时期，颇受李暠父子的器重或培育，李氏政权覆亡后，他们先后仕宦于北凉、北魏，本人及其子孙，颇受官方的重视。换句话说，李暠在位十多年的经营，为北凉、北魏政权输送了大批的优秀人才，这批人才先后成为北凉、北魏文化建设的重臣，如宋繇、刘昞、索敞等。尤以年轻一代的索敞最为突出。他作为刘昞的得意门生，尽得其学问，至北魏时，"京师贵游之子位至尚书、牧、守者数十人"，"皆受业于索敞"。索敞初长于西凉，因此索敞对于北魏的文化建设之功，归根结底，应该归因于早期西凉李氏的培育。套用俗语，即李暠下种，北魏得瓜。"落其实者思其树，饮其流者怀其源。"（庾信《征调曲》）故北魏尚书李冲、太保崔光等大臣先后上奏朝廷，请求赏赐刘昞子孙"禄润"，皆得到朝廷的恩准。这既是刘昞的余荫，也是李暠的余荫。

三　李暠的人格魅力与陇西李氏及大唐宗室的关系

高山仰止，景行行止。昔人已逝，魅力犹存。从民间到官方，对于李暠的敬仰和追慕，从西凉以至后世，从未停息过。北齐魏收《魏书》本传称李暠"陇西狄道人也，汉前将军广之后"。唐代房玄龄等《晋书》记载更详："陇西成纪人，汉前将军广之十六世孙也。广曾祖仲翔，汉初为将军，讨叛羌于素昌，素昌即狄道也，众寡不敌，死之。仲翔子伯考奔丧，因葬于狄道之东川，遂家焉，世为西州右姓。"对其家族历史着墨较多。李暠为西汉名将李广之后，陇西望族，这一点，在宋代《册府元龟》中也有同样的记载。在唐宋时代，李暠为李广后世子孙，这成为后世将李暠视为中原文化之一脉的主要原因。

在唐代，唐代宗室李姓，以李暠为先祖，唐玄宗李隆基天宝二年（743）追尊李暠为兴圣皇帝（《新唐书·玄宗本纪》）。大诗人李白也以李暠为先祖，李阳冰《草堂集序》云："李白，字太白，陇西成纪人。凉武昭王李暠九世孙，蝉联珪组，世为显著。"又范传正《唐左拾遗翰林学士李公新墓碑》云："公名白，字太白，其先陇西成纪人。绝嗣之家，难求谱牒。……约而计之，凉武昭王九代孙也。"

不过，李唐宗室、诗人李白等，是否为李暠之后，明代杨慎提出质疑，他在《李姓非一》中说：

> 姓氏谱李氏凡十三望，以陇西为第一，唐时重族望，虽帝系之贵，亦自屈居第三，而让陇西为一，则陇西之李与唐室之李不同族，明矣。……汉世李广为陇西李氏，至唐犹然。然据唐人姓氏谱，则陇西与唐室了不相干，而李氏称陇西者，往往冒为唐宗室，又矛盾矣。
>
> 唐自高祖即位，太宗、高宗继之，武后戕唐子孙殆尽。至开元末四十年，而太白诗云："我李百万叶，柯条布中州。"是又可疑，盖唐人十三望之李，皆冒称宗室，既不封以禄位，惟虚名夸人曰天潢仙派而已。唐帝亦乐其族姓之繁，不暇考其真伪也。观太白自叙之书云："白家世本金陵。"此其自状明甚，而诗中赠九姓李者皆曰吾宗，则又可疑。唐之先仕于后周，岂有金陵之籍哉？大

抵唐人族姓多冒滥，如令狐楚入相后，天下姓胡者改胡为狐而上加令字以附之。温庭筠诗云："自从元相登庸后，天下诸胡尽带铃。"呜呼！宰相之势不过十年，而人竞改姓以附之，况堂堂一统天子三百年之久，其冒附不知几百千万矣。①

杨慎指出了陇西李氏与唐室的不同族源，开启了后人的疑窦与深入探究。清代四库馆臣也曾评论说："案唐书，暠本老子之裔也。暠子歆；歆子重耳，魏弘农太守；重耳子熙，金门镇将，家于武川；熙子天赐，为幢主天；赐子虎，为后周太祖宇文泰开国功臣，魏赐姓大野氏，官至太尉，号为柱国，宇文氏受魏禅时，虎已卒，追录佐命功，封唐国公；以其子昞袭封，隋代周，复姓李氏。昞官至隋安州总管、柱国大将军；昞生子渊，袭封唐公后，赖次子秦王世民之力，代隋而为天子，是为唐高祖；秦王四征，寇盗以壹天下，是为太宗。遡长发之祥，则暠之于唐，其犹周之后稷矣。"②此处将李暠的世系向上追溯于李耳，向下泽及李唐王朝。尤其将李暠之后，一直到唐代李渊、李世民父子，李氏的世系叙说得极为明晰，循迹可察。

朱熹曾经说："唐源流出于夷狄，故闺门失礼之事不以为异。"陈寅恪先生进一步论证说："李唐皇室女系母统杂有胡族血胤，如高祖、太宗、高宗之母皆胡姓而非汉人。唐室自称为西凉武昭王李暠正支后裔。博采诸书，详加考订，证明非是。"陈先生指出："李唐称陇西郡望、冒托西凉嫡裔"，"隋唐皇室依旧自称弘农杨震、陇西李暠之嫡裔，伪冒相传"③。据陈先生研究，李白为"凉武昭王李暠九世孙"，也系诡托。④

①　（明）杨慎撰，王大厚笺证：《升庵诗话新笺证》，中华书局 2008 年版，第 1041 页。

②　（清）纪昀等：《十六国春秋》卷 92《西凉录》按语，文渊阁四库全书本。

③　陈寅恪：《唐代政治史述论稿》，上海古籍出版社 1997 年版，第 1—16 页。

④　陈寅恪：《李太白氏族之疑问》，《金明馆丛稿初编》，上海古籍出版社 2001 年版，第 311—314 页。

　　不过，对于本文而言，李唐宗室、李白是否果真为李暠后裔，并不重要，重要的是，单从李隆基追尊李暠为兴圣皇帝这一史实来看，李暠在李唐王朝享有极高的礼遇。而这些礼遇，与他的人格魅力密不可分。唐人或"伪冒相传"，或"诡托"为李暠之嫡裔的这些历史现象，足以彰显李暠对于后世尤其是唐人的巨大影响力。

第三章

北朝至唐代中期的敦煌文学
走势与中原政治格局

公元440年（在北魏攻破姑臧的第二年），一个踉蹡的身影，在颤巍中前行。这位年过古稀的老者，欲前往他的家乡敦煌，可惜他满负沧桑，实在太累了，最后病逝于返乡的途中。他，就是曾经誉满河西的大学者刘昞。刘昞的陨落，标志着敦煌一个划时代历史的结束。

第一节　北朝、隋朝、唐代前期的敦煌文学

历史的发展，总是螺旋式上升的。在这个螺旋式的发展中，有时不免夹杂着倒退。历史的曲折性发展往往就表现在这里。譬如敦煌文学，经历了五胡十六国时期，尤其是西凉李氏时期的短暂繁荣后，进入了一段较长时间的沉寂期。这一沉寂期的出现，原因或许是多方面的，而政局的动荡及其相关举措的影响，却是至为关键的。

一　北魏的人口内徙与敦煌文学的停滞

魏世祖太延五年（439），北魏攻占姑臧，牧犍出降，北凉灭亡，标志着北魏对凉州统治的开始。同年冬十月，"车驾东还，徙凉州民三万余家于京师"（《魏书·世祖纪》），"诏诸年七十已上，听留本乡，一子扶养"（《魏书·刘昞传》），除年过七十的老者特别恩准外，其余大部分人口都迁移出敦煌等地，东迁到北魏京师。敦煌境内大规模的人口外迁，给既有的敦煌文化带来毁灭性的破坏。"听留本乡"年

过七十的老者，或老死本乡，或病逝返乡途中，而外迁的人口，被分散到京师各地。所有这些，无助于敦煌文化的延续与传承。

北魏平定凉州，下令"士庶东迁"，从凉州带走不少杰出人才。刘昞作为年过七十者，"听留本乡"，病死于返乡途中。外迁的儒者中，敦煌张湛、金城宗钦、武威段承根，被北魏司徒崔浩誉为"并有俊才，见称西州"，颇为器重。而张湛等依附崔浩，崔浩被诛，段承根、宗钦俱死，张湛虽侥幸躲过一死，从此一蹶不振，"闭门却扫，庆吊皆绝，以寿终"。阚骃随乐安王拓跋丕镇守凉州，引为从事中郎。拓跋丕去世后，阚骃迁于京师，饥寒不能自存。当然，也有不少亨达者，如赵柔，金城人也，"少以德行才学，知名河右。太武平凉州，内徙京师。历著作郎、河内太守"；索敞，敦煌人，"凉州平，入魏"，"京师贵游之子，前后显达位至尚书、牧、守者数十人，皆受业于敞"；宋繇，敦煌人，"及平凉州，从牧犍至京师，卒，谥恭公"；等等，不过，这些显宦名流，离开敦煌，内徙京师后，都成为北魏倚重的大臣，为北魏文化建设添砖加瓦。由于他们离开了敦煌，便再也无从效力于敦煌本土的文化建设了。因此，从北魏统治敦煌开始，由于北魏统治者将大量人口迁出敦煌，从而导致敦煌人才的大量流失，汉晋以降敦煌文学的繁盛局面也伴随北魏的内徙政策而急剧衰落。

正因为如此，从公元439年北魏统治凉州，直到公元618年唐朝建立，在这180年间，敦煌先后经过北魏、西魏、北周、隋朝的管辖，而敦煌文学始终一蹶不振，处于徘徊的低谷时期。由于受佛教的影响，敦煌文学的文体样式，主要是宗教文书，如佛经写经题记、佛教愿文、道教文书等，宗教性、应用性色彩强，文学性相对较弱。

纵观这180年间，在偌大的敦煌地区，既没有像样的文学作家，也没有像样的文学作品。统治敦煌的北魏宗室元荣，是这一时期留下作品最多的敦煌本土作家。他的作品，传世文献未见收录，现存敦煌遗书中有13篇愿文。从元荣的作品数量，文体的单一，足可见当时敦煌文学衰落的情形。元荣及这一时期的敦煌文学，学术界已有较为详细的研究①，我们不再具体展开。

二　唐代前期敦煌文学与中原文化

唐代初期，南北朝文化呈融合之势，敦煌文化也重新融入统一的文化体系，在大一统的中央集权下，再度直接接受中原文化的洗礼与熏陶。自西晋永嘉之乱以来，敦煌文化已经有三百年没有与中原文化正面交锋与融合了。这来之不易的统一与融合，给奄奄一息的敦煌文学带来了甘甜的乳汁。它宛如嗷嗷待哺的婴儿，投身于母亲丰乳的怀抱；它仿佛久旱干裂的大地，浸润于滂沱的甘霖。所以，唐代前期的敦煌文学与中原文学融为一体，组成了中原文学的有机部分。这既是它吸纳中原文学的体现，也是敦煌文学新变与发展的基础。

敦煌文学自永嘉之乱后，丧失了与中原文学的密切联系，虽然经张轨、李暠之手，一度呈现出短暂的中兴之势，但自北魏之初凉州人口东迁京师后，敦煌文学元气大伤，几乎停滞不前。步入唐代后，敦煌文学获得新的发展机遇。唐代大一统的文化格局与丝绸之路的繁荣富庶，让敦煌地区展现出奔放的青春活力。中原文化典籍被转相传抄，从《诗经》《左传》《庄子》到《史记》《汉书》《文选》，再到《千字文》等童蒙读物，广泛而深远地渗透于敦煌各个阶层。

同时代的中原作家作品，也源源不断地传入中原，极大地丰富和促进了敦煌地区文学的发展。据黄永武先生根据敦煌遗书的统计，传入敦煌的唐代前期的重要作家及作品有李白的《古意》《赠赵四》等43首，岑参《冀州客舍酒酣贻王琦寄题南楼》等23首②，李峤《单提诗》等11首，王昌龄《邯郸少年行》等7首，孟浩然《夜泊庐江闻故人在东林寺以诗寄之》等12首，刘希夷《白头翁》等4首，此外，

---

① 宿白：《东阳王与建平公》，《向达先生纪念论文集》，新疆人民出版社1986年版，第155—173页；颜廷亮：《敦煌文学千年史》，人民文学出版社2013年版，第44—59页；伏俊琏：《敦煌文学总论》，甘肃教育出版社2013年版，第29—34页。

② 《冀国夫人歌词》七首是否为岑参所作，学界看法不一，今从任半塘《敦煌歌辞总编》、张锡厚《全敦煌诗歌》说法，作为岑参诗算入。

还有李昂、荆冬倩、丘为等作家作品。其中以高适作品最多最丰富，共 13 个卷号，计 104 首。① 从上述统计看，高适、李白、岑参三人位居前列，在同时代中对敦煌文学的影响甚深。

唐代前期的敦煌文学与中原腹地的文学水乳交融，难分彼此。一方面，敦煌文学作为唐代前期文学的重要组成部分，更多地体现出与中原文学的共性特征。另一方面，高适、岑参等中原文人在敦煌边塞的创作生活也有机地融入同时代的敦煌文学中。因此，唐代前期的敦煌文学主要以中原文学为主导，其代表性作家作品多来自于中原地区，敦煌地区还没有呈现出特色鲜明的本土作家作品。

究其原因，一方面是敦煌地区长期与中原文化相隔离，久旱待甘霖，此时期的敦煌文学主要体现为对中原文学"如饥似渴"地吸纳，补充自我成长需要的"养分"，尚不足以形成自我的特色。另一方面，唐代前期文化大一统，中央政权的凝聚力强，中原文学散发出无穷的魅力，吸引着、主导着全国的文坛气候，天下文风无不唯其马首是瞻。唐代都城长安，是当时的政治、经济、文化中心，也是唐代前期的文学中心，文人的聚集地，天下墨客骚人，无不向往。李白曾经三入长安，希冀登朝入仕，大展宏图。杜甫蹉跎长安十年，始终怀抱"致君尧舜上，再使风俗淳"的热忱。大唐政治的雄浑开放，长安的富庶繁华，使天下士子留恋不舍。

所以，在这样的时代背景下，在唐代前期的敦煌，即使当时或许有一些敦煌本土作家，也大多湮灭无闻，无从得知其姓名和身份，而留下姓名和身份的，大多为一些普通的应用文学作品，文学价值普遍不高。

但是，敦煌文学的再度辉煌时代，是在敦煌再度脱离中原文化的直接哺养，而逐步独立成长的时代。

---

① 参考黄永武《敦煌的唐诗》，（中国台湾）洪范书店 1987 年版；黄永武、施淑婷《敦煌的唐诗续编》，（中国台湾）文史哲书店 1989 年版。

第二节　敦煌遗书 P. 2555 陷蕃组诗与唐代开元盛世的边疆格局及唐、蕃关系

敦煌郡名在唐代多次更改，唐高祖武德二年（619），改敦煌郡为瓜州。武德四年，改瓜州为西沙州，唐太宗贞观七年（633）改西沙州为沙州。而纵观有唐一代，瓜、沙地区被吐蕃侵犯、攻陷，前后共有两次：

第一次，唐玄宗开元十五年至十八年（727—730），吐蕃进攻甘州，攻陷瓜州等地，战争持续了三四年，最后吐蕃请和。

第二次，唐玄宗天宝十四年（755），安史之乱爆发，为了平定叛乱，唐政权调动陇右、河西、北庭、安西等地的军队急赴中原，西北门户洞开，吐蕃乘虚而入，从唐代宗广德二年（764）先后蚕食凉州、肃州、甘州等地，贞元二年（786），敦煌沦陷，从此被迫接受吐蕃的统治。直到唐宣宗大中二年（848），张议潮率众起义，推翻了吐蕃统治。从公元 764 年到 848 年，吐蕃统治河西地区长达 80 多年。

在多次与吐蕃作战，及被吐蕃统治的较长时期内，敦煌文学逐步形成了异于中原文学的独具特色的发展状貌。这些发展，标志着敦煌文学的再度成熟与繁荣，以及由此达至的历史巅峰。

敦煌遗书 P. 2555 "残诗文集"为一卷重要文书，历来备受关注，被誉为"今人对敦煌诗卷校录、研究最富成果者，当推此卷"①。又经徐俊先生比对，将此残卷与俄藏 Дx. 3871《唐诗丛钞》缀合为一卷。该卷最引人注目者，为"汇录吐蕃侵略敦煌时代文件，及陷蕃者之诗"（王重民等《敦煌遗书总目索引》）。本节先讨论"陷蕃者之诗"。

"陷蕃者之诗"，通称"陷蕃诗"，是一组组诗，关于这组组诗的诗歌数量，学界看法并不统一，有的认为 59 首，有的认为 72 首。有关这组组诗的作者和创作时间，学界分歧也更大。P. 2555 正面有无名

---

① 徐俊：《敦煌诗集残卷辑考》，中华书局 2000 年版，第 686 页。

氏的 59 首诗歌，以及题名《落蕃人毛押牙遂加一拍因为十九拍》诗 1
首，背面有马云奇《怀素师草书歌》1 首，《白云歌》等 13 首，围绕
上述诗歌及其原卷署名，学界对于这组陷蕃诗的作者，主要有以下几
种代表性的说法：一是《胡笳十九拍》的作者，自称落蕃人的毛押
牙；二是《怀素师草书歌》的作者马云奇；三是怀疑前两种说法，但
也提不出信实可靠的作者。

　　关于这组陷蕃诗的创作时间，学界看法也多有分歧。王重民先生
将这七十二首分属两个作者，认为正面无名氏诗 59 首的作者是一位
"被吐蕃拘系的敦煌汉族人"。背面的 13 首作品，王重民先生认为是
同一位作者：马云奇。他指出："从《怀素师草书歌》所写的怀素情
况来看，诗的写作时间与卷二那五十九首佚名诗大致相近，即在公元
785—781 年吐蕃逐渐侵吞河陇地区，而西州、沙州尚为唐军坚守之
时。"① 他同时进一步指出："这些诗所表现的时间和地点，约在唐代
宗大历元年凉州陷于吐蕃到建中二年（781）敦煌陷落之间。"② 高嵩、
邵文实等学者，将这 72 首诗归入吐蕃占领敦煌以后的作品。③ 陈国灿
先生认为这些诗并非吐蕃占领敦煌时期的作品，"诗作者是在唐王朝灭
亡之后，归义军张承奉称君王时'入戎乡'的。其具体时间大体在公
元 910 至 915 年之间"④。颜廷亮先生综合各家看法后认为王重民的说
法，将 71 首均作为敦煌陷蕃之前的作品似较为稳妥。颜先生同时强调
说："无论其作者情况如何，这 72 首陷蕃诗都是唐前期的后期即吐蕃
占领敦煌之前若干年间的作品。"⑤ 以上研究结论分歧较大，莫衷一

---

　　① 王重民：《〈补全唐诗〉拾遗》，《敦煌遗书论文集》，中华书局 1984 年版，第
36—37 页。

　　② 同上书，第 45 页。

　　③ 参阅高嵩《敦煌唐人诗集残卷考释》，宁夏人民出版社 1982 年版，第 1—3
页；邵文实《敦煌边塞文学研究》，甘肃教育出版社 2007 年版，第 28—59 页。

　　④ 陈国灿：《敦煌五十九首佚名诗历史背景新探》，《敦煌吐鲁番研究》第二卷，
北京大学出版社 1997 年版，第 93 页。

　　⑤ 颜廷亮：《敦煌文学千年史》，人民文学出版社 2013 年版，第 91—92 页。

是，还待进一步探讨。

一　陷蕃组诗作者的初步推测与落蕃的大唐使团

1. 陷蕃组诗为同一位作者

笼统说来，这组陷蕃诗，无论认为总量是 59 首，还是 71 首①，一般都认为正面佚名诗 59 首，与背面佚名诗 12 首，诗歌风格大致相近。② 除此之外，还有两个方面也具有相似性，值得关注。

首先，抄本的笔迹与书写格式相近。敦煌遗书 P. 2555 卷正、背两面所抄诗文，笔迹与书写格式多有变化，细审原卷③，正面部分大约可以分为三个部分，从卷首的阙题残诗至孔璋《代李邕死表》，为第一部分；中间有四五行空白后，抄写《咏物诗十六首》（原卷阙题，兹据徐俊补辑），此为第二部分；中间留有一行空白，抄写《冬日出敦煌郡入退浑国朝发马圈之作》诗，一直到正面卷末，此为第三部分，即从无名氏诗 59 首，一直到窦昊《为肃州刺史刘臣璧答南蕃书》。背面部分大致可以分为四个部分：一、从阙题残诗至马云奇《怀素师草书歌》，字体较大，与正面笔迹略有差别。二、从《白云歌》至《赠乐使君》，即无名氏 12 首，字体变小，笔迹与正面第三部分相近。三、王羲之佚札，从"尚书宣示孙权所求"到"王羲之白"，字体变大，笔迹也略有变化。四、《御制勤政楼下观灯》诗一首，字大如钱，笔迹与前变化较大。此诗柴建虹先生考订为唐玄宗所作。饶宗颐先生说："此诗为玄宗上元之夜于勤政楼观灯所咏。"④ 按徐俊先生考索："唐玄宗御勤政楼观灯事，见《唐会要》卷四九：'开元二十八年，以正月

---

① 一作 72 首，即将马云奇《怀素师草书歌》算入。

② 潘重规、柴剑虹先生等认为正面 59 首与背面 12 首均是同一位作者。请参阅潘重规《敦煌唐人诗集残卷研究》，《敦煌学》第十三辑，1988 年；柴剑虹《敦煌伯二五五五卷"马云奇诗"辨》，《中华文史论丛》1984 年第 2 辑。

③ 上海古籍出版社、法国国家图书馆：《法藏敦煌西域文献》（第 15 册），上海古籍出版社 2001 年版，第 334—345 页。

④ 饶宗颐：《法藏敦煌书苑精华》第 5 册解说，广东人民出版社 1993 年版。

望日，御勤政楼，宴群臣，连夜燃灯，会大雪而罢。因命自今常以二月望日夜为之。'"①通过上述考察，我们有两点需要强调：一、原卷正面无名氏《冬日出敦煌郡入退浑国朝发马圈之作》等59首与背面无名氏《白云歌》等12首，笔迹相近。再加之两组诗歌风格相似，因此，这71首诗应为同一人所作的可能性似乎更大一些。二、有鉴于原卷的抄写顺序，其卷末所抄写的唐玄宗《御制勤政楼下观灯》诗，经专家考订，作于开元二十八年（740）上元之夜。那么抄于此前的这71首落蕃诗，创作时间似乎也应该早于开元二十八年。事实上，笔者下文的考订，也可以证明这一点。

其次，正面59首与背面12首在诗歌内容、遣词造句上相互呼应，联系紧密。这一点主要体现在几个方面。

（1）二者所喜用的语词相同。笔者粗略统计，发现二者之间有不少喜用相同的一些语词，如果说一二语词相同，应属巧合，但这些数量较多的语词重复使用，不能不说是作者无意识的一种自我重复。这些无意识的重复，即是出于同一位作者之手的明证。笔者从正面59首、背面12首中简要地择取一些重复性语词，以阐明二者之间的密切关系。为阅读方便、醒目，以表格的形式比较如下：

喜用语词	正面59首	背面12首
殊俗	近来殊俗盈衢路（《晚秋羁情》）	诗题《九日同诸公殊俗之作》《白云歌》自序："予时落殊俗，随蕃军望之，感此而作。"
断肠 肠断	知我断肠无（《阙题六首》其五） 君但远听肠应断（《阙题六首》其四） 欲识肝肠断（《得信酬回》） 羁愁对此肠堪断（《闻城哭声有作》）	知我断肠无（《途中忆儿女之作》）
魂梦 魂断	梦魂何处得归还（《阙题二首》其一） 魂梦若为行（《阙题二首》其二） 夜夜魂随西月流（《晚秋》）	只知魂断陇山西（《九日同诸公殊俗之作》）

① 徐俊：《敦煌诗集残卷辑考》，中华书局2000年版，第757页。敦煌遗书残卷，校录殊为不易，不敢掠人之美。本文所引敦煌遗书中的诗歌文本，若无特别说明，均出自该书。

续表

喜用语词	正面 59 首	背面 12 首
逐	朝朝心逐东溪水（《晚秋》） 川逐思弥长（《夏中忽见飞雪之作》）	何事逐漂蓬（《被蕃军中拘系之作》）
漂蓬 漂泊 飘零 蓬转 断蓬	漂泊自然无限苦（《闻城哭声有作》） 为恨漂零无计力（《除夜》） 邂逅漂零虏塞傍（《感兴临蕃驯雁》） 蓬转已闻过海畔（《非所寄王都护姨夫》） 无依类断蓬（《青海卧疾之作》）	何事逐漂蓬（《被蕃军中拘系之作》）
恨	今时有恨同兰艾（《久憾缧绁之作》） 共恨沦流处异乡（《哭押牙四叔》） 每恨沦流经数载（《阙题六首》其一） 缧绁戎庭恨有余（《阙题六首》其二）	恨续长波晓夜流（《诸公破落官蕃中制作》）
苦辛 苦	虏口朝朝计苦辛（《非所寄王都护姨夫》） 哀哉存殁苦难量（《哭押牙四叔》）	世人有心多苦辛（《白云歌》）
发白	发为多愁白（《阙题六首》其三） 宁觉鬓苍斑（《有恨久囚》）	发为思乡白（《途中忆儿女之作》）

尤其值得注意的是，背面 12 首中的《途中忆儿女之作》诗“发为思乡白，行因泣泪枯。尔曹应有梦，知我断肠无”，与正面 59 首中《阙题六首》其三、其五的诗句，达到惊人的相似。

《阙题六首》其三开篇两句诗云：“发为多愁白，心缘久客悲。”这与《途中忆儿女之作》开篇两句“发为思乡白，行因泣泪枯”极其相似。试比较如下：

发——为——多愁——白，心——缘——久客——悲

发——为——思乡——白，行——因——泣泪——枯

首句只有一处不同：一为“多愁”，一为“思乡”，二者相互映衬，可以形成互文。第二句字义相近、词性相近，心——行、缘——因，悲——枯，而“久客”与“泣泪”也相互映衬，可以形成互文。

再看《途中忆儿女之作》的三四句“尔曹应有梦，知我断肠无”，

与《阙题六首》其五的三四句"随时应入梦,知我断肠无①",第三句一作"尔曹应有梦",一作"随时应入梦",颇为相近;第四句却完全相同,都作"知我断肠无"。像以上这些惊人的相似之处,我们很难否定它们不是出于同一位作家之手。

(2)二者语词表达方式相同。例如同是表达泪水与悲愁,正面59首中的《感丛草初生》诗:"泪与泉俱流",《晚秋》诗:"斑斑泪下皆成血"、"朝朝心逐东溪水";背面12首中的《被蕃军中拘系之作》诗:"泪滴东流水",二者表达方式近似。例如,二者同时出现对河、海的描述。正面59首中,有《闻城哭声有作》"昨闻河畔哭哀哀"、《非所寄王都护姨夫》"蓬转已闻过海畔,萍居见说傍河津";背面12首中,有《至淡河同前之作》"缄愁欲渡河"、"到来河更阔",《白云歌》开篇"遥望白云出海湾"。虽然这些"河"、"海"未必都是指淡河、青海,但从地域上看,也不是完全没有关联。

又例如,都善于用"云"表达羁愁心绪,正面59首中的《晚秋》:"片片云来尽带愁"、《夏中忽见飞雪之作》:"云愁雾不开"、《冬(夏)日野望》:"云随愁处断";而背面12首中有《白云歌》,描叙落蕃者心境的变化。但这二者略有不同,前者描叙"云随愁处断",云受到落蕃者的心绪而变化,落蕃者是主动者,云是被动者;而后者描叙落蕃者受到白云的感染,心绪随白云而变化,在白云的变化无常中,诗人逐渐摒去了身系羁押的痛苦,升华到人生变化无常的哲理思考。《白云歌》中作者借诗自白:"余遂感之心自闲",在白云的感染中,他领悟到"世人迁变比白云,白云无心但纷氲。白云生灭比世人,世人有心多苦辛",为此诗人最终通彻开悟,将长期的羁旅愁绪放下,顿时洒脱,对前程充满自信。诗歌末句云:"既悲出塞复入塞,应亦有时还帝乡。"这一心境,一反此前所反复抒发的还帝乡遥遥无期的悲苦,体现了作者由于长期羁押而自我遣怀的一种释然,以及对未

---

① 《敦煌诗集残卷辑考》录作"知我肠断无",细审 P.2555 原卷,作"知我断肠无"。

来最终必将回归帝乡的一种自信（当然，可能也离不开当时朝廷与吐蕃的反复交涉，详下文）。如正面 59 首中《夏日非所书情》末句："为客已遭迍（屯）否事，不知何计得还家。"《晚秋登城之作》末句："乡国未知何所在，路逢相识问看看。"《阙题》末句："缧绁今将久，归期恨路赊。时时眠梦里，往往见还家。"均抒发归乡前程未卜的忧愁。而《白云歌》却明言："既悲出塞复入塞，应亦有时还帝乡。"自信归乡应有期。由此也可以看出在归乡情感的抒发上，正面 59 首与背面 12 首前后相承的密切关系，由此也更能证实这 71 首诗应出于同一位作者之手。

（3）二者的家乡都是长安。有学者否定正面 59 首与背面 12 首为同一作者时，曾提过"作者的籍贯不同"的说法，认为正面 59 首的作者是沙州人，背面 12 首的作者可能是关中人。① 背面 12 首中的《白云歌》："殊为节物异长安，盛夏云光也自寒"，"既悲出塞复入塞，应亦有时还帝乡"，说明作者的家乡很可能就是长安。但正面 59 首中，虽然作者一行是从沙州（敦煌）出发，其家乡实际上也并不是敦煌，而是长安。正面 59 首中，有《秋中霖雨》诗云：

> 山遥塞阔阻乡国，草白风悲感客情。西瞻瀚海肠堪断，东望咸秦思转益。

作者身处瀚海，悲感客情，东望咸秦，遥思乡国。以"乡国"对比"客情"，以"东望咸秦"对比"西瞻瀚海"，作者客居瀚海边，阔别乡国"咸秦"。"咸秦"即秦都城咸阳，唐人多用来借指长安。该义《汉语大词典》已具，书证以唐白居易《醉后走笔酬刘五主簿长句之赠》："出门可怜惟一身，弊裘瘦马入咸秦。"唐罗隐《上霅川裴郎中》："贵提金印出咸秦，潇洒江城两度春。"均是其例。通观文意，

---

① 伏俊琏：《敦煌文学总论》，甘肃教育出版社 2013 年版，第 46 頁。

这首《秋中霖雨》中的"咸秦",也是指长安。由此可见,背面 12 首思念家乡长安,正面 59 首思念家乡"咸秦",即长安,二者所思念的家乡都是长安。这又从侧面说明,两组诗很可能是同一位作者,都是这位长安人。

(4)二者都特别提及高僧大德。正面 59 首中《春日羁情》诗云:"童年方剃削,弱冠导群迷。儒释双披玩,盛名独见跻。"有学者据此判定正面 59 首诗的作者是一位僧人,从小出家,于佛法颇有研究;而背面 12 首的作者是一位世俗官员,所以他有《途中忆儿女之作》及赠同官之作。① 若仔细推敲,可能也有待进一步探讨。

其一,正面 59 首诗中,同样也有途中思念亲戚、儿女及赠同官之作。《除夜》诗云:"亲故暌携长已矣",《闻城哭声有作》更是说:"昨闻河畔哭哀哀,见说分离凡几回。昔别长男居异域,今殇小子瘗泉台",昔日痛别长子,今日又殇夭幼子,这说明诗人是有儿女的,显然并不是一位僧人。又,诗人还有《非所寄王都护姨夫》一诗,仅从诗题上看,他还有一位姨夫王都护。在唐代,"都护"为重要职官,地位非低。正面 59 首的最后是《闺情》二首,仅从诗题来看,作者就是一位世俗之人,僧侣何来闺情的相思呢?《闺情》其一云:"千回万转梦难成,万遍千回梦里惊。总为相思愁不寐,纵然愁寐忽天明。"其二云:"百度看星月,千回望五更。自知无夜分,乞盼早天明。"将相思的愁苦写得百转千回,入木三分,足见作者世俗的相思之情深重。因此,综上可知,P.2555 卷正面 59 首诗的作者不是一位僧人,也是一位世俗官员,这一点与背面 12 首的作者身份相同。这更说明了正面、背面的作者即是同一人。

其二,《春日羁情》全诗 16 句,从全诗来看,作者身份也不是僧人,而是世俗官员。因为其中第 13、14 句诗云:"触槐常有志,折槛为无蹊。""触槐"用春秋时期刺客鉏麑触槐自杀的典故,此处指自

---

① 伏俊琏:《敦煌文学总论》,甘肃教育出版社 2013 年版,第 46 页。

杀，因为诗人身陷戎乡，备受屈辱，所以说"触槐常有志"；"折槛"
用汉代朱云典故，朱云朝见汉成帝，请赐剑以斩佞臣安昌侯张禹，触
怒成帝，被拉出斩首，朱云牢牢攀住大殿门槛，高声不止，门槛为之
折断，后世比喻直言谏诤，此处"折槛为无蹊"指诗人身陷戎乡，无
缘面谏天子，空怀忠贞，报国无门。因而可从此处来看《春日羁情》
作者的政治身份。

那么，如何理解《春日羁情》诗中"童年方剃削，弱冠导群迷。
儒释双披玩，盛名独见跻"这四句诗呢？此为诗中的第5—8句，所描
述的不是诗人自己，而是赞誉一位与诗人被羁押相处的大德高僧。其
中"弱冠导群迷"、"盛名独见跻"，很明显是他人的赞誉之语，一般
人是不会如此夸耀自己的。与此同时，背面12首中有一首《送游大德
赴甘州口号》诗，《春日羁情》中所赞誉的这位高僧："童年方剃削，
弱冠导群迷。儒释双披玩，盛名独见跻"，似乎就是这位"游大德"。
大德，是年长德高僧人的敬称。《送游大德赴甘州口号》首句云："支
公张掖去何如"，将这位游大德比拟为支公（晋代著名高僧支遁），这
和《春日羁情》中"弱冠导群迷"、"盛名独见跻"的赞誉相通。因
此，既然正面59首中《春日羁情》与背面12首中《送游大德赴甘州
口号》所提及的是同一位高僧，那么这71首诗的作者也就可以断定确
实是同一人。

2. 组诗作者与随行诸公身份的初步考订

组诗的作者是谁？历来分歧较大。但有一点，基本可以达成共识，
那就是作者的身份地位不低。在组诗中，有不少直接透露作者身份的
诗句。《梦到沙州奉怀殿下》，仅从诗题看，作者可以直接奉怀殿下，
则地位非低。又诗句云："流沙有幸逢人主"、"省到敦煌奉玉颜"，
"光华远近谁不羡"、"总缘宿昔承言笑"，可见作者备受恩宠，引人同
僚羡慕。又《青海卧疾之作》云："昔时曾虎步，即日似禽笼。"虎
步，再现作者昔日的威风，权倾一方。又《晚秋羁情》诗云："常时
游涉事文华，今日羁缧困戎敌"，这是作者的自叙，"文华"指作者的

文章才华，"游涉"即漫游、漫步，足见作者才华横溢，创作自由轻松、淋漓酣畅。据此可知，作者不仅地位非低，而且才情横溢，绝非泛泛之辈。与此同时，作者的地位之高，还可以通过大唐随行使团诸公的身份映衬表现出来。

（1）押牙四叔。正面59首中有《哭押牙四叔①》诗云："共恨沦流处异乡"，这位押牙与作者同时被羁押，病逝戎乡，作者悲痛万分。"押牙"即押衙，为唐以后节度使府宿值军衙武官的名称，这位押牙即是陪同诗人出使、被羁押的军衙武官。陈国灿先生据此推断说："这从另一方面也证实诗人是配有亲信押牙作随员的使臣。"② 这是很有道理的，也由此可见作者的重要身份。

除这位押牙四叔外，据背面12首诗显示，还有其他"诸公"，这些"诸公"均系诗人的随行人员，而且地位非低。其中有两首诗《九日同诸公殊俗之作》、《诸公破落官蕃中制作》，仅从诗题来看，与作者随行的是一个团体，都是当时唐朝的政府官员。仅从《诸公破落官蕃中制作》诗题来看，这些人与作者一起被羁押蕃中，沦为落蕃之人。根据其他诗题显示，这些人的官位都不低。具体说来，可考的有以下几位：

（2）田判官、向将军。此据诗题《俯吐蕃禁门观田判官赠向将军真言口号》。俯，项楚先生说："'俯'当作'附'，下夺'近'字。'附近'为靠近之义。"禁门，即宫门。据此可知此诗的创作地点：靠近吐蕃宫门。其诗"说相未应惊燕颔"，"燕颔"为汉代班超典故。《后汉书·班超传》记载，班超自幼即有立功异域之志，相士说他"燕颔虎颈"，有封"万里侯"之相，后奉命出使西域三十一年，陆续平定西域各国的变乱，官至西域都护，封定远侯，成为东汉名将，后以"燕颔"为封侯之相。作者以此来夸赞这位向将军，向将军也随作

---

① 叔，原卷作"寂"，张先堂、李正宇、陈国灿先生等校为"叔"，今径改。

② 陈国灿：《敦煌五十九首佚名诗历史背景新探》，《敦煌吐鲁番研究》第二卷，北京大学出版社1997年版，第94页。

者奉命出使，被羁押吐蕃，作者借用班超的典故既是夸赞向将军，也是对向将军的勉励，期望他能像班超那样在远离故国的土地上建立丰功伟业。所以，典故委婉含蓄，颇具深意。又，诗题曰"真言"，"真言"指佛教经典的要言秘语，此处作世俗用，即要言秘语，这秘语就是"燕颔"，作者似乎借机鼓动、讽喻向将军能够仿效班超，在异域有所军事行动。

（3）邓郎将四弟。此据诗题《赠邓郎将四弟》。诗云："把袂相欢意最浓，十年言笑得朋从。怜君节操曾无易，只是青山一树松。"前两句叙说作者与邓郎将四弟的交情最深，相交时间长达十年之久。后两句赞扬他节操忠贞，宛如青山之松。这和上一首《俯吐蕃禁门观田判官赠向将军真言口号》"看心且爱直如弦"，意思相近。"直如弦"，像弓弦一样直，比喻为人正直，以此称誉向将军。结合这两处来看，在"诸公"被羁押期间，不免遭受吐蕃的威逼利诱，但邓郎将四弟、向将军等，坚守节操，不为所动，作者以此写诗颂扬。

（4）乐使君。据诗题《赠乐使君》。使君，有两种含义：一是对人的尊称；二是指朝廷官员。"使君"指朝廷官员的含义中，又有两层意思：一是对州郡长官的尊称；二是对奉命出使的人的尊称。从组诗随行的"诸公"身份来看，此处"乐使君"的身份应是朝廷官员，而且是跟随作者一起奉命出使戎乡的人。相对于其他"诸公"，其官阶可能稍低。

（5）周奉御。此据诗题《题周奉御》。"奉御"一职，在唐代为从五品以上。《旧唐书·职官志》记载："尚食局奉御二人，正五品下。隋初为典御，又改为奉御。尚药局奉御二人，正五品下。尚衣局奉御二人，从五品上。尚舍局奉御二人，从五品上。尚乘局奉御二人，从五品上。尚辇局奉御二人，从五品上。"奉御不仅职位非低，而且多由外戚、亲信或享有余荫的子弟担任。《旧唐书·张易之》记载："（张）易之初以门荫，累迁为尚乘奉御。"张易之为武则天男宠，曾任奉御职。又《旧唐书·王忠嗣传》记载："王海宾以众寡不敌，殁于阵，……玄宗闻而怜之，诏赠左金吾大将军。忠嗣初名训，年九岁，以父死王事，起复拜朝散大夫、尚辇奉御，赐名忠嗣，养于禁中累年。"王忠嗣以父亲王海宾的余荫，被唐玄宗怜爱，官拜尚辇奉御，沐浴皇恩。唐代奉御的这些恩宠，在《题周奉御》诗中也可以得到明证。其诗开篇即云："明王道得腹心臣，百万人中独一人。"称誉周奉御为当朝皇帝难得的心腹大臣，"百万人中独一人"，百万人中挑一，足见地位之优渥。这位从五品以上的周奉御，作为诗人随行的使臣，仅据此推断：诗人的身份和官阶必然在周奉御之上，即至少是正五品以上的要员。其具体的姓氏和身份，我们留待下文再来推断。

二　陷蕃组诗创作背景与唐代开元后期西北边疆格局及民族关系

在陷蕃组诗的正面 59 首中，多有伤春悲秋之作，季节时令变化明显，从诗歌所显示的时间来看，这位落蕃使臣沦落在戎乡长达三个年头，实际时间不足两年。以其作品顺序，依次有《冬日出敦煌郡入退浑国朝发马圈之作》《冬日书情》《夏日忽见飞雪之作》《夏日途中即事》《秋夜》《首秋闻雁并怀敦煌知己》《冬夜非所》《除夜》《春宵有怀》《春日羁情》《晚秋》等诗作，从冬日出敦煌郡算起，作者在戎乡分别度过了两个冬天、两个秋天。当然，中间也经历两个春天和夏天。揆之史实，笔者认为组诗的创作时间应当在开元二十二年冬到开元二十四年秋，跨了三个年头。

诗人在很多诗篇中流露出被羁押的时间之长。仅从诗题上体现出来的，就有两首：《久憾缧绁之作》《有恨久因》。至于诗句中叙说时间久的就更多了。如《阙题》："缧绁今将久，归期恨路赊。"《感丛草初生》："缧绁淹岁年，归期唯梦想。春色纵芳菲，片心终郁快。"两诗意思相近，都表达被羁押已久，而归期未卜的焦虑。后一首诗中的"丛草"、"春色"，都传达出春天的气息，而诗句说"缧绁淹岁年"，"岁年"指一年，往前推，即是头一年的春天，再联系《冬日出敦煌郡入退浑国朝发马圈之作》诗，作者离开敦煌时是冬天，据此推断，作者自叙"缧绁淹岁年"，那应该是一年有余了。又《晚秋》诗开篇云："戎庭缧绁向穷秋，寒暑更迁岁欲周。斑斑泪下皆成血，片片云来尽带愁。"寒来暑往，想到一年又即将过去了，诗人内心痛苦难熬，泪如血下。《阙题六首》其一云："每恨沦流经数载，更嗟缧绁泣千行。"作者从开元二十二年冬离开敦煌算起，到开元二十四年秋，共计三个年头，所以诗中说是"数载"，即虚言有三年的意思。

为什么说经历三个年头呢？除了作者自叙"每恨沦流经数载"推断外，还可以从这59首组诗所显示的时间依次来推断。这59首诗歌，大体是以时间为序依次编排的，诗中所出现的季节时令依次有：

第一年　冬

第二年　夏　秋　冬

第三年　春　秋

为下文探讨方便，我们不妨将这59首诗，按照其季节时令，分入三个年头之中，详见下表。

年份	季节	诗歌	说明
第一年（开元二十二年）	冬	《冬日出敦煌郡入退浑国朝发马圈之作》《至墨离海奉怀敦煌知己》《冬日书情》《登山奉怀知己》	
第二年（开元二十三年）	夏	《夏中忽见飞雪之作》《冬（夏）日野望》《夏中途中即事》《青海卧疾之作》《青海望敦煌之作》	
	秋	《首秋闻雁并怀敦煌知己》《秋中雨雪》《临水闻雁》《秋中霖雨》《梦到沙州奉怀殿下》《秋夜望月》《夏（秋）日非所书情》《忆故人》《夜度赤岭怀诸知己》《晚次白水古戍见枯骨之作》《晚秋至临蕃被禁之作》《晚秋登城之作》《秋夜闻风水》《望敦煌》《晚秋羁情》《国（困）中登山》《有恨久囚》	《秋日非所书情》，原卷作"夏"，王重民交改作"秋"。诗中虽有"六月尚闻飞雪片，三春岂见有烟花"，似为追忆春、夏的反常特征，不一定诗作于夏天
	冬	《冬夜非所》《忽有古人相问以诗代书达知己两首》《得信酬回》《闻城哭声有作》《除夜》	

续表

年份	季节	诗歌	说明
第三年（开元二十四年）	春	《春宵有怀》《久憾缧绁之作》《非所寄王都护姨夫》《哭押牙四叔》《阙题》《感丛草初生》《春日羁情》《阙题二首》	《感丛草初生》："缧绁淹岁年"、"春色纵芳菲"，说明非第一个春天。《阙题二首》："虏塞饶白刺，戎乡多紫荆"，白刺、紫荆皆为花名，则时令在春季
	秋	《晚秋》《阙题六首》《逢故人之作》《题故人所居》《非所夜闻笛》《感兴临蕃驯雁》《闺情》	《阙题六首》"每恨沦流经数载"，则非第一个秋天

由上表可知，第二年春、第三年夏，没有留下诗作。这是什么原因，诗中没有透露信息。但从诗人作为落蕃者的身份来推测，很可能他在这两个时间段内被羁押太严，没有太多的人身自由（详下文）。

为什么说是从开元二十二年冬算起呢？这是笔者结合唐代相关史实所得出的推断。判断依据，主要是两个方面。

其一是开元二十二年唐朝边关的紧张局势。陷蕃组诗的第一首《冬日出敦煌郡入退浑国朝发马圈之作》，仅从诗题来看，此时敦煌尚未沦陷，还在唐朝的掌控之中。

有学者根据组诗中既称"敦煌郡"又称"沙州"（如《梦到沙州奉怀殿下》）这种州、郡并称的现象，只有在归义军时代才有可能，因此将组诗的创作时间推断为归义军时期。①《旧唐书·地理志》"沙州"条记载："隋敦煌郡。武德二年置州，五年改为西沙州，贞观七年去西字。天宝元年改为敦煌郡，乾元元年复为沙州。"据此，"敦煌郡"为旧称，唐代称"沙州"的时间不长，从贞观七年才开始改名，到天宝元年又改回"敦煌郡"旧称。为什么又改回以前的"敦煌郡"旧称呢？恐怕还是与人们的称呼习惯有关。人们习惯称呼"敦煌郡"，从汉代敦煌设郡以来，一直沿用，习惯了，改称"沙州"，不那么习

---

① 陈国灿：《敦煌五十九首佚名诗历史背景新探》，《敦煌吐鲁番研究》第二卷，北京大学出版社 1997 年版，第 90—99 页。

惯。所以只有在很重要的场合,才称为"沙州",如《梦到沙州奉怀殿下》诗,是"奉怀殿下"之作,所以正式而庄重,用官方称呼"沙州";而《冬日出敦煌郡入退浑国朝发马圈之作》,称"敦煌郡",只是叙述行旅,属于一般场合,仍用民间习惯性称呼。不仅这71首组诗如此,在《旧唐书》的记载中也是如此。查《旧唐书》记载,除《地理志》外,提及敦煌时仍然习惯用"敦煌郡"旧名,"沙州"的称呼,仅在张议潮光复敦煌后才开始使用较多。《旧唐书·唐宣宗本纪》记载:"大中五年八月,沙州刺史张义潮遣兄义泽以瓜、沙、伊、肃等十一州户口来献,自河、陇陷蕃百余年,至是悉复陇右故地。以义潮为瓜、沙、伊等州节度使。十一月,沙州置归义军以张义潮为节度使。自此称沙州。"史书特别着重地加上一笔:"自此称沙州",言外之意,此前并不称为沙州,或者至少"沙州"不是常用名。那么,常用名是什么呢?即人们沿用习惯的旧称:敦煌。

　　无独有偶,组诗中还有类似的情况。例如《晚次白水古戍见枯骨之作》,此处"白水古戍"中的"白水"也是沿用旧称。

　　白水,在今甘肃兰州西北,《旧唐书·地理志》记载:"汉白石县,属金城郡。张骏改白水为永固,贞观七年废县,置乌州。十一年,州废,于城内置安乡县。天宝元年改为凤林,取关名也。"白水为汉代旧称,属金城郡,十六国以后,废置变迁,数次易名。但作者在诗中仍然沿用"白水"旧称。诗云:"深山古戍寂无人,崩壁荒丘接鬼邻。意气丹诚□□□,唯余白骨变灰尘。汉家封垒徒千所,失守时更历几春。"唐代开元年间有白水戍,也在白水境内。《元和郡县志》卷39"鄯州"条云:"白水军,州西北二百二十三里,开元五年郭运置,管兵四千人,马五百匹。"唐代鄯州的属地,有些与汉代金城郡相近。《旧唐书·地理志》"鄯州都督府"条记载:"武德二年置鄯州,治故乐都城。"其下"湟水"条又云:"汉破羌县,属金城郡。湟水,俗呼湟河,又名乐都水。后魏置鄯州。"白水古戍,汉属金城郡,唐属鄯州。为应付吐蕃入侵,唐玄宗开元五年(717),郭知运、张怀亮置白水军。唐代白水戍虽然在白水境内，但并非兴建于汉代的白水戍旧址上。所以诗题曰"白水古戍"，以区别于唐代开元五年置的白水戍。二者并非一处，这从"失守时更历几春"、"唯余白骨变灰尘"、"汉家封垒徒千所"、"失守时更历几春"等诗句也可以看出这处古戍的特征。

综上，组诗中沿用"敦煌郡"旧称，恰恰说明组诗的创作时间在大中二年（848）张议潮光复敦煌之前。

此外，顺便提及的是，也有学者根据组诗中《晚秋羁情》诗"屋宇摧残无个存，犹是唐家旧踪迹"判定，陷蕃组诗写于唐代灭亡以后。他们认为，诗人在此客称"唐家"，没有称"国朝"、"大唐"，完全是隔世之后对前朝踪迹的追思感叹，很符合唐亡后人们的情感和语气。① 这一说法，不免为智者千虑之一失的判断。

按，"唐家"的称呼，早在唐朝建国初年，就已经开始出现，并且伴随时代的变化，含义也不断丰富。唐朝初建，唐高祖李渊征讨窦建德旧部，范愿等谋求反叛时说："王世充以洛阳降，其下骁将公卿、单雄信之徒皆被夷灭，我辈若至长安，必无保全之理。且夏王往日擒获淮安王，全其性命，遣送还之。唐家今得夏王，即加杀害，我辈残命，若不起兵报仇，实亦耻见天下人物。"（《旧唐书·刘黑闼传》）此处"唐家"指以唐高祖李渊为首的唐帝国。

武周革命后，"唐家"用例渐多，君臣有时还将"武家"与"唐家"相并而提。《资治通鉴》卷204记载，"太后将革命，王公百官皆上表劝进"，大臣安静独正色拒之。"及下制狱，来俊臣诘其反状"，安静说："以我唐家老臣，须杀即杀，若问谋反，实无可对。"又卷207记载，大臣苏安恒上疏武则天说："臣闻天下者，神尧文武之天下也。陛下虽居正统。实因唐氏旧基。当今太子追回，年德俱盛，陛下贪其宝位，而忘母子深恩，将何圣颜以见唐家宗庙？"又，《旧唐书·外戚传》记载：

---

① 陈国灿：《敦煌五十九首佚名诗历史背景新探》，《敦煌吐鲁番研究》第二卷，北京大学出版社1997年版，第92—93页。

中宗即位，侍中敬晖等以唐室中兴，乃率群官上表曰："今则天皇帝厌倦万机，神器大宝，重归陛下。百姓讴歌，欣复唐业，上至卿士，下及苍生，黄发之伦，童儿之辈，莫不欢欣舞忭，如见父母。岂不以唐家恩德，感幽祇之心；陛下仁明，顺天下之望？"上答曰："周唐革命，盖为从权，子侄封王，国之常典。卿等表云'天授之际，武家封建，唐家籓屏，岂得并封'者，至如千里一房，不预逆谋，还依姓李，无改旧惠……"

此番唐中宗与大臣的对话中，多次出现"唐家"，其中"武家封建，唐家籓屏"，相并而提。"唐家"即自唐高祖以降李氏家族，"武家"即武周革命以来武氏家族。

又，古代的"家天下"制度，"唐家"无疑是国家的象征。所以，在对外关系上，"唐家"代表汉民族，与突厥等其他民族并称。《旧唐书·突厥传》记载："开元八年，暾欲谷曰：'突厥人户寡少，不敌唐家百分之一，所以常能抗拒者，正以随逐水草，居处无常，射猎为业，又皆习武。'"此处将"突厥"与"唐家"并提，"唐家"代表的又是李氏所建立的中原王朝。

因此，《晚秋羁情》诗中的"唐家"，不足以成为划分诗歌创作时间的标志和依据。据此判定组诗作于唐亡之后，更是缺乏依据。

而组诗中有一首《非所寄王都护姨夫》诗，诗题中的"王都护"是诗人的姨夫。这是我们解开组诗创作背景之谜的重要依据。

"都护"一职，始于汉代。西汉宣帝时，设西域都护，总监西域诸国，并护南北道，为西域地区最高军事行政长官。唐朝沿袭汉朝的"都护"一职，权力职责与汉朝相同，且为实职。唐朝置六六都护，以安西、北庭都护最为重要。据《旧唐书·地理志》"安西大都护府"条记载，唐代安史之乱后，北庭、安西孤立无援，在唐德宗贞元三年（787）为吐蕃所攻陷。此处有《非所寄王都护姨夫》诗，说明当时安西、北庭都护尚在唐朝的控制之下。

又，唐代宗广德二年（764）吐蕃攻占凉州，敦煌与中原的交往开始中断。敦煌遗书中所言及的敦煌沦陷，大多以百年概算，即从广德二年（764）吐蕃入侵河西作为敦煌沦陷的开端，至唐宣宗大中二年（848）张议潮光复，历时85年，概而言之，即百年。倘若按此推算，组诗的创作时间也必然在广德二年（764）之前。

从上文讨论来看，作者在陷蕃组诗的不少诗篇中流露出被羁押时间之长的愁绪，作者自言"沦流经数载"，据笔者推算应跨了三个年头。作者如此较长时间地被羁困于吐蕃，结合唐代相关历史文献来看，似乎以开元二十二年到开元二十四年间最有可能。

唐玄宗开元二十二年，是承平盛世的多事之秋，唐代边关潜藏着盛世之下的危机。从唐高宗时起，伴随吐蕃的内侵，唐朝开始与吐蕃互相攻伐，唐高宗时，吐蕃"率兵以击吐谷浑"，"高宗遣右威卫大将军薛仁贵等救吐谷浑，为吐蕃所败"（《旧唐书·吐谷浑传》），吐蕃趁机吞并吐谷浑。到唐玄宗开元初年，突骑施别种苏禄部兴起，突骑施与吐蕃暗相勾结，侵扰唐朝边界。凉州、安西都护府、北庭都护府等军镇要地，成为各方关注的焦点。《唐会要》云："河西陇右三十三州，凉州最为大镇，土地沃壤，人物繁庶，开元、天宝中置八监，牧马三十万，杂畜称是。其西复置安西都护府，距长安八千里，羁縻西番三十国，军镇、监务大小三百余，戍守之兵皆取凉州节度。"（卷30）可见开元、天宝以后凉州、安西都护府军事防御不断加强的情形。在抵御突骑施与吐蕃的联合侵扰上，北庭都护府的军事作用尤为突出。《旧唐书·地理志》介绍其地理疆域："北庭都护府，东至焉耆镇守八百里，西至疏勒镇守二千里，南至于阗二千里，东北至北庭府二千里，南至吐蕃界八百里，北至突骑施界雁沙川一千里。"北庭都护府，南至吐蕃界八百里，北至突骑施界雁沙川一千里，在大唐对吐蕃、突骑施作战中，殊为关键。但开元二十二年四月，北庭都护刘涣谋反叛乱被诛。一石激起千层浪，刘涣被诛，引起各方震动，唐朝边关再次告急。

此前，大唐已与吐蕃、突骑施交恶，攻伐转剧。据《旧唐书·玄宗本纪》记载，开元十五年春，凉州都督王君㚟"破吐蕃于青海之西，虏辎车、马羊而还"，但很快就遭到吐蕃的反击。同年九月，吐蕃寇瓜州，"执刺史田元献及王君㚟父寿，杀掠人吏，尽取军资仓粮而去"。同年，突骑施苏禄、吐蕃赞普围攻安西，被安西副大都护赵颐贞击退。同年，大唐委派兵部尚书萧嵩兼判凉州事，坐镇凉州，"总兵以御吐蕃"。开元十六年春，安西副大都护赵颐贞在曲子城击败吐蕃，同年七月，吐蕃再次入侵瓜州，被刺史张守珪击破。同年，兵部尚书萧嵩、鄯州都督张志亮攻拔吐蕃门城，"斩获数千级，收其资畜而还"，"萧嵩又遣杜宾客击吐蕃于祁连城，大破之，获其大将一人，斩首五千级"。开元十七年，礼部尚书、信安王李祎率众攻拔吐蕃石堡城。开元十八年冬，吐蕃派遣使者赴长安请降议和。这次战争，长达四个年头，由于萧嵩等指挥得当，取得阶段性胜利。但吐蕃表面请和，却与突骑施联姻，暗中积蓄力量，伺机再犯。

　　而对于大唐而言，大敌当前，北庭都护府临时换帅，为稳定军心、稳控局势，不得不煞费苦心。刘涣谋反被诛的详情，史书不载。当时张九龄任中书令，诏敕文书多出其手。今从张九龄《曲江集》中作于此时期的《敕西州都督张待宾书》《敕安西节度王斛斯书》《敕北庭将士百姓等书》《敕伊吾军使张楚宾书》等多篇诏敕文书，约略可见当时的紧张局势。刘涣被诛是在四月，这些诏敕文书集中作于夏初四月、夏中五月。《敕西州都督张待宾书》云："累得卿表，一一具知。刘涣凶狂，自取诛灭，远近闻者，莫不庆快。卿诚深疾恶，初屡表闻，边事动静，皆尔用意，即朕无忧也。"从敕书看，应是西州都督张待宾向朝廷揭发的刘涣罪行，所以朝廷诛刘涣后的第一道敕书颁给了张待宾，敕书结尾云："夏初渐热"[①]，在时间上稍早于《敕安西节度王斛斯书》，《敕安西节度王斛斯书》的结尾是"夏初已热"。安西都护与北

---

　　① "夏初渐热"，熊飞《张九龄集校注》作"夏初已热"，认为与《敕安西节度王斛斯书》作于同时（中华书局 2013 年版，第 525 页）。兹从文渊阁《四库全书》。从"渐热"到"已热"来看，《敕西州都督张待宾书》时间略早。

庭都护，同为西北军镇要职，唇亡齿寒，刘涣被诛，必然惊动王斛斯，所以朝廷紧接着即敕书王斛斯。敕书云："使人兼赵璧近至，省表具之。前已敕卿严加部勒，近得奏请，皆依处置。卿当此信任，必用尽诚。蕃镇之虞，且无西顾。顷者刘涣凶悖，遂起奸谋。朕以偏荒，比加隐忍，而恶迹转露，人神不容。忠义之徒，复知密旨。且闻伏法，自取诛夷，狂愚至深，亦何足道。卿与彼地近，想备知之。突骑施北来窥隙，会须审察，至竟如何？蕃中人来，未可轻信。但当抚养士卒，而临事制宜，必先保全，以此为上。"敕书既晓明刘涣被诛的原因，又督促王斛斯注意防御突骑施、吐蕃。之后，才是晓谕北庭将士、部落及百姓的第三道敕书：《敕北庭将士百姓等书》，可见朝廷对安西都护及边关防御的重视。

刘涣被诛后，西突厥沙陀部落也趁机入境。作于同时期的《敕伊吾军使张楚宾书》云："近得卿表，知沙陁入界，此为刘涣凶逆，处置狂疏，遂令此蕃，暂有迁转。今刘涣伏法，远近知之。计沙陁部落，当自归本处。卿可具宣朝旨，以慰其心。兼与盖嘉运相知，取其稳便。丰草美水，皆在北庭，计必思归，从其所欲也。卿可量事安慰，仍勿催迫。"盖嘉运，就是朝廷新任命的北庭都护。从敕书内容来看，大唐在这样的多事之秋，不想树敌太多，对于沙陀的入境，采取的是温和忍让的办法。敕书要求张楚宾与盖嘉运多沟通，妥善解决。

同一时期，一些与大唐友好的国家也遭到吐蕃、突骑施的侵扰、欺凌。张九龄有《敕勃律国王书》云："得王斛斯表卿所与斛斯书，知卿忠赤，输诚国家，外贼相诱，执志无二。又闻被贼侵寇，颇亦艰虞，能自支持，且得退散，并有杀获，朕用嘉之。卿兄麻来兮、及首领已下各量与官赏，具如别敕。今赐物三百匹、银盂瓶、银盘各一，衣一副，并金钿带七事，至宜领取。夏中甚热。"敕书颁发时间是开元二十二年五月。敕书中的勃律国王应为小勃律国王。小勃律国王通过安西都护王斛斯转呈。早在开元十年，吐蕃进犯小勃律国，唐玄宗派北庭节度使张孝嵩赴小勃律国，助其击退吐蕃（《新唐书·玄宗本纪》）。此次吐蕃在北庭节度使刘涣被诛的可乘之机，再次发兵小勃律国。从敕书内容来看，小勃律国一度击退吐蕃侵寇，此时上书，可能是向唐朝请兵。但唐朝此时自顾不暇，只是对小勃律国嘉奖、赏赐了一番。这样的外交敷衍，也是大唐盛世日薄西山的写照。《旧唐书·西戎传》记载："有勃律国，在罽宾、吐蕃之间。开元中，频遣使朝献。八年，册立其王苏麟陀逸之为勃律国王，朝贡不绝。二十二年，为吐蕃所破。"又《旧唐书·吐蕃传》："开元二十四年，吐蕃西击勃律，遣使来告急，上使报吐蕃，令其罢兵，吐蕃不受诏，遂攻破勃律国。"此为大勃律国。小勃律国，与吐蕃接壤。《新唐书·西域传》记载，开元初，小勃律国王没谨忙来朝，"玄宗以儿子畜之"。其国数为吐蕃所困。吐蕃曰："我非谋尔国，假道攻四镇尔。"四镇指唐朝的安西四镇：龟兹、于阗、疏勒、碎叶，由此可见小勃律国为军事要地。失去了大唐的庇护，小勃律国王屡遭亡故，从开元末期到天宝初年，"没谨忙死，子难泥立；死，兄麻来兮立；死，苏失利之立"，苏失利之"为吐蕃阴诱，妻以女，故西北二十余国皆臣吐蕃，贡献不入"，"安西都护三讨之无功"。直到天宝六载，高仙芝讨平小勃律国，"于是拂菻、大食诸胡七十二国皆震恐，咸归附"，自是大唐才又重新夺回对西域的控制。而这一切的导火索，都源于开元二十二年北庭都护刘涣的谋逆被诛。刘涣的谋逆被诛，影响了整个开元后期的西北政治格局，洵可谓牵一发而动全身。

同时期，张九龄还有《敕罽宾国王书》云："得四镇节度使王斛斯所翻卿表，具知好意。然事在绝域，不可预图，卿若诚心，任彼量度，事遂之日，必有重赏。朕每于远国，未常有所食言，想亦知之，勿致疑也。秋初尚热，卿及首领并平安好。"西域罽宾国王通过王斛斯上表，与大唐共商国是，其时间在开元二十二年初秋。其具体事宜，敕书并未详明，通过安西都护王斛斯上书，可知必然也与当时的西域形势紧密相关。可能罽宾国的某军事行动需要大唐的帮助，但遭到大唐的婉拒，只是抚慰式地说"事在绝域，不可预图"、"事遂之日，必有重赏"。在开元二十二年夏秋之际，唐朝西北边境战云密布，一触即发，大唐如此谨慎地对待勃律、罽宾等西域友邦，实际是为集中全力应对吐蕃、突骑施的突然袭击。从同一时期传达给西北边镇的敕书中也可以看到这些防御性的战略部署。

其二，结合上述相关唐代边关史实来看，组诗中《非所寄王都护姨夫》的"王都护"，应为时任四镇节度使、安西副大都护的王斛斯。开元二十一年十二月，王斛斯出任安西四镇节度使（《唐会要》卷78）。从开元二十二年夏到开元二十四年秋之间，张九龄先后给王斛斯敕书11道，今存《曲江集》中。这11道敕书，都是有关这一时期的唐代西北军镇要事，其中多处涉及唐朝对吐蕃、突骑施的防御策略。因此，我们如果确定了这一点，那么组诗的创作时间，也就大致可以确定为开元二十二年到开元二十四年之间。

同时，我们可以从张九龄给王斛斯等西北军镇、西域诸国以及吐蕃赞普的数十道敕书中，找寻出它们与这些陷蕃组诗之间的密切关系。

纵观张九龄《曲江集》，他给王斛斯等西北军镇、西域诸国、吐蕃赞普的这数十道敕书，创作时间多集中于从开元二十二年夏四月到开元二十四年秋，这与组诗的时令季节跨越三个年头，基本一致。

开元二十二年四月，北庭都护刘涣谋逆被诛；从四月到六月间，朝廷先后敕书西州都督张待宾、安西都护王斛斯、北庭将士百姓、伊吾军使张楚宾、勃律国王等；初秋七月，又敕书罽宾国王；大约冬十月，P. 2555卷组诗作者一行奉命出使。这一行人，可能是夏秋时从长安出发，在敦煌稍作休整后，已步入冬季。诗人等奉命从长安出使，其《久憾缧绁之作》诗云："一从命驾赴戎乡，几度躬先亘法梁。"可见作者是一位京官，并曾经多次奉命出使。此次奉命"赴戎乡"，无疑也是由皇帝亲自委派。依上文所考，其随行官员周奉御等，至少为从五品以上官员，且为皇帝亲信，地位较高，可见此次出使的规格也较高。至于出使任务是什么，组诗中没有明确交代。可以考知的仅有"赴戎乡"，或安抚安西、北庭都护的军民将士，或助西域友邦迎战吐蕃，总之在这个多事之秋出使戎乡，必然与西北战事紧密相关。因此，作者一行出敦煌后不久，即遭遇吐蕃的羁押。

组诗第一首《冬日出敦煌郡入退浑国朝发马圈之作》："西行过马圈，北望近阳关。"作者一行从敦煌出发，一路西行，经马圈，近阳关，入退浑国。马圈，即马圈山，在甘肃境内，《甘肃通志》记载："马圈山，在州北八里。"退浑国，即吐谷浑。《旧唐书吐谷浑传》："今俗多谓之退浑，盖语急而然。"吐谷浑自西晋永嘉末年兴起，至龙朔三年（663）为吐蕃所灭。因此，作者此处称"退浑国"，依然用的是旧称，即吐谷浑故地，但自吐谷浑被灭后，便成为大唐与吐蕃的争夺之地。宗万《旧唐书考证》云："《隋书·西域传》吐谷浑城在青海西四十里，唐高宗龙朔三年为吐蕃所并，故开元中先后破吐蕃皆在青海西，即吐谷浑之青海周围八九百里者是也。"

作者一行经吐谷浑故地后，继续西行，到达墨离海。组诗第二首《至墨离海奉怀敦煌知己》："戎俗途将近"，又第三首《冬日书情》："异域留连不暇归，万里山河非旧国，一川戎俗是新知"，可知作者此行目的地将近，在墨离海作短暂停留。所谓"异域留连不暇归"、"一川戎俗是新知"，可以想见作者一行在墨离海所受到的热情款待。唐代在墨离海有驻军，即墨离军。《唐会要》："墨离军，本是月支旧国，武德初置军焉。"（卷78）又《通典》："墨离军，晋昌郡西北千里，管兵五千人马，四百匹，东去理所千四百里。"（卷172）理所，即衙署、办公处所，唐代在此设置的办公机构。

在墨离海逗留期间，作者思乡心切，闲来登山远眺。其第四首《登山奉怀知己》："闲步陟高岗，相思泪数行。阵云横北塞，煞气暝南荒。极目愁无限，谁（椎）心恨未遑。"阵云，即浓重厚积形似战阵的云。古人以为战争之兆。作者登山远眺，当时形势紧张，墨离海上空，阵云密布，煞气冲天，战争一触即发，为此作者无限愁绪。此诗虽然季节时令不明，但从下一首《夏中忽见飞雪之作》首句"三冬自北来"，可知仍然是冬季。

第五首《夏中忽见飞雪之作》，已是夏中了。其诗云："三冬自北来，九夏未南回。"作者从北往南折回，却不是回乡；从"三冬"到"夏中"，却仍然还在"南回"的途中。这是怎么回事呢？很明显，作者被羁押了，被人羁押着从北向南走，而且被羁押长达数月之久：从"三冬"一直到"夏中"，没有人身自由。等作者可以适当自由时，转眼间却已是夏天了。故诗题曰"忽见"。这其中发生了什么变故，据第七首《夏中途中即事》"万里山河异，千般景色殊"推测，似乎墨离军是与吐蕃交战不利，导致国土沦丧（详下文），作者一行也被俘。不过，这种灾难即将降临的不祥之感，早在上一首诗《登山奉怀知己》中流露出来了。这样的结局似乎早在作者的意料之中。所以即使被羁押，作者也并没有马上表现出很强的落蕃者的羁愁。这与稍后的诗作，在情感上稍有不同。其后两首，也与这首诗一样，并没有表现出很强的落蕃者的羁愁。从第六首《冬（夏）日野望》"徘徊噎不语，空使泪沾裳"，作者强忍悲痛，到第七首《夏中途中即事》"万里山河异，千般景色殊。愁来竟不语，马上但长吁"，作者痛感山河异色，颇有戮力神州，光复失地壮志难酬之恨，因此长吁短叹，愁噎不语。"万里山河异，千般景色殊"，典故出自《世说新语·言语》，西晋末年，中原沦陷，东晋偏安江南，"过江诸人每至美日，辄相邀新亭，藉卉饮宴"，周颙中坐而叹曰："风景不殊，正自有山河之异。"众人皆相视流泪，唯丞相王导愀然变色曰："当共戮力王室，克复神州，何至作楚囚相对。"

到第八首《青海卧疾之作》，陡然有了大转变。作者仿佛遭遇晴天霹雳，打击极大，以此卧病不起，意志也颇为消沉。其诗云："数日穹庐卧疾时，百方投药力将微。惊魂漫漫迷山路，怯魄悠悠傍海涯。旋知命与浮云合，可叹身同朝露晞。"又说："邂逅遭屯蒙，人情讵见通。昔时曾虎步，即日似禽笼。"从"惊魂漫漫"、"怯魄悠悠"来看，作者定是听闻到了某种不祥的消息，以此惊魂失魄，一病不起，自叹命运无常，身入禽笼。

结合有限的现存唐代史料看，作者前后遭遇的陡然变化，似与当时吐蕃与大唐的谈判密切相关。《册府元龟》记载，开元二十三年二月，"吐蕃赞普遣其臣悉诺勃藏来贺正，贡献方物"（卷971）；又载，开元二十三年三月，"命内使窦元礼使于吐蕃。使悉诺勃藏还蕃，命通事舍人杨绍贤往赤岭以宣慰焉"。这次吐蕃、大唐之间使者往来，实际因为吐蕃猜疑、发生摩擦所致。同时期，有《敕吐蕃赞普书》云：

> 皇帝问赞普：缘国家先代公主，既是舅甥，以今日公主，即为子婿。如是重姻，何待结约？遇事足以相信，随情足以相亲，不知彼心，复同以否？近得四镇节度使表云：彼使人与突骑施交通，但苏禄小蕃，负恩逆命。赞普并既是亲好，即合同嫉顽凶，何为却与恶人密相往来，又将器物交通赂遗？边镇守捉，防遏是常，彼使潜行，一皆惊觉，夜中格拒，人或死伤，比及审知，亦不总损。所送金银诸物及偷盗人等，并付悉诺勃藏，却将还彼。既与赞普亲厚，岂复以此猜疑？自欲坦怀，略无所隐，纵通异域，何虑异心？……晚春极暄。

这通敕书作于开元二十三年三月，由窦元礼或杨绍贤传达给吐蕃赞普。从敕书可知，在此之前，唐朝派遣使者与突骑施沟通，但遭到拒绝；而吐蕃暗中与突骑施勾结，也派遣使者，联络突骑施，且被唐朝边镇发觉，夜间格斗厮杀，吐蕃使者颇有死伤，金银器物等也被唐军没收，由此产生摩擦。

结合这通敕书，上文 P.2555 落蕃诗中一些原来不甚清晰的疑点，在这里可以得到解答。

1. 使团的出使任务。从这通敕书推断，P.2555 中的落蕃使团，可能就是这通敕书中提及的唐朝当时派往戎乡与突骑施"交通"的使团，由于苏禄"负恩逆命"，使团没有达成此行目的。

结合当时史实来看，开元二十二年，突骑施苏禄派遣将领阙俟斤入朝，行至北庭，伺机不轨，被时任北庭都护的刘涣诛杀，因生猜嫌，两国交恶。此事唐史不载，见张九龄《敕突骑施毗伽可汗书》。敕书指斥说："戎俗少义，见利生心，故阙俟斤入朝，行至北庭有隙，因此计议，即起异心，何羯达所言，即是彼人自告，踪迹已露，然始行诛，边头事宜，未是全失。朕以擅杀彼使，兼为罪责，北庭破刘涣之家，仍传首于彼，可汗纵有怨望，亦合且有奏论。"可知阙俟斤入朝，包藏祸心，才被刘涣诛杀，因此并不全是刘涣的过失，即敕书说"未是全失"；但唐朝为了表示诚意，也问责刘涣，削其首级，传于突骑施。

刘涣被诛后，双边关系似乎有所缓和。四月，刘涣被诛；六月，突骑施再次派使者入朝。《册府元龟》记载，开元二十二年六月，"突骑施遣其大首领何羯达来朝，授镇副，赐绯袍银带及帛四十匹，留宿卫"（卷975）。宿卫，即在宫禁中值宿，担任警卫，足见何羯达来朝后颇受器重。

同年，唐朝派遣使者与突骑施交好。这一史实，唐史不载，见上引《敕吐蕃赞普书》："近得四镇节度使表云：彼使人与突骑施交通，但苏禄小蕃，负恩逆命。"此《敕吐蕃赞普书》作于开元二十三年晚春，朝廷得四镇节度使表王斛斯表，必在此前。从王斛斯表知，唐朝派遣使者赴突骑施，却被"负恩逆命"。突骑施对大唐的外交政策这样出尔反尔，与突骑施宗主国突厥的国内政变有关。突骑施"南通吐蕃，东附突厥"，先是唐朝以史怀道女为金河公主嫁给苏禄，稍后突厥、吐蕃亦嫁女与苏禄。突骑施之所以"东附突厥"，以其国小，臣服于突厥。《旧唐书·突厥传》记载：

> 开元十八年，苏禄使至京师，玄宗御丹凤楼设宴。突厥先遣使入朝，是日亦来预宴，与苏禄使争长。突厥使曰："突骑施国小，本是突厥之臣，不宜居上。"苏禄使曰："今日此宴，乃为我设，不合居下。"

从当时两国使臣的争论中不难看出当时两国的关系，突骑施虽然附属突厥，但伴随其国力强大，跋扈不轨，包藏祸心。

当时，突骑施苏禄势力逐渐崛起，周旋于大唐、吐蕃、突厥之间，他利用大唐与吐蕃的矛盾，牟取政治利益，既向大唐示好，又暗中与吐蕃勾结。而突厥毗伽可汗小杀一向与大唐交好，不与吐蕃、突骑施结盟。早在开元十五年，吐蕃与突骑施勾结，侵寇唐朝安西四镇，吐蕃暗中联合突厥，突厥毗伽可汗小杀却派使者远赴长安，告发吐蕃阴谋，进一步巩固了与大唐的双边关系。《旧唐书·突厥传》云：

> 开元十五年，小杀使其大臣梅录啜来朝，献名马三十匹。时吐蕃与小杀书，将计议同时入寇，小杀并献其书。上嘉其诚，引梅录啜宴于紫宸殿，厚加赏赉，仍许于朔方军西受降城为互市之所，每年赍缣帛数十万匹就边以遗之。

但在开元二十二年十二月，突厥毗伽可汗小杀被大臣毒死，导致西域政治格局的形势急转直下。《册府元龟》记载：

> 开元二十二年十二月，突厥毗伽可汗小杀为其大臣梅禄啜所毒而卒，帝悼之，辍朝三日。敕曰："情义所在，礼固随之，岂限华夷，唯其人耳。突厥毗伽可汗顷者虽处绝域，尝以臣子事朕，闻其永逝，良用悼怀，务广宿恩，以制权礼，宜令所司，择日举哀。"甲寅，于雒城南门举哀，命宗正李佺申吊祭焉。（卷975）

毗伽可汗小杀被毒死，噩耗传到长安，唐朝隆重哀悼。再结合P.2555组诗中这支冬日从敦煌出发的赴戎乡使团，一路西进，最终在墨离海逗留了下来，此可能是由于突厥国内剧变的原因。一向与大唐交好的突厥可汗突然被毒死了，正是在这样的情形之下，突骑施摆脱了突厥的钳制，暴露出凶残、贪婪的面目。作者突然感到事态的严峻，战争一触即发。这一愁绪，在我们上引的《登山奉怀知己》诗中已经讨论了。

组诗多次流露出使团一行被扣押，事发突然，事先没有征兆。《晚秋至临蕃被禁之作》："邂逅流迁千里外，谁念栖（恓）惶一片心。"《晚秋羁情》："非论邂逅离朋友，抑亦沧流彫羽翮。"《感兴临蕃驯雁》："邂逅飘零虏塞傍。"其中的"邂逅"，即仓促、突然。这表明作者一行，很可能是被突然袭击所致。

2. 使团被羁押原因。突厥毗伽可汗小杀被毒死后，突骑施暗中与吐蕃勾结频繁。可能也就在开元二十二年十二月突厥政变后，吐蕃派使者趁夜潜往突骑施，据上引《敕吐蕃赞普书》，这批使者被唐朝边镇发觉，唐朝杀伤了突骑施的使者，并扣留了吐蕃送给突骑施的金银器物。因此，吐蕃趁机报复，也袭击并羁押了唐朝当时派往突骑施的使者，即 P. 2555 中的落蕃使团。P. 2555 陷蕃诗《忽有古人相问以诗代书达知己》云："非论阻碍难相见，亦恐猜嫌不寄书。"其诗中所提及的"猜嫌"，与上文《敕吐蕃赞普书》"岂复以此猜疑？自欲坦怀，略无所隐"等相同，足见当时吐蕃羁押大唐使者完全出于猜嫌所致。又陷蕃诗《久憾缧绁之作》："即日无辜比冶长"，再次表明：作者一行被无端猜疑。诗中"无辜比冶长"，即用公冶长无罪入狱的典故。《论语》"子谓公冶长：'可妻也。虽在缧绁之中，非其罪也。'以其子妻之。"作者借此表明心迹，以打消被无端猜疑的误会。

为了共建互信，因此在开元二十三年春，吐蕃、大唐互派使者处理此事。唐朝在敕书吐蕃赞普的同时，还敕书金城公主，让她从中斡旋此事。敕书云：

> 异域有怀，连年不舍，骨肉在爱，固是难忘。彼使近来，具知安善。又闻赞普情义，是事叶和，亦当善执柔谦，永以为好。……春晚极暄，想念如宜。诸下并平安好。今令内常侍窦元礼往。遣书指不多及。

结合 P. 2555 落蕃诗来看，此时两国安排使者会面，取得一些进展。如上文所述，P. 2555 落蕃诗中，没有开元二十三年春的诗作，从开元二十二年冬诗作，径直跨越到开元二十三年夏天，据此推断，从开元二十二年冬起，诗人一行即被扣押，完全失去自由，直到开元二十三年晚春，唐朝派内常侍窦元礼、通事舍人杨绍贤赴吐蕃斡旋，诗人一行才被释放出来。窦元礼一行晚春三月赴吐蕃，到诗人一行被释放出来，已是夏天了。所以 P. 2555 落蕃诗《夏中忽见飞雪之作》"三冬自北来，九夏未南回"，自冬季被俘，直到夏季来临时才重见天日，作者巧妙地借夏日飞雪为己鸣冤。

但唐朝这次交涉，只是促使吐蕃释放了这批派往突骑施的使者，并未将他们遣还大唐，而是往吐蕃境内押解。所以，组诗中有《冬（夏）日野望》《夏日途中即事》等，描叙诗人一行被押解的途中所见。但诗人一行被押往青海后，才得知并不能旋即遣回大唐，而是被继续羁押，诗人听闻这些消息，仿佛晴天霹雳，一病不起，慨叹命运的捉弄与无常。这一点，我们在上文探讨《青海卧疾之作》时也提及了，其诗末句"缅怀知我者，荣辱杳难同"，表达遭此耻辱的愤激。

同时期张九龄所作的《敕吐蕃赞普书》反映当时大唐、吐蕃进一步交涉的失败。敕书云：

皇帝问吐蕃赞普：近窦元礼往，事具前书。赞普后来亦知彼意。朕推心天下，皆合大和，况于彼蕃，复是亲娅，仍加结约，盟誓再三。以至道言之，此亦仁义不薄也。而赞普且犹未信，复是何心？君长大蕃，固不容易。所云去年七月隽州将兵抄掠，兼有诖诱。隽州之外，尚隔诸蛮，既背吐蕃，自行寇抄掠，而乃推托于我，何为遥信虚词？……今既和好，何有嫌疑？至如西自葱岭已来，沿边诸处，或地势是要，或水土是好，彼有城镇，亦皆内侵。朕既不解广求，更以自益，缘已和好，不可细论。且八叠山筑城、改城置镇，皆入汉界，何曾以此为言？而彼即生词，未知何意？边城委任，当择忠良，无信小人，令得间构。夏中已热，赞普及平章事并平安好。遣书指不多及。

敕书所云"朕推心天下"、"而赞普且犹未信，复是何心"等，指责赞普听信谗言，混淆视听，双边互信，难以实现。又同年夏秋之交，《敕陇右节度阴承本书》云："朕于吐蕃，恩信不失，彼心有异，操持两端，阴结突骑施，密相来往。事既丑露，却以怨尤，乃云姚、巂用兵，取其城堡。略观此意，必欲为恶。"（《曲江集》卷10）指责吐蕃暗交突骑施，首鼠两端，妄图挑起事端，恶化双边关系。

稍后，《敕吐蕃赞普书》云："皇帝问赞普：得七月一日信，所言阴承本奏请不拟与彼和，将兵马大入者。至如和与不和，事皆由朕自断，何人辄敢奏闻？何兵即敢擅入？所结亲好，不是近年，文成公主已来，亦重迭矣。中间或绝或继，终是旧好存焉。惟道此有谗臣，不知彼专构造，亦须自觉，岂可推过？"（《曲江集》卷12）指责赞普推却过失，不守信义，同时警告吐蕃切勿犯境。

同时期，《敕安西节度王斛斯书》："吐蕃与我盟约，歃血未干，已生异志。远结凶党，而甘言缓我，欲待合谋，连衡若成，西镇何有？"又云："然则此蕃奸计，颇亦阴深，外示存约，内实伺便"，"卿还须知其变诈，随事交当，使其退不得以此为词，进不得成其凶计"，提醒安西都护王斛斯随时防御吐蕃、突骑施的进犯。

不久，果然，吐蕃、突骑施大举进犯。张九龄《敕巂州都督许齐物书》："近者投降吐蕃云，蕃兵已向南取盐井。"又《敕西南蛮大首领蒙归义书》云："吐蕃于蛮，拟行报复。又巂州盐井，本属国家，中间被其内侵，近日始复收得。"盐井在今四川境内，为唐蕃争夺要地，此番交战，唐军收复盐井，挫败吐蕃锐势。

同年冬，边关战事吃紧，《旧唐书·玄宗本纪》："开元二十三年冬十月，突骑施寇北庭及安西，拨换城。"张九龄《敕瀚海使盖嘉运书》："突骑施凶逆，犯我边陲，自夏已来，围逼疏勒，频得王斛斯表，见屯遍城。冬中甚冷。"又《敕安西节度王斛斯书》："累得卿表，知贼等肆恶，终冬不去。冬中甚寒。"从敕书知，双方交战，迄夏至冬，唐朝招募兵马，作持久战。又《敕四镇节度王斛斯书》云："所缘兵募行赐，则令所由支遣，已别勅牛仙客讫。四镇蕃汉健儿，并委卿随所召募。冬中甚寒。"

在这年秋冬大唐与吐蕃、突骑施的鏖战中，落蕃者也格外愁苦。他们的际遇，与唐西北的战局紧密关联，这在 P. 2555 陷蕃组诗中自然体现出来。如《晚秋羁情》"近来殊俗盈街衢"，作者从异俗外蕃的相互勾结紧密中，体察到边关战事的频仍与紧张，"不忧懦节向戎夷，只恨更长愁寂寂"，他表示在此严峻关头，不忧心保持节操，只恨又要被羁押更长时间了。这年冬天，随他一起落蕃的小儿子夭折了，作者无限伤感："昔别长男居异域，今殇小子瘗泉台。羁愁对此肠堪断，客舍闻之心转摧。"（《闻城哭声有作》）羁旅戎乡，这年除夕他过得格外孤苦。其《除夜》诗云：

> 荒城何独泪潸然，闻说今宵是改年。亲故睽携长已矣，幽缧寂寞镇愁煎。更深肠绝谁人念，夜永心伤空自怜。为恨漂零无计力，空知日夕仰穹天。

这样的深刻苦痛，即使冬去春来，自然物候传递的新趣，也难以随之驱去。其《春宵有怀》："独坐春宵月渐高，月下思君心郁陶。"在春宵的喧闹里，他依然是那么孤独、愁闷。但唐代边关迎来了可喜的胜利。《旧唐书·玄宗本纪》："开元二十四年春正月，吐蕃遣使献方物。北庭都护盖嘉运率兵击突骑施，破之。"吐蕃派使者进贡，突骑施被击退。同年春，《敕安西节度王斛斯书》云："狂贼经冬，犯边为梗"，"又闻此贼寻亦退散，攻围既解，且得休息"。

对于吐蕃的进贡、突骑施的退散，唐朝的高层决策者有着清醒的认识。针对突骑施的退散，张九龄《敕安西节度王斛斯书》告诫说：

"忿戾之虏，行应再来。"面对吐蕃进贡的虚情假意，同时期的《敕吐蕃赞普书》一针见血地说："近得来章，又论蛮中地界，赞普不体朕怀，乃更傍引远事"，"且如小勃律国归朝，即是国家百姓，前遭彼侵伐，乃是违约之萌"，"近闻莽布支西行，复有何故？若与突骑施相合，谋我碛西，未必有成，何须同恶？若尔者欲先为恶，乃以南蛮为词，今料此情，亦已有备。近令勒兵数万，继赴安西，倘有所伤，慎勿为怪也"，积极粉碎吐蕃的阴谋。

同时，唐朝调集兵马，积极备战，防御甚紧。《敕瀚海军使盖嘉运书》："苏禄爰自今夏连犯西陲，乌合之群，屯结不散。安西近亦加兵，卿彼士马自足。……春初余寒。"《敕安西节度王斛斯书》："突骑施辄凶暴，侵我西陲，卿等悬军，遇此狂贼。爰自去夏，以迄于今，攻战相仍。近者闻在拨换，兵少贼多，朕每忧之，虑遭吞噬。张义之将兵若至，河西、北庭兵又大集，灭寇之举，亦在今时。……初春尚寒。"《敕北庭经略使盖嘉运书》："安西去年屡有攻战，丑虏肆虐，悬军可忧。然此贼为患，势未必已，可数与王斛斯计会，每事先防。……春晚。"从这三道敕书来看，当时突骑施、吐蕃仍然猖獗，唐军大集，双方鏖战又即将开始。

吐蕃与大唐虽然多次互派使者，但猜嫌进一步加重。这年春夏之交时，张九龄《敕吐蕃赞普书》："此使前至之日，具知彼意。窦元礼中间所云，亦已备论。且亲以舅甥之国，申以婚姻之好，义非不重，心当合疑？顷岁以来，加之盟约，此又不信，其如之何？而每来信使，皆以为词。或云越界筑城，或称将兵抄掠。……间构既行，猜嫌互起。朕近已知此，赞普亦须察之，勿取浮言，亏我大信，以绝两国之好，甚善甚善！春晚渐热。"这道敕书相较于以往敕书，措辞激烈，指责赞普不守信义，多次践踏盟约，双边关系恶化。同年夏天，张九龄《敕安西节度王斛斯书》："朕虽居九重，不忘征戍。况强寇压境，侵轶是虞。去岁因有狂贼在彼，屡有战亡。昨得表言，对之怆恻。兼闻吐蕃与此贼计会，应是要路。斥候须明事，必预知，动即无患耳。夏晚毒热。"边关形势紧张，大战在即。

可能由于边关的严峻形势，这年夏天，P. 2555 组诗作者一行的人身自由再次受到严密控制，因而在组诗中没有这年夏天的诗作。

这年春夏间，唐朝与突骑施、吐蕃的紧张关系，在朝廷给西域友邦的敕书中也得到体现。《敕诸国王叶护城使等书》："突骑施不道，连年作寇，使我边镇，常以为虞。诸处攻围，所在坚守，能伺其隙，各有诛夷。卿等常须有预，以逸待之，一二年间，奇功可立。……春暄。"① 同时期，又《敕突厥可汗书》："朕与先可汗结为父子，及儿绍续，情义日深。至于国计，亦欲无别。……突骑施本非贵种，出自异姓，惟任奸数，诳诱群胡。近日已来，敢兹背德，又知儿意亦欲破之。前与先可汗举哀，其使不肯就哭。……春初尚寒。"从敕书"诳诱群胡"来看，突骑施在暗中勾结吐蕃的同时，还纠集了其他西域势力，大唐为了彻底击败突骑施等，也开始寻求盟友，联合破敌。《敕诸国王叶护城使等书》、《敕突厥可汗书》即是源于这一背景。

同年夏天，唐朝甚至开始与远在西陲的大食阿拉伯帝国联手，对付吐蕃、突骑施。《敕安西节度王斛斯书》云：

> 得卿表并大食东面将军呼逻散·诃密表，具知卿使张舒耀计会兵马回。此虽远蕃，亦是强国，观其意理，似存信义。若四月出兵是实，卿彼已合知之，还须量宜与其相应，使知此者计会，不是空言。且突骑施负恩，为天所弃，诃密若能助国破此寇雠，录其远劳，即合优赏。……时暑。（卷10）

从敕书知，为寻求盟友，王斛斯派张舒耀出使远蕃强国——大食，

---

① 此道敕书的创作时间，熊飞《张九龄集校注》等系于开元二十三年。从敕书"连年作寇"来看，似以开元二十四年为宜。此次唐朝与突骑施开战，始于开元二十二年夏，至开元二十四年春，已是三个年头，可以说是"连年"；倘若是开元二十三年春，则虽然跨越两个年头，实际不足一年，与"连年"不合。

大食同意出兵合围突骑施。

这年与突骑施的交战，获得三次大捷，并沉重打击突骑施苏禄势力，取得阶段性胜利。这在张九龄同年上奏的三道贺状，均有体现。其《贺北庭解围仍有杀获状》："盖嘉运奏北庭解围，仍有杀获。"这应该是开元二十四年春，盖嘉运击退突骑施自去年夏冬以来的围困。又《贺盖嘉运破贼状》："知盖嘉运至突骑施店密城，逢贼便斗，多有杀获。且卤党大众，见在边城，方拟经春，图为边患。忽闻嘉运北入，复有破伤，必其惊忙，当有携散。"这应该是盖嘉运在同年初春击退突骑施后，主动进军，突袭得手。又《贺贼苏禄遁走状》："知苏禄遁走，入山出界者。……事且无忧，吐蕃纵实西行，苏禄不得相应，其败可必，又无可忧。边鄙且宁，不胜庆慰。"这次破贼，大获全胜，迫使苏禄遁逃，"入山出界"，元气大伤；吐蕃失去了突骑施这个盟友，孤掌难鸣。

此次大唐与吐蕃、突骑施的交战，迄开元二十二年夏，至开元二十四年秋，历时三个年头，以唐朝大捷，吐蕃、突骑施的主动求和告终。《册府元龟》记载：

> 开元二十四年八月甲寅，突骑施遣大首领胡禄达干来求和，许之，宴于内殿，授右金吾将军员外，置赐锦衣一副，帛及彩一百匹，放还蕃。（卷975）

同年秋八月，《敕吐蕃赞普书》云："安西诸军，去此万里，仓卒遇敌，何暇奏裁？既彼交侵，必应拒斗。倘有伤损，可无相尤。……突骑施异方禽兽，不可以大道论之。赞普与其越境相亲，只虑野心难得，但试相结，久后如何，于朕已然，义则合绝。但为誓约在近，亲好又深。先令奔问，欲尽旧情；必定为恶，别为之所。一昨遣内常侍刘思贤送公主封物、并每年国信物，现已临路，适会表来。思贤此行，量其在道迟缓，今故令刘思贤判官刘明子先行，具宣往意。"（《曲江集》卷12）敕书中，大唐对吐蕃恩威并用，一面指责吐蕃与突骑施相亲，一面以旧情拉拢吐蕃，并多次派遣使者入蕃交涉。这样强大的外交攻势，在突骑施大败、求和之际，无疑起了作用。在这年秋，P. 2555 中的落蕃人一行，终于在唐朝与吐蕃的多番交涉下，回到了唐朝。①

　　P. 2555 组诗最后反映的季节是秋天，即开元二十四年秋，作者一行结束了被羁押的生活。所以，组诗写到这里，也就戛然而止。

三　陷蕃组诗作者身份的再探讨与唐、蕃外交关系

　　根据上文的初步考察，笔者推测这位陷蕃组诗作者的官衔至少在五品以上，他的这位"王都护姨夫"，就是安西都护王斛斯，唐开元后期镇守西域边关的重要统帅。再结合唐代相关史实和 P. 2555 陷蕃组诗的诗歌文本，笔者进一步考订推测这位陷蕃组诗的作者，很可能是当时多次奉命出使西域、吐蕃的皇室宗亲李暠。

　　第一，组诗中多次流露出诗人曾经到过这片被羁押之地，并且结交过不少朋友。作者身陷蕃域，却有不少故友，此处落蕃，却也有了与故人相遇的机会。《忆故人》云："别君彼此两平安，别后栖（恓）惶凡几般。谁（虽）然更寄新书去，忆时捻取旧诗（书）看。"告诉故人自从别后的思念，不料此番却又相遇，让人感慨唏嘘。又《晚秋登城之作》："孤城落日一登临，感激戎庭万里心。""乡国未知何所在，路逢相识问看看。"作者被羁押前行，一路上还能遇到相识者，可见他对这个戎乡的熟悉，故人、相识者不少。其中也不乏知己，《忽有故人相问以诗代书达知己两首》：

---

　　① 《文苑英华》及《曲江集》共有7篇张九龄《敕吐蕃赞普书》，这七道敕书的创作时间，从开元二十三年春至开元二十四年秋，与 P. 2555 组诗中所反映的落蕃者一行被扣押的时间完全相吻合，可见当时以张九龄为首的内阁为营救这批落蕃者所付出的前后努力。

忽闻数子访羁人，问着感言是德邻。与君咫尺不相见，空知日
夕泪沾巾。

自闭荒城恨有余，未知君意复何如。非论阻碍难相见，亦恐猜
嫌不寄书。

"羁人"表明作者此时的身份，与故人再次相会，身份却迥然有别
了。"数子"表明来探望作者的故人较多；"忽闻"表明作者落魄中的
激动与意外之情。"与君咫尺不相见"，说明作者被羁押，人身自由受
到一定限制。"未知君意复何如"，表明作者忐忑的心情，虽然是故地
重返，但身份不同了，所以此时作为"羁人"的他，不敢主动联系故
人。不料故人却主动来探访他，给他莫大的心理慰藉。"非论阻碍难相
见，亦恐猜嫌不寄书"，作者向故人坦白：不仅有多重阻碍让我们难以
相见，也担忧遭到猜嫌、误会，不敢书信联系。作者以诗代书，推心
置腹，语重心长，体现彼此挂念的深层关系。又《得信酬回》："人回
忽得信，具委书中情。羁思顿虽豁，忆君心转盈。"这首诗紧承上两首
而来，酌其诗意，应是作者"以诗代书达知己"后，很快就收到了故
友的回信，来信语意敦敦，顿时消却了作者的羁思之苦。与故人相会，
总是让他悲喜交加。《逢故人之作》云："故人相见泪龙钟，总为情怀
昔日浓。随头尽见新白发，何曾有个旧颜容。"回想往昔，情义笃深；
如今相见，又添了不少白发。

如果说，上述组诗的诗句仅仅体现的是作者曾经到过此地，那么
下文将要讨论的这些诗句所揭示的史实价值就非同一般了。这也是笔
者推测组诗可能为李晏所作的主要依据。

陷蕃组诗有《题故人所居》诗云：

与君昔别离，星岁为三周。今日觌颜色，苍然双鬓秋。茅居枕
河浒，耕凿傍山丘。往往登樵迳，时时或饭牛。一身尚栖屑，底
事安无忧？相见未言语，唏吁先泪流。

　　首两句信息很重要，作者自言与故人昔日别离，转眼间三年了。这次重逢，两人身份都发生极大变化，作者是"羁人"之身，故人却也沦为樵隐之士。想起当初，"我们"两人都为国事四处奔波劳碌，如今却落得如此休闲，哪里能不愁心忧虑呢？所以，作者与故人心意相通，"相见未言语，唏吁先泪流"。按照上文组诗创作时间的推算，这首诗作于开元二十四年秋，作者自言"与君昔别离，星岁为三周"，往前追溯，应是开元二十一年。

　　开元二十一年，大唐派工部尚书李暠出使吐蕃；同年九月，两国树碑立盟。《旧唐书·李暠传》：

　　　　开元二十一年正月，制曰："继好之义，虽属边鄙；受命以出，必在亲贤。事欲重于当时，礼故崇于殊俗，选众之举，无出宗英。工部尚书李暠，体含柔嘉，识致明允，为公族之领袖，是朝廷之羽仪。金城公主既在蕃中，汉庭公卿非无专对，有怀于远，夫岂能忘？宜持节充入吐蕃使，准式发遣。"

　　依金城公主旨意，两国于"九月一日树碑于赤岭，定蕃、汉界。树碑之日，诏张守珪、李行祎与吐蕃使莽布支同往观焉"。之后，双方晓谕边关各州县"两国和好，无相侵掠"。李暠以"奉使称职"，"转吏部尚书"。据此记载，开元二十一年正月，李暠受唐玄宗委派，赴吐蕃谈判，经过多番努力，双方缔结和约，分界立碑，从此"两国和好，无相侵掠"。从正月敕书出使，到九月树碑①，李暠在吐蕃短暂逗留，结识了当时不少主张与大唐交好的吐蕃官员。但之后不久，吐蕃与突骑施暗中勾结，吐蕃与大唐边将摩擦不断，互有侵掠，吐蕃、大唐之间因此产生猜嫌，扣押了前往塞外戎乡的李暠使团。李暠是唐、蕃结盟立碑的重要使者，吐蕃通过羁押李暠一行，为了在当时的唐、蕃矛

---

　　① 一说开元二十二年。《旧唐书·吐蕃传》："开元二十二年，遣将军李佺于赤岭与吐蕃分界立碑。"《旧唐书·玄宗本纪》同。

盾中获取更多的政治利益，所以，在李暠使团被羁押入蕃的两三年中，唐、蕃之间使者往来频繁，战、和不定。

又，唐、蕃立碑分界，是在赤岭。这是开元二十一年李暠赴吐蕃立盟的重要场地。所以，当李暠一行被押解入蕃，经过赤岭时，他写下了《夜渡赤岭怀诸知己》："山行夜忘寐，拂晓遂登高。回首望知己，思君心郁陶。不闻龙虎啸，但见豺狼号。""独嗟时不利，诗笔唯（虽）然操。更忆绸缪者，何当慰我曹。"所以，作者故地重游，分外感怀。如今，形势大变，"我辈"反被拘押至此。回忆往事，历历在目，让人情何以堪？诗中"绸缪"，指情意殷切，"更忆绸缪者"、"回首望知己"，遥想当时，"诸知己"殷勤款待，如今物是人非，"不闻龙虎啸，但见豺狼号"，当年作者入蕃时接待他的那些忠贞贤臣不见了，吐蕃朝廷被一群宵小奸臣窃据了。他们破坏了唐、蕃两国曾经苦心经营的结盟立碑的和平局面，将唐、蕃拖入战争的深渊。

李暠一行曾被押解至临蕃，这对于他而言，也是一个伤心之地。开元二十一年他出使吐蕃时，这个边镇还在大唐的掌控之中；但转眼间，便已被吐蕃蚕食。临蕃，顾名思义，即临近蕃界的意思。据《新唐书·地理志》，临蕃城，唐属鄯州，在州城西六十里，唐开元二十年置陇右节度使于此。① 临蕃何时为吐蕃所攻陷，史书无考。其《晚秋至临蕃被禁之作》："昔日三军雄镇地，今时百草遍城阴。"首句表达临蕃曾经是大唐边关之地，李暠当时作为入蕃使者，途经此地，可如今已是百草丛生，一片荒败。同时期，其《晚秋羁情》诗中也说："屋宇摧残无个存，犹是唐家旧踪迹。"这两句与上一首诗"昔日三军雄镇地，今时百草遍城阴"遥相呼应，抒发的情感也颇为相似。结合这两处诗句，都清晰地表明：作者曾经来过这些地方，今昔变化之大，为作者所痛心。

此外，还颇有趣味的是，唐玄宗在派遣李暠出使吐蕃的文书中，

---

① 《元和郡县志》卷39 "鄯州"。

特别强调使者的选拔条件时说："继好之义，虽属边鄙；受命以出，必在亲贤。事欲重于当时，礼故崇于殊俗，选众之举，无出宗英。工部尚书李暠，体含柔嘉，识致明允，为公族之领袖，是朝廷之羽仪。"宗英，即皇室中才能杰出的人。李暠被誉为"公族之领袖"、"朝廷之羽仪"，是当时公认的最佳人选。在这道敕命中，有"殊俗"一词，这在陷蕃组诗中也多次运用。李暠被敕命为"宗英"，领衔出使吐蕃，这无疑让他备受恩宠，同时也深知自己肩负的使命。所以，他不辱使命，出色地完成使命，唐、蕃树碑立盟。吐蕃节物、风俗，颇异于长安，他从受命到出使，"殊俗"一词早已深深地印入他的脑海中。所以，在陷蕃组诗中，"殊俗"一词便常常脱口而出了，如诗题《九日同诸公殊俗之作》、"予时落殊俗，随蕃军望之，感此而作"（《白云歌》自序）、"近来殊俗盈衢路"（《晚秋羁情》）、"殊方节物异长安"等。因此，仅从"殊俗"一词的使用偏好来看，也与李暠有着较深的关联。

第二，组诗中流露出作者皇室宗亲的身份特征。《非所寄王都护姨夫》："敦煌数度访来人，握手千回问懿亲。"诗中"懿亲"，唐代时有两种含义：一是懿亲，即至亲，指最亲近的亲戚；二是特指皇室宗亲。如果孤立地看，此处可能两种含义都讲得通。但如果结合《梦到沙州奉怀殿下》一诗及相关史实来看，此处的"懿亲"，应该特指皇室宗亲，似乎更恰切。《梦到沙州奉怀殿下》："昨来魂梦傍阳关，省到敦煌奉玉颜"、"光华远近谁不羡"，表明作者颇受殿下宠信；《非所寄王都护姨夫》"握手千回问懿亲"中的这位"懿亲"，即是《梦到沙州奉怀殿下》中的这位"殿下"，无论是王姨夫（王斛斯），还是作者（李暠），都奉命辅佐殿下镇守西北边关。

据唐史，这位殿下，即唐玄宗长子李琮。据《旧唐书》卷107李琮本传记载，李琮于开元四年正月，遥领安西大都护，仍充安抚河东、关内、陇右诸蕃大使；开元十五年，遥领凉州都督兼河西诸军节度大使。又《新唐书》卷49《百官志》记载，大都督、大都护皆亲王遥领，大都护府之政，以副大都护主之。副大都护则兼王府长史，其后有持节，为节度副大使，诸王拜节度大使者皆留京师。张九龄给王斛斯的敕书中，有"敕四镇节度副大使安西副大都督护王斛斯"、"敕四镇节度副大使安西副大都护王斛斯"等语，知王斛斯的职位有副大都护、副大都督、节度副大使等，他以王府长史的身份，代替亲王李琮管理西域政事。

王斛斯，即陷蕃组诗作者李昺的姨夫，两人同时效命于亲王李琮。王斛斯镇守边关，李昺多次奉命出使戎乡。

李昺，与李琮同为皇室宗亲。《青海卧疾之作》云："昔时曾虎步，即日似禽笼。"虎步，也流露出作者非同寻常的身份。《旧唐书·李昺传》记载："李昺，淮安王神通玄孙，清河王孝节孙也。昺少孤，事母甚谨。睿宗时，累转卫尉少卿。开元初，授汝州刺史，……俄入授太常少卿，三迁黄门侍郎，兼太原尹，仍充太原已北诸军节度使。久之，转太常卿，旬日，拜工部尚书、东都留守。"后来以工部尚书的身份出使吐蕃，促成唐、蕃立盟树碑，因此升迁为吏部尚书。

第三，组诗中流露出作者引以为豪的外交能力。《久憾缧绁之作》诗云：

> 一从命驾赴戎乡，几度躬先亘法梁。吐纳共饮江海注，纵横竟揖惠风扬。今时有恨同兰艾，即日无辜比冶长。黮黭莫能分玉石，终朝谁念泪沾裳。

诗的前两句告诉我们，作者多次被皇帝派遣奔赴戎乡；三四句，作者颇为自豪自己的文采词辩，具有合纵连横的外交智慧。后四句，紧承前四句而来，作者痛恨吐蕃统治者兰艾不分，玉石同焚，君子小人无别，使自己蒙受不白之冤，自己纵有才辩，也无济于事。

同样的苦闷，流露在组诗的其他诗篇中。如《秋中霖雨》："才薄孰知无所用，犹嗟戎俗滞微名。"作者一向自负自己的才华，不料这次却乏术无力。又《非所寄王都护姨夫》："戎庭事事皆违意，虏口朝朝计苦辛。"再次表明作者出色的外交才能，在此一筹莫展，处处受阻。今昔的变化太明显了，这对于作者的刺激很大，所以在他的组诗中多次发泄出这种愤激来。这一时期，唐、蕃双边关系已经失去互信。这从上文所引的作于同时期的《敕吐蕃赞普书》中也可以清晰地体现出来。为醒目，列表如下：

时间	《敕吐蕃赞普书》
开元二十三年春	既与赞普亲厚，岂复以此猜疑？自欲坦怀，略无所隐，纵通异域，何虑异心
开元二十三年夏	而赞普且犹未信，复是何心
开元二十四年春	赞普不体朕怀，乃更傍引远事
开元二十四年春	且亲以舅甥之国，申以婚姻之好，义非不重，心岂合疑？顷岁以来加之盟约，此又不信，其如之何
开元二十四年秋	勿取浮言，亏我大信，以绝两国之好，甚善甚善

上述敕书多番往来，尚且如此不易令吐蕃释怀，作者身陷戎乡，又何能自辩呢？究其本源，即如张九龄《敕陇右节度阴承本书》所云：

> 朕于吐蕃，恩信不失，彼心有异，操持两端，阴结突骑施，密相来往。事既丑露，却以怨尤。

吐蕃暗中勾结突骑施，事情败露后，恼羞成怒，反迁怒于大唐。如上文所考，作者（李暠）一行赴戎乡，被吐蕃扣押，原因也是吐蕃暗通突骑施被唐朝发觉后的肆意报复。所以，在这样的复杂背景下，作者痛感百口莫辩，才华难施，显然又在情理之中。

与此同时，在唐代开元时期，能以文采词辩驰骋天下的，在皇室宗亲中，似以李暠最为胜出。他颇为唐玄宗器重，委以出访慰劳的重任。

如上文引，开元二十一年出使吐蕃时，皇帝还特别提到了李暠出色的外交口才："金城公主既在蕃中，汉庭公卿非无专对，有怀于远，夫岂能忘？"由于金城公主还在吐蕃，所以派遣的使者不能有失国体，非有"专对"才行。专对，指任使节时独自随机应答。《论语·子路》："诵诗三百，授之以政，不达；使于四方，不能专对；虽多，亦奚以为？"李暠才辩超人，足以应对复杂外交场合，所以皇帝又称誉他为"朝廷之羽仪"。如此"专对"才辩，与陷蕃诗《久憾缧绁之作》"吐纳共饮江海注，纵横竟揖惠风扬"，正互为表里。

据其他史料，可考的也有三次，《册府元龟》卷 136 记载："开元四年十二月，命卫尉少卿李暠赍玺书，慰劳朔方降户。"又同书卷 144 记载："开元七年五月朔日有食之，帝素服以候变，令礼部侍郎王口、太常少卿李暠分往华岳、河渎祈求。"同书卷 144 又载："开元十四年六月丁未，以久旱，分命六卿祭山川，张九龄祭南岳及南海，黄门侍郎李暠祭北岳。"P.2555《闻城哭声有作》诗："昔别长男居异域，今殇小子瘗泉台。"据诗中自叙，长男去世的时候，他也曾出使异域。又据 P.2555 组诗，开元二十二年冬，他奉命出使突骑施，途中被吐蕃扣押，羁留长达三个年头，从开元二十二年冬到开元二十四年秋。

第四，组诗中折射出作者落蕃，却依然保持崇高品节。陷蕃诗《晚秋羁情》："不忧懦节向戎夷"，表明作者不向戎夷低头的从容、自信。他在写给友人的书信中说："缧绁戎庭恨有余，不知君意复何如？一介耻无苏子节，数回羞寄李陵书。"（《阙题六首》其二）以自身品节愧不如苏武、李陵作对比，饱含作者的自谦之意。又《诸公破落官蕃中之作》："可能忠孝节，长遣困西戎。"以忠孝品节，勉励落蕃"诸公"。仅从诗题"官蕃中"来看，作者一行落蕃之后，可能被吐蕃强行授予官职。但"诸公"受作者品节的感染，也始终坚守节操，不为吐蕃的威逼利诱所屈服。《赠邓郎将四弟》："怜君节操曾无易，只是青山一树松。"《俯吐蕃禁门观田判官赠向将军真言口号》："看心且爱直如弦。"作者写诗颂扬邓郎将四弟、向将军等人的忠贞品节。

唐玄宗时期，李暠品节极高，以威重、贞正著称。《旧唐书·李暠传》："李暠风仪秀整，所历皆以威重见称，朝廷称其有宰相之望。累封武都县伯，俄为太子少傅。"从"所历皆以威重见称"来看，李暠久经考验，多次出使戎乡，不辱使命，甚至在身陷吐蕃的囹圄之中，仍以名节自重因而获得时人的赞誉与尊重。所谓"时危见臣节"，倘若没有经历陷蕃的困辱之境，很难想象时人会有如此溢美的评价。他在写给友人的书信中说："一介耻无苏子节，数回羞寄李陵书。"（《阙题六首》其二）将他的品节，与苏武相媲美，正是时人的褒誉。又，从下文"累封武都县伯"来看，倘若李暠没有功勋，单凭吏部尚书的勤勤恳恳，是很难被封为县伯的。又，相较于开元二十一年出使吐蕃，皇帝"以暠奉使称职，转吏部尚书"，李暠此次出色地完成了出使任务，也仅将他从工部尚书擢升为吏部尚书，没有封爵。李暠任吏部尚书的官绩，史书没有明载。而其后之所以被封为县伯的原因，应正是前一句所言"所历皆以威重见称，朝廷称其有宰相之望"，即在落蕃的三年中，李暠以贞正的品节赢得了时人的尊敬。故李暠回国后，即受封县伯，这是朝廷对他品节的嘉奖。

由于李暠身陷吐蕃，忠贞不屈，事迹广为传颂，所以在坊间也便衍生了他的贞正惊惧鬼神的传奇故事。《太平广记》卷329记载：

> 唐兵部尚书李暠，时之正人也。开元初，有妇人诣暠，容貌风流，言语学识，为时第一。暠不敢受。会太常卿姜皎至，暠以妇人与之。皎大会公卿，妇人自云善相。见张说曰："宰臣之相。"遂相诸公卿，言无不中。谓皎曰："君虽有相，然不得寿终。"酒阑，皎狎之于别室。媚言遍至，将及其私。公卿迭往窥睹，时暠在座。最后往视，妇人于是呦然有声。皎惊堕地，取火照之，见床下有白骨。当时议者以暠贞正，故鬼神惧焉。

考诸唐史，李暠出任过工部尚书、吏部尚书，而没有出任过兵部尚书，之所以会传讹为兵部尚书，也是因为他的胆气。唐、蕃连年交兵，李暠身陷吐蕃，"不忧懦节向戎夷"，拥有这样的胆气，坊间自然将他的吏部尚书一职传讹为兵部尚书了。《太平广记》所载，虽然为街谈巷议的无稽之谈，但并非完全空穴来风，至少它是建构在时人对李暠贞正品节的公认、热议基础之上的。正因如此，人们才虚构了上述李暠以贞正惊惧鬼神的荒诞传奇。这些传奇的出现，生动再现了人们对李暠"正人"品节的认知。

第三节　《为肃州刺史刘臣璧答南蕃书》疏证
——兼论唐代中期的唐、蕃关系及书信创作时间

　　《为肃州刺史刘臣璧答南蕃书》抄于敦煌遗书 P. 2555、P. 5037 两卷。P. 2555 原卷的装帧形式为卷轴装，是一份非常重要的文书，集中抄录了唐代不少的文学作品。自王重民先生以来，历来为敦煌学者所关注。柴剑虹《研究唐代文学的珍贵资料：敦煌 P. 2555 号唐人写卷分析》一文，对该卷有详细的研究，将之分为 6 个部分，总计 38 项，抄录诗 189 首，赋 1 首，文 2 篇（除本篇外，还有《孔璋代李邕死表》）。[1] 该篇作品在本卷正面的最后一篇，即为王重民先生所说："吐蕃侵略敦煌时代文件"[2]，亦极为重要。原件首题，诸家从之。原件首尾完整，共 42 行，行约 25 字。P. 5037 原卷的装帧形式亦为卷轴装。单面抄写，亦均抄录一些重要的文学作品，如《秦将赋》、《白鹰表》、《驾行温汤赋》等。该篇作品为该卷最末一篇，仅残存四行，除标题外，正文仅有一行完整，其余两行残缺。

　　根据法国学者戴密微先生《吐蕃僧诤记》和邓小南先生《〈为肃州刺史刘臣璧答南蕃书（伯二五五五）〉校释》等文的研究，此篇书

---

　　① 柴剑虹：《研究唐代文学的珍贵资料：敦煌 P. 2555 号唐人写卷分析》，《1983 年全国敦煌学术讨论会文集·文史遗书编（下）》，甘肃人民出版社 1987 年版，第 79—98 页。

　　② 商务印书馆编，王重民撰：《敦煌遗书总目索引·伯希和劫经录》，中华书局 1983 年版，第 267 页。

信当作于宝应元年（762）春正月。①

　　本篇作品具有极高的历史与文学价值，是反映唐代安史之乱前后唐朝中央政权与吐蕃之间交往的珍贵文献资料。陈国灿、柴剑虹先生指出："此件反映了玄宗、肃宗朝唐蕃交往及河西紧张形势，可补史缺。此件列举事实，分析形势，晓之以理，动之以情，堪称雄辩。其文吸收骈文长处，又注意句式变化，节奏鲜明，韵律感强，张弛结合，动人心弦。"②

　　本篇文书，最早由法国学者戴密微在《吐蕃僧诤记》作以校录。邓小南先生《〈为肃州刺史刘臣璧答南蕃书（伯二五五五）〉校释》一文在此基础上又作了非常详尽的校释（以下简称邓校）③，为借助于本篇文书进而了解当时的唐朝中央政权与吐蕃的关系提供了较多方便。但由于受到当时条件的限制，在一定程度上影响了校录的质量。今以《法藏》影印图版为依据，同时参校 P.5037，吸收邓先生等成果，作以一定的补校，使之更加完善。同时，以疏证的方式，力图揭示这件文书所反映的中唐时期的唐、蕃政治格局及双边关系。

一　《为肃州刺史刘臣璧答南蕃书》疏证

为 肃 州 刺 史 刘 臣 璧 答 南 蕃 书　　窦 昊④

【疏证】本篇篇名，P.2555 作《为肃州刺史刘臣璧答南蕃书》，P.5037 作"肃州刺史答南番书"，相较之下，前者内容完备，后者盖

---

　　①　［法］戴密微：《吐蕃僧诤记》，耿昇译，甘肃人民出版社 1984 年版，第 401—422 页。

　　②　季羡林主编，陈国灿、柴剑虹撰写词条：《敦煌学大辞典》，"为肃州刺史刘臣璧答南蕃书"，第 369 页。

　　③　邓小南：《〈为肃州刺史刘臣璧答南蕃书（伯二五五五）〉校释》，载北京大学中古史研究中心编《敦煌吐鲁番文献研究论集》，中华书局 1982 年版，第 596—614 页。

　　④　为阅读方便，原卷文本用粗体排印，笔者疏证内容以楷体列于后。

为略称，学界多从前者。

肃州，唐武德二年置。《旧唐书·地理志》"肃州"条："武德二年，分隋张掖郡置肃州。八年，置都督府，督肃、瓜、沙三州。贞观元年，罢都督府。贞观中，废玉门县。天宝元年，改为酒泉郡。乾元元年，复为肃州。"又据《元和郡县志》卷40记载，肃州为古西戎地，"六国时月氏居焉，后为匈奴所逐"，"匈奴得其地，使休屠、昆邪王分守之"；汉武帝元狩二年，"昆邪王杀休屠王，并将其众来降，以其地为武威、酒泉郡，以隔绝胡与羌通之路"；十六国时，"初属张轨"，"后凉吕光复据有其地"；西凉李暠从敦煌迁都于此，"后沮渠蒙逊复据有其地"；后魏太武帝平沮渠氏，以酒泉为军，属敦煌镇；魏明帝改镇立瓜州，复置酒泉郡；隋开皇三年，罢郡立酒泉镇；仁寿二年，"以境宇辽远，分甘州置肃州"，隋末陷于寇贼；武德元年，河右底定，复于酒泉县置肃州；大历元年，陷于吐蕃。据此，肃州自古为兵家必争之地。在大唐与突厥、吐蕃的对外关系中，肃州的地位殊为重要。肃州于大历元年（766）被吐蕃攻陷。这封书信，作于肃州沦陷前夕。

刘臣璧，史籍弗载，事迹不详。璧，有学者校录为"璧"。按，"璧"为美玉、玉器名，亦常用于人名，因此，作"璧"似乎更符合古人姓氏取名的文化习惯。

窦昊，中宗、睿宗时宰相窦怀贞的族孙，官至宁远将军（《新唐书·宰相世系表》）。窦怀贞依附太平公主，于唐玄宗开元元年（713）谋反失败，畏罪自杀，被改为毒姓。窦昊或为旁支，躲过牵连。

窦昊，或作窦皓。皓、昊通用。《荀子·赋》："皓天不复，忧无疆也。"唐代杨倞注："皓与昊同。昊天，元气，昊，大也。"据伏俊琏先生研究，P.5037抄有一首阙题的七言残诗，署名"窦皓"，疑即窦昊。诗云："忽然喷（愤）来［懒］［诉］说，拂衣独步边城月。平生不识犹见恩，昔日相知却胡越。丈夫只今正迍坎，掷地金声谁听

揽。朱紫荣华天道期，焉能世上双肝胆。君不见，感峻黄鹰初［翔
翰］，能得几日凌青云。一朝力尽休禽兔，羽落毛摧［四］海分。男
儿莫学轻风尘，风尘未必长沉沦。穰侯莫［嫉］［坐］中客。张禄无
心夺［赢］秦。"① 倘若这首诗为同一人所作，那么就可以告诉我们这
篇书信的创作背景。窦昊或因事被贬谪肃州，昔日好友都远离他而去，
而这位素不相识的肃州刺史刘臣璧，却对他恩礼有加，由此引发作者
的无限感慨。那么，他的《为肃州刺史刘臣璧答南蕃书》，完全是出
于对刘臣璧的一片感恩戴德之心了，洵为"士为知己者死"，作者纵
逞才情，因此成为流行于当时的脍炙人口的佳作。从现存的这两件残
卷，可以想见当时流行传抄的大致情形。又，S.6111《敦煌县为申考
典、索大禄纳图钱及经等具状上事》中有"司户参军窦昊"，倘若结
合上文，则窦昊可能出任肃州司户参军，即被贬谪肃州所任职。

　　和使论悉蔺琮至，远垂翰墨，兼惠银盘，睹物思贤，愧珮
非兮。

"和使论悉蔺琮"，P.5037 作"和使论悉诺蔺宗"，即"琮"一作
"宗"。邓校云："其对音可能是 blon-stag-rin-zung。""和使"，即和谈
使者，大唐与吐蕃之间，时战时和。从开篇"和使论悉蔺琮至，远垂
翰墨"可知，这封书信是对吐蕃遣使者赍书的回复。

"愧珮非兮"，非，或疑为"万"字。按，"非"似为"翡″字之
省形。愧，疑为"怀（懷）"字形讹。"珮翡"承"银盘"而来，
"怀"与"睹"相对；"睹物思贤，怀珮翡兮"，古人以翡玉比德贤君
子。从下文"臣璧尽忠之外，余何足言"等内容来看，吐蕃来信，似
乎是劝降书。作者在此以翡玉比有德君子，表明自己"宁为玉碎不为
瓦全"誓不归降的忠贞。

_____

① 参考伏俊琏《敦煌文学总论》，甘肃教育出版社 2013 年版，第 43 页。

　　[迩来] 首春尚寒，惟上赞摩射娑苓动纳清胜。臣璧尽忠之外，余何足言？

　　"迩来"，从邓校。原卷二字残脱，仅剩"尔"边。"首春"，即农历正月。"清胜"，为对人问候的敬辞。或校录作"清腾""清朦"，皆不确。外，P. 2555 残脱，兹据 P. 5037 补。

　　"上赞摩"，邓校吸收戴密微先生说法，认为应该是"尚赞摩（磨）"，古代"上"、"尚"通用。"尚赞摩"，唐代肃宗、代宗时期吐蕃重要将领，或为吐蕃酋长（《资治通鉴释文》卷23）。《资治通鉴》记载："大历三年，八月丁卯吐蕃尚赞摩二万众寇邠州，京师戒严，邠宁节度使马璘击破之。"（卷224）又《册府元龟》记载："大历三年八月，吐蕃大将尚赞摩寇牢州，（马）璘破二万余众，擒其俘以献之。"（卷434）两书记载应是同一事情，只是尚赞摩寇犯地不同。又清代沈炳震《唐书合钞》云："先是尚悉结自宝应后数入边，以功高请老，而赞摩代之，为东面节度使，专河陇。"（卷256）这篇书信的创作背景，即在尚赞摩"专河陇"之时。下文"今上赞摩为蕃王重臣，兼东道数节"，正与此相呼应。

　　又，据李正宇先生研究：尚，为吐蕃相位之号；赞摩，人名，为吐蕃没卢氏贵族。其子尚绮心儿，曾攻降沙州，为吐蕃首任沙州刺史。射娑苓，藏学家疑当作"射婆苓"，吐蕃语 zhabsvog 之对音，义犹汉语"足下"。①

　　昔我开元圣文神武太上皇帝登极之际，与先赞普神运契和，豁辟天开，开荡宇宙，扫四海寰廓，并两国一心。

　　唐玄宗一生尊号甚多，据宋代王明清《挥麈后录》："玄宗先天二

---

① 李正宇：《敦煌学导论》，甘肃人民出版社2008年版，第306页。

年十二月尊号开元神武皇帝，二十七年二月开元圣文神武皇帝，天宝元年二月开元天宝圣文神武皇帝，七载五月开元天宝圣文神武应道皇帝，十三载二月上开元天地大宝圣文神武证道孝德皇帝；至德元载七月传位后，肃宗上上皇天帝，三载正月上太上至道圣皇天帝，乾元元年正月改太上圣皇天帝。"此处独称开元二十七年"开元圣文神武"尊号，似乎具有对开元盛世时对吐蕃用兵多处于优势的怀念和向往。开元期间，吐蕃与突骑施勾结，多有侵犯，如上节所讨论的开元十五年到开元十八年间、开元二十二年到开元二十四年间等等。到开元二十七年，大唐彻底击败吐蕃盟友突骑施，取得决定性胜利。《旧唐书·玄宗本纪》记载："开元二十七年秋七月辛丑，荧惑犯南斗。北庭都护盖嘉运以轻骑袭破突骑施于碎叶城，杀苏禄，威震西陲。是岁，盖嘉运大破突骑施之众，擒其王吐火仙，送于京师。"纵观开元时期，对吐蕃用兵，恩威并施，以和平安定为主要方针（详见上一节多篇张九龄《敕吐蕃赞普书》），处置恰当，有效地阻止了吐蕃地内侵。

　　可惜好景不长，在开元二十八年，为唐、蕃和平而努力的金城公主薨逝①。随后形势愈下，开元二十九年十二月，"吐蕃又袭石堡城，节度使盖嘉运不能守，玄宗愤之"；天宝初，"令皇甫惟明、王忠嗣为陇右节度，皆不能克"；天宝七载，"以哥舒翰为陇右节度使，攻而拔之"；天宝十四载，安史之乱爆发，"以河、陇兵募令哥舒翰为将，屯潼关"；乾元之后，吐蕃趁机大举内侵，短短数年之间，"凤翔之西，邠州之北，尽蕃戎之境，淹没者数十州"。作者这封回信，正写于这一时期。作者重提唐玄宗开元二十七年"开元圣文神武"尊号，意味深长。一则希冀借助开元盛世的荣光，让吐蕃气焰有所收敛；二则借此动之以情，以唐、蕃先世的交好晓谕尚赞摩。

　　　　公主下降于紫霄之中，远适于黄河之外；镌铭列工，誓不相

---

　　① 金城公主的去世时间，《旧唐书·玄宗本纪》为开元二十八年，而同书《吐蕃传》为开元二十九年春。

侵。尽日照为天疆，穷沧溟为地界。是知舅生义国，天然有之。
乾坤道［外］合，星象所感；缅览明信，碑契犹存。五十年间，
其则何远！

"舅生"，或校改作"舅甥"。按，"生"通"甥"，不烦改。下文
"外生"同，"外生"，即"外甥"。"乾坤道外合"，根据文义，"外"
当为衍字。"下降"，指公主出嫁。唐代公主下嫁吐蕃，在这封书信之
前，共有两次，一是贞观十五年（641）文成公主入蕃，一是景龙四
年（710）金城公主入蕃。从下文"五十年间，其则何远"等内容来
看，此处似指金城公主下嫁吐蕃。据《旧唐书》记载，金城公主于景
龙四年（710）春入蕃。

吐蕃风俗"人信巫觋"，好盟誓，其赞普与臣下一年一小盟，三年
一大盟（《旧唐书·吐蕃传》）。唐、蕃边界，多立盟约，誓不相侵。
据《册府元龟》记载，在金城公主入蕃前，唐、蕃在神龙二年
（706）、景龙二年（708）等先后定有边界盟约。《册府元龟》记载，
开元二年（714）五月，吐蕃宰相坌达延献书于宰臣曰："两国地界事
资蚤定，界定之后，然后立盟书。"唐玄宗敕解琬"赍神龙二年吐蕃
誓文，与达延定界"。又，《册府元龟》记载，开元六年十一月吐蕃遣
使奉表称："孝和帝在日，其国界并是逐便断当讫，彼此亦已盟誓。汉
宰相等官入誓者：仆射豆卢钦望、魏元忠，中书令李峤，侍中纪处讷、
萧至忠，侍郎李回秀，尚书宗楚客、韦安石、杨矩等一十人，吐蕃宰
相等亦同盟誓。讫，遂迎公主入蕃。"据此，在金城公主入蕃之前，
唐、蕃再次盟誓。又，德宗建中二年十二月，唐、蕃和谈，赞普"先
命取国信敕书"，对唐使说："我大蕃与唐舅甥国耳，何得以臣礼见
处。又所欲定界云州之西，请以贺兰山为界，其盟约请依景龙二年敕
书云。"（《册府元龟》卷981）据此可知，景龙二年的盟约，可能是
以贺兰山为界的。但这些盟约，伴随两国政治形势的风云变幻，双方
都没有很好地信守这些约定。从景龙四年（710）金城公主入蕃，到

这封书信的撰写之时（762），倏忽 50 年了。纵观 50 年来的唐、蕃关系，虽然摩擦不断，总体还是友好和睦相处的。作者借此对尚赞摩发出和平的呼吁，希望吐蕃能够信守这 50 年来的盟约，保持唐、蕃的世代交好。

> 去开元十有五载，悉诺逻不恭王［命］，违天背盟，暴振干戈，横行大漠，陷瓜州黎庶，聚土积薪；灌玉门军城，决山喷浪。自以为军戎大壮，扰攘边陲，为害滋深，已六七年矣。

"不恭王"，兹从李正宇之说，作"不恭王命"，疑脱"命"字。壮，或校作"牡"，不确。"扰攘"，原卷"扌"旁皆作"木"旁，写本"扌"、"木"易混不分。"已"通"亦"。

《旧唐书·吐蕃传》记载，开元十五年正月，凉州都督王君㚟"率兵破吐蕃于青海之西，虏其辎重及羊马而还"，"先是，吐蕃大将悉诺逻率众入攻大斗谷，又移攻甘州，焚烧市里。君㚟畏其锋，不敢出战。会大雪，贼冻死者甚众，遂取积石军西路而还。君㚟先令人潜入贼境，于其归路烧草。悉诺逻军还至大非山，将士息甲牧马，而野草皆尽，马死过半。君㚟与秦州都督张景顺等率众袭其后，入至青海之西，时海水冰合，将士并乘冰而渡。会悉诺逻已渡大非川，辎重及疲兵尚在青海之侧，君㚟纵兵俘之而还"。同年九月，"吐蕃大将悉诺逻恭禄及烛龙莽布支攻陷瓜州城，执刺史田元献及王君㚟之父寿，尽取城中军资及仓粮，仍毁其城而去"，"又进攻玉门军及常乐县，县令贾师顺婴城固守，凡八十日，贼遂引退"。此次唐、蕃战争，由悉诺逻事先挑起，凉州都督王君㚟反击，却遭悉诺逻恭禄报复，重创瓜州城。因此书信指责悉诺逻"违天背盟，暴振干戈"，破坏盟约，挑起事端。

据王忠《新唐书吐蕃传笺证》，悉诺逻、悉诺逻恭禄，并不是同一人。悉诺逻，即额·芒相达乍，公元 725—727 年任吐蕃大相，藏文全名为 rngegs mang zham stag tshab；悉诺逻恭禄，即韦达札恭逯，公元

727 年任吐蕃大相，藏文全名为 dbas stag sgra khong lod（参见王忠《新唐书吐蕃传笺证》）。

战争爆发后，大唐委派兵部尚书萧嵩兼判凉州事，坐镇凉州，"总兵以御吐蕃"。当时悉诺逻恭禄"威名甚振"，萧嵩采用反间计，诬悉诺逻恭禄暗通大唐，被吐蕃赞普诛杀。但这次战争持续了六七年，最终大唐获得阶段性胜利。开元二十一年，遵金城公主旨意，两国于九月一日在赤岭树碑立盟（《旧唐书·李暠传》），开元二十二年，大唐遣将军李佺于赤岭分界立碑（《册府元龟》卷981），双方晓谕边关各州县"两国和好，无相侵掠"。在书信中，作者借机重提往事，意在让吐蕃以史为鉴，不要贸然挑衅；同时以悉诺逻恭禄被诛的遭遇，提醒尚赞摩不要重蹈覆辙。

> 及哥舒翰出将，天寄权旌，拥关西之师，稜威奋伐，夺龙驹岛，入苑秀川，开地数千，筑城五所。谋力云合，指麾从风，使蕃不聊生，亦八九年矣。向若无悉诺逻先侵，岂见哥舒翰后患？有同螳蜋捕蝉，不知黄雀在其后矣。

"哥舒翰"，原卷作"哥舒瀚"，盖同音讹误。"苑秀"，一作"菀秀"。哥舒翰筑神策、苑秀二军。白居易《白孔六帖》记载哥舒翰"筑神策、苑秀二军"。"螳蜋"，即"螳螂"。"螳蜋"为唐人习用。徐坚《初学记》卷三十引北齐颜之推《听鸣蝉》诗："螳蜋翳下偏难见，翡翠竿头绝易惊。"唐代元稹《有酒》诗之五："螳蜋虽怒谁尔惧？鹖旦虽啼谁尔怜？"捕，原卷"扌"作"礻"，俗写"扌"、"礻"易混不分。

按《旧唐书·吐蕃传》记载，开元二十九年春，金城公主薨逝，唐、蕃关系再度恶化。同年六月，吐蕃军四十万攻承风堡；十二月，吐蕃又袭石堡城，"节度使盖嘉运不能守，玄宗愤之"。天宝初年，"令皇甫惟明、王忠嗣为陇右节度，皆不能克"；天宝七载，"以哥舒翰为陇右节度使，攻而拔之，改石堡城为神武军"。

哥舒翰为突骑施首领哥舒部落后裔，年过四旬"发愤折节"，仗剑河西，参与征讨吐蕃，崭露头角。天宝六载，擢授右武卫员外将军，充陇西节度副使、都知关西兵马使、河源军使。哥舒翰崛起于新城，扬名于积石军，筑神威军于青海上，再筑城于青海中龙驹岛（有白龙见，遂名为应龙城），建神策、苑秀二军；又攻下石堡城，改为神武军。所以书信称誉他"开地数千，筑城五所"，战功赫赫，威震吐蕃，"吐蕃屏迹不敢近青海"。直到天宝十四载，安史之乱爆发。从天宝六载到十四载的这八九年中，吐蕃对大唐主要处于守势，所以称"蕃不聊生"。

　　盖知祸福相掩，盛衰更朦，废兴有时也，得失常道也。且天者，父也；地者，母也。父母之开而生万类。若损一物，天地为之伤和。好同干戈，爱其煞（杀）戮。违天之慈，得无祸乎？违地之义，得无害乎？使两国反覆，兵戈相诛，莫不由此。良可悲也！

"此"，或校作"比"，不确。中国历来倡导和平，在这封书信中，作者从天地仁和的角度出发，呼吁吐蕃摒弃干戈、杀戮，唐、蕃之间，和平共处。通过前文，作者总结出多年来的唐、蕃边界冲突，谁都没有成为赢家。书信中这些和平的呼吁，在中国古代诗文中弥足珍贵。作者所云"祸福相掩，盛衰更朦，废兴有时，得失常道"，俨然一位精通老庄思想精髓的得道者。这既是李唐时代道家风气的反映，也是作者晓谕吐蕃恪守盟约所做的努力。

　　臣璧不手（才），城无远识，愿奉安两疆之长计，论不侵之远谋，希少览也。且吐蕃东有青海之隅，西据黄河之险。南有铁领（岭）之固，北有雪山之窄（牢）。逻娑之外，极乎昆仑。昆仑之傍，通乎百越。承运海物，舟帆蔽空。平陆牛马，万川群［鳞］，国富兵众，土广而境远；自然方圆，数万里之国，足可以为育养，何要攻城而求小利，贪地而损人？此天道之所不容，神明之所必罚。

"才"，原卷作"手"，当为"才"字之误。按，"扌"、"才"易混难分。"城"同"诚"。"远"，或校作"还"，不确。"牢"同"字"。敦煌写本俗写"穴"旁、"宀"旁，易混不分。"承"，或校作"永"，不确。"蔽"，原卷该字下端为"弊"。"群"字前后，疑有脱文，李正宇补"畜"字，校作"万川畜群"。按，上句言陆地牛马成群，下句"万川"当言江河湖泽，江河湖泽盛产鱼类，故此处疑脱"鳞"字，该句似作"万川群鳞"。这样，"平陆"、"万川"两句承前四句："昆仑之傍，通乎百越。承运海物，舟帆蔽空"，其中"昆仑之傍，通乎百越"对应着"平陆牛马"，"承运海物，舟帆蔽空"对应着"万川群鳞"。上下合看，极言吐蕃本土的物产丰富，因此不宜远求小利，"贪地而损人"。此天道之所不容，"此"或校作"比"，不确。

此处谈及吐蕃的疆域："东有青海之隅，西据黄河之险，南有铁岭之固，北有雪山之字"。西据黄河之险，这里泛指黄河源头青藏高原；铁岭，在吐蕃南部，具体位置不详。唐代高适《九曲词》："铁骑横行铁岭头，西看逻逤取封侯。青海只今将饮马，黄河不用更防秋。"将唐、蕃边界地点镶嵌入诗，可与此书信相互参证。

九曲之地，是唐、蕃失和、吐蕃连年侵扰的重要导火索。《旧唐书·吐蕃传》记载，唐睿宗即位后，唐、蕃互相攻掠，"吐蕃内虽怨怒，外敦和好"，吐蕃遣使厚赂鄯州都督杨矩，"因请河西九曲之地以为金城公主汤沐之所"，吐蕃得到九曲后，以此为根基，开始侵略唐境，史称"吐蕃既得九曲，其地肥良，堪顿兵畜牧，又与唐境接近，自是复叛，始率兵入寇"。开元二年秋，吐蕃大举进犯，"闺达焉、乞力徐等率众十余万寇临洮军，又进寇兰、渭等州，掠监牧羊马而去"，唐玄宗遣王晙等"率兵邀击"，"大破吐蕃之众，杀数万人，尽收复所掠羊马"，"相枕藉而死，洮水为之不流"，吐蕃遣其大臣"至洮河祭其死亡之士，仍款塞请和"，遭到拒绝，"自是连年犯边"，唐、蕃边界不宁。

书信在此呼吁唐、蕃和平相处，并指责吐蕃已经幅员辽阔、方圆数万里，国富兵强，没有必要依靠掠夺、攻城牟取小利，并指出这样的侵略行径，为天道所不容，必遭神明的惩罚。作者在晓之以理、动之以情之后，又晓谕以天道报应，可谓用心良苦。

> 今上赞摩为蕃王重臣，兼东道数节，何不谏王以治国之道，安社稷之计，罢甲兵于两疆，种柰于原野，止汉家之怨愤，通舅生之义国。此万世之计也，不独一时而用之。若顺君以安私，谄媚而求位，此殊国之臣也，忠良之所不为。顾安禄山背恩，史思明构乱，结党辽水，扇动幽燕，敢以狂兵，拒扞河洛。外兰未能以助兵静乱，反更侵鱼，袭人之危，深不义也。

柰，原卷该字上端为"禾"。或校作"黍〔稷〕"，校"柰"为"黍"，并补缺字"稷"。按，此处若为五字句，意思也通，上文有"安社稷之计"，亦为五字句。柰，本为西域之物，后引种于中原地区。"柰"是西域与中原和谐共生、文化交流的象征。所以，作者说"罢甲兵于两疆，种柰于原野"，即以"柰"为和平象征之物。"殊"，或校作"诛"，不确。此处"殊"是表示否定的意思。

"顾"，或录作"倾"，校为"顷"，并与"安禄山背恩"连属成文，不确。按，此处"安禄山背恩"，与前文不构成时间连属关系，因此作"顷"，意义没有着落。而"顾"，表示回首、回顾，因为写这封信时安史之乱已经爆发，吐蕃趁机内侵，本文"顾"之后所谴责的内容，正对应着此前发生的唐、蕃边关战事。"结"，或校作"浩"，不确。"扇"，或校作"煽"。按，"扇"有"煽动、煽惑"义，不烦校改。"拒扞",邓校作"柜杆",不确。"拒扞",抵抗、抗拒。"静乱"同"靖乱"。平定变乱。"鱼"同"渔",侵渔,侵夺、从中侵吞牟利,这里指吐蕃内侵。"外生",即外甥,这里指吐蕃。如上文所言,吐蕃趁唐朝安史之乱,趁机大举进犯,数年之间,"凤翔之西,邠州之北,尽蕃戎之境,淹没者数十州"。作者斥责吐蕃身为外甥,却做出如此不义之举,同时规劝尚赞摩作为蕃王重臣,应该积极谋求两国安稳之道,而不是趁火打劫。

法国学者戴密微先生认为,尚赞摩从公元768年起就被敕封为吐蕃"东道节度使",专门治理河西和陇右,即中国西北的广大地区,敦煌就位于那里。① 戴先生将尚赞摩出任吐蕃"东道节度使"确定于公元768年,时稍晚。这与戴先生将这封书信的撰写时间确定为宝应元年(762),也形成了一种相互矛盾。因为在这封书信中,作者明确说:"今上赞摩为蕃王重臣,兼东道数节",可见尚赞摩出任吐蕃"东道节度使",必然在这封书信撰写之前。戴先生的推算,大致是根据《新唐书·吐蕃传》记载:"先是尚悉结自宝应后数入边,以功高请老,而赞摩代之,为东面节度使,专河陇。"(卷216)按《新唐书》记载,尚悉结在宝应元年(762)后数入边,之后尚赞摩才取代尚悉结"为东面节度使,专河陇"。实际上,《新唐书》这一记载,与刘臣璧这封书信的描述,是不相一致的。从真实性来说,无疑是这封书信可信度更高。倘若将这封书信的撰写时间,确定为宝应元年(762),那么尚赞摩出任吐蕃"东道节度使"必然在宝应元年(762)之前,而且时间似乎更早,在这封书信撰写时的三年以前,即乾元二年(759),尚赞摩可能已经出任吐蕃"东道节度使"。因为书信的下文说:"三年已前七月十五日,劳赞摩大军,远辱弊邑,渡金河单酌,论两国甲兵,倾东门淡杯,叙舅生义好。"书信指出:早年三年前,赞摩大军赴肃州,唐、蕃和谈,气氛颇好,这可能即尚赞摩出任吐蕃"东

---

① [法]戴密微:《吐蕃僧诤记》,耿昇译,甘肃人民出版社1984年版,第397—398页。

道节度使"伊始。

　　我乾坤大圣光〔天〕文武孝感皇帝麟跃凤翔，龙飞河朔，披
日月而升九天，挂星辰而朝万国。帝于是控扶桑弓，杖倚天刭，
龙腾于九五，师出以六军。拥扶风锐兵，驱大宛骁众。雷鼓一震，
逆党殄除；乾坤雾收，河洛云卷。百蛮稽颡而来贡，九夷匍匐而
称臣。休士马于函关，倒干戈于长府。率士歌尧舜之年，海内乐
成康之代。既为舅生，闻计忻欢，限以两疆，难由而叹。

　　"乾坤大圣光文武孝感皇帝"，"乾坤"为"乾元"之误，原卷抄
手误书；"光"字之后脱"天"字。《唐会要》记载："至德三年正月
五日，上尊号光天文武大圣孝感皇帝。乾元元年正月，加尊号乾元
天孝感皇帝。二年正月一日，加尊号乾元大圣光天文武孝感皇帝。"
（卷1）此处用唐肃宗乾元二年尊号。
　　"麟跃凤翔，龙飞河朔"，指唐肃宗指挥凤翔、河朔兵马扭转乾坤。
据《旧唐书·肃宗本纪》记载，安史乱后，"陈仓令薛景仙率众收扶
风郡守之"，这成为唐肃宗收复长安的主要依托。随后，肃宗灵武即
位，"改元曰至德。诏改扶风为凤翔郡"；至德二载春二月，"幸凤翔
郡。上议大举收复两京，尽括公私马以助军"；同年九月东向讨贼，收
复长安；十二月，"改蜀郡为南京，凤翔府为西京，西京改为中京，凤
翔府官僚并同三京名号"。河朔，在古代一般泛指黄河以北地区，但在
这封书信中，特指河西、朔方。《旧唐书·肃宗本纪》有"上治兵河
西"，"朕所以治兵朔方"等记载。
　　"挂"，或校录作"桂"，不确。上句"披日月"，下句"挂星
辰"，对仗工整。　"控"，或径录作"控"。按原卷，实为"鞚"。
"鞚"，或为"控"俗字，因与弓弩筋革相关，故从"革"旁。"扶桑
弓"、"倚天剑"，为弓、剑嘉名。"杖"，或校录作"仗"，不确。拥，
或校作"权"，不确。

"函关"，或校作"函开"，不确。函关，即函谷关。《尚书·武成》："偃武修文，归马于华山之阳，放牛于桃林之野，示天下弗服。"桃林、函谷关均在今灵宝境内。

"长府"，或录作"太府"，不确。长府，藏财货武器的府库。《论语·先进》："鲁人为长府。"何晏《论语集解》引郑玄曰："长府，藏名也，藏财货曰府。"刘宝楠《论语正义》："（鲁之长府）为兵器货贿所藏。"

"闻计"，或校作"计闻"，不确。原卷"计"字之下，有乙正符号，当作"闻计"。

在书信中，作者对唐肃宗收复两京予以崇高礼赞。书信措辞讲究，对仗精工，文采华美，堪为上乘之作。这既流露出作者对肃宗收复两京失地的振奋，也是礼赞肃宗的时代颂歌的一种反映。同时期的这类作品较多，兹举两例，以见一斑。时为朝廷重臣的颜真卿《有唐天下放生池碑铭并序》云：

> 皇唐七叶，我乾元大圣光天文武孝感皇帝陛下，以至圣之姿，属艰虞之运。无少康一旅之众，当禄山强暴之初。乾巩劳谦，励精为理。推诚而万方胥悦，克己而天下归仁。恩信侔于四时，英威达于八表。功庸格天地，孝感通神明。故得回纥、奚书、契丹、大食、盾蛮之属，扶服万里，决命而争先；朔方、河东、平卢、河西、陇右、安西、黔中、岭南、河南之师，鸠阚五年，椎锋而效死。摧元恶如拉朽，举两京若拾遗。庆绪遁逃，已蒙赤族之戮；思明跧伏，行就沸鼎之诛。拯已坠之皇纲，据再安之宗社。①

又颜真卿《乞御书天下放生池碑额表》："缘前书点画稍细，恐不堪经久，臣今谨据石擘窠大书一本，随表奉进。"② 顾炎武《金石文字

---

① （唐）颜真卿：《颜鲁公集》卷4，上海古籍出版社1992年影印本，第17页。
② （唐）颜真卿：《颜鲁公集》卷3，上海古籍出版社1992年影印本，第17页。

记》："《乞御书题天下放生池碑额表并御书批答》，颜真卿正书，上元元年七月。"（卷4）据此，《有唐天下放生池碑铭并序》当在上元元年（760）七月之前。

时为罪人之身的李白，在《天长节使鄂州刺史韦公德政碑》称颂说：

> 光天文武孝感皇帝，越在明两，总戎扶风。正帝车于北斗，拯横流于鲸口；回日辔于西山，拂蒙尘于帝颜。呼吸而收两京，烜赫而安六合。历列辟而罕匹，顾将来而无俦。太阳重轮，合耀并出。宇宙翕变，草木增荣。一麾而静妖氛，成功不处；王让而传剑玺，德冠乐推。中京重睹于汉仪，列郡还闻于舜乐。①

唐肃宗至德二年十二月，唐玄宗返长安，朝廷"赐酺五日"，当时李白已被判流放夜郎，不得参与这一庆祝活动，他因此作《流夜郎闻酺不预》诗。李白这一时期，曾两次途经鄂州。一次是至德三年（上元元年），他在流放夜郎途中，行至鄂州；另一次是乾元二年李白遇赦，返至鄂州。据《旧唐书·地理志》："鄂州，隋江夏郡，武德四年平萧铣改为鄂州。天宝元年改为江夏郡，乾元元年复为鄂州。"据文题"鄂州刺史"，作品当作于乾元二年八月五日。天长节，为唐玄宗寿诞日：八月五日。据安旗、薛天纬《李白年谱》，李白在乾元二年三月遇赦，喜出望外，立返江陵，初夏至江夏，有《赠江夏韦太守良宰》。②诗句"良牧称神明，深仁恤交道。""君登凤池去，勿弃贾生才。"诗中的江夏韦太守，即上文中的鄂州刺史韦公。王琦《李太白年谱》将诗、文系于同一年，他指出："鄂州刺史韦公，即江夏韦太

---

① （清）王琦注：《李太白集》卷29，中华书局1977年版，第1357页。

② 安旗、薛天纬：《李白年谱》，第108页。但对于这篇《天长节使鄂州刺史韦公德政碑》的创作时间失考，可系于乾元二年八月五日。

守良宰也。诗与文，俱一时之作。"① 诗句称誉韦太守，与上文礼赞唐肃宗，都折射出李白遇赦后的欢欣。颜真卿《有唐天下放生池碑铭并序》作于上元元年（760），李白上述诗文作于乾元二年（759），与窦昊书信，大致都为同一时期的作品。不过，李白文章中所用的仍然是至德三年封号。据《旧唐书·肃宗本纪》，至德三年正月五日，"上尊号光天文武大圣孝感皇帝"，"上以徽号中有大圣二字，上表固让不允"。据《旧唐书·肃宗本纪》，至德三年二月改元，唐肃宗尊号改为乾元光天孝感皇帝；乾元二年正月，受尊号曰乾元大圣光天文武孝感皇帝。李白文章称"光天文武孝感皇帝"，正是唐肃宗乾元二年正月后去掉"大圣"二字后的尊号。

　　同时，书信以"拥扶风锐兵，驱大宛骁众"，叙述当时收复两京的浩荡之势。扶风，即凤翔郡。大宛，这里泛指帮助大唐讨伐叛乱的西戎、北狄、南蛮。按《旧唐书·肃宗本纪》记载，安史乱后，百姓请从太子为国讨贼，收复长安，唐玄宗令高力士口宣说："汝好去！百姓属望，慎勿违之。莫以吾为意。且西戎北狄，吾尝厚之，今国步艰难，必得其用，汝其勉之！"肃宗收复两京，正赖此百姓及西戎北狄。至德二载二月，"幸凤翔郡"，"上议大举收复两京，尽括公私马以助军"；至德二载九月，派元帅广平王李豫（即唐代宗）"统朔方、安西、回纥、南蛮、大食之众二十万，东向讨贼"。又《资治通鉴》记载，唐肃宗至德二载正月，"上闻安西、北庭及拔汗那、大食诸国兵至凉、鄯"（卷219）。又《新唐书·肃宗本纪》："至德二载闰八月，广平王李豫为天下兵马元帅，以朔方、安西、回纥、南蛮、大食兵讨安庆绪。"据此可知，肃宗收复两京，依赖凤翔、朔方、安西、北庭之兵，以及回纥、南蛮、拔汗那、大食诸国的帮助。唐玄宗"西戎北狄，吾尝厚之，今国步艰难，必得其用，汝其勉之"的口令，为肃宗指明了方向，也反映出唐玄宗、肃宗时期与西戎、北狄、南蛮之间的外交关系。

① （清）王琦注：《李太白集》卷35，中华书局1977年版，第1609页。

按此前，至德元载八月，"回纥、吐蕃遣使继至，请和亲，愿助国
讨贼，皆宴赐遣之"；至德二载二月，"吐蕃遣使和亲，遣给事中南巨
川报命"。到至德二载九月，与回纥和亲，回纥"助国讨贼"，吐蕃未
"助军"，盖和亲受阻。《新唐书·吐蕃传》记载，吐蕃趁安史之乱，
"至德初年取巂州及威武等诸城，入屯石堡"，至德二年"使使来请讨
贼且修好，肃宗遣给事中南巨川报聘"，"然岁内侵，取廓、霸、岷等
州及河源、莫门军。使数来请和，帝虽审其谲，姑务纾患，乃诏宰相
郭子仪、萧华、裴遵庆等与盟"。据此可知，至德二载前后，西域回
纥、大食"助国讨贼"，吐蕃却一面遣使修好，一面频繁内侵。作者
据此揭露吐蕃打着和谈修好的幌子，施频繁内侵的奸计。作者委婉地
呼吁，唐、蕃既有舅、甥之谊，理应为大唐收复两京而欢欣，而不应
包藏祸心，趁火打劫。作者继揭穿和谈的假面具后，又续之以情，因
此下文即指出肃州不过弹丸之地，"素非士马偃憩之所"，希冀以此打
消尚赞摩侵夺肃州的念想。

　　且肃州小郡，山险路侠（狭），境少泉泽，周圆碛卤，地方不
过二百里，素非士马偃憩之所。三年已前七月十五日，劳赞摩大
军，远辱弊邑，渡金河单酌，论两国甲兵，倾东门淡杯，叙舅生
义好。一言道感，便沐回军，期不再来，果副明信，则知赞摩量
广而器深，节高而志大。怀其愧（馈）也，何尝忘之？

　　今我河西节度使吕公，天假奇才，神资武略，包推海量，含藏
是非；好勇而至仁，上智而宏达，拥旄四载，一变五凉。愍战
仕之劳，不忍征伐，护明主之国，谨守封疆。其爱人也如是，其
不贪也如此。须缘大定，恩布遐荒。今所和来，正合其日。愿为
铁石，永罢相侵。必也二三，其如天遣（谴）。限以封守，言会无
由。但增瞻云山，仰德难极。珍重珍重。谨勒将军潘旰白还答。
不具。

　　肃州刺史刘臣璧顿首。

"侠"通"狭",与"宽"、"广"相对。

"渡金河单酌","渡",或校作"泻",不确。《禹贡锥指》云:"自甘州西始涉碛,碛无水西,百五十里至肃州,渡金河,出玉门关,至瓜州、沙州。"①《甘肃通志》卷6"金河"条:"五代晋高居诲《使于阗记》云:'肃州渡金河西百里,又西百里出玉门关是也。'""单",或校作"觯",不确。按,"单"通"箪"。同类词还有如"单醪"。单醪,犹言樽酒;"单"通"箪"。古代有"箪醪投川"的典故。

"包",或校作"色",不确。"包推",犹言公认、公推。"包"有"囊括"义,"推"唐时已有"公认"义,唐段安节《乐府杂录·觱篥》:"有王麻奴者,善此伎,河北推为第一手。"

"战仕","仕"通"士",不烦校改。《孟子·公孙丑下》:"有仕于此,而子悦之,不告于王,而私与之吾子之禄爵。"焦循《孟子正义》:"《论衡·刺孟篇》述此文'仕'作'士'……'仕'与'士'古多通用。"

"谨勒将军潘旰白还答。不具。"校录者或句读为:"谨勒将军潘旰白。还答,不具。"将"还答"下属,误认为"白"为动词。按,此处"还答"应该上属,"白"为姓名之部分,"潘旰白",生平不详,时为肃州边将。"还答",答复。指书信的回信答复。如李陵《答苏武书》:"昔者不遗,远辱还答。慰诲勤勤,有踰骨肉。"韩愈《与鄂州柳中丞书又一首》:"是以前状辄述鄙诚,眷惠手翰还答,益增欣悚。"皆其例。正如书信中说:"限以封守,言会无由。"吐蕃尚赞摩与肃州刺史刘臣璧相会不便,互派使者往来。书信开篇:"和使论悉蔺琮至,远垂翰墨,兼惠银盘",尚赞摩派和使论悉蔺琮持书信往肃州,商讨和谈,故肃州刺史刘臣璧派将军潘旰白"还答"。书信结尾云:"今所和来,正合其日。愿为铁石,永罢相侵。必也二三,其如天遣

──────────

① （清）胡渭著,邹逸麟整理:《禹贡锥指》卷19,上海古籍出版社1996年版,第693页。

（谱）。"既是"还答"吐蕃和使，表达肃州刺史对和谈的诚意，同时也是对尚赞摩提出委婉的规劝与呼吁，即希望吐蕃能够真正信守承诺，"永罢相侵"。

二　从《为肃州刺史刘臣璧答南蕃书》看唐代中期的唐、蕃关系及书信创作时间

书信中还提及"三年已前七月十五日"议和，正如李正宇先生所说："乾元二年（759）七月十五日尚赞摩曾率军至酒泉，刘臣璧与之酌酒会商，讲和退兵。此事唐史失载，赖此乃知。"① 按，这次和谈，时值吕崇贲任河西节度使。书信说："今我河西节度使吕公，拥旌旄四载，一变五凉。"据吴廷燮先生考证，吕崇贲任河西节度使，为肃宗乾元二年（759）到代宗宝应元年（762）。② 按吴先生考证，在吕崇贲上任前，上两任河西节度使任职情况如下：

　　至德二载（757）杜鸿渐　《旧纪》：五月丁巳，以武部侍郎杜鸿渐为河西节度使。
　　乾元元年（758）杜鸿渐　《新传》：迁河西节度使。两京平，节度荆南。
　　乾元二年（759）杜鸿建
　　来瑱　《新传》：乾元二年，徙河西，未行，拜陕虢。
　　吕崇贲

按《旧唐书·肃宗本纪》，至德二载五月，"以武部侍郎杜鸿渐为河西节度"。又《新唐书·杜鸿渐传》："俄为武部侍郎，迁河西节度使。两京平，又节度荆南。乾元二年，襄州大将康楚元等反，刺史王政脱身走，楚元伪称南楚霸王，因袭荆州。鸿渐弃城遁，人皆南奔，

---

　　① 李正宇：《敦煌学导论》，甘肃人民出版社 2008 年版，第 308 页。
　　② 吴廷燮：《唐方镇年表》，中华书局 1980 年版，第 1224 页。

争舟溺死者甚众。"（卷 126）据此，乾元二年杜鸿渐已在"节度荆南"任上了。因此，杜鸿渐没有乾元二年仍任河西节度使的可能。又，按诸唐史，"两京平"，当在至德二载。按《旧唐书·代宗本纪》记载，唐代宗以元帅之职奉父命收复两京，"既收京城，即日长驱，东趋虢洛。新店之役，一战大捷，庆绪之党，十歼七八。数旬之间，河南底定，两都恢复"。从至德二载九月（一说闰八月）发兵，短短"数旬之间"，即平定两京。其具体时间，《新唐书·代宗本纪》有明确记载：

> 至德二载九月丁丑，安庆绪陷上党郡，执节度使程千里。壬寅，广平郡王俶及庆绪战于澧水，败之。癸卯，复京师。庆绪奔于陕郡。尚书左仆射裴冕告太清宫、郊庙、社稷、五陵，宣慰百姓。十月戊申，广平郡王俶及安庆绪战于新店，败之，克陕郡。壬子，复东京，庆绪奔于河北。

即至德二载九月，收复西京长安，同年十月收复东京洛阳。因此，至德二载十月，唐朝已经平定两京。《新唐书·杜鸿渐传》所载"两京平，又节度荆南"，杜鸿渐离任河西节度使，转任荆南，即在至德二载十月后，大约在至德二载岁暮或乾元元年初，不可能晚至乾元二年仍在河西节度使任上。

又，按诸唐史，来瑱未曾被任河西节度使。吴先生对《新唐书·来瑱传》史料有所误会。按《新唐书·来瑱传》，来瑱从山南东道节度使，"改淮南西道节度。两京平，封颍国公，食二百户。乾元二年，徙河西。未行，王师败于相州，诏拜陕虢节度"（卷 144）。此处来瑱"徙河西"任职，吴先生以为河西节度使。其实，来瑱"徙河西"，所担任的职务，虽然《新唐书》记载模糊，但《旧唐书·来瑱传》记载甚明，不是河西节度使，而是凉州刺史、河西节度副使。《旧唐书·来瑱传》记载："乾元元年，召为殿中监。二年，初除凉州刺史、河南节度经略副大使。未行，属相州官军为史思明所败，东京震骇。元帅司徒郭子仪镇谷水，乃以瑱为陕州刺史，充陕、虢等州节度。"（卷114）又，"河南节度经略副大使"中"河南"，疑为"河西"之误。来瑱初被拟任凉州刺史，兼河西节度经略副大使。节度使多兼任经略使，即节度经略大使。时被委任河西节度使，接替杜鸿渐者，应是吕崇贲。杜鸿渐、吕崇贲，拥护肃宗灵武即位出力多。《旧唐书·肃宗本纪》记载："上在平凉，数日之间未知所适，会朔方留后杜鸿渐、魏少游、崔漪等遣判官李涵奉笺迎上，备陈兵马招集之势，仓储库甲之数，上大悦。"唐肃宗对杜鸿渐说："灵武我之关中，卿乃吾萧何也。"（《新唐书·杜鸿渐传》）肃宗即位灵武后，"以朔方度支副使、大理司直杜鸿渐为兵部郎中，朔方节度判官崔漪为吏部郎中，并知中书舍人"，"以前蒲州刺史吕崇贲为关内节度使兼顺化郡太守"。杜鸿渐在两京收复后，节度荆南，吕崇贲继任河西节度使，时间大约在乾元元年初。如前文所考，两京收复，在至德二年十月，杜鸿渐离任河西节度使，大约在至德二年十月后到乾元元年初。但结合窦昊书信所言"今我河西节度使吕公，拥旌旄四载，一变五凉"，倘若书信撰写时间为公元762年春，那么依据"拥旌旄四载"的叙述，往前推算，上任时间应该在乾元元年（758）初。因此，根据这封书信推断，此时吕崇贲任河西节度使已有四年：历经乾元元年（759）、乾元二年（760）、上元元年（761）、上元二年（762）。

因此，敦煌遗书中的这封书信为吕崇贲任河西节度使提供了一些丰富信息。吴廷燮《唐方镇年表》所依据的，仅有一条文献：《旧唐书·杨炎传》："杨炎释褐，辟河西节度掌书记。节度使吕崇贲爱其才。"如上文，根据这封书信所提供的信息，我们可以考知吕崇贲任河西节度使的起始时间。吕崇贲河西节度使的任职下限，史元明征，吴廷燮也未提供任何史料佐证。仅根据《新唐书·代宗本纪》"广德二年十一月，河西节度使杨志烈及仆固怀恩战于灵州，败绩"推论：吕崇贲任职结束于宝应元年，杨志烈任职始于广德元年。而值得强调的是：吕崇贲离任河西节度使的具体时间，虽然我们还无法确知。但通过这封书信推断，吕崇贲任河西节度使至少有四年以上，即从乾元元年（758）到"元年"（762）。

有关这封书信的撰写时间，自法国学者戴密微《吐蕃僧诤记》中提出当作于宝应元年（762）春正月，多为学界所沿用。这一说法，倘若按公元纪年，作于公元762年，应是中肯贴切的。但"宝应元年"的说法，容易衍生歧义，导致误读，不得不稍加辨析。

其一，这封书信写于唐肃宗时期，而"宝应"是唐代宗年号，如果用"宝应元年"，容易误会为这封书信写于唐代宗时期。

首先，从皇帝尊号的称呼中，明晰透露出这封信作于唐肃宗时期。书信中共用了两位皇帝的尊号：一位是唐玄宗，书信称"开元圣文神武太上皇帝"，唐肃宗灵武即位，尊唐玄宗为太上皇；另一位是唐肃宗，书信称"乾元大圣光天文武孝感皇帝"，这是唐肃宗乾元二年正月一日所加尊号。不仅如此，书信还对唐肃宗收复两京的功业倍加礼赞。如前文所论，颜真卿《有唐天下放生池碑铭并序》（作于760年），李白《天长节使鄂州刺史韦公德政碑》（作于759年），与这封书信，大致都为同一时期的作品。颜、李等诗文，为这封书信撰写于唐肃宗时期提供了有力旁证。

其次，以此类推，倘若这封书信写于唐代宗时期，那么书信中必然会出现唐代宗尊号，也必然会对唐代宗收复两京的功业也赞颂一番。据唐史记载，唐代宗广德元年（763）七月，尊号宝应元圣文武仁孝皇帝。同时，收复两京，其实是唐代宗功劳最大，他奉父命亲征，所向披靡。《旧唐书·代宗本纪》称誉说："数旬之间，河南底定，两都恢复，二圣回銮，统率之功，推而不受。"因此，这封书信不可能作于唐代宗时期。如果用唐代宗"宝应"年号，显然不太合适。

其二，唐肃宗晚年改元独特，年号称引不便。按《旧唐书·玄宗本纪》，"乾元三年三月，大赦天下，改乾元为上元"，上元二年九月，唐肃宗又下诏去尊号，改年号，其制曰：

朕获守丕业，敢忘谦冲，欲垂范而自我，亦去华而就实。其
"乾元大圣光天文武孝感"等尊崇之称，何德以当之？钦若昊天，
定时成岁，《春秋》五始，义在体元，惟以纪年，更无润色。至于
汉武，饰以浮华，非前王之茂典，岂永代而作则。自今已后，朕
号唯称皇帝，其年号但称元年，去上元之号。

《新唐书·肃宗本纪》记载："上元二年九月壬寅，大赦，去'乾
元大圣光天文武孝感'号，去'上元'号，称元年，以十一月为岁
首，月以斗所建辰为名。"《册府元龟》记载："自今已后朕号唯称皇
帝，其年号但称元年，去上元之号。其以今年十一月为岁首，便数建
丑、建寅，每月以所建为数。"（卷15）但到第二年四月，又改元宝
应，以正月一日为岁首。《旧唐书·肃宗本纪》记载：

　　上自仲春不豫，闻上皇登遐，不胜哀悼，因兹大渐。乙丑，诏
皇太子监国。又曰："上天降宝，献自楚州，因以体元，叶乎五
纪。其元年宜改为宝应，建巳月为四月，余月并依常数，仍依旧
以正月一日为岁首。"

撰之史实，唐肃宗从上元二年（761）九月下诏去年号，"但称
元年"，以当年十一月为岁首，到第二年（762）四月，改元宝应，
"元年"的存在时间，共有六个月。这一时段，如何加以纪年，便比
较混乱。《旧唐书·肃宗本纪》统一用"建某月"纪年，而《新唐
书》用元年建子月、建丑月，宝应元年建寅月、建卯月、建辰月、
建巳月，略加区别。其他文献或著述，多称引不当。或将公元761
年称曰上元二年，762年为宝应元年，而"元年"存在的六个月，
则无从显示；或将公元761年称曰上元二年，762年为上元三年，而
"元年"、宝应元年的存在，也无从显示；或将761年称曰"元年元
年"，762年为"元年二年"，而上元二年、宝应元年的存在，更无

从显示。面对这些混乱的记述，笔者认为应该揆之当时具体的历史史实，如《旧唐书》那样，真实客观地择用当时的具体年号，以免歧义和误会。

以窦昊这封书信而论，结合前文的考订和前贤的结论，应写于公元762年首春，但由于它创作于唐肃宗时期，所以不宜用"宝应"年号，而应该采用唐肃宗年号。依据史实，762年首春，即唐肃宗元年建寅月。这是有关书信创作时间的严谨说法。

回顾这封书信，面对吐蕃强大的攻势，不卑不亢，晓以大义，动之以情，辞采富丽精工，为敦煌文学中难得的佳作，一直为人所关注和称道。有学者指责作者在书信中对于吐蕃假和谈的骗局，竟浑然不知，以此流露出盲目的自信，甚至胆怯自卑。这恐怕是有违当时历史真实的。纵观当时的唐、蕃关系，吐蕃曾经无数次地与大唐议和，但又无数次地内侵，这从唐高宗以降的诏令及其他史料中，均能看到大唐对于吐蕃背信弃义、反复无常之举，始终以大国的忍让、包容待之，竭力争取边界的安宁。

就在这封书信写作的同年二月，吐蕃还遣使来朝（《新唐书·代宗本纪》）。《旧唐书·吐蕃传》记载甚详：

> 肃宗元年建寅月甲辰，吐蕃遣使来朝请和，敕宰相郭子仪、萧华、裴遵庆等于中书设宴。将诣光宇寺为盟誓，使者云：蕃法盟誓，取三牲血歃之，无向佛寺之事，请明日须于鸿胪寺歃血，以申蕃戎之礼。从之。宝应元年六月，吐蕃使烛番、莽耳等二人贡方物入朝，乃于延英殿引见，劳赐各有差。

如上文所述，"肃宗元年建寅月甲辰"、"宝应元年六月"，均属于同一年（762）。从二月到六月，短短半年之中，仅宝应元年，吐蕃请和使者两赴长安，每次都受到隆重接待、赏赐等。朝廷尚且如此，遑论肃州偏僻狭小之境。因此，倘若留意到了这一点，也就更能理解作者在这封书信中对吐蕃和谈所持的态度。

正是鉴于这些历史与现状，书信作者对于吐蕃这些举动有着非常清醒的认识，并且在书信中多次委婉地批评和指责。揆之当时形势，自安史乱后，为了收复两京、平定叛乱，河西、安西、北庭等兵马内赴中原，西北边境防御兵力严重削弱。这封书信的写作，正是源于这一政治背景。

当时敌强我弱，吐蕃气势正盛。就在作者写这封书信的同一年，吐蕃大举内侵；第二年陇右沦陷，吐蕃趁机攻克京师长安。《新唐书·吐蕃传》："宝应元年，陷临洮，取秦、成、渭等州。明年，入大震关，取兰、河、鄯、洮等州，于是陇右地尽亡。"《新唐书·代宗本纪》："广德元年十月庚午，吐蕃陷邠州。辛未，寇奉天、武功，京师戒严。吐蕃陷京师，立广武郡王承宏为皇帝。十一月，吐蕃陷松、维二州。"《新唐书·吐蕃传》："吐蕃留京师十五日乃走。"广德元年，即宝应二年（763）。按《旧唐书·代宗本纪》，宝应二年秋七月，"群臣上尊号曰宝应元圣文武皇帝"，"改元曰广德"。时隔四年后的永泰二年，即大历元年（766）①（《旧唐书·代宗本纪》："永泰二年十一月，改永泰二年为大历元年。"），肃州在河西的风雨飘摇中沦陷了。

也正如本节开篇所言，肃州自古为兵家必争之地。在大唐与吐蕃的对外关系中，肃州的地位殊为重要。安史乱后，河西州郡风雨飘摇，在写完这封书信的四年多后，即大唐长安被吐蕃攻陷的两三年后，肃州最后才被攻陷了。倘若能够认真考虑到当时严峻的形势背景，就可以体会到：这封书信虽然不免书生之气，无法一纸退敌，但在当时却还是多少发挥了一些积极作用的。

从这个意义而言，这封书信是唐代由盛转衰，由盛唐转中唐这一历史时期唐、蕃关系的一个缩影。它有力地见证了大唐那一段难忘岁

---

① 《旧唐书·代宗本纪》："永泰二年十一月，改永泰二年为大历元年。"

月中起落跌宕的悲欣历史，见证了大唐王朝曾经的辉煌与耻辱，也见证了大唐、吐蕃曾经亲密而复杂的边疆与民族关系。

第四节 《李陵变文》与中晚唐内外政局

敦煌《李陵变文》，启功先生校录，现仅存一本，国家图书馆藏，散 1548（新编号 0866），题目残失。原卷虽未著明"变文"，但题材特征与标明"变"字的作品无异，故习称李陵变文。其抄写时间无考，其创作时间学术界存有分歧。或认为创作于吐蕃占领敦煌之后。但细读原文，它应不仅反映了敦煌陷蕃之后的情形，也更多地反映出唐代中晚期内外交困的政治格局。本文试图作些溯源工作，以清脉络。

一 变文的说唱本色及其中心主题

敦煌变文作为宋元话本的先驱，讲唱文学底色甚为醇厚。李陵变文就军中有女子时写到"从弟（第）三车上有三条黑气向上冲天，李陵处分左右搜括，得（两）个女子，年登二八，亦在马前处分左右斩了，各为两段，其鼓不打，自鸣吼唤。庾信诗云：'军中二女忆，塞外夫人城'更无别文，正用此事。"① 此处与《汉书》稍有出入。黑色冲天，鼓不打自鸣，引诗为证等，增饰讲唱人的加工痕迹与叙事方式。又如：

> 单于道："汉贼不打自死。"左右闻言："大王，汉贼不打，如何自死？"……"大将军，后底火来，如何免死？"李陵问："火去此间近远？"左右报言："火去此间一里！"

---

① 黄征、张涌泉：《敦煌变文校注》，中华书局 1997 年版，第 128 页。本节所引《李陵变文》均出自该书。

讲唱人绘声绘色模拟不同身份人对话，仿佛顿见其人、其貌、事态轻重缓急。变文讲唱说教气浓，十多次对同一主题反复陈说：

（1）丈夫百战宁辞苦，只恐明君不照知。

（2）圣主径饶今日下，可得知陵□□中。

（3）国中圣主何年见，堂上慈亲拜未由。

（4）今朝塞外浑轮失，更将何面见京华！

（5）起居我北堂慈母，再拜我南面天子。

（6）非但无面见天王，黄泉地下羞先祖。

（7）上天使尔知何道，陛下应知陵赤心。

（8）倘若南归见天子，为报陵辜陛下恩。

（9）身虽屈节匈奴下，中心不忘汉家城。

（10）抽刀劈面血成津，此是报王恩将德。

（11）今日皇天应得知，汉家天子辜陵德。

思亲、思见天子却羞于相见的悔恨，婉转纡馀；思报恩德却为恩德所辜，愤愤愁肠，一唱三叹。李陵百战不辞劳苦，一遭不幸屈节匈奴，在愧疚万分的同时，日夜不敢忘念先祖的声望与朝廷的恩德，但他千百回的等候，换来的仅是母戮族亡。屈节匈奴的无奈与思归报恩，饱蘸着悲怆的深情，汉家的刻薄寡恩，使其有家归不得，有恩顿成恨，空漠的异乡独守，这位悲剧英雄的末路引得无限的深味与同情，这正是后世文人骚客"搵英雄泪"反复歌咏的主题。（11）句"汉家天子辜陵德"为变文最末一句，既是全文主旨总括的中心点，又是对此列有的 11 处感情抒慨的凝结点。变文在此处戛然而止，在李陵肝肠寸断的号啕痛哭声突然而止中，更让听者、读者感慨太息，久久不能静之。

变文对英雄末路没有就此简单化，而另注入一种说不清道不明神秘因素：天命。"天丧我等""吾今薄命，天道若此"，以非人力所能抗拒的天数，对李陵悲剧扼腕痛息。另一方面，却对李陵命运进行更深思考：李陵亡于天命，更亡于人力。追取左贤王、迎击单于、火中激战、单于怯阵、黄昏诀别等战斗描写，笔墨占现存变文一半以上，着重刻画了李陵的英雄形象。但同时变文中又一再点到敌众我寡，力量悬殊，弓刀用尽，兵无后援的艰难情况以及雷敢的投敌告密，这些均与李陵英勇骁战构成了直接的矛盾冲突，是导致李陵失败最直接的人力因素，因而矛头实际指向了最高的发号施令者：汉武帝。

变文戏剧性特意两次提到汉高祖北征被围历史：

（1）传闻汉将昔蒙尘，惯在长城多苦辛。三十万军犹怕死，况当陵有五千口。

（2）吾闻高皇帝亲御三十万众，北征塞上，困于平城，其时猛将如云，谋臣若雨，一入单于之境，三军数万，大行一回。赖得陈平刻木女诳他，幸而获免。况我今日五千步卒，敌十万之军，何得蚊蚋拒于长风，蝼蚁蜉于大树。

变文借李陵之口，道事情之原委，意在为李陵兵败屈降辩护，欲明胜败乃兵家之常事，当日汉高祖以三十万众犹败得如此，况乎今日匹夫李陵仅有步卒五千，更以其兵败降虏，戮其室母，可乎？变文以极其鲜明的对比，对朝廷辜负李陵的薄行，不遗余力的控诉，为李陵深深地哭冤鸣不平。李陵妻子临刑前的控诉，更是无言的凄怆与悲愤："结亲本拟防非祸，养子承望捧甘脆。""老母妻子一时诛，旷古以来无此事。""枉法严刑知奈何，君王受佞无披诉，生死今朝一任他。"在这种凄怆的陈说中，将变文的中心主题直呼而出："汉家天子辜陵德"。它使李陵有家归不得，有国不能报，辱没先祖，母戮族亡，远遁大漠，遭不忠不孝之伪名，因而它是李陵之祸的刽子手，是李陵一切悲剧的总根源。

二　从《史记》《汉书》到变文：李陵形象的嬗变与比较

变文部分阙失，现存的从李陵追击左贤王开始，终于李陵得知母被诔号啕痛哭的唱词。比照《史记·李将军列传》① 《汉书·李广传》②，可考察李陵故事嬗变历程与变文渊源。为清晰起见，不妨采用如下表格形式。

	《史记·李将军列传^{附李陵传}》	《汉书·李广传》	变　文
出兵目的	"欲以分匈奴兵，毋令专走贰师。"	"（奉武帝命）分单于兵，毋令专向贰师军。"	（阙失）
战斗过程	"李陵提步卒不满五千，深践戎马之地，……与单于连战十余日，所杀过当。……旃裘之君长咸震怖，乃悉征左右贤王，举引弓之民，一国共攻而围之。转斗千里，矢尽空穷，救兵不至，士卒死伤如积。然李陵一呼劳军，士无不起，躬自流涕，沫血饮泣，张空拳，冒白刃，北首争死敌。"（《报任安书》）	1. 与单于三万军战；2. 复与单于八万军战；3. 纵火自救；4. 败退单于子；5. 单于怯战；6. 雷敢告密；7. 单于相逼；8. 李陵谋策单劫单于；9. 黄昏诀别	1. 追取左贤王；2. 迎击单于亲征；3. 火中相战；4. 雷敢告密；5. 单于怯阵；6. 单于相逼；7. 黄昏诀别；8. 李陵降虏辩白
失利原因	"陵食尽而救兵不至"	1. 军无后救，射矢且尽 2. 雷敢告密	1. 箭尽弓折，粮用俱无； 2. 雷敢告密
降匈奴原因	1. 无面目报陛下；2. 身虽陷败，彼观其意，且欲得其当而报汉（《报任安书》）	无面目报陛下	1. "兵无救援，皇天所丧，非有罪兵"； 2. "非但无面见天王，黄泉地下羞先祖"； 3. "运不测之谋，非常之计，先降后出，斩虏朝天。"
族祸原因	"（单于）以其女妻陵而贵之"	"公孙敖将兵深入匈奴迎陵，无功还，曰：'捕得生口，言李陵教单于为兵以备汉军，故臣无所得。'"	1. "君王受佞无披诉，生死今朝一任他。" 2. "后使公孙敖入虏廷，输兵失利而回去，过失推同将军上，汉家兵法任教虏。总是公孙敖下佞言，然始杀却将军母。"
评价	"有国士之风"、"所杀过当"、"虽古之名将不过也"。（《报任安书》）	（无直接评判）	"今日皇天应得知，汉家天子辜陵德。"

① （汉）司马迁：《史记》卷49，中华书局1959年版，第2877—2878页。
② （汉）班固：《汉书》卷54，中华书局1962年版，第2450—2451页。

北宋秦观指责李陵逞才使气，孤军深入，自取其亡。① 可知他并未深谙《史记》《汉书》中所言：李陵出兵奉汉武之命，分匈奴兵，而非自己一味逞强。变文后来居上，务尽《史记》《汉书》所言。如对司马迁李陵降虏"欲得其当而报汉"反复申说，战斗描写则尽从《汉书》。《汉书》点明李陵宿昔不忘族家之祸，嘘唏"老母已死，虽欲报恩将安归"（《苏武传》），变文将此抒发淋漓尽致，一唱三叹。为进一步塑造和丰满李陵形象，变文对战斗描写始终把握住以李陵为中心，反衬以单于、雷敢、士卒形象，大量细节刻画，生动揭示李陵内心世界，尤其以唱词方式将有恩不能报、有家不能归的痛苦和冤屈尽情倾诉。这种抒情方式和效果，是史书所无法传达和比拟的。从这层意义上说，变文是李陵故事真正文学化的开端，是从史实叙述转向文学抒怀感愤的真正开始。唐代诗歌的咏叹，即以此为肇端。

司马迁"欲得其当而报汉"的大胆猜想，是基于对李氏三代将才的神慕和嗟赏。李广之传，传一代奇人，"不曰李广，而曰李将军，只一标题，已见出无限的爱慕敬仰"②；叙李陵"为人自奇士，事亲孝，与士信，临财廉，取予义，分别有让，恭俭下人，常思奋不顾身以徇国家之急"③ 的国士之风，提步卒不足五千挡数万精兵，苦守十余日。这些壮士奇节深深感染司马迁，让他确信李陵始终忠贞汉室。班固《汉书》虽没有明确表态，但对李氏家族遭遇，也不禁"哀哉"叹息。李陵变文姊妹篇《苏武李陵执别词》写李陵临别苏武，叙述自己降蕃真实感受说：

> 不免乍（诈）降战（单）于，准拟吃□，心饴突□，日夜定
> 豆斗，校乱相煞，偷路还家。□陵□中□灭，奈何武帝□取佞臣

---

① （宋）秦观著，周义敢等编注：《秦观集编年校注》卷20《李陵论》，人民文学出版社2001年版，第448页。

② 牛运震：《史记评注》卷10，空山堂乾隆辛亥（1791）刻本。

③ 李景星：《四史评议》，岳麓书社1986年版，第2729页。

之言，道陵上祖已来，三代皆汉［？］。①

　　诈降单于，偷路还家，与李陵变文"先降后出，斩虏朝天"如出一辙，司马迁"欲得其当而报汉"再次得到详细而真实阐发。"奈何武帝□取佞臣之言，道陵上祖已来，三代皆汉［？］"，可与《李陵变文》"总是公孙敖下佞言，然始杀却将军母"等语相对看。李氏三代与汉家天子、公孙敖的关系纠葛，司马迁掩藏得很深，散见《卫青列传》《公孙敖列传》《李将军列传》只言片语。李广晚年随卫青出征匈奴，受辱自杀，嗣后，李敢代替父职，"怨大将军之恨其父，乃击伤大将军，大将军匿讳之。居无何，敢从上埇，至甘泉宫猎。骠骑将军去病与青有亲，射杀敢。去病时方贵幸，上讳云鹿触杀之。居岁余，去病死。"（《李将军列传》）矛盾方息。究其起因，却与公孙敖有关。据《卫青列传》，公孙敖与卫青生死之交，卫青未得势时，为大长公主逮杀，赖公孙敖相救，故得不死。卫青专势后，公孙敖多随卫青亲征。元狩四年（前119），公孙敖、李广俱从卫青击匈奴。"时公孙敖新失侯，为中将军从大将军，大将军亦欲使敖与俱当单于，故徙前将军广，广时知之，固自辞于大将军，大将军不听"（《李将军列传》），是卫青的偏心，使李广延误军期，羞对刀笔之吏，引颈自杀。事隔多年又是公孙敖旧账新算，诬言李陵教匈奴练兵，诬言"陵上祖已来，三代皆汉［？］"。在这些纠葛里，李氏之冤，公孙之诬，汉武之昏，到《李陵变文》《苏武李陵执别词》已明朗化，其间嬗变，除云扼腕叹息的民众心理，更多应是唐代时局与文化的影响。

三　唐代歌诗的咏叹及变文的流行与中晚唐内外政局

　　遍观唐代歌诗，李陵故事咏叹呈现三大特点：一是思想主调至晚唐转入更为深沉的凄怨与哀伤；二是咏叹主要集中在两个时期：大历

---

　　①　王重民、王菽庆、向达、周一良、启功、曾毅公：《敦煌变文集》，人民文学出版社1984年版，第849页。

与咸通；三是对李陵悲剧认识逐步深化。李白《千里思》《奔亡道中五首》（其二）只叙李陵思归惆怅与哀思；王维《李陵咏》化历史叙述为诗歌话语，着墨战争激烈场面。大历时期对李陵的歌咏似乎比任何时期都要密集，如李端《昭君怨》、卢纶与钱起《从军行》等。十才子多攀附当时显赫人物郭子仪，郭子仪爱将仆固怀恩遭谗言投降吐蕃，境遇堪同当年李陵，这些诗歌是否为钱起等逢迎郭子仪而作，有待进一步考证。但同时有个不可忽视现象：歌咏李陵已进入官方认证系统。最重要佐证是《文苑英华》载唐人省试试题《李都尉重阳日得苏属国书》，录有白行简诗一首：

> 降虏意如何？穷荒九月初。三秋异乡节，一纸故人书。对酒情无极，开缄思有余。感时空寂寞，怀旧几踌躇。雁尽平沙迥，烟销大漠虚。回头向南望，掩泪对双鱼。①

细审白诗，仍没有囿出思归惆怅与哀思主题。诗擅长将相思化成缥缈意象，因意象传情而感人。白诗得到官方认可，应代表时文创作范式，代表时人对李陵故事通行看法。安史乱后，边塞告急，吐蕃连连寇边，甚至马蹄踏至长安。对吐蕃作战中，涌现出一些像仆固怀恩的出色将领，但代宗父子重用宦官，听信谗言，混淆是非，这些将领最终被迫投降吐蕃，成李陵式悲剧人物，所以鲍溶咏李陵诗不无告诫与嘘吁："诚哉古人言，鸟尽良弓藏。"（《拟古苦哉怀征人》）。但悲剧一旦酿成，再昏昧的代宗父子也惋惜、自责，即使对仆固怀恩式人物也一样。其实仆固怀恩投降吐蕃后，为泄私愤，反而引兵攻唐，与李陵相去甚远。但"上为之隐恶，前后下制，未言及反。及怀恩死，群臣以闻，上为之悯然曰：'怀恩不反，为左右所误。'"②

不过，如何看待这些迫不得已的降蕃将士，还有另一种意见，以

---

① （宋）李昉等：《文苑英华》卷 189，中华书局 1966 年版。
② （后晋）刘昫：《旧唐书》，中华书局 1975 年版，第 3489 页。

白居易为代表。白居易《汉将李陵论》指责李陵"不死于王事，非忠；生降于戎虏，非勇；弃前功，非智；召后祸，非孝。""君子不爱其死。李陵之不死，失其君子之道焉。"① 措辞严厉，态度明朗，前所未有。杜牧对此态度稍有保留："寇来乘城，不能死节，以此播节，尔亦何辞。然汉诛李陵，是为虐典。"② 承认不能死节确实无话可说，但作为皇帝，诛灭李氏家族也很不应当。同时代张祜却说"李陵虽效死，时论得虚名"③，对李陵不能"死节"表示否定。

这些不同意见，实质代表对蕃将、降蕃将士，扩而言之，对安史乱后藩镇，形成的不同政治立场：绥靖与进剿。这便是大历时期对李陵的歌咏比任何时代都要密集，并且被选拔策试关注的原因。

陈寅恪《唐代政治史述论稿》说："质言之，唐代安史乱后之世局，凡河朔及其他藩镇与中央之问题，其核心实属种族文化之关系也。"④ 这一论断可以阐释李陵降蕃成为焦点的原因。自武则天溺用边将，李隆基宠爱蕃将安禄山，酿成安史之乱以降，如何对待投诚蕃将，如何对待将士降蕃，成为一时中心问题。

武则天时，多重用投诚蕃将，以他们武艺远胜于汉人⑤，但同时受重臣监视和牵制。《旧唐书》云："国家武德、贞观已来，蕃将如阿史那杜尔、契苾何力，忠孝有才略，亦不专委大将之任，多以重臣领使以制之。"⑥ 到开元时期情况有所改变。"开元中，张嘉贞、王晙、张说、萧嵩、杜暹皆以节度使入知政事，林甫固位，志欲杜出将入相之源，尝奏曰：'文士为将，怯当矢石，不如用寒族、蕃

---

① 顾学颉校点：《白居易集》卷46，中华书局1979年版，第980页。

② （唐）杜牧：《樊川文集》卷20《武易简量移梧州司马制》，上海古籍出版社1978年版，第301页。

③ （唐）张祜：《少年乐》，（清）彭定求、曹寅等：《全唐诗》，中华书局1979年版。本文所引唐诗无特别标明的，均引自此书，不再一一出注。

④ 陈寅恪：《唐代政治史述论稿》，生活·读书·新知三联书店2001年版，第212页。

⑤ 同上书，第219页。

⑥ （后晋）刘昫：《旧唐书》，中华书局1975年版，第3239页。

人，蕃人善战有勇，寒族即无党援。'帝以为然，乃用思顺代林甫领使。自是高仙芝、哥舒翰皆专任大将，林甫利其不识文字，无入相由。禄山竟为乱阶，由专得大将之任故也。"① 安禄山借此起家，凭蕃胡身份，大肆收买人心，扩大地盘，《新唐书》说："禄山谋逆十余年，凡降蕃夷皆接以恩；所得士，释缚给汤沐、衣服，或重译以达，故蕃夷情伪悉得之。禄山通夷语，躬自慰抚，皆释俘囚为战士，故其下乐输死，所战无前。""养同罗、降奚、契丹曳落河八千人为假子"②，共同举兵的史思明更是他乡曲之邻。他还以此试图拉拢其他蕃将，曾对哥舒翰说："我父是胡，母是突厥；公父是突厥，母是胡。与公族类同，何不相亲乎？"③ 终以篡夺天下，安、史虽然败亡，但其部将割据天下，成为安史乱后尾大不掉难题。《新唐书·弘靖传》："（弘靖）充卢龙节度使。始入幽州，……俗谓禄山、思明为'二圣'，弘靖惩始乱，欲变其俗，乃发墓毁棺，众滋不悦。……故范阳复乱。"④ 陈寅恪先生对此剖析说："所可注意者，穆宗、长庆初上距安史称帝时代已六七十年，河朔之地，禄山、思明犹存此尊号，中央政府官吏以不能遵守旧俗，而致叛变，则安史势力在河朔之深且久，于此可见。"⑤ 面对割据猖狂的惨痛现实，如何评价唐明皇功过是非，如何对待藩镇，清洗安史乱后余毒，形成针锋相对两派政治势力，直接影响中晚唐政局。

　　以钱起为代表的大历十才子随波逐流，没有政治忧心。而白居易、杜牧等政治诗人演奏出外弭边患、内平藩镇强烈音符。据朱金城先生考证，白居易《汉将李陵论》作于贞元十六年（800）以前，即白居易考中进士之前。此前的白居易亲睹藩镇朱泚、李希烈作乱，曾到徐

---

① （后晋）刘昫：《旧唐书》，中华书局 1975 年版，第 3240 页。
② （宋）欧阳修、宋祁：《新唐书》，中华书局 1975 年版，第 6414 页。
③ （后晋）刘昫：《旧唐书》，中华书局 1975 年版，第 3213 页。
④ （宋）欧阳修、宋祁：《新唐书》，中华书局 1975 年版，第 4447 页。
⑤ 陈寅恪：《唐代政治史述论稿》，生活·读书·新知三联书店 2001 年版，第 220 页。

州、越中逃难，诗句"时难年荒世业空，弟兄羁旅各西东"（《自河南经乱关内阻饥弟兄离散……》）、"苦乏衣食资，远为江海游。光阴坐迟暮，乡国行阻修"（《将之饶州江浦夜泊》）传述出个人颠沛流离，让他更深切体悟安史乱后藩镇对国家、百姓的煎熬。此时对李陵降蕃的批判，与他主张平蕃一贯。杜牧奏疏《罪言》是削蕃的战斗"檄文"，"平生五色线，愿补舜衣裳。弦歌教燕赵，兰芷浴河湟。腥膻一扫洒，凶狠皆披攘。生人但眠食，寿域富农桑"（《郡斋独酌》），是他平生抱负。缪钺先生说他不屑于逢迎权贵，与牛僧孺交好，而不同意其姑息藩镇政策。① 由重用蕃将，酿成安史之乱，到眼前藩镇，他深知君王过失不容忽视。因而谴责不能"死节"降蕃将士同时，也把矛头对准君王。他的"然汉诛李陵，是为虐典"说法，直接影响贯休"十年不封侯，茫茫向谁说"和变文"汉家天子辜陵德"。变文跃出政治局囿，直斥汉家天子辜负李陵。主题豁然点破，仿佛将摇摇欲坠的遮羞布突然间扯去，让丑陋见于光天化日。

　　如果说此前歌咏仅是历史客观临摹叙述，他者的感恨、哀思与应制，那么到晚唐王棨、胡曾等诗人笔下，则是直接模拟李陵口吻自述情怀，视角由他者转入本我，流露出潜在的怨恨与悲凄。王棨、胡曾都是咸通时进士，受他们影响，咸通而下又兴起小股歌咏李陵之风。绕过王、胡等人，稍后司空图、贯休的歌咏中，似乎体现与变文相同的信息。如表所示：

序号	晚唐诗文	变文	说明
1	不是史迁书与说，谁知孤负李陵心。（司空图《狂题十八首》）	赖得修书司马迁，殿前启答报肝说	《变文》中还载有汉武帝让司马迁"相陵母妻子有死丧色无"，司马迁奏武帝暂免陵母罪等事。这些内容《史记》《汉书》中均无

---

① （清）冯集梧：《樊川诗集注·前言》，上海古籍出版社 1978 年版，第 1 页。

续表

序号	晚唐诗文	变文	说明
2	官竟不封右校尉，斗曾生挟右贤王。（贯休《霸陵叟》）①	1. 呼李陵为大将军；2. 战犹未息，追取左贤王下兵马数十万人，四面围之，一时搦取	1.《汉书》云："陵将五校兵随后。"又云："会陵军候雷敢为校尉所辱……武帝封（韩千秋）子延年为侯，以校尉随陵。"又云："单于壮陵，以女妻之，立为右校王。"黄征、张涌泉《敦煌变文校注》云："'校尉'指韩延年。雷敢为韩延年所辱而叛逃。" 2. 挟右（左）贤王事不见载于《史记》、《汉书》
3	寻班起传空垂泪，读李陵书更断肠。今日霸陵陵畔见，春风花雾共茫茫（贯休《霸陵叟》）	今朝死在胡天燕，万里飞来向霸头	黄征、张涌泉《敦煌变文校注》："霸头为霸上之别名。"相思霸陵，《史记》、《汉书》中也均不见载
4	半卷红旗临易水，霜重鼓寒声不起（李贺《雁门太守行》）	方令击鼓，一时打，其鼓不鸣。登时草木遭霜箭	《汉书》云："陵曰：'吾士气少衰而鼓不起者，何也？军中岂有女子乎？'"没有言及霜

　　晚唐诗文的咏叹之中，以贯休的相关诗作最多，如上列举的《霸陵战叟》二首外，还有如"不是将军勇，胡兵岂易当。雨曾淋火阵，箭又中金疮"（《古塞下曲七首》其五）、"阴风吼大漠，火号出不得"（《古塞下曲四首》其二）、"扫尽边尘迹，回头望故关。相逢惟死斗，岂易得生还"（《古出塞曲三首》其一）、"碛吼旄头落，风干刁斗清。因嗟李陵苦，祇得没蕃名"（《古塞上曲七首》其七）等，都是直接拈来李陵故事，感发议论，边士苦斗的同情，休战的呼吁，悲怆溢于言表。"火阵"、"金疮"、"死斗"、"火号"等语，与变文相同。可以断定，变文产生即在此时期，它或影响着贯休等文人诗，或受文人诗影响。这种影响传播途径如何进行，不敢轻易妄断，留待进一步考察。

　　晚唐之重李陵故事，实因藩镇与中央政府对立冲突依然存在，且有愈烈之势。晚唐之士多将矛头对准天子，为李陵喊冤呼声渐高，自

────────

　　① （唐）贯休：《禅月集》，《四部丛刊初编》，上海涵芬楼影宋写本，上海书店1989年重印版。

有特殊时代原因。一方面，对盛世缅怀与反思为晚唐咏叹不息，天子穷兵黩武，重用蕃将，开疆拓土，酿成安史之乱，藩镇祸烈，大厦将倾，成为痛定思痛的共同主题。另一方面，自宦官弑宪宗，拥穆宗以来，中兴无望，朝政日非，皇帝更替频繁，皇帝充当傀儡，"外朝士大夫党派乃内廷阉寺党派之应声虫，或附属品"①，大失正直之士所望，整个时代忠君观念渐趋淡薄。相形之下，对李陵同情、凭吊反而越发彰显。贯休又是晚唐古体诗，特别是古边塞诗能手，再加上"如何游万里，只为一胡儿"（《读玄宗幸蜀记》）的见识，他的李陵歌咏自然悲怆断肠。

可惜的是，李陵故事的咏唱热潮很快随着唐朝覆灭而结束。李陵故事的评判，在道德说教气息浓厚的宋儒那里，已很快板起了面孔。前面引到的秦观看法，即是个好例子，更何况秦观道学气毕竟不很浓厚。但同时不得不看到，即使是对同一事物一时代也有一时代风气。与唐人不同，宋人对李陵故事的态度，和当时宋与辽、金、西夏之间民族敌对冲突关系很大。宋代以来，对李陵生降的否定占据绝对上风，所以即使是民间口头传统格外兴盛的宋元话本戏曲、明清小说中，也很难再有如唐代般集中而热烈的咏唱。略有流传的李陵碑故事，主题却又陷入"全忠全孝"窠臼。② 李陵碑故事渲染唯有一死可以全忠孝，是白居易《汉将李陵论》观念的戏剧化表现，是李陵故事的一种退化与萎缩。在这层意义上，更可见出敦煌李陵变文在李陵题材中的地位与价值。不过不管怎样，从史无其事的李陵撞碑到全忠全孝戏剧的引入，都体现民间文学再创作进程，在这一点上，与变文内在精神又应一致。

---

①　陈寅恪：《唐代政治史述论稿》，生活·读书·新知三联书店2001年版，第313页。

②　（元末明初）佚名：《汉李陵撞碑全忠孝（剧本佚）》，（明）晁瑮：《晁氏宝文堂书目·乐府》卷三，上海古籍出版社2005年版。

第五节　《王昭君变文》与唐蕃长庆会盟
——《王昭君变文》作年考

王昭君故事，传诵不息，历久弥新。敦煌遗书 P. 2553《王昭君变文》承继自汉迄唐的各类题材吟唱，再铸伟辞，自敦煌遗书重见天日后，备受世人关注，成果众多。单以变文的创作时间而论，学界仁智互见，分歧较大。有的认为作于盛唐①，有的认为作于中唐贞元末年②，有的认为作于唐末③，莫衷一是。

一　变文说唱词"八百余年"与变文创作时间的大致推断

《王昭君变文》云："故知生有地，死有处，可惜明妃，奄从风烛，八百余年，坟今尚在。"这一段话似为变文说唱者的插入语。类似地，《王昭君变文》还有："上卷立铺毕，此入下卷。"这些插入语，透露出有关说唱者的一些真实历史信息。如上引"八百余年，坟今尚在"，透露出说唱者所处的时代信息，因此为研究者所重视。但由于各家对昭君的离世时间理解不一，所以导致出现上述的分歧。

也有学者根据上述信息，对变文的创作时间段作有大致的推测。如容肇祖先生说："从竟宁元年（纪元前 33 年），到唐代大历二年（纪元后 767 年）已有八百年，到宣宗大中十一年（857）便有八百九十年。这大约是这时期的作品。"④ 认为变文创作时间的上限在大历二年（767），下限在大中十一年（857）。邵文实借鉴翦伯赞和张传玺先生等研究成果，从对昭君事迹有明确记载的汉成帝鸿嘉元年（前 20），往后推八百年，将变文创作的上限，推定在建中二年（781），即吐蕃

① 高国藩：《敦煌本王昭君故事研究》，《敦煌学辑刊》1989 年第 2 期。
② 郑文：《王昭君变文创作时间臆测》，《西北师院学报》1983 年第 4 期。
③ 张寿林：《王昭君故事演变的点点滴滴》，《文学年报》第 1 期，1932 年。
④ 容肇祖：《唐写本明妃传残卷跋》，《民俗周刊》第 27—28 期合刊，1928 年。

完成控制整个河西地区；将变文创作的下限，推定在张议潮率众收复敦煌的大中二年（848），从而断定《王昭君变文》为吐蕃占领河西地区时的作品。① 这一推论，吸收众家之长，更具一定的说服力。从变文的文本内容来看，也正如邵文实所说，变文集中地反映了吐蕃统治下敦煌百姓的心态。② 这一论断，也与《王昭君变文》文本内容颇为吻合。

不过，倘若进一步细究《王昭君变文》，结合文本中的诸多丰富信息，则可以进一步具体推断：《王昭君变文》应当作于唐、蕃长庆会盟前后。《王昭君变文》的出现，是歌咏唐蕃长庆会盟的时代产物。在《王昭君变文》中，和平的主旋律，长庆会盟的时代气息，都颇为浓厚。

唐长庆元年（821），唐穆宗登基，吐蕃赞普赤祖德赞先后两次派使臣向穆宗表示祝贺。随后，又派使者请盟，同年十月，唐、蕃于长安西郊会盟。长庆二年，唐朝派和盟专使赴吐蕃都城逻些东郊会盟。这次会盟是唐、蕃历史上的第八次会盟，史称"长庆会盟"。此次唐蕃会盟，便是《王昭君变文》的主要创作背景。在创作时间上，也吻合变文所说的"八百余年"。倘若从竟宁元年（前33）王昭君入塞算起，到长庆元年（821）止，其间为854年；倘若从鸿嘉元年（前20）算起，到长庆元年止，其间为841年。倘若按后一种算法，则更接近"八百余年"的说法。正如张传玺先生说："我们所知王昭君最后的事迹，是汉成帝鸿嘉元年（前20）复株累若鞮单于死，她从此寡居。此后，对她再无所知。为王昭君作年谱，可以止于此时。但考虑王昭君在汉、匈关系中所起的重要作用，有必要将年谱的时间向后延伸。"③ 王昭君从竟宁元年（前33）入塞，到鸿嘉元年（前20）复株

---

① 邵文实：《敦煌边塞文学研究》，甘肃教育出版社2007年版，第171—173页。

② 同上书，第183页。

③ 张传玺：《关于王昭君的几个问题——读鬟老〈王昭君家世、年谱及有关书信〉》，《北京大学学报》1982年第6期。

累若鞮单于死，其间仅 13 年，按王昭君入塞时，年 18 岁计算，寡居时不过 31 岁。倘若按其享年 60 岁算，其寡居长达近 30 年。因此，倘若将王昭君年谱的时间，往后延伸到享年 60 岁时去世，这一时间，距离长庆元年，则为 812 年，更加贴近变文所说的"八百余年"。揆之唐史，长庆元年在大唐长安会盟，长庆二年在吐蕃逻些会盟，长庆三年唐蕃会盟碑正式落成。

因此，细究当时情形，《王昭君变文》的创作时间，可以进一步确定为长庆三年（823）唐蕃会盟碑落成之后不久。这一点，可以从《王昭君变文》与长庆三年唐蕃会盟碑在文本内容上的相互关联中，得到更进一步的证实。

二　变文中的唐蕃和平景象与长庆会盟的主旋律

《王昭君变文》的主题和长庆会盟的主旋律，都是"和平"。《王昭君变文》以汉代王昭君出嫁匈奴，换来汉、匈两境的和平为主题。实际上，作者此处借汉说唐，以昭君和亲，换来汉、匈两境的和平，比拟唐代文成公主、金城公主出嫁吐蕃，换来唐、蕃两境的和平。借汉说唐，这是唐代文人创作的习惯。《王昭君变文》的创作，也是这种文学风气的反映。《王昭君变文》通篇洋溢着和平的气息，丝毫不见任何的敌对怨艾或矛盾冲突。尤其是变文的结尾处，写王昭君死后，汉、匈交好，和睦至深。

> 后至孝哀皇帝，然发使和蕃。遂差汉使杨少徵杖节来吊，金重锦绍缯，入于虏廷，慰问蕃王。单于闻道汉使来吊，倍加喜悦，光依礼而受汉使吊。宣哀帝问，遂出祭词处，若为陈说："……虽然与朕山河隔，每每怜卿岁月孤。秋末既能安葬了，春间请赴京都。"单于受吊复含啼，汉使闻言悉以悲。"丘山义重恩难舍，江

海情深不可齐。"①

这些唱词，实际上是歌颂文成公主、金城公主死后，唐、蕃交好，和睦共荣的情形。变文中的汉哀帝，即比拟当时新即位的唐穆宗。唐穆宗即位，唐、蕃关系迎来了空前的睦邻友好。

纵观唐代相关史实，文成公主出嫁，唐、蕃甥舅关系融洽，虽然唐高宗、武则天时期，唐、蕃之间因为吐谷浑的缘故，有过几次战争，但总体双边关系并未恶化。金城公主出嫁后，吐蕃得九曲之地，以此为根据地，不断挑衅和侵犯中原地界，从此两境不得安宁。唐玄宗时期，国力强盛，面对吐蕃的挑衅，以安抚为主，但寇边从未停止过，以至于金城公主去世后，吐蕃"为发哀"，派使者朝见、请和，遭到唐玄宗的拒绝（《新唐书·吐蕃传》）。不过，金城公主在世时，竭力维护两境的和平，在她的努力撮合下，唐、蕃于开元二十一年在赤岭树碑立盟，"两国和好，无相侵掠"。但好景不长，金城公主去世后，唐、蕃关系进一步恶化。尤其是安史乱后，吐蕃趁机大举内侵，曾一度攻陷大唐的首都长安。之后，吐蕃多次叛盟，尤以贞元二年（786）平凉劫盟最为严重，除清水会盟使浑瑊跳马逃脱外，其他会盟人员全部被吐蕃擒获。稍后，河西、陇右、安西、北庭相继为吐蕃所攻陷，唐、蕃关系跌落至冰点。直到长庆会盟前后，吐蕃多次派遣使者示好，唐、蕃关系又进入了一个新的历史时期。此次会盟，与以往会盟，有很大的不同。双方坦诚相待，结立大和盟约。长庆会盟盟文云：

　　大唐文武孝德皇帝与大蕃圣神赞普，舅甥二主，商议社稷如一，结立大和盟约，永无渝替，神人俱以证知，世世代代，使其称赞。文武孝德皇帝与赞普陛下，二圣舅甥，睿哲鸿被，晓今永之屯，享矜湣之情，恩覆其无内外，商议叶同，务今万姓安泰，

———————————

① 黄征、张涌泉：《敦煌变文校注》，中华书局2007年版，第159—160页。

所思如一，成久远大善，再续旧亲之情，重申邻好之义，为此大和矣。①

有鉴于此，纵观唐代中晚期的唐、蕃关系，以长庆会盟后的睦邻友好关系与《王昭君变文》中所呈现的唐蕃和平景象，最相契合。其他历史时期，很难达到如长庆年间那样融洽"大和"的唐、蕃关系。

三　变文歌咏公主的和亲贡献与长庆会盟碑铭

变文对汉公主王昭君的和亲之举予以极高的礼赞，尤其是文尾的祭词：

> 维年岁月，谨以清酌之奠，祭汉公主昭罕（君）之灵。惟天降之精，地降之灵，姝［丽］越世之无比，婍约倾国而陟娉。丹青写刑（形）远稼（嫁），使匈奴拜首，万代信义号罢征。贤感五百年间出，德应黄河号一清。祚永传万古，图书具载著佳声。呜呼嘻噫！存汉室者昭罕（君）。捧荷和国之殊功，金骨埋于万里。嗟呼！［永］别［翡］翠之宝帐，长居突厥之穹庐。时也，黑山壮气，扰攘匈奴；猛将降丧，计竭谋穷。漂遥（嫖姚）有惧于猃狁，卫霍怯于强胡。不稼（嫁）昭罕（君），紫塞难为运策定。嗟呼！身殁于蕃里，魂兮岂忘京都。空留一塚齐天地，岸兀青山万载孤。②

祭词"存汉室者昭君"、"捧荷和国之殊功"，直接赞美王昭君的和蕃之功。"时也，黑山壮气，扰攘匈奴；猛将降丧，计竭谋穷。嫖姚有惧于猃狁，卫霍怯于强胡。不嫁昭罕君，紫塞难为运策定。"作者回望历史，面对强敌的入侵，边关猛将的惧怯，昭君挺身而出，力挽狂

---

①　王尧：《唐蕃会盟碑疏释》，《历史研究》1980 年第 4 期。

②　黄征、张涌泉：《敦煌变文校注》，中华书局 2007 年版，第 160 页。

澜。正是昭君的远嫁，换来了边疆的和平与安定。她的和蕃远嫁功业，齐于天地，万载传芳。变文将王昭君的身份，定位为汉公主，正是借此歌咏唐代文成公主、金城公主的和蕃功业。变文借助于对汉公主王昭君的咏赞，委婉含蓄地表达了对文成公主、金城公主的咏赞。这样集中对两位公主和蕃功业的称赞，同样出现于长庆会盟碑的碑阴文字中。此碑现在仍然完好地保存于西藏拉萨，原为藏文，今据学者汉文译本如下：

> 初，唐以李氏得国，当其创立大唐之二十三年，王统方一传，圣神赞普弃宗弄赞与唐主太宗文武圣皇帝和叶社稷如一，于贞观之岁，迎娶文成公主至赞普牙帐，此后，圣神赞普弃隶缩赞与唐主三郎开元圣文神武皇帝重协社稷如一，更续姻好。景龙之岁，复迎娶金城公主降嫁赞普之衙，成此舅甥之喜庆矣。然，中间彼此边将开衅，弃却姻好，代以兵争，虽已如此，但值国内政情孔急之时仍发援军相助（讨贼），彼此虽有怨隙，问聘之礼，从未间断，且有延续也，如此近厚姻亲，甥舅意念如一，再结盟誓。①

正是由于文成公主、金城公主所开拓、奠定的坚实的唐、蕃和平基业，其间虽有"怨隙"，但双边关系从未间断，甥舅之情，始终如一，这是长庆会盟在继平凉劫盟唐蕃关系跌至冰点后能够再结盟誓的重要感情基础与纽带。所以，《王昭君变文》对公主和蕃大业的歌咏，即是为长庆会盟中文成公主、金城公主和蕃之功所发挥的巨大政治力量的歌颂。虽然她们远嫁吐蕃，长居穹庐，但为唐、蕃子孙谋得了和平与幸福。长庆会盟，唐、蕃冰释前嫌，再结盟誓，离不开文成公主、金城公主的和蕃努力。所以，在这一点上，《王昭君变文》与长庆会盟碑文，是完全相一致的。

---

① 王尧：《唐蕃会盟碑疏释》，《历史研究》1980 年第 4 期。

四　变文中的赞普形象与长庆会盟的时代气息

变文中的蕃王形象，实则吐蕃赞普形象的比拟。这一赞普形象，一反以往唐史及相关文集中反复无常、背恩弃义的负面形象，高大而光辉，多爱而仁厚。变文对蕃王直接以"天子"呼之，体现出吐蕃统治时期的时代印痕。

变文中的蕃王，仁爱慈和，与汉公主昭君夫妻感情笃厚，对"汉家"也情深义重。昭君病重时，蕃王嘘寒问暖，关怀备至："单于虽是蕃人，兀那夫妻义重，频多借问。"又千方百计，寻医问药："单于重祭山川，再求日月，百计寻方，千般求术，纵令春尽，命也何存。"并对天地祈祷，愿与昭君齐人寿、等生死："单于答曰：'愿为宝马连长带，莫学孤蓬剪断根。公主亡时仆亦死，谁能在后哭孤魂。'"当昭君离世后，蕃王率群臣恸哭，为之守丧，不离左右："恰至三更，大命方尽。单于脱却天子之服，还着庶人之裳，披发临丧，魁渠并至。骁（晓）夜不离丧侧，部落岂敢东西？日夜哀吟，无由暂辍，恸悲切调，乃哭明妃。"变文唱词又云：

　　单于是日亲临哭，莫舍须臾守看丧。解剑脱除天子服，披头还着庶人裳。

　　衙官坐泣刀离（剺）面，九姓行哀截耳珰。首领尽如云雨集，异口皆言斗战场。

　　寒风入帐声犹苦，晓日临行哭未殃（央）。昔日同眠夜即短，如今独寝觉天长。

蕃王脱去天子之服，穿上庶人衣裳，哀悼昭君。百官云集，以刀剺面，如丧考妣。变文中还同时穿插写蕃王的懊恼、悔恨与伤感。

　　单于答曰："到来蕃里重，长媿（愧）汉家恩。"

何期远远离京兆，不意冥冥卧朔方。早知死若埋沙里，悔不教君还帝乡。

乍可阵头失却马，那堪向老更亡妻。

蕃王声声诉说，情真意切，令人肠断。蕃王为昭君安排的葬礼，也分外隆重："酤五百瓮酒，杀十万口羊。饮食盈川，人伦若海。一百里铺氍毹毛毯，踏上而行；五百里铺金银胡瓶，下脚无处。单于亲降，部落皆来。倾国成仪，乃葬昭军（君）。"又曰："单于是日亲临送，部落皆来引仗行。赌走熊罴千里马，争来竞逞五军兵。""牛羊队从生埋旷，仕（侍）女芬芬（纷纷）从入坑。地上筑坟犹未了，泉下惟闻叫哭声。黄金白玉莲（连）车载，宝物明珠尽库倾。"变文极尽铺陈之能事，渲染昭君葬礼的隆重与奢华。面对这般景致，作者还借助于单于之口说："汉家虽道生离重，蕃里犹［嫌］死葬轻。"这是加倍一层的写法，烘托他对昭君、对汉家的真挚情感。

自松赞干布以降，伴随吐蕃国势的崛起，历代对大唐边境侵扰不断，进入公元9世纪以后，吐蕃国力削弱，赞普可黎可足派专使赴唐，缔结友好盟约，长庆会盟正是这一时代的产物。结合当时史料来看，变文中所歌咏的这位仁爱慈和的蕃王形象，实即长庆会盟中吐蕃赞普可黎可足形象的缩影。变文中的蕃王，对昭君、汉家感情真挚，充满仁爱，作者借此表达对长庆会盟中的吐蕃赞普可黎可足的爱戴与歌颂，同时歌颂这来之不易的唐、蕃和平。赞普可黎可足，是赤德祖赞与金城公主曾孙，《新唐书·吐蕃传》记载，赞普可黎可足"立几三十年，边候晏然"。这在唐、蕃交往史上，是颇为罕见的。

面对唐、蕃背盟已久，关系恶化的艰难时局，赞普可黎可足审时度势，主动并多番向大唐示好，缔结大和盟约。长庆会盟碑文称颂可黎可足功绩云：

甥舅所议之盟未立，怨隙萌生，盖因彼此旧日纷扰、疑虑，遂使结大和盟事，一再延迟，倏间，即届产生仇仇，行将兵戎相见，顿成敌国矣，于此危急时刻，圣神赞普可黎可足陛下所知者聪明睿哲，如天神化现；所为者，悉合诸天，恩施内外，威震四方，基业宏固，号令遍行，乃与唐主文武孝德皇帝舅甥和叶社稷如一统，情谊绵长，结此千秋万世福乐大和盟约于唐之京师西隅兴唐寺前。①

长庆会盟后，终于从根本上结束了唐、蕃长期以来时战时和的局面，开启了和睦相处的新征途。正是在这一背景之下，《王昭君变文》通过对蕃王及其群臣恸哭汉公主王昭君、倾举国之力厚葬王昭君的大篇幅描叙，歌颂了蕃王及群臣宽厚仁爱的君臣群像，也从侧面歌颂了蕃、汉和睦共处、安定祥和的政治局面。而这一来之不易的和睦气象，与汉公主昭君和蕃的贡献密不可分，所以作者以王昭君和蕃故事为题材，歌颂唐代文成公主、金城公主入藏和蕃的功业，并由此歌颂唐、蕃和睦相处的时代格局。变文之所以如此构思、布局，正是受到当时唐、蕃关系融洽的时代变奏的影响与鼓舞。

五　变文中的"四至"与长庆会盟的疆域议定

《王昭君变文》有一段描叙蕃域的富庶及疆域："黄羊、野马，日见千群万群，羱羝，时逢十队五队。似（以）契丹为东界，吐蕃为西邻，北倚穷荒，南临大汉。当心而坐，其富如云。"其实这一段蕃界疆域的描述，也并不是对突厥疆界的描述，其叙述焦点仍然是吐蕃。

（1）结合当时史实，类似《王昭君变文》中如此富庶和辽阔的疆域，当时大抵只有吐蕃。在吐蕃人心目中，他们也是这样认为。这在长庆会盟碑文中，有明确地描述："此威德无比雍仲之王威严烜赫，是故，南若门巴天竺，西若大食，北若突厥拔悉蜜等虽均可争胜于疆场，

---

① 王尧：《唐蕃会盟碑疏释》，《历史研究》1980 年第 4 期。

然对圣神赞普之强盛威势及公正法令，莫不畏服俯首，彼此欢忭而听命差遣也。东方之地曰唐，地极大海，日之所出，此王与蛮貊诸国迥异，教善德深，典笈丰闳，足以与吐蕃相颉颃。"① 吐蕃认为其幅员之辽阔，只有大唐可以与之相匹敌。

无独有偶，敦煌遗书 P. 2555 + P. 5037《为肃州刺史刘臣璧答南蕃书》中，刘臣璧也说："吐蕃东有青海之隅，西据黄河之险，南有铁领（岭）之固，北有雪山之窂（牢）。逻娑之外，极乎昆仑。昆仑之傍，通乎百越。承运海物，舟帆蔽空。平陆牛马，万川群〔麟〕，国富兵众，土广而境远；自然方圆，数万里之国。"称誉吐蕃幅员辽阔，物产丰富，可与大唐媲美。

（2）"吐蕃为西邻"反映出鲜明的时代色彩。邵文实先生据此推断出《王昭君变文》的创作时间的上限在建中二年（781）之后。邵先生指出，根据史书记载，吐蕃属西羌，"未始与中国通"，直到唐太宗贞观八年，"始遣使来朝"，与大唐并不接壤，更谈不上为邻了，直到安史之乱爆发后，吐蕃不断内侵，最终于建中二年占领沙州，完全占据整个河西地区。② 这一史实的考究，确实对了解《王昭君变文》的创作时间至关重要。

不过，还值得颇为注意的是，变文中"吐蕃为西邻"的疆域观念，同时也牢牢地并且郑重地体现在上引的长庆会盟碑文中："此威德无比雍仲之王威严烜赫，是故，南若门巴天竺，西若大食，北若突厥拔悉蜜等虽均可争胜于疆场，然对圣神赞普之强盛威势及公正法令，莫不畏服俯首，彼此欢忭而听命差遣也。东方之地曰唐，地极大海，日之所出，此王与蛮貊诸国迥异，教善德深，典笈丰闳，足以与吐蕃相颉颃。"③ 在长庆会盟碑文中，吐蕃人声称"东方之地曰唐"，而变文描述"吐蕃为西邻"，二者彼此对接，遥相呼应。由此可见《王昭君变

---

① 王尧：《唐蕃会盟碑疏释》，《历史研究》1980 年第 4 期。
② 邵文实：《敦煌边塞文学研究》，甘肃教育出版社 2007 年版，第 171—172 页。
③ 王尧：《唐蕃会盟碑疏释》，《历史研究》1980 年第 4 期。

文》创作与长庆会盟之间的内在密切关系。

长庆会盟碑文云："今蕃汉二国所见管本界，以东悉为大唐国境，已西尽是大蕃境土，彼此不为寇敌，不举兵革，不相侵谋。"对此碑文，王尧先生解释说："当时唐与吐蕃边界在碑文中未作明确规定，想来是维持现状，各守所部。这里所谓本界，应指公元 783 年清水会盟中所定边界。"①清水会盟所定边界，据《旧唐书·吐蕃传》记载，建中四年（783）正月，诏张镒与尚结赞盟于清水，其盟文曰："今国家所守界，泾州西至弹筝峡西口，陇州西至清水县，凤州西至同谷县，暨剑南西山大渡河东，为汉界。蕃国守镇在兰、渭、原、会，西至临洮、东至成州，抵剑南西界么些诸蛮，大渡水西南为蕃界。其兵马镇守之处，州县见有居人，彼此两边见属汉诸蛮，以今所分，见住处依前为定。其黄河以北，从故新泉军，直北至大碛，直南至贺兰山骆驼岭为界，中间悉为闲田。盟文有所不载者，蕃有兵马处蕃守，汉有兵马处汉守，并依见守，不得侵越。其先未有兵马处不得新置，并筑城堡耕种。"由此可见，长庆会盟中唐、蕃的疆界划分，沿袭了清水会盟所划定的边界。据王尧先生研究，这一状况，直到大中年间，才有所改变。②

因此，在长庆会盟碑文中，不论是"以东悉为大唐国境，已西尽是大蕃境土"，还是"东方之地曰唐"，都与变文"吐蕃为西邻"的描述，颇为吻合，它们一起见证了当时长庆会盟前后唐、蕃边界的实际详情。

六   变文中的戎俗与长庆会盟前的吐蕃习俗

《王昭君变文》："夫突厥法用，贵壮，贱老，憎女忧（优）男③，

---

① 王尧：《唐蕃会盟碑疏释》，《历史研究》1980 年第 4 期。
② 同上。
③ 忧，通"优"。优厚，爱护。《墨子·非儒下》："夫忧妻子以大负累。"孙诒让《墨子间诂》："忧妻子，谓优厚于妻子。古无优字，优原字止作忧，今别作优，而以忧为忧愁字。"项楚先生说："'忧'就是'爱'。凡人之情，因为爱之深，因而忧之切，忧正是爱的表现，所以忧也就具有了爱的意思。"（《敦煌变文选注》）

怀鸟兽之心，负犬戎之意。"如前文所述，变文借突厥比拟吐蕃，所谓突厥习俗，实即吐蕃习俗。吐蕃"贵壮贱老"、"怀鸟兽之心，负犬戎之意"的恶行，给唐人以刻骨铭心的记忆。尤其是《王昭君变文》的作者，作为亲身遭逢吐蕃蹂躏、奴役的落蕃人，更是感同身受，印象深刻。按唐史记载，唐代宗贞元三年（787）四月，吐蕃平凉劫盟，参与盟会的唐朝官吏，除主盟会使浑瑊逃归外，其余官吏悉数被俘。唐蕃关系跌落低谷。同年9月，"吐蕃大掠汧阳、吴山、华亭，老弱者杀之，或断手凿目，弃之而去，驱丁壮万余悉送安化峡西，将分隶羌、浑，乃告之曰：'听尔东向哭辞乡国。'众大哭，赴崖谷死伤者千余人"（《资治通鉴》卷233）。《新唐书·吐蕃传》云："焚聚落，略畜牧、丁壮，杀老孺，断手剔目，乃去。"《旧唐书·吐蕃传》记载："焚烧庐舍，驱掠人畜，断吴山神之首，百姓丁壮者驱之以归，羸老者咸杀之，或断手凿目，弃之而去。"吐蕃大掠唐朝边境百姓，老弱者悉数杀之，有的砍断手臂，有的挖去眼睛，然后将他们抛弃。而对掳掠的一万余名成年壮丁说："准许你们向着东方哭泣，告别故乡。"顿时哭声震天，从山崖跳下深谷而死亡和受伤的有一千多人。这样滔天的恶行，耸动天下。这也正是《王昭君变文》所指"贵壮贱老"、"怀鸟兽之心"的由来。

揆之史实，吐蕃此举继平凉劫盟后，进一步恶化了唐、蕃关系，似乎为故意为之，以报复同时期的大唐与回纥的联姻结盟。据《资治通鉴》卷233记载，平凉劫盟后，唐德宗深以为耻，开始采纳宰相李泌的建议，"北和回纥，南通云南，西结大食、天竺"，以此孤立吐蕃。按李泌的策略："回纥和，则吐蕃已不敢轻犯塞矣。次招云南，则是断吐蕃之右臂也。云南自汉以臣属中国，杨国忠无故扰之使叛，臣于吐蕃，苦于吐蕃赋役重，未尝一日不思复为唐臣也。大食在西域为最强，自葱岭尽西海，地几半天下，与天竺皆慕中国，代与吐蕃为仇，臣故知其可招也。"（《资治通鉴》卷233）按照这一策略，唐德宗答应回纥可汗的和亲，将咸安公主许配给他，回纥可汗遣使上表称儿及臣，双方订立贞元之盟。大唐、回纥的贞元之盟，将咸安公主远嫁回纥，此举深深刺痛了吐蕃。所以发生了上列大掠唐朝边民，悉杀老弱，断手凿目的酷烈之事。而这桩惨案，对于大唐子民，尤其是陷蕃百姓，记忆深刻。

从贞元三年到长庆会盟，三十多年过去了，无论是吐蕃官方，还是大唐的陷蕃百姓，谁都很难以忘记这段历史。当长庆会盟的重要使臣刘元鼎出入吐蕃时①，都遇到吐蕃元帅问及大唐厚遇回纥的话题。《旧唐书·吐蕃传》：

> 初，元鼎往来蕃中，并路经河州，见其都元帅、尚书令尚绮心儿云："回纥，小国也。我以丙申年逾碛讨逐，去其城郭二日程，计到即破灭矣，会我闻本国有丧而还。回纥之弱如此，而唐国待之厚于我，何哉？"元鼎云："回纥于国家有救难之勋，而又不曾侵夺分寸土地，岂得不厚乎！"

又《新唐书·吐蕃传》：

> 元鼎还，虏元帅尚塔藏馆客大夏川，集东方节度诸将百余，置盟策台上，遍晓之，且戒各保境，毋相暴犯。策署彝泰七年。尚塔藏语元鼎曰："回鹘小国，我尝讨之，距城三日危破，会国有丧乃还，非我敌也。唐何所畏，乃厚之？"元鼎曰："回鹘有功，且如约，未始妄以兵取尺寸地，是以厚之。"塔藏默然。

新、旧《唐书》的记载，大同小异，但吐蕃元帅一为尚绮心儿，

---

① 《旧唐书·吐蕃传》记载："长庆元年九月，吐蕃遣使请盟，上许之。乃命大理卿、兼御史大夫刘元鼎充西蕃盟会使。"

一为尚塔藏①，足见此事为吐蕃上层贵族的普遍心结。在这些吐蕃上层贵族看来，回纥弹丸小国，国力弱小，不堪一击，却受到了比吐蕃还优厚的待遇。这是他们所不能理解的。但刘元鼎给出了三个理由：一是回纥有功于大唐，尤其在安史之乱中帮助大唐收复两京，功劳巨大；二是回纥从不背叛盟约；三是回纥没有妄取过大唐的一寸土地。而这三点，吐蕃却都远不如回纥。一是吐蕃趁安史之乱，吞并陇右，甚至攻陷京师长安；二是吐蕃屡次背叛盟约，反复无常；三是安史乱后，吐蕃攻取大唐河西、陇右大片土地。因此，面对刘元鼎的回答，尚塔藏默然以应。

当刘元鼎路过陷蕃区时，陷蕃百姓夹道欢迎，勾起他们对诸多往事的回忆。刘元鼎在其《使吐蕃经见纪略》中说：

> 元鼎逾成纪武川，抵河广武梁。故时城郭未隳，兰州地皆秔稻。桃李榆柳岑蔚，户皆唐人，见使者麾盖，夹道观。至龙支城，耋老千人拜且泣，问天子安否。言："顷从军没于此，今子孙未忍忘唐服，朝廷尚念之乎？兵何日来？"言已皆呜咽。（《全唐文》卷716）

陷蕃百姓看见大唐使者麾盖，人心振奋，且拜且泣，他们未忍忘唐服，心念朝廷，盼望大唐早日收复失地。可想而知，刘元鼎一行赴吐蕃会盟的消息，很快即传遍了当时整个陷蕃区。《王昭君变文》正是根据这一消息，即时创作出来的。

在变文中，作者委婉含蓄地借助于昭君的思乡愁苦，表达陷蕃百姓盼望回归的复杂心情。如变文唱词："异方歌乐，不解奴愁；别域之欢，不令人爱。""妾家宫苑住秦川，南望长安路几千。""烟脂山上愁今日，红粉楼前念昔年。"以昭君对长安、对过去的翘望和思念，传达

---

① 有学者将此二人误为一人，但据王尧先生考订，二者绝非一人，参阅王尧《唐蕃会盟碑疏释》，《历史研究》1980年第4期。

出陷蕃百姓对长安、对过去的想念。又如"风光日色何处度，春色何时度酒泉。""假使边庭突厥宠，终归不及汉王怜。""妾死若留故地葬，临时□（请）报汉王知。"以昭君对长安君王的想念，传达出陷蕃百姓对长安天子、唐军的翘望和思念。

两相对比，不难发现：这番感情与执着，这份赤忱和挚爱，变文中借助于昭君所表现的，与刘元鼎《使吐蕃经见纪略》中所记载的，二者如出一辙。由此可见《王昭君变文》创作与长庆会盟时局之间的密切关系。

总之，《王昭君变文》的创作，既真实反映了长庆会盟前后的唐、蕃政治关系，又客观再现了陷蕃百姓歌颂会盟、歌唱和平以及渴望早日回归大唐怀抱的时代呼声。它具有一定的历史价值，又颇富文学价值，不失为变文作品中难得的佳作。

第四章

中晚唐敦煌政治风云与悟真
诗文集原貌探微

重回历史现场，从敦煌写本残卷拼接出一个完整的敦煌文学史的轮廓来。正如日本敦煌学者藤枝晃说："现在随着（敦煌）遗书的陆续公布，必然让位于一种新的研究方法，即将写本残卷重建为一个整体，并且找出个别写本或写本群在全部遗书中的位置。"① 本章以悟真诗文集原貌为基点，考察悟真及其同时代的人物交际、社会生活、历史事件等，重建敦煌作家作品的历史位置，重现悟真在敦煌文学史乃至中国文学史中所扮演的角色。

迄今发现的敦煌遗书中，悟真作品保存较多，涉及文书类型较广，笔者认为以诗文集形式集中整理的抄本，达十件之多，涉及六种不同的诗文集形式。这十件悟真诗文集抄本，分别为：P.3770、P.3770V、 P.3720、 P.3720V、 P.4640、 P.4660、 P.3886V、S.4654、P.3963、P.3259，其涉及面广，以下笔者逐一加以探讨，以明晰悟真诗文集在当时敦煌的流传盛况。

悟真作为敦煌归义军时期的杰出文学家，其诗文作品数量丰富，质量上乘，在生前身后，在敦煌地区广为流传，成为敦煌文学中影响深远的一代巨星。

---

① ［日］藤枝晃：《敦煌写本概述》，徐庆全、李树清译，《敦煌研究》1996 年第 2 期。

第一节　伯 3770 悟真文集与悟真早期成长

悟真一生年寿甚长，阅历丰富，经历了吐蕃统治敦煌、归义军光复敦煌、归义军内乱等重要的历史时段；他成长于吐蕃统治敦煌时期，效力于敦煌光复后的归义军张议潮、张淮深、张淮鼎、索勋、张承奉等统治，先后经历过六次政权更迭；他曾随同敦煌使团，一同觐见大唐天子，与京都名流切磋文艺。颜廷亮先生曾经指出，归义军时期是"敦煌文学历史上作者最夥、作品最多、成就最大、发展时间又持续最长的时期"，也是"敦煌文学历史上的黄金时期和代表时期"，前后长达 190 年之久。归义军时期，敦煌本土作家队伍空前壮大，作品数量剧增，敦煌文学的代表性作家和作品很多出自这一时期。而悟真是这"敦煌文学历史上的黄金时期和代表时期"的顶尖人物，是敦煌文学巅峰中的巅峰。

一　悟真早期生活经历

悟真生年不详，卒于唐昭宗乾宁二年（895），享年不详。颜廷亮先生认为"享年约八十三岁"，还有学者认为"享年 95 岁"，均未知所据。P. 2856《营葬都僧统榜》："营葬榜。僧统和尚迁化，今月十四日葬。"榜文落款为"乾宁二年三月十一日"。齐陈骏、郑炳林等据此推断，悟真病故于此年。又，齐陈骏、郑炳林据 S. 1475《沙州寺户严君便麦契》考订，约太和三年至太和九年（829—835），悟真已经出任灵图寺寺主。揆之常理，悟真出任寺主，其年龄至少应该满 20 岁。姑且以悟真年 20 岁出任灵图寺寺主，试推算下，倘若他出任灵图寺寺主从太和三年（829）算起的话，那么至乾宁二年（895）去世，享年至少应是 87 岁；倘若从太和九年（835）算起，其享年至少应是 81 岁。笔者依其人生成长轨迹，略考其诗文集创作情况，以折射当时敦煌历史文化的诸般状貌。

悟真出生、成长于吐蕃统治敦煌时期，从小出家，父母过世较早。S. 0930V《河西都僧统悟真百岁书》第一首："幼龄割爱预投真，未报慈颜乳哺恩。子欲养而亲不待，孝亏终始一生身。"自述幼小出家，未能报答父母哺育之恩，以此抱恨终生。S. 10468＋S. 12956 残片经缀合，也为一篇悟真自序文字：

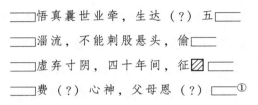

　　"业牵"，犹言业累。佛教语，指恶业的牵累。这是悟真自述出家的缘由。虽然这篇自序因文字残损给阅读造成困难，但那份不能报答父母恩情于万一的愧疚，溢于纸间，依然隐约可见。这篇自序写于悟真 40 岁时（文中有"四十年间"语），而 S. 0930V《百岁书自序》写于悟真 70 岁时（文中有"年逾七十"语），其间虽然相隔 30 年，但那份对父母恩情的感念，始终如一，由此可以看到悟真虽然出家为僧，但儒家仁孝忠悌的观念对他仍然影响至深。正是因为这样的原因，悟真不仅在当时敦煌僧界威望极高，担任都僧统时间长达近 30 年，从唐懿宗咸通十年（869），到唐昭宗乾宁二年（895），成为晚唐五代敦煌历任都僧统中任职时间最长的一位，而且他还出入凡尘俗世之间，忠心辅佐归义军张氏政权，在敦煌政治舞台中也发挥出独特的贡献。

　　敦煌遗书 P. 3720V 中，悟真自叙身世云："自十五出家，二十进具，依师学业，专竞寸阴，年登九夏，便讲经纶，闲孔无余。"悟真十五岁出家，正值孔子所称"十有五而志于学"的人生立志阶段，由此可见皈依佛门、弘扬大法，是悟真一生的志向所在。他一心钻研佛学

① 中国社会科学院历史研究所等编：《英藏敦煌文献》，四川人民出版社 2009 年版，第 13 册第 43 页、第 14 册第 121 页。

典籍，"专竞寸阴"，年满二十，即受比丘戒，开坛讲经。其自叙"年登九夏，便讲经纶"，其中"经纶"一语，词义丰富。以下三种理解，揆之语境，意思皆通。一是"经纶"同"经论"，指佛教三藏中的经藏与论藏。二是"经纶"即"经伦"，指佛教经籍伦理。"纶"通"伦"。王念孙《读书杂志·管子二》："纶理即伦理。伦与纶古字通。"三是"经纶"本义及引申义。"经纶"本义是指整理丝缕、理出丝绪和编丝成绳。引申为筹划治理国家大事或治理国家的抱负和才能。《易·屯》："君子以经纶。"孔颖达疏："经谓经纬，纶谓纲纶，以经纶天下，约束于物。"《礼记·缁衣》："王言如丝，其出如纶。"均表达"经纶"与国家政事的密切相关。从悟真出任都僧统长达近三十年以及与归义军政权的紧密联系，似乎第三种含义更契合当时语境。P.3720V"年登九夏，便讲经纶，闲孔无余"之后，又云："特蒙前河西节度故太保随军驱使，长为耳目，修表题书。大中五年入京奏事，面对玉阶，特赐章服。"自叙他积极参与归义军初期的系列政治活动。倘若悟真没有早年的历练，就很难想象他能够游刃有余地辅佐张氏政权，历经多次的政权更迭。

二　伯3770悟真文集与悟真早期成长

P.3770首篇《十戒经》，尾款"至德二载岁次丁酉五月戊申"，全篇楷法谨严，划有乌丝栏。《十戒经》以下，书法变化较大，显然不是同一人所书。从《愿文》起，到本卷收尾及背面，似为另一人抄写。从《十戒经》到第一篇《愿文》，中间留有空白数行，之后有"法师悟真"四个大字。这四个大字，在第一篇《愿文》之前，绝不像随意书写或涂鸦。而是表明《愿文》以下文字，与"法师悟真"有着某种千丝万缕的联系。又本卷《张族庆寺文》，开篇即云"悟真闻大通垂应"，更直接提及悟真，更进一步印证了本卷与悟真的密切关系。

又，本卷背面多处留有恒安的骑缝押。恒安，曾任灵图寺知藏，

BD14676（新 0876）《灵图寺藏经目》记载咸通六年（865）左右知藏恒安负责管理该寺藏经。据学者研究，"知藏"就是图书馆的管理者，相当于馆长。① 悟真的不少文书，都是由恒安抄写，并予以妥当收藏的。除本卷外，还有如 P. 4640、P. 4660 悟真文集都是由恒安主持抄录，加以整理的。因此，鉴于以上诸多联系，本卷应当是当时恒安抄录整理的又一件《悟真文集》。

按齐陈骏、郑炳林据 S. 1475《沙州寺户严君便麦契》考订，悟真出任灵图寺寺主，大约在太和三年至太和九年（829—835），到大中二年（848），张义潮率众起义，光复敦煌，悟真担任图灵寺寺主已有十多年了。倘若以太和三年（829）悟真始任灵图寺寺主，那么他在吐蕃统治敦煌期内担任这一职位则长达近二十年。又据郑炳林先生考证，到吐蕃统治敦煌时期，灵图寺成为敦煌的大寺，是当时敦煌的佛事及经济活动中心；到归义军时期，灵图寺仍然是敦煌的大寺。② P. 3311V 有"灵图大寺面南开，千罗宝盖满来"。又 P. 3100《徒众供莫等状》悟真批文说灵图寺"寺舍广大"，僧徒众多。直到悟真去世，灵图寺臻至鼎盛。北图 830 号背乙丑年写卷称赞灵图寺说："灵图即法界，法界即灵图。"乙丑年，郑炳林先生判定为公元 905 年，即天复五年。其时正值悟真离世（乾宁二年，895）十周年。吐蕃统治及归义军初期，灵图寺作为敦煌大寺，名僧辈出，吴洪辩、翟法荣、悟真等归义军初期的三任都僧统，都是灵图寺高僧。故续华《悟真事迹初探》根据这一情形，推断当时都僧统司设在灵图寺。三人之中，又以悟真文采最高，出任都僧统时间最长，恒安作为灵图寺知藏，抄录整理悟真文集，便成为他日常工作的一项重要内容。

本卷所抄写收录的悟真文集作品，跨越了敦煌陷蕃、敦煌光复两个时期，主要收录的是悟真早期作品。大抵说来，是悟真出任都僧统

---

① ［日］上山大峻：《关于北图劾 76 号吴和尚藏书目录》，刘永增译，《敦煌研究》2003 年第 1 期。

② 郑炳林：《敦煌碑铭赞辑释》，甘肃教育出版社 1992 年版，第 353—355 页。

之前的一些文集作品。其作品分别为《愿文》三篇，《舍施发愿文》《安伞文》《禳灾文》各一篇，《张族庆寺文》《俗讲庄严回向文》，以及本卷背面的《敕河西节度使牒》《二月八日文》。

前三篇《愿文》作于吐蕃统治敦煌时期，第一篇"其谁施之？则有宰相论赞没热"，第二篇"处心圣教者谁也？其有瓜州大节度使论经（？）颊热谒支保"，第三篇"伏惟节儿都督公平育物"，分别有吐蕃宰相、瓜州大节度使、节儿都督，是其明证。而第三篇内容与P.2853《置伞文》略同，显然命名为《愿文》不够妥当。

又，细审《法国国家图书馆藏敦煌西域文献》图版，三篇《愿文》之后，还遗漏了两篇作品，没有编目。第一篇起"夫睹相与善者无出于应化之身"，止于"悉诸等功名作普善回向文"，其内容与P.2853《置伞文》略同。从文中"即用庄严我当今圣神赞普"等推断，当作于敦煌陷蕃时期。第二篇起"夫西方有圣号释迦"，止于"功德圆满，然后云云"，文中有"盖帝释严花，下三道之宝阶，开九重之帝纲。高悬法镜，广照苍生，唯我大师成神者也。然今此会所申意者，奉为三长邑义之嘉会也。惟合邑诸公等气禀山河，量怀海岳，映玉藏德，金石固心，秉礼义以立身，守忠孝以成性，故能结异宗兄弟，为出世亲邻，凭净戒而洗涤众愆僭越，扫法门而日新诸善。冀福资于家国，永息灾殃"，其内容与P.2226《社斋文》、S.6114《三长邑设斋文》略同，揆其语气，意在祈祷敦煌劫余重生，永保安宁，当作于敦煌光复初期。

《安伞文》："将冀保休家国再育梨元，三边无烽燧之优，一郡沐康宁之庆。总斯厥旨，万事兴焉。其谁施之？则我沙州乞律本等奉。"乞律本，又作乞利本。S.6101《行城文》："又我乞利本、节儿、都督等，伏愿荣班、宠后（厚）、禄增。"陆离先生据此推测，吐蕃沙州乞律本似是蕃占敦煌地区位居节儿、都督之上的最高军政官员。[①] 而

---

① 陆离：《吐蕃统治河陇西域时期制度研究》，民族出版社 2011 年版，第 16 页。

《禳灾文》《舍施发愿文》创作时间，不够明晰，但都与上述文书一样，很可能出于悟真之手，作为灵图寺佛事活动的文书范本而应用广泛。

《张族庆寺文》为张议潮率众光复敦煌庆寺而作，其文中称誉说："其谁施之？则我河西节度尚书爰及宗人望族庆扬之作建福事也。伏惟尚书渥洼龙种，丹穴凤雏。"当作于张议潮光复敦煌初期。揆之当时形势，文中所提及的"尚书"，应为张议潮无疑。据荣新江先生研究，"很有可能议潮在大中二年初掌兵权时自称兵部尚书"，"在大中十二年以前，议潮一直被称作尚书"①。据此推断，这篇作品当作于大中二年至大中十二年（848—858）。

《俗讲庄严回向文》也表达敦煌回归大唐，四海一家的喜悦，其文曰："伏持胜福，次用庄严，当今皇上，伏愿永垂阐化，四海一家；又持胜福，次用庄严，将相百官，伏愿坛梅大鼎，舟楫巨川，万方清泰，八表无虞；又持胜福，次用庄严，我司空贵位，伏愿金刚作体，般若为心，长为大国之重臣，永作苍生之父母。"作于张议潮出任司空之后。

其文又曰："又持胜福，次用庄严诸官吏等，伏愿美名美貌，日益日新，下临百姓，惟直惟清，上顺帝心，常忠常赤。又持胜福，次用庄严，僧录大德，惟愿敷扬正述，镇遏玄门；又持胜福，次厈庄严，诸尊宿大德等，伏愿使法无衰变之忧，释众保康庆之乐。""又持胜福，次用庄严，诸禅律大德等，惟愿驰赈不倦，匡救无疲；又持胜福，次用庄严，诸尼大德等，伏愿四依常满，八敬长圆。"

按 P.3720《敕都法师悟真告身》，悟真出任沙州都僧录在大中十年四月廿二日。又据荣新江先生考证，张议潮"称司空是在咸通二年

①　荣新江：《归义军史研究——唐宋时代敦煌历史考索》，上海古籍出版社 2015年版，第 65 页。

至咸通八年（861—867）间"①。而据 P. 3720《敕副僧统告身》悟真升任副都僧统是在咸通三年（862），那么这篇回向文的写作时间应当在咸通二年至咸通三年。

P. 3770 背面有《敕河西节度使牒》、《二月八日文》。《敕河西节度使牒》，已引起学者关注。② 其文曰：

> 僧悟真充沙州释门义学都法师，俗姓唐，都管灵图寺。▨前件僧，性怀冰静③，行洁霜明；学富五乘④，解圆八藏。释宗既奥，儒道兼知；导引群迷，津梁品物；绍隆为务，夙夜忘疲。⑤ 纵辩流珍⑥，谈玄写（泻）玉。入京奏事，为国赤心；对策龙庭⑦，申论展效；声流凤阁，敕赐衣官⑧。为我股肱，更兼耳目⑨。又随军幕，修表题书，非唯继绍真宗⑩，抑亦军州要客⑪。据前勋效，功宜飘升，牒举者各牒所由知者。故牒。

开篇"僧悟真充沙州释门义学都法师"，其中"充"字，有学者

---

① 荣新江：《归义军史研究——唐宋时代敦煌历史考索》，上海古籍出版社 2015 年版，第 71 页。

② 最早校录者为郑炳林先生，参见郑炳林《敦煌碑铭赞辑释》，甘肃教育出版社 1992 年版，第 123 页。

③ "怀"，或录作"惟"。"冰"，或录作"水"。按原卷"水"之上部还有两点，应为"冰"。又下句"霜"字，与之相应。

④ "学富"，原卷先作"洞晓"，后划去，改为"学富"。

⑤ "导引群迷，津梁品物，绍隆为务，夙夜忘疲"，原卷为小字插入语。有校录者或置于"纵辩流珍，谈玄写玉"之后，似不确。细按原卷，"谈玄写玉"之后，紧承"入京奏事"，不宜插入"导引群迷"一段。

⑥ "珍"，或录作"臻"。按，"流珍"与下句"写（泻）玉"，遥相对应。

⑦ 按此卷似为草稿，抄写时多有涂改。"对"字右上角有"面"字，"庭"右旁添"颜"字，揆其改动，"对策龙庭"，似乎又改作"面策龙颜"。

⑧ "官"，或录作"冠"。按原卷为"官"。

⑨ "兼"，或录作"并"、"为"，与原卷不合。

⑩ "唯"，或录作"为"，与原卷不合。按，"非唯"与下句"抑亦"相对。

⑪ "客"，或录作"害"。按，"真宗"、"要客"相对。

校录作"补充"，认为原卷脱"补"字。按，"充"不宜作"补充"解，而是当时唐人授予官职时的一种固定称呼，这在敦煌遗书中常见。如 P.3720《敕都法师悟真告身》："充沙州都僧录，余如故。大中十年四月廿二日。"又 P.3720《沙州刺史张淮深奏白当道请立悟真为都僧统牒并敕文》："今请替亡僧法荣便充河西都僧统。"仅 P.3720 卷中，诏敕文书任命悟真为都僧录、都僧统时，都是用"充"字。本篇牒文，任命悟真出任都法师时，也是用"充"字，前后一以贯之。

这篇牒文，作为任命悟真出任都法师的诏敕文书，可与 P.3720《大中五年悟真可京城临坛大德告身》相互参照。《大中五年悟真可京城临坛大德告身》开篇说"敕沙州释门义学都法师悟真等"，而有关悟真出任"释门义学都法师"的敕命，即在 P.3770V《敕河西节度使牒》中。《敕河西节度使牒》开篇即说："僧悟真充沙州释门义学都法师"，这是迄今所见敦煌遗书中最早有关大唐诏敕悟真的牒文。据《通鉴考异》记载，悟真一行于大中五年正月到达长安，郑炳林先生据此推测《敕河西节度使牒》写作时间当在大中五年之前的大中二年至大中四年。[①]

又，《敕河西节度使牒》称赞悟真"都管灵图寺"，"夙夜忘疲"，又称誉他"入京奏事，为国赤心；对策龙庭，申论展效；声流凤阁，敕赐衣官"，可见悟真在出任都法师时，曾经"入京奏事"、"对策龙庭"，深得大唐天子欢心。这一时间，应该早于大中五年五月。据郑炳林先生最早发现，P.2748 悟真《唐和尚百岁书》的序言与诗之间粘连一通文书，仅存上半截，其文曰：

　　大中四年七月廿日，天德□□已下七人至，忽奉□赐巨金帛锦练□□蒙荣归乡，泽承□诚欢诚惧，顿首□□当回发使，细人挟□□观楼橹，所以淹□□等七人于灵州，□□赖吐谷浑不

---

①　郑炳林：《敦煌碑铭赞辑释》，甘肃教育出版社 1992 年版，第 124 页。

知委□□不敢说实情，往□□知不遣□□六人奉河西地图□□□
上，今谨遣定远□□□①

叙说一行七人奉河西地图入京奏事，赐臣金帛锦练，被赐荣归乡
里。郑炳林先生推测说："因这件文书夹在《唐和尚百岁书》中，说
这件事当与悟真有关，很可能悟真就是使团成员之一。"② 其说甚是。
根据这件文书，在大中四年七月廿日，悟真等一行七人奉河西地图入
京，被赐荣归，《敕河西节度使牒》中悟真"充沙州释门义学都法
师"，很可能就在这一时期。

三　悟真的两次入京奏事

综上可考，悟真此时期先后两次入京奏事，被大唐天子授职、加
封。第一次是大中四年七月，授沙州释门义学都法师；第二次是大中
五年五月，加封"京城临坛大德"。P.3720《大中五年悟真可京城临
坛大德告身》表述得很明确："敕沙州释门义学都法师悟真等，……
悟真可京城临坛大德，仍并赐紫，余各如故。"加封悟真为"京城临
坛大德"，"沙州释门义学都法师"职位不变。这一点，可以参照大中
十年《敕都法师悟真告身》："敕京城临坛大德兼沙州释门义学都法师
赐紫僧某乙，……可供奉，充沙州都僧录，余如故。"在大中十年出任
都僧录之前，悟真一直兼任沙州释门义学都法师。

又 P.3720《大中五年悟真可京城临坛大德告身》"悟真可京城
临坛大德，仍并赐紫，余各如故"等记载，值得特别关注。从其
"仍并赐紫，余各如故"来看，早在大中五年之前，悟真已被朝廷赐
紫授封，所以才会有"仍并赐紫，余各如故"的表述。赐紫，在唐
代是很高的礼遇。唐三品以上官公服为紫色，五品以上官为绯色

---

① 按此录文，在郑炳林先生校录基础上，复核《法国国家图书馆藏敦煌西域文
献》图版，文句略有修正。

② 郑炳林：《敦煌碑铭赞辑释》，甘肃教育出版社 1992 年版，第 124 页。

（大红），官位不及而有大功，或为皇帝所宠爱者，特加赐紫或赐绯，以示尊宠。赐紫同时赐金鱼袋，故称赐金紫；僧人有时受紫袈裟。①悟真职位不在三品之列，其被赐紫只能是受到皇帝尊宠。这其中缘由，很可能是大中二年敦煌光复后，悟真等奉河西地图入京，龙颜大悦，特意赐紫授封。据此推断，早在大中五年之前，悟真曾经入京奏事、授封。

又据《张氏修功德记》，大中二年，张议潮率众收复敦煌、晋昌；又"次屠酒泉、张掖，攻城野战，不逾星岁，克获两州"，即不到一年里，又收复酒泉、张掖，时为大中三年。又据 S.0367《沙州伊州地志》，大中四年，张议潮率众收复伊州。至此，河西五郡全部光复。故张议潮在收复伊州等河西五郡后，派遣悟真等一行七人，奉河西地图入京，归顺大唐。而结合 P.2748 悟真《唐和尚百岁书》的序言与诗之间粘连的这一通文书，很可能就是大中四年七月悟真等一行七人奉河西地图入京事。由此可见，《敕河西节度使牒》等文书为我们了解悟真生平提供了极为丰富的信息。

《二月八日文》，似未曾引人关注。在内容上，与 P.2237、P.2058、P.3566、P.3765、S.5957 等《二月八日文》略有不同。②其中"求无上之三身，其谁谓欤？则我大师能迹法矣"，似为悟真称颂洪辩大师之语，作于敦煌光复初期。

本卷还有一则"包纸题记"云："此卷内蕃汉二代，表汉皇帝及吐蕃赞普、诸官吏回向、发开及戒律诸识杂斋文等一卷。"这段题记的出现，更加充分说明了本卷是融合敦煌陷蕃、敦煌光复两个历史阶段的文书汇编，"蕃汉二代"，既有力地见证了敦煌的历史沧桑，也为我们了解悟真的早期创作提供了丰富资料。

---

① 参考《汉语大词典》第 10 卷，汉语大词典出版社 1992 年版，第 259 页。

② 详参吴钢主编《全唐文补编》（第 9 辑），三秦出版社 2007 年版，第 195—197 页。

第二节 伯 3720 悟真诗文集与大唐政治荣光

伯 3720 卷历来颇受重视，有学者称为"悟真文集"，不过因为同卷还有诗歌作品，为免滋生歧义，称为"悟真诗文集"或"悟真集"，似乎更恰切。今以《法国国家图书馆藏敦煌西域文献》刊布为序，正面依次有《敕河西都僧统洪辩都法师悟真告身》《敕都法师悟真告身》《受赐官告文牒诗文序》《敕副僧统告身》《沙州刺史张淮深奏白当道请立悟真为都僧统牒并敕文》《敕河西都僧统洪辩都法师悟真告身》《右街千福寺首座辩章赞奖词》《张淮深造窟记》，背面有《莫高窟记》。其中，还抄写有悟真以外其他僧众作品两篇：沙门灵俊的《河西沙门和尚（阴海晏）墓志铭并序》、僧惠菀的《前敦煌毗尼藏主始平阴律伯真仪赞》。本卷抄写者身份不明，疑为灵俊所抄。

灵俊俗姓张，又称张灵俊，敦煌遗书 P.2991 有《张灵俊和尚写真赞并序》。其早年作品有 P.3425 唐昭宗景福二年（893）正月的《功德铭》，晚年作品有 P.3718 后唐末帝清泰二年（935）的《梁幸德邈真赞》，其创作时间前后跨越四十多年，敦煌高僧中，其创作时间之长，仅次于悟真。齐陈骏、郑炳林据 S.1475《沙州寺户严君便麦契》考订，约太和三年至太和九年（829—835），悟真出任灵图寺寺主，时悟真正处壮年。而灵俊早年出家灵图寺，逐渐成长，崭露头角。据 S.2575《天复五年八月灵图寺徒众请大行充寺主状》署名，第一位为义深，第二位为"徒众灵俊"，郑炳林先生据此推测"灵俊当时已是灵图寺有威望的僧人"，颇有道理。从天复五年（905）到太和九年（835），其间相距 70 年。又，据郑炳林先生推测，清泰二年以后不见有关张灵俊的记载，其卒年当清泰三年（936）左右。而 P.2991《张灵俊和尚写真赞并序》记载："年余七九，风疾侵缠。四蛇不允，二鼠交煎。喘临旦夕，奉嘱心坚，俄然坐化，绵帐题篇。"张灵俊去世，享年 63 岁，倘若卒年以清泰三年（936）计算，其生年当为唐僖宗乾符元年（874）。与悟真始任灵图寺主，时间大约相距40年。

因此，可以推断的是，灵俊在敦煌及灵图寺的成长历程，正是悟真事业逐步走向鼎盛，悟真文集作品及事迹被广为传颂的辉煌时期。换句话说，灵俊这一代人正是在悟真光辉影响下成长起来的。他又出家、成长于灵图寺，自然更加引以为豪，因此，伯3720卷很可能是灵俊在灵图寺中的抄本。本卷《河西沙门和尚（阴海晏）墓志铭并序》题款："释门僧政阐扬三教大法师［赐］紫沙门灵俊。"又P.3718灵俊《范海印和尚写真赞并序》题署："释门僧政京城内外临坛供奉大德兼阐扬三教大法师赐紫沙门厶乙。"此"厶乙"，从序文"俊以乖亏智性，难违固邀"看，当为灵俊。故从灵俊的官职晋升来看，P.3720卷必抄于P.3718之前，其时灵俊尚未有"京城内外临坛供奉大德"封号。而P.3718《范海印和尚写真赞并序》落款"长兴二年"，故P.3720卷必抄于长兴二年（931）之前。其时，距离悟真圆寂（乾宁二年，895）约30年。

悟真生平的一些重要信息，赖P.3720卷而保存。因此本卷作品及文书，价值颇高，备受重视。一是告身文书；二是诗歌作品；三是《张淮深造窟记》《莫高窟记》。

一　告身文书与政治荣光

告身文书共有五件：《敕河西都僧统洪辩都法师悟真告身》《敕都法师悟真告身》《受赐官告文牒诗文序》《敕副僧统告身》《沙州刺史张淮深奏白当道请立悟真为都僧统牒并敕文》，为了解悟真生平及归义军张氏政权与唐朝中央政权的关系提供了丰富的一手信史资料。这些告身文牒的出现，将历史尘沙所掩埋的一段惊天伟业再现于天日，供人们摩挲研读、掩卷沉思。

《敕河西都僧统洪辩都法师悟真告身》为第一件告身，落款时间是大中五年（851）五月廿日，时唐宣宗在位。其文曰："敕河西都僧统摄沙州僧政法律三学教主洪辩、入朝使沙州释门义学都法师悟真"，又曰："洪辩可京城内外临坛供奉大德，悟真可京城临坛大德"，这是唐朝中央首次册封洪辩、悟真师徒的敕告文书，颁布时间为悟真随归义军使团赴长安面圣后不久，这从文书中"入朝使"等信息可以看出。这件告身文书，现敦煌莫高窟第 17 窟《僧洪辩受牒碑》中仍有完整保留（略署名部分）。第 17 窟为洪辩影窟，即敦煌遗书发现地，俗称藏经洞。大中五年，即公元 851 年，在敦煌陷蕃近百年后，洪辩派弟子悟真等奔赴长安，重新建立起唐代中央与敦煌的密切关系；公元 1900年，洪辩影窟的敦煌遗书重现天日，时隔一千多年后，再度活跃于世间，并走出敦煌，走向全球。历史的惊人巧合，引人无限遐想。

这件告身，既是批准任命都僧统洪辩为京城内外临坛供奉大德并赐紫的文书，也是批准任命都法师悟真为京城临坛大德并赐紫的文书，所以它既保存于莫高窟第 17 窟洪辩的影窟中，又传抄于 P. 3720 卷的悟真诗文集中。由于它是研究悟真生平的重要文书，所以有研究者将这件文书《敕河西都僧统洪辩都法师悟真告身》称为《大中五年悟真可京城临坛大德告身》。

据唐耕耦、陆宏基先生研究，这件 P. 3720《敕河西都僧统洪辩都法师悟真告身》仅为"传抄的录文，并不完整，且有错字"。据罗振玉《西陲石刻录》，尚有如下内容：

中书令阙中书侍郎兼吏部尚书平章事臣崔龟从当奉中书舍□崔瑞行

奉敕如右牒到奉行大中五年五月日

侍中阙右仆射兼门下侍郎平章事铉给事中係日月时都事左司郎中

礼部尚书阙礼部侍郎尚书左丞璪

告京城内外临坛供奉大德兼释门河西都僧统摄沙州僧政法律三学教主赐紫洪辩奉敕如右，符到奉行。

郎中□主事□□令史郑全璋书令□

大中五年五月日下

据碑刻全文，可知当时告身文书的行文格式。此件文书仅抄录主体内容，盖当时为传达敕令，讲求时效，故将其他内容略去。右端署明抄写时间"大中五年五月廿日"，即奉行敕令时间，也即敕令生效时间。因为据下文，有"敕如右牒到奉行"、"大中五年五月日"等语，依此推测，此件告身是该敕牒所到奉行之日抄写的。

第二件《敕都法师悟真告身》，是大中十年（856）批准任命悟真为都僧录的敕令文书，其文曰："敕京城临坛大德兼沙州释门义学都法师赐紫僧厶乙，以八解修行，一音演畅，善开慈力，深入教门。降伏西土之人，付嘱南宗之要，皆闻福佑，莫不归依。边地帅臣，愿加锡命。宜从奏请，勉服宠光。可供奉，充沙州都僧录，余如故。大中十年四月廿二日。"从上件告身得知，此处"京城临坛大德兼沙州释门义学都法师赐紫僧厶乙"中的"厶乙"当是悟真。厶乙，作为代词，可用于自称，也可用于称他人。从文中的语气来看，此处"厶乙"为称人的代词，非悟真自称。抄写者以"厶乙"称悟真，用于避讳，以示尊敬之意。最后落款为"大中十年四月廿二日"，如果参照第一件告身，那么这个具体时间，应是该敕牒所到奉行之日的抄写时间，也即该敕令生效时间。

第三件《敕副僧统告身》，是咸通三年（862）授悟真副都僧统兼都僧录的告身。其文曰："敕京城内外临坛供奉大德、沙州释门义学、都法师兼僧录、赐紫沙门悟真。□复故地，必由雄杰之才；诱迫群迷，亦赖慈悲之力。闻尔天资颖拔，性禀精严，深移觉悟之门，更洁修□时之操。慧灯一照，疑网洞开。云屯不候于指麾，风麾岂劳于谭笑。想河源之东注，素是朝宗；睹像教之西来，本为向化。师臣之列，弘济攸多，特示鸿私，以光绀宇。可河西副僧统，余如故。咸通三年六月廿八日。"称誉悟真辅佐张氏光复敦煌故地的政治功勋与"诱迪群迷"的佛教贡献。"闻尔天资颖拔"，敕书以"尔"呼之，亲昵宛如面晤，沐浴天子之恩，足见悟真当时所受礼遇。

第四件《沙州刺史张淮深奏白当道请立悟真为都僧统牒并敕文》，是咸通十年授悟真都僧统兼都僧录的告身。其文曰：

> 河西副僧统京城内外临坛大德、都僧录、三学传教大法师赐紫僧悟真。
>
> 右河西道沙州诸军事、兼沙州刺使（史）、御史中丞张淮深奏：臣当道先有敕授河西管内都统赐紫僧法荣。前件僧去八月拾肆日染疾身死。悟真见在当州。切以河西风俗，人皆臻敬空王，僧徒累阡，大行经教。悟真深开阐谕，动迹徽言，劝导戒惑，实凭海辩。今请替亡僧法荣便充河西都僧统，裨臣弊政。谨具如前。
>
> 中书门下牒沙州
>
> 牒奉敕，宜依。牒至准敕故牒。
>
> 咸通十年十二月廿五日牒。

这件告身包括张淮深奏疏、朝廷敕牒两个部分，奏疏中提到的前任都僧统法荣去世，是悟真升任都僧统的直接原因，张淮深称誉悟真"劝导戒惑"，"裨臣弊政"，颇见悟真对归义军政权的辅佐襄助之功。

二　酬答、碑记与社会荣光

以上四件告身之外，还有一篇《受赐官告文牒诗文序》，又称为《悟真文（书）集自序》。其首句题署云："河西都僧统京城内外临坛供奉大德兼僧录阐扬三教大法师赐紫沙门悟真"，此件文书当作于悟真出任都僧统之后，即咸通十年十二月廿五日之后。

又，文书说："特蒙前河西节度故太保随军驱使，长为耳目，修表题书。"揆其语气，当为自序无疑。"蒙"，为自称谦辞，表明作者恭敬的口吻。按《沙州刺史张淮深奏白当道请立悟真为都僧统牒并敕文》，悟真出任都僧统是张淮深时期，此处"前河西节度故太保"即前任河西节度使张议潮，张议潮为光复敦煌的首任节度使；"长为耳目"，表明悟真辅佐张议潮光复敦煌，长期以来颇受重视。"耳目"，比喻辅佐或亲信之人。由此也可以看出：悟真在光复敦煌的过程中所发挥的重要作用。"修表题书"，表明悟真作为张议潮亲信，不仅参与决策谋划，而且是敦煌对外联系的重要使者，即负责草拟奏章、书信等重要函件。因此，时间一长，积累了不少文书函件，尤其是大中五年入京奏事以来。自序说："大中五年入京奏事，面对玉阶，持赐章服，前后重受官告四通，兼诸节度使所赐文牒，两街大德及诸朝官各有诗上，累在军营，所立功勋，题之于后。"这是作者此次文集整理主要涉及的文书作品，其整理时间是在咸通十年（869）十二月廿五日悟真出任都僧统之后，整理者应该是悟真本人，这是他生平的第一次文集整理。

　　作者自序说："自十五出家，二十进具，依师学业，专竞寸阴，年登九夏，便讲经纶，闲孔无余。"回忆早年的求学与成长经历，对人生作一次阶段性的总结。悟真卒于唐昭宗乾宁二年（895），如前文所推算，倘若按其享年 87 岁计算，悟真出任都僧统，年正六旬；倘若按其享年 81 岁计算，其年 54 岁。悟真年过四旬，作有自序（S. 10468 + S. 12956）；年逾七旬，作《唐和尚百岁书》及自序（P. 2748V、S. 0930V）。从他在人生重要年龄阶段适时进行总结来看，此处似为年正六旬的可能性较大。当然，不管哪种情况更接近历史真实，而此次文集整理时间，是在悟真年过五旬之后，则是毫无疑问的。

　　此次文集整理的内容，按其自序所称，应该包括前后所授职的"官告四通"，"兼诸节度使所赐文牒"，以及大中五年出使长安时与"两街大德及诸朝官"的酬唱诗，这些文书及诗歌作品，是悟真一生中最为珍贵的记忆。"官告四通"及所赐文牒，是他一生官职履历的象征，从大中五年的都法师，到大中十年的都僧录，再到咸通三年的副僧统，再到咸通十年的都僧统。这四件告身，清晰地展现了他一生重要的四次僧官升擢的历程。而与"两街大德及诸朝官"的诗歌酬唱，也是他一生荣耀的记忆。"入京奏事，面对玉阶，特赐章服"，此次赴京面圣，也由此成为他人生的重要转折。因此，悟真在出任都僧统之后，对自己文集进行首次整理时，便重点对这些文书作品加以整理，从而留下了第一份较为系统的珍贵的悟真诗文集。

悟真与"两街大德及诸朝官"的诗歌酬唱，本卷抄于告身、敕牒之后，《法国国家图书馆藏敦煌西域文献》定名为《右街千福寺首座辩章赞奖词》，又名《悟真与京僧酬答诗》。这组酬答诗，现存敦煌遗书中共抄有三份，除本卷 P. 3720 外，还有 P. 3886V、S. 4654 两卷，分别被定名为《两街大德赠悟真法师诗七首》、《赠悟真等法师诗抄》，各卷虽然定名不同，但实质都是悟真与"两街大德及诸朝官"的酬唱诗歌，只是各卷传抄及保存情况不一，而略有差别（详下节）。关于这次入京奏事、与臣僚酬和、扬名皇都的情形，悟真本人叙述较少，但 P. 4660 苏晕《都僧统唐悟真邈真赞并序》描述较详：

> 入京奏事，履践丹墀，升阶进策，献烈（列）宏规。忻欢万乘，颖脱囊锥。丝纶颁下，所请无违。承九天之雨露，蒙百譬之保绥。宠章服之好爵，赐符告之殊私。受恩三殿，中和对辞。丕哉休哉，声播四雏。皇都硕德，诗咨讽孜。论八万之法藏，破十六之横非。

"受恩三殿"，"所请无违"，足见皇恩浩荡。《缁门百岁篇》："五十恩延入帝宫，紫衣新赐意初浓。谈经御殿倾雷雨，震齿乾波卧窟龙。"也描述了当时情形。此次衔命出使，上京面圣，酬答臣僚，逐步成就了悟真后半生的辉煌；更是时代命运，是历史使命，成就了他人生的辉煌；是历史机遇的眷顾，使他成为时代的宠儿，成为敦煌的骄傲。

最后是本卷末端《张淮深造窟记》及背面《莫高窟记》。《张淮深造窟记》，又称《张淮深造窟碑》，现为莫高窟第94窟。敦煌遗书中现存两件抄本：P. 3720、S. 5630。《莫高窟记》抄于 P. 3720 背面，并见于今敦煌莫高窟 156 窟前室北壁，写作时间为咸通六年正月十五日，虽然作品中没有悟真的署名，但学术界根据其文风特征以及抄写于 P. 3720 悟真诗文集背面，多判定为悟真作品。这两篇碑记，镌刻于莫高窟，保留至今，成为悟真在归义军政权初期备受礼遇的历史缩影，也成为他主政敦煌并享有崇高社会声誉的象征。

　　总之，P. 3720 卷作为一件保存悟真诗文集的重要文书，这些作品，从告身到诗歌，再到《张淮深造窟记》，都在当时敦煌地区被转相传抄，仅以敦煌遗书为例，一些作品就保存有多件抄本，这是当年流行与传播的最好见证。同时也说明：悟真在当时敦煌政坛、僧界具有崇高的地位，在文学创作领域也具有非凡的影响和魅力。

第三节　伯 3886、斯 4654 悟真酬答诗集与归义军朝贡之路

　　大中五年，悟真奉命入京奏事，与"两街大德及诸朝官"诗歌酬唱，轰动一时，这成为悟真一生颇为荣耀的记忆，也成为当时大唐欢呼敦煌光复归来的最好历史见证。这些诗歌的酬唱与抒怀，真实地再现了当时敦煌、长安之间联系与交流。

一　酬答诗的三件抄本

　　这组酬答诗，在当时流传甚广，仅迄今发现的敦煌遗书中，就有三种不同的抄本：P. 3720、P. 3886V、S. 4654。这三个抄本，尽管组诗的内容相近，但抄本情况却相互独立，以致整理定名时各不相同，或曰《右街千福寺首座辩章赞奖词》（P. 3720），或曰《两街大德赠悟真法师诗七首》　（P. 3886V），或曰《赠悟真等法师诗抄》（S. 4654）。今学界研究多统合三卷，大抵较为完整地展现出组诗创作的详情。

P. 3720 为诗文合抄卷，组诗作为悟真诗文集之一种，被抄录于告身、敕牒诰命文书之后，这样的编排体例，鲜明地体现了这组酬唱诗在悟真诗文集中的地位和价值。在 P. 3720 中，组诗开篇"右街千福寺三教首座入内讲论赐紫大德辩章赞奖词"，有学者将此作为组诗作品的题名，并作为 P. 3720 中这组酬答诗的整体定名。这样处理，似乎并不吻合作品原貌。开篇的辩章赞奖词，实际是这组酬答诗的序言，辩章作为三教首座，对组诗创作的缘起略作交代：

> 我国家德被遐荒，道高尧舜，万方归服，四海来王，咸歌有道之君，共乐无为之化。瓜沙僧悟真，生自西蕃，来趋上国。诏入丹禁，面奉龙颜，竭忠恳之诚，申人臣之礼。圣君念以聪慧，贤臣赏以精持，诏许两街巡礼诸寺，因兹诘问佛法因由，大国戎州，是同是异。辩章才非默识，学寡生知，惭当讲论之科，接对瓜州之俊。略申浅薄，词理乖疏，却请致言，伫聆美说。

在皇帝安排下，辩章等作为两街高僧代表，接待悟真，悟真以"未敢酬答和尚，故有辞谢"为题作诗，酬唱由此展开。P. 3720 卷以下依次抄录有辩章《依韵奉制一首》、宗苾《七言美瓜沙僧献款诗二首》、圆鉴《五言美瓜沙州僧献款诗一首》、彦楚《五言述瓜沙州僧献款诗一首》。以上 P. 3720 共抄录辩章赞奖词一篇，诗歌六首，相较于 P. 3886V、S. 4654，显然为择要抄写，仅选取了其中一些重要的诗歌，是这组酬答诗的一个选本。

P. 3886V 是个残本，原卷首尾残缺，依次抄录有圆鉴《五言美瓜沙州僧献款诗一首》、彦楚《五言述瓜沙州僧献款诗一首》、子言《五言美瓜沙僧献款诗一首》、建初《感圣皇之化有敦煌郡都法师悟真上人持疏来朝因成四韵》、太岑《五言四韵奉赠河西大德》、栖白《奉赠河西真法师》、有孚《立赠河西悟真法师》，共计残存七首。彦楚以下五首，P. 3720 卷均未予抄录。

　　S.4654 也是个残本，原卷首部残损，依次抄录有彦楚《五言述瓜沙州僧献款诗一首》、子言《五言美瓜沙僧献款诗一首》、建初《感圣皇之化有敦煌郡都法师悟真上人持疏来朝因成四韵》、太岑《五言四韵奉赠河西大德》、栖白《奉赠河西真法师》、有孚《立赠河西悟真法师》①、可道《同赠真法师》、景昙（或录作"导"）《赠沙州悟真上人兼送归》、道钧《同赠沙州都法师悟真上人》、佚名《赠沙州僧法和悟真辄成韵句》、杨庭贯《谨上沙州专玉使持表从化诗一首》②，共计11 首。有孚以下 5 首，P.3886V 因残缺未见。

　　综上，P.3720、P.3886V、S.4654 三卷，共有诗序两篇（悟真诗序、辩章赞奖词），诗歌十六首。这 18 篇作品③，是否就是这组酬答诗的全貌？恐怕也很难以妄下结论。因为在上述三件抄本中，P.3720是选本，仅择选其中六首诗作为代表；而 P.3886V、S.4654 两卷，都是残本，并非完本。现存这三件抄本，诗歌作者的排列顺序，完全一致。这大概在当时或许是有严格规定的。即使今天来看，也能看出当时的讲究。

二　S.4654《赠沙州僧法和悟真辄成韵句》与酬答组诗中的不和谐音符

　　敦煌遗书 S.4654 卷有佚名《赠沙州僧法和悟真辄成韵句》，其诗独特而难解。关于它是一首诗还是两首诗，学术界看法至今未能形成一致的看法。

　　倘若仔细推敲，这组酬答诗有三个特征颇值得留意：一是严格按照诗歌作者的官阶大小排序，从三教首座辩章以下，职位大致渐低，呈降序排列。二是从实名到佚名，S.4654 传抄的两街大德高僧诗作

---

　　① 原卷诗题有"又"，这是 S.4654 抄录时的行文习惯，详下文。

　　② "玉"，或遗漏未录，或录为"王"。"玉"，疑为"御"字之讹，"专玉使"，即"专御使"。悟真作为沙州专御使，入京奏事。

　　③ P.3720 大中五年黄牒不计入；《赠沙州僧法和悟真辄成韵句》算一首，不算两首。

中，末首佚名。三是从两街大德高僧到"诸朝官"，即从僧到俗。今天所发现的敦煌遗书中，"诸朝官"中仅见杨庭贯诗一首，这应该绝非当时的实情。这组酬答诗的亡佚情况，也由此可以推见。P.3720 悟真自序说："大中五年入京奏事，……两街大德及诸朝官各有诗上"，其中明确地提到"诸朝官各有诗上"，"诸"表示"众"，绝非一人，现在仅存杨庭贯诗一首，而其他朝官的诗歌亡佚了。因此，从这个意义上笔者通过推断得知：现存 P.3720、P.3886V、S.4654 三卷的这 16 首诗歌，并不是当时悟真与两街大德及诸朝官酬答诗的全貌。其中，至少有一些朝官的诗歌亡佚了，其详情已不得而知。

S.4654 佚名《赠沙州僧法和悟真辄成韵句》，学者或将其拆分为两首诗：《又赠沙州僧法和（下阕）》和《（上阕）悟真辄成韵句》，认为它们"分别为二首诗诗题的前后部分。因钞写舛行致使前后二诗题'拼接'，前诗未钞而佚去。前者为赠悟真诗，后者究其诗意，应非赠悟真之作，'悟真辄成韵句'与卷首'悟真未敢酬答和尚故有辞谢'诗的题署方式相同，同为悟真答诗"①。

有学者对到底是一首诗还是两首诗，前后略显矛盾，如张锡厚先生，一方面他认为宜将这首诗拆成两首，认为其一题为《悟真辄成韵句》，为悟真诗②；但另一方面，他又将这首诗看作一个整体，题为《又赠沙州僧法和悟真辄成韵句》，称"作者为无名氏"，只是在诗题下注曰："一作悟真诗"③。

也有学者认为宜将这首诗看作是一个整体，张先堂先生《敦煌写本〈悟真与京僧朝官酬赠诗〉新校》，将这首诗的诗题《又赠沙州僧法和悟真辄成韵句》校改为《又赠沙州僧法师悟真辄成韵句》，把原题"法和"改为"法师"，意思发生了很大的变化。"法和"是人名，而"法师"是对高僧悟真的尊称，则全诗成为一个整体，是一首题赠

① 徐俊：《敦煌诗集残卷辑考》，第 339 页。
② 张锡厚：《全敦煌诗》，第 2832—2833 页。
③ 同上书，第 4374 页。

悟真的诗。

近年的研究成果中，颜廷亮先生不同意张先堂先生的这一看法，他赞成将《又赠沙州僧法和悟真辄成韵句》诗拆分为两首：《又赠沙州僧法和》《悟真辄成韵句》，颜先生并且根据 S.5711 阙题诗的第二首首句"此院有个刘法和"，判定刘法和为敦煌张氏归义军时期僧人，这样，前者《又赠沙州僧法和》"为赠悟真诗"，后者《悟真辄成韵句》"为悟真答诗"①。至此，似乎争议多年的《又赠沙州僧法和悟真辄成韵句》，已经有了较为合理性的解释。② 但是，如果结合敦煌抄本原卷、悟真与京僧朝官酬赠组诗全貌来看，上述诸家的说法，似乎仍然还有待进一步探讨的空间。

其一，诗题中的"又"，并不是原始诗题的组成部分，而是 S.4654 抄录者抄录时自行添加的，俨然形成一种行文习惯。"又"，是 S.4654 抄录者用以区分上下两首诗歌区间过渡的标识，并不是原诗题内容。这一点，如果和 P.3886V 相比较，就会有所发现。例如，P.3886V、S.4654 两卷，同时抄录有彦楚《五言述瓜沙州僧献款诗一首》、子言《五言美瓜沙僧献款诗一首》、建初《感圣皇之化有敦煌郡都法师悟真上人持疏来朝因成四韵》、太岑《五言四韵奉赠河西大德》、栖白《奉赠河西真法师》、有孚《立赠河西悟真法师》六首诗歌。这六首诗歌，S.4654 卷在每一首的诗题中，相较于 P.3886V，都多出了一个"又"字，无一例外。"又"，表示另起一首。很显然，这是抄写者抄完一首，接着往下继续抄写的一种行文标记。

通观 S.4654 卷中的每一首诗，诗题都有"又"字，这首佚名《赠沙州僧法和悟真辄成韵句》诗也不例外，原题作《又赠沙州僧法和悟真辄成韵句》，"又"字是衍文，为抄写者误植。更重要的是，从 S.4654 卷中"又"字作为两首诗歌之间过渡的标识来看，《又赠沙州僧法和悟真辄成韵句》应是一首整体的诗歌，而不能拆分为两首。如

---

① 颜廷亮：《敦煌文学千年史》，人民文学出版社 2013 年版，第 251 页。
② 同上书，第 251 页。

果强行拆分为两首，就破坏了 S.4654 抄写行卷的整体风格。

其二，《赠沙州僧法和悟真辄成韵句》中的"和"字，细审原卷，应是"禾上"合体。"禾上"两字合起来只占一个字的空间，不容易识别，因而被误释为"和"字。禾上，即和尚。原《赠沙州僧法和悟真辄成韵句》，实际应当是《赠沙州僧法禾上（和尚）悟真辄成韵句》。这样的用例、书法形式，在敦煌文献中并非孤证。

最典型的如 S.2165V 各件文书，除首件题名《亡名和尚绝学箴》中的"和尚"二字书写标准外，其余各件篇名中的"和尚"二字均省作"禾上"二字的合体。细审原卷，《青峰山和尚诫肉偈》原卷"和尚"作"𥝂"、《先洞山和尚辞亲偈》原卷"和尚"作"𥝂"、《先青峰和尚辞亲偈》原卷"和尚"作"𥝂"、《思大和尚坐禅铭》原卷"和尚"作"𥝂"、《龙身和尚偈》原卷"和尚"作"𥝂"，其中还有"真觉和尚"，原卷"和尚"作"𥝂"。[①] 以上这些"禾上"二字的合体，学界多难以辨识。施萍婷等《敦煌遗书总目索引新编》均作缺字处理。而《英藏敦煌文献》一律《英藏》误录为"祖"字，题名分别作《青峰山祖诫肉偈》《先洞山祖辞亲偈》《先青峰祖辞亲偈》《思大祖坐禅铭》《龙身祖偈》[②]，致使文意晦涩难懂。倘若能够辨识这些"祖"字，其实都是"禾上"（和尚）二字的合体，文意便会豁然开朗。

同理，S.4654《赠沙州僧法和悟真辄成韵句》中的"和"字，也是校读者的一种误释。这样的一种误释，往往会给后来的研究者带来诸多的不便、分歧，乃至争议。如上文所罗列的《赠沙州僧法和悟真辄成韵句》到底是一首诗还是两首诗的分歧，便是如此。倘若辨识了"和"其实就是"禾上"两字的合体，原诗其实是《赠沙州僧法禾上（和尚）悟真辄成韵句》，明确地说明这首诗是赠沙州和尚悟真的，那么分歧与争议便会自然少了许多。

---

① 《英藏敦煌文献》第 4 册，四川人民出版社 1991 年版，第 34 页。

② 同上。

其三，诗题《赠沙州僧法禾上（和尚）悟真辄成韵句》中"沙州僧法和尚"，意思仍然不够清晰，疑抄写者漏掉或省去了一个"都"字，原诗题应作《赠沙州僧都法禾上（和尚）悟真辄成韵句》。沙州僧、都法和尚，都是用于悟真的并列称呼，这是一首当时京僧朝官写给悟真的赠诗。大中五年悟真入京奏事，官衔是都法师，这在 P.3720《敕河西都僧统洪辩都法师悟真告身》《敕都法师悟真告身》等文书中也有记载。其中的都法师、都法和尚，都用来称呼悟真。这样的称呼，并非孤例。如酬答组诗中，还有建初《感圣皇之化有敦煌郡都法师悟真上人持疏来朝因成四韵》称呼悟真为"都法师"、"上人"，与上文所提的"都法禾上（和尚）"相似，"都法"即"都法师"的省称。类似的省称，如组诗中两街大德高僧可道《同赠真法师》、栖白《奉赠河西真法师》，其中"真法师"，即悟真法师，省去了"悟"字。

当然，如果考虑到敦煌写卷抄写者的文化水平，"都法"、"真法师"等也可能是抄手的疏忽，将某些字抄漏了。总之，不论是行文省称，还是抄手疏漏，如果能够通盘地考察这些酬答组诗，那么其中个别缺漏的字，仍然不会影响我们对文意的了解。

其四，法和是否为敦煌名僧，是否到过长安，并且与长安僧俗有过诗歌酬唱，均没有相关证据。如上文所列，颜廷亮先生赞成将原卷《又赠沙州僧法和悟真辄成韵句》诗拆分为两首：《又赠沙州僧法和》和《悟真辄成韵句》，并根据 S.5711V 阙题诗"此院有个刘法和"，判定刘法和为敦煌张氏归义军时期僧人。[①] 又，颜廷亮先生进一步认为该诗（"此院有个刘法和"）与同卷（S.5711V）"乍别大众三两月"，均为悟真作品。[②] 但这两首诗歌过于俚俗，与悟真的其他诗文作品风格迥异，很难说是出自悟真的文学手笔。纵观 S.5711 全卷，"此院有个刘法和"、"乍别大众三两月"两首诗歌，很可能是学郎的打油诗，总体水平并不高。其原因有三。

---

① 颜廷亮：《敦煌文学千年史》，人民文学出版社 2013 年版，第 251 页。
② 同上书，第 222 页。

　　一是其诗歌语言浅显俚俗，过于直白，文采不高，不像是出自学识渊博而又身居僧政高位的悟真之口。二是 S.5711 卷首抄写的是当时流行的童蒙读物《千字文》，其抄写字迹与"此院有个刘法和"、"乍别大众三两月"两诗一致。这篇《千字文》，抄写时多有漏字和别字，体现了抄手的文化水平并不高。正文首行"敕员外散奇侍郎"，"奇"应为"骑"之讹；又本卷末行"荣叶所基，籍甚无竟"，"叶"应为"业"之讹。尤其是正文第 3 行"民成岁"，与其他敦煌写卷"闰余成岁"相去甚远，加上中间又有阙字，这很清晰地表明：抄手对此处《千字文》内容有所遗忘了。"闰余成岁"四字之中，只记得末尾"成岁"两字，第一个字误记成"民"，第二个字记不起来了，只得在中间空缺着。三是"此院有个刘法和"诗，抄于 S.5711V 卷末，仅有三句多，并没有完整地创作出来。其诗云："此院有个刘法和，皮肉坚硬极楼罗。来是贵种多受苦，多安"，诗歌并未往下写完，"多安"之后又连写了两个"安"字，之后连写了十二"之"字，直到本行结束。从本行结束到本卷末端，中间还留有多行空白。从以上种种迹象表明，这首打油诗为本卷抄手所作，作者写到第四句时，突然卡住了，不知道该如何往下续写了，就只好以胡乱涂鸦的形式草草收场。这样的诗歌形式，与敦煌遗书中的其他学郎诗非常接近。

　　其五，《赠沙州僧法和悟真辄成韵句》诗，即使是被拆分成《赠沙州僧法和》《悟真辄成韵句》两诗后，后者（《悟真辄成韵句》）无论从诗歌内容还是语气等方面，也很难说是悟真本人手笔。《赠沙州僧法和悟真辄成韵句》依前文所引，徐、颜等先生将诗题拆分作两首，认为前一首有题无诗，后一首作《悟真辄成韵句》。《赠沙州僧法和悟真辄成韵句》全诗云：

　　　　敦煌昔日旧时人，虏丑隔绝不复亲。明王感化四夷静，不动干戈万里新。春景氛氲乾坤泰，□（炫）煌披缕无献陈。礼则宛然无改处，艺业得传化塞邻。羌山虽长思东望，蕃浑自息不动尘。

迢迢远至归帝阙，口口听教好传闻。莫辞往返来投日，得睹京华荷（贺）圣君。①

倘若将这首诗与酬唱组诗中的两街大德、朝官等其他诗歌子细比较，不难发现二者之间，有些颇多的相似之处。这些相似之处，恰恰说明这首佚名诗，不是悟真所作，而是当时参与酬唱的两街大德或朝官所作。为了更好地比较二者之间的相似性，笔者试以表格形式示意如下：

《赠沙州僧法和悟真辄成韵句》	其他两街大德、朝官诗句	说明
敦煌昔日旧时人，虏丑隔绝不复亲	河湟旧邑新通后，天竺名僧汉地来。（景导《赠沙州悟真上人兼送归》） 远国观光来佛使，边庭贡籍入王宫。（可道《同赠真法师》） 河西旧地清尘虏，献款真僧人贡来。（道钧《同赠沙州都法师悟真上人》） 名出敦煌郡。（建初《感圣皇之化有敦煌郡都法师悟真上人持疏来朝因成四韵》） 知师远自敦煌至。（栖白《奉赠河西真法师》） 愿移戎虏地，却作礼仪乡。（子言《美瓜沙僧献款诗》）	开篇点题，带出悟真
明王感化四夷静，不动干戈万里新	万方归服，四海来王。（辩章《赞奖词》） 乡邑虽然异，衔恩万国同。（彦楚《述瓜沙州僧献款诗》） 不战四夷空。（建初《感圣皇之化有敦煌郡都法师悟真上人持疏来朝因成四韵》） 沙徼虏尘清。（有孚《立赠河西悟真法师》） 明王大启无私化，万里尘清世界通。（可道《同赠真法师》）	夸耀王化，四海一统
春景氤氲乾坤泰	冒暑闻莺啭，看花落晚红。（彦楚《述瓜沙州僧献款诗》） 柳烟清古塞，边草靡春风。（建初《感圣皇之化有敦煌郡都法师悟真上人持疏来朝因成四韵》） 已闻关陇春长在，更说河湟草不枯。（栖白《奉赠河西真法师》） 登山夜振穿云锡，渡水还浮逆浪杯。（景导《赠沙州悟真上人兼送归》） 边庭望回平沙月，出塞逢河几泛杯。（道钧《同赠沙州都法师悟真上人》）	借景抒情

---

① 以上录文参考张锡厚《全敦煌诗》而略有校正。

续表

《赠沙州僧法和悟真辄成韵句》	其他两街大德、朝官诗句	说明
炫煌披缕无献陈，礼则宛然无改处	竭忠恳之诚，申人臣之礼。（辩章《赞奖词》）	颂悟真尽人臣之礼
艺业得传化塞邻	惭当讲论之科，接对瓜州之俊。（《辩章赞奖词》） 辩清能击论，学富早成功。（彦楚《述瓜沙州僧献款诗》） 博笑词多雅，清谈义更长。（子言《美瓜沙僧献款诗》） 艺行兼通释与儒，还似法兰趋上国。（栖白《奉赠河西真法师》） 词华推耀颖，经论许纵横。（有孚《立赠河西悟真法师》） 经讲三乘鹙子辩，诗吟五字惠休才。（景导《赠沙州悟真上人兼送归》） 谭论妙闲金粟教，诗情风雅逸篇才。（道钧《同赠沙州都法师悟真上人》）	夸赞悟真才艺、功绩
迢迢远至归帝阙，口口听教好传闻	沙漠关河路几程，师能献土远轮诚。（宗莒《美瓜沙僧献款诗》其一） 身中多种艺，心地几千灯。（圆鉴《美瓜沙僧献款诗》） 远朝来凤阙，归顺贺宸聪。（彦楚《述瓜沙州僧献款诗》） 圣泽布遐荒，僧来自远方。（子言《美瓜沙僧献款诗》） 褐衣持献疏。（建初《感圣皇之化有敦煌郡都法师悟真上人持疏来朝因成四韵》） 仍论博望献新图。（栖白《奉赠河西真法师》） 远国观光来佛使，边庭贡籍入王宫。（可道《同赠真法师》）	颂扬君恩浩荡，悟真等归顺投诚
莫辞往返来投日，得睹京华贺圣君	大教从西得，敷筵愿向东。（彦楚《述瓜沙州僧献款诗》） 名应恩义重，归路转生光。（子言《美瓜沙僧献款诗》） 鼓舞千年圣，车书万里同。（建初《感圣皇之化有敦煌郡都法师悟真上人持疏来朝因成四韵》） 还乡报连师，相率贺升平。（有孚《立赠河西悟真法师》） 却到敦煌传圣道，常思日月与师同。（可道《同赠真法师》） 来趋上国。诏入丹禁，面奉龙颜。（《辩章赞奖词》） 圣主恩方洽，面进轮诚款。（圆鉴《美瓜沙僧献款诗》） 今朝承圣旨，起坐沐天风。（彦楚《述瓜沙州僧献款诗》） 天亲入帝京。幸喜乾坤泰，忻逢日月明。（有孚《立赠河西悟真法师》） 翩翩一鹤冲天阙，历历双眸钦帝风。（可道《同赠真法师》） 明日玉阶辞圣主，恩光西迈送书回。（景导《赠沙州悟真上人兼送归》） 丹阙礼仪新奏封，恩深未放使臣回。（道钧《同赠沙州都法师悟真上人》）	祝贺悟真蒙赐君恩，衣锦还乡

通过比较可以大致总结出《赠沙州僧法禾上（和尚）悟真辄成韵句》与其他两街大德、朝官的诗歌，从内容到结构，存在着颇多的相

似性，几乎形成了一种套路和模式。

这种套路和模式表现在于：开篇一、二句直接点题，带出酬和的对象：远道而来的敦煌（沙州）高僧；紧接着三、四句，歌颂四海归一，一片和平宁静；五、六句便借景抒情，表达这种天下一统的安定祥和；七、八句赞扬悟真尽人臣之礼，表现出非凡的才艺、功绩；九、十句颂扬君恩浩荡，悟真等归顺投诚；末尾句则祝贺悟真蒙受君恩，衣锦还乡。有些诗歌篇幅偏短，上述内容不一定都会具备，但一般三、四句或五、六句都会有对于悟真才艺的赞美，末尾句都会有对悟真衣锦还乡的赞叹。P.4660 苏翚《都僧统唐悟真邈真赞并序》说悟真"旋驾河西，五郡标眉。宣传敕命，俗易风移"，悟真载誉而归，确实客观上发挥了宣传王化、稳定人心的政治作用。

三　从酬答诗看光复后的敦煌与大唐中央政权的微妙关系

在这组酬和组诗中，京城两街大德高僧及朝官，体现出非常强烈的优越感意识。他们对悟真及其敦煌异域抱有地域偏见，他们为了阿谀逢迎大唐天子，甚至不惜贬低悟真及其敦煌边塞的地位。在文化上，他们不仅没有将敦煌文化看作是中原文化在边塞的延伸，而且将之视作蕃夷文化，不作平等对待。例如辩章《赞奖词》云："我国家德被遐荒，道高尧舜，万方归服，四海来王，咸歌有道之君，共乐无为之化。瓜沙僧悟真，生自西蕃，来趋上国。"又说："圣君念以聪慧，贤臣赏以精持，诏许两街巡礼诸寺，因兹诘问佛法因由，大国戎州，是同是异。"辩章夸耀大唐天子，自视为"上国"、"大国"，将悟真屈处的敦煌瓜沙异域视为"西蕃"、"戎州"，其中"蕃"、"戎"等称呼，体现了辩章等自视甚高，将敦煌瓜沙异域视为蛮蕃之地。这样的观念，几乎充斥于整个组诗之中。辩章作为首座，其《赞奖词》又作为组诗的序言，他的上述言论为这次敦煌、京城高僧朝臣的会面定下了基调。

这样的不和谐音符，自然也感染到《赠沙州僧法禾上（和尚）悟真辄成韵句》。其开篇四句："敦煌昔日旧时人，虏丑隔绝不复亲。明王感化四夷静，不动干戈万里新。"奠定全诗的基调。这四句诗歌，在思想内容上，与下列两街大德的诗歌极为相似：

圣泽布遐荒，僧来自远方。愿移戎虏地，却作礼仪乡。（子言《美瓜沙僧献款诗》）

鼓舞千年圣，车书万里同。褐衣持献疏，不战四夷空。（建初《感圣皇之化有敦煌郡都法师悟真上人持疏来朝因成四韵》）

还似法兰趋上国，仍论博望献新图。（栖白《奉赠河西真法师》）

远国观光来佛使，边庭贡籍入王宫。（可道《同赠真法师》）

河湟旧邑新通后，天竺名僧汉地来。（景导《赠沙州悟真上人兼送归》）

河西旧地清尘虏，献款真僧入贡来。（道钧《同赠沙州都法师悟真上人》）

他们都将悟真赴京入朝，看作是边庭蕃夷投诚、入贡、献图。因此，倘若这首诗果真是悟真所作，是绝不会出现上述现象的。

如前所论，以悟真等为代表的敦煌陷蕃文人，骨子里流淌着中原文化的血液，在他们的心中怀有深厚的中原情结。敦煌甫一光复，悟真等一行便奉图入京朝圣，便是这种急切心理的写照。但他们这种热切的渴望，得到的却是一种鄙夷和冷遇。这些接待悟真一行的京城两街大德和朝官，久处优渥之境，自称为"上国"、"大国"，将悟真居处的敦煌瓜沙边塞视为"西蕃"、"戎州"，将昔日的敦煌袍泽要地以"蕃"、"戎"相呼，体现了大唐中央对敦煌地位的观念转变。

从唐肃宗至德元年（756）吐蕃趁安史之乱占领陇右，到786年吐蕃彻底占据敦煌地区，再到848年张议潮率众起义，敦煌光复，再到大中五年（851），其间敦煌脱离中原的怀抱，不到一百年的时间。对于历史长河来说，一百年只是弹指一挥间，但对于战乱中的大唐来说，无疑是漫长的。所以，在这漫长的将近百年中，敦煌与京都之间的昔日密切关系，已经悄然发生了改变。昔日的要塞敦煌，对于出生于安史之乱以后的京城繁荣之地的两街大德及朝官们，无疑又是陌生的；而昔日的繁华京城，在长期遭受吐蕃异族统治的敦煌人们来说，却无疑是熟悉而又温馨的。这样的一冷一热，一傲慢一卑微，注定了敦煌光复后的归义军命运及其与大唐中央的微妙关系及其历史走向。

因此，从悟真与京城两街大德、朝官们的酬和组诗中，不难看出敦煌光复归义军政权与大唐中央之间的裂痕。这种裂痕，埋下了日后大唐中央与敦煌归义军政权之间的隔膜与嫌弃。即使张议谭、张议潮等先后被迫"入质长安"，但仍然无法取得唐朝中央政权的信赖与倚重，以至于敦煌虽然在军事上光复了，但在文化上、政治上仍然被排斥于中原文化、中央政权之外，始终与中原地区保持若即若离的微妙关系。那种大一统时代四海一家的天下和乐融融的生机与活力，一去不复返了。虽然敦煌对中原地区始终保持着一往情深，但由于这种微妙关系的存在，导致二者渐行渐远，最终敦煌被遗弃于关外，渐趋衰败凋敝。

敦煌与中原，曾经亲如一家，但经历了近百年的吐蕃统治之后，形成了大唐与敦煌之间的隔膜。这种隔膜与裂痕，从敦煌光复之初悟真与"两街大德及诸朝官"的酬唱诗歌中，已经初见端倪。这是颇令人惋惜和遗憾的。其中过失，不能不归结于当时大唐统治者的昏庸与猜忌。这是安史之乱带给大唐的又一直接负面影响。

第四节　伯 4640 碑铭专集与悟真及归义军李明振家族执政之关系

P.4640 卷为一件重要文书，抄录碑铭作品共计 11 篇，均为名家名人名作。作品大致分为三类，与悟真均有直接或间接关系，成为见证悟真学习成长，投身敦煌政治、宗教、文化建设的重要历史资料。

一   悟真对前代及师友碑铭作品的研习

本卷第一类是前代流行于敦煌地区的名作，即节度留后使朝议大夫尚书郎兼侍御史杨绶撰述的《陇西李家先代碑记》，又作《大唐陇西李氏莫高窟修功德记》（P. 3608V）。因为碑立于大历十一年，故又称《大历碑》，作为莫高窟第148窟建窟功德记。这篇碑记，文字典雅，骈偶工整，优美流畅，颇富功底，流传甚广。除第148窟刻铭外，今天所能见到的敦煌遗书中尚有三件抄本：P. 3608V、P. 4640、S. 6203。其中以 P. 3608V 内容最为完整，S. 6203 抄写最为精美，P. 4640 仅抄有序文。这篇碑记，可能是悟真年轻时期经常揣摩、学习的重要对象。悟真《大唐宗子陇西李氏再修功德记》，即以此碑记为研摹对象，在标题题写、行文风格上，都比较接近。悟真这篇功德记因刻铭于乾宁元年，又称乾宁碑。同时被立于第148窟中。而《大历碑》序文辞藻精美，可能是悟真年轻时学习观摩时最为激赏的地方，故 P. 4640 仅抄录其序文。其文曰：

> 敦煌之东南，有山曰三危。结积阴之气，坤为德；成凝质之形，地（艮）为象。峻嶒千峰，磅礴万里。呀豁中绝，块圠相廞。凿为窟龛，上下云矗。构以飞阁，南北逶连。依然地居，杳出人境。圣灯时照，一川星悬。神钟午鸣，四山雷发。灵仙鬼物，往往而在。属以贼臣干纪，勃寇幸灾，碟列地维，暴珍天物。东自陇坂，旧陌走狐兔之群；西尽阳关，遗邑聚豺狼之窟。木片（拆）木夜惊，和门昼扃。塔中委尘，禅处生草。

不过，P. 4640 只抄至"东自"，"东自"为安史之乱后敦煌饱受蹂躏的丛生乱象，抄写者有意舍去不抄，似乎不忍再回忆当时的衰败萧条。所以，序文抄录到这里，便戛然而止。

在敦煌陷蕃时期，悟真等学习、传抄这篇《大唐陇西李氏莫高窟修功德记》，具有鲜明的政治寄托和时代旋律。世乱思良将，《大唐陇西李氏莫高窟修功德记》在序文之后，便从"时有住信士陇西李大宾"想到"开拓西凉，称藩东晋"的西凉王李暠，李暠在五胡十六国时期的乱世中，暂保敦煌一方宁静，厥功甚伟。时人渴望李暠式的英雄再现，能够重振敦煌，称藩大唐，所以，后来张议潮振臂一呼，敦煌很快得以光复，与当时的民情拥护密不可分。而这篇《大唐陇西李氏莫高窟修功德记》的流行，正是当时民情的呼吁与反映。P.3720《悟真文（书）集自序》："特蒙前河西节度故太保随军驱使，长为耳目，修表题书。"多年以后，悟真出任都僧统，回顾早年追随张议潮光复敦煌的情形，依然历历在目。《大唐陇西李氏莫高窟修功德记》的抄写，也生动揭示了悟真早年从缁门投身军幕，经世济用的情怀与抱负。

第二类是悟真师友的作品，共计4篇：窦良骥《阴处士碑》、《吴僧统碑》、《先代小吴和尚赞》，张球《吴和尚赞》。窦良骥，又作窦良器，自称"骥"，人们尊称"窦夫子"。《阴处士碑》，即题署"窦夫子"。《阴处士碑》又名《大番故敦煌郡莫高窟阴处士公修功德记》（P.4638），即莫高窟第231窟建窟功德记。今存敦煌遗书中，有P.4640、P.4638两件抄本。窦良骥年龄略长于悟真，生活于敦煌陷蕃、光复时期。P.4640收录的《阴处士碑》《吴僧统碑》都是他的代表作品，文采较高。

P.4640、P4660卷等有多篇有关吴和尚的碑赞作品，过去对于这些碑赞作品中提及的"吴和尚"身份，争议分歧较大。以P.4640而论，窦良骥《吴僧统碑》《先代小吴和尚赞》提及的吴僧统、小吴和尚都是敦煌都僧统洪辩，而张球《吴和尚赞》一般多认为指敦煌陷蕃时期的译经三藏吴和尚吴法成。

吴法成，为吐蕃统治敦煌后期、归义军初期的著名译经高僧。张议潮曾经跟从吴法成学习，张议潮击退吐蕃后，吴法成应张议潮之请，留在敦煌继续讲经（P.4660）。据日本橘瑞超所得敦煌文书《瑜伽师地论》卷23题记、P.4660《吴和尚邈真赞》等记载，敦煌高僧恒安即为吴法成的弟子。而据 P.4660卷，悟真的不少文学作品，都是通过恒安抄写，并得以珍藏保存的。

而吴僧统洪辩，又是悟真的老师。敦煌莫高窟第17窟《洪辩告身碑》中有唐宣宗诏书曰："敕洪辩师所遣弟子僧悟真上表事具悉。" P.3720有《敕河西都僧统洪辩都法师悟真告身》。张议潮光复敦煌后，洪辩出任河西释门都僧统，协助管理河西地区。而悟真作为洪辩颇为器重的弟子，跟随张议潮"随军驱使，长为耳目"，颇受重视。

因此，本卷所抄录的这4篇作品，都与悟真关系颇为密切。悟真为吴僧统洪辩弟子，恒安为吴和尚弟子；恒安与悟真为同辈，但在年龄上颇小于悟真；窦良骥年龄略长于悟真，其所存作品中多篇是为洪辩写的，可见他与洪辩的感情非同一般。悟真作为洪辩弟子，又是当时敦煌公推的文章高手，而追念其师洪辩的文章，大多出自窦良骥之手，足见悟真对窦良骥颇为敬重。《阴处士碑》作为窦良骥的代表作品，也颇到悟真的喜爱与重视。这是其同时被抄入悟真文集的内在原因。

二　悟真《乾宁碑》创作与归义军李明振家族执政始末

本卷第三类是悟真的作品，共计6篇：《大唐宗子陇西李氏再修功德记》《翟家碑》《沙州释门索法律窟铭》《李僧录赞》《住三窟禅师伯沙门法心赞》《张潜建和尚修龛功德记》。

《大唐宗子陇西李氏再修功德记》，原卷没有标题，学界据敦煌莫高窟第148窟碑额而定名，本件文书与第148窟碑文基本一致，只是没有立碑时间和署名。据第148窟碑文，该碑立于乾宁元年，因此该文又称《乾宁碑》，在李明振死后，由其夫人张议潮之女出面所立。自从发现以来，一直备受学术界重视，研究成果众多。但由于原碑没有署名作者，所以碑文的作者一直存疑。笔者根据其写作背景与文章内容推断，认为当属悟真的作品无疑。理由有以下几个方面。

一是如前文所述，《大唐宗子陇西李氏再修功德记》是《大唐陇西李氏莫高窟修功德记》的姊妹篇，同抄于 P. 4640 卷。《大唐陇西李氏莫高窟修功德记》是悟真年轻时喜欢并时常加以研摩的佳作，《大唐宗子陇西李氏再修功德记》则是悟真本人的创作，二者在文风上颇为接近。

二是碑主与悟真私人感情非同寻常。《大唐陇西李氏莫高窟修功德记》、《大唐宗子陇西李氏再修功德记》碑主都声称是西凉王李暠之后。尽管根据学者们研究，他们冒姓的可能性较高。① 据碑文记载，《大唐陇西李氏莫高窟修功德记》碑主李大宾，为李暠第十三代孙；《大唐宗子陇西李氏再修功德记》为"西凉府（武）昭王之系"，二者同出于西凉武昭王李暠。悟真俗姓唐，悟真沿用两汉旧称，自称敦煌唐氏郡望为兖州鲁国郡。据 S. 2052《新集天下姓望氏族谱一卷并序》，鲁国郡二十姓，唐氏居其首，可见悟真以此为荣耀。据《晋书》《十六国春秋》，李暠在敦煌立足，建立西凉政权时，主要拥戴者是晋昌太守唐瑶，唐、李因此结为姻亲。此后唐氏一直忠心耿耿，辅佐西凉李氏政权。西凉覆灭后，唐瑶之子唐契与弟唐和携其外甥李暠之孙李宝，避难伊吾，励精图治 20 年后，又辅助李宝光复祖业，主政敦煌。悟真作为唐瑶的后人，对于李暠后裔，有着祖辈留下的天然情感。这是他在揣摩《大唐陇西李氏莫高窟修功德记》之后，创作《大唐宗子陇西李氏再修功德记》的主要动因之一。

又，该碑文说："晋昌要险，能补颇、牧之威；巨野大荒，屏荡匈奴之迹。"其中"颇、牧"指战国赵国名将廉颇、李牧，结合悟真先祖唐瑶以晋昌太守之威辅佐李暠建立西凉霸业的历史来看，这样的描述，与其说是对碑主李氏功业的称誉，不如说是悟真借此对先祖唐瑶的追念和赞美。借助为李氏撰写功德记的机会，也让世人再度追念唐氏先祖的功勋和贡献。

---

① 请参阅马德《敦煌莫高窟史研究》，甘肃教育出版社 1996 年版，第 243—244 页。

三是碑主奉命入京面圣的详情，只有随同前往的人，才能叙述得如此生动准确。碑文中记载说："公其时也，始蒙表荐，因依献捷，亲拜彤廷。宣宗临轩，问其所以。公具家谱，面奏玉阶。上亦冲融破颜，群公愕视。"对碑主李明振奉命入朝，面见大唐天子的情景，刻绘如画，倘若不是身临其境的人，是不可能单凭文学想象而虚构出来的。在归义军初期，受张议潮之命入朝的随行使团中，具有极高文学才华的，只有悟真。

P. 3720《悟真文（书）集》自序说："大中五年入京奏事，面对玉阶，特赐章服。"其中"面对玉阶"，与这篇碑文中的"面奏玉阶"，表述方式相同，也应是这两篇作品出于同一作者的证据表现之一。碑文说："公具家谱，面奏玉阶。上亦冲融破颜，群公愕视。"李明振具陈家谱，竟然与李唐王朝同宗，同为李暠后裔，所以天子龙颜大悦，群公愕视，李明振因此获得"大唐宗子"的身份，这一点在碑文标题中也有显示。

四是碑文显示碑文作者对大唐的朝中大臣身份颇为熟悉。碑文结尾说："维（于）时丰年大稔，星使西临，亲抵敦煌，颂宣圣旨。内常侍康玉裕称克珣，副倅疏（师）大夫称齐琪，判官陈大夫曰思回，偕殿廷英俊，枢密杞材，遐耀天威，呈祥塞表。"作者在碑文中称誉内常侍等"偕殿廷英俊，枢密杞材"，这固然是一种夸饰之词，但同时也表明作者对这几位"亲抵敦煌，颂宣圣旨"的朝中大臣的身份地位是了如指掌的。身处敦煌，而又熟悉内常侍等朝中大臣，只有曾经奉命入京，并和朝中大臣有所往来，并且文笔也不错。同时具备这几个条件的，也只有悟真了。因此，这里再次证明了这篇碑文的作者就是悟真。

五是碑文中结尾处，带有很鲜明的悟真作品色彩。综观现存悟真所写的碑铭赞等作品，他通常比较喜欢采用两种模式来进行文章的收尾。这两种结构模式，笔者分别予以命名：（1）稳重内蓄式；（2）谦逊开放式。

　　稳重内蓄式结尾，如 P.4640《沙州释门索法律窟铭》结尾："既名踪糟粕，寔地久兮天长。" P.4660《金光明寺索法律邈真赞并序》结尾："请宣毫兮记事，想殁后遗踪。" P.4660《索法律智岳邈真赞》结尾："贸丹青兮彩邈，笔毫记兮功镂。" P.4660《阴文通邈真赞》结尾："记功勋兮永古，播业术兮长年。" P.4660《康使君邈真赞并序》结尾："恬笔记事，丕业无穷。" P.4660《辞弁邈真赞》结尾："授笔记事，功不唐捐。"这些结尾，有一个共同特点：稳重大气，意蕴无穷；言有尽而意无穷，余音绕梁，三日不绝，这样的结尾，颇具艺术张力。通过这种神奇的语言魅力，传达出对逝者的无尽哀思。

　　谦逊开放式，如广明元年悟真所作《唐和尚百岁书》自序结尾说："自责身心，裁诗十首。虽非佳妙，狂简斐然。散虑摅怀，暂时解闷。鉴识君子，矜无诮焉。"（S.0930V）P.4640《沙州释门索法律窟铭》序文结尾说："诚罕免固辞，粗云而记述。"这样的结尾，有一个共同特点：谦逊而不失活泼，如话家常，朴实真挚，不摆架子；虽然不免自谦过重，但毫不矫揉造作，反而容易拉近与读者的距离，或共同哀悼逝者，或共同切磋文艺，或共同欢祝盛事。

　　这些颇具鲜明特色的结尾模式，也成为我们辨识悟真作品的一把金钥匙。如 P.4660《河西管内都僧统邈真赞并序》序文结尾说："何图逝矣，空留相质之文。余固不文，匪然成赞。" P.4660《索公邈真赞》结尾："虚才敢述，游笔多惭。辄申狂赞，欤（与）讼（颂）美焉。" P.4660《李僧录赞》序文结尾："后生可畏，宁俟老成。自揣不才，而铭赞曰。"以上这些作品结尾，都采用谦逊开放式的结构模式，成为悟真作品的一个鲜明标志。

　　而再回到本篇作品，其结尾说："余所不材，斐然强（狂）简。"这样的结尾模式，与上文所列悟真《唐和尚百岁书》等作品的结尾，颇为相似。有鉴于此，这也成为笔者将本篇判定为悟真作品的重要依据之一。

　　六是碑文中的一些文本字句与其他悟真作品表述相近。如上文提到，碑文中的"面奏玉阶"，与 P.3720《悟真文（书）集》自序中的"面对玉阶"，表述相近。又如碑文"生前遇三边无警，四人有暇于东皋，命驾倾城"、"五柳闲居，慕逍遥于庄老"，与本卷 P.4640 悟真《沙州释门索法律窟铭》"耕田凿井，业南亩而投簪；鼓腹逍遥，力东皋而守分"，都运用陶渊明、老子、庄子的典故。碑文与《沙州释门索法律窟铭》，都用"东皋"典故，其词出自陶渊明《归去来兮辞》"登东皋以舒啸"；同时，都用"逍遥"，出自《庄子》的《逍遥游》。此外，碑文中的"命驾"、"五柳"、"闲居"，均出自《陶渊明集》；《沙州释门索法律窟铭》中的"南亩"、"鼓腹"，也都出自《陶渊明集》。这些相近的用典方式，也再次表明碑文的作者与《沙州释门索法律窟铭》作者，同为悟真。

据荣新江先生研究，大顺元年（890），张淮深死于非命，索勋自立为节度使，但是引起张议潮第十四女张氏（李明振妻）的不满，张氏与诸子合力杀掉索勋，立侄男张承奉为节度使。为了纪念这一胜利，张氏于乾宁元年立碑，在碑文中极力颂扬张氏剿灭索勋的功绩。从这篇碑文看，李明振三子实际掌控着沙、瓜、甘三州的军政大权，掌握了归义军的实权。[①] 而悟真这篇碑文，很可能是应张议潮第十四女张氏的极力要求而撰写的。不料，悟真因为这篇碑文，无意中被卷入李明振家族与张承奉政治斗争的漩涡。所幸悟真在乾宁二年离世，生前并未遭受较大的影响。但却成为日后张承奉整顿、打压佛教力量的诱因之一。这一点，将在本章第六节"伯3963、伯3259悟真纪念文集与张承奉、曹议金政权"专题中详论。

三　悟真升任都僧统后的碑铭文集整理

《翟家碑》，据郑炳林先生考证，其原碑额应当是"大唐颍川翟僧统修功德记"，抄录者省写作《翟家碑》，碑文现存于敦煌莫高窟第85

---

① 荣新江：《归义军史研究——唐宋时代敦煌历史考索》，上海古籍出版社2015年版，第197—199页。

窟。本卷抄本署名"唐僧统述"。据郑炳林研究，撰写这篇碑文，唐悟真还没有升任都僧统①，而抄本中署名僧统，是后来的抄写者根据悟真官至都僧统而署名的，据此可以推测，本件抄本（P. 4640）应当不是悟真本人整理的，整理时间也应当在悟真升任都僧统之后。

《沙州释门索法律窟铭》署名"唐和尚作"，唐和尚，是时人对悟真的敬称，由此推断这篇作品也是经由他人抄录整理的。这篇作品，是索义辩修敦煌莫高窟第 12 窟功德记。索义辩卒于咸通十年，这篇碑铭当作于索义辩卒后不久。

《李僧录赞》《住三窟禅师伯沙门法心赞》《张潜建和尚修龛功德记》三篇作品，虽然都没有署名，但通过一些比对，也仍然可以考证出作者就是悟真。至于没有署名的原因，很可能是承前省略，而忘记题署。

《李僧录赞》《住三窟禅师伯沙门法心赞》，应是悟真为同僚李僧录、法心分别撰写的作品。据郑炳林先生推断，李僧录出任都僧录的时间，在大中十年悟真出任都僧录之前。② 李僧录、法心，与悟真关系交好，作者在开篇都是直呼其敬称："律公"、"禅伯"，这样的行文方式，比较特别，与 P. 4660 悟真《金光明寺索法律邈真赞并序》开篇颇为相似，该文也是直接以"律公"开篇，以"律公"来称呼索法律。这样的敬称，应是悟真对赞主生前的习惯性称呼，也反映出他与这些赞主之间的亲密关系。《李僧录赞》"律公，即故临坛三学毗尼教主福慧和尚之嗣侄也"、《住三窟禅师伯沙门法心赞》"禅伯，即谈广之仲父也"，从这些表述看，悟真不仅与赞主相熟，而且与他们的亲人也很熟。谈到李僧录，就引出已故的福慧和尚；说到法心，就引出谈广，表明彼此的人脉关系。

这三篇作品，与前一篇署名"唐和尚作"的《沙州释门索法律窟铭》，有一个很大的相似之处，就是习惯运用陶渊明、老庄典故。《李

---

① 郑炳林：《敦煌碑铭赞辑释》，甘肃教育出版社 1992 年版，第 56—57 页。
② 同上书，第 78 页。

僧录赞》"鼓浪南溟"、"图南之势"，与《沙州释门索法律窟铭》"鼓腹逍遥"，颇为相似。"南溟"、"图南"，都出自《逍遥游》；"鼓腹"出自《陶渊明集》，"鼓浪"与《陶渊明集》"鼓棹"相似。《住三窟禅师伯沙门法心赞》中的"樊笼"、"沉疴"、"悬车"，都出自《陶渊明集》，尤其是"人事"一词，是《陶渊明集》中的常用语。《张潜建和尚修龛功德记》中的"樊笼"，出自《陶渊明集》；"无为"、"有为"，出自《老》《庄》。除此之外，这三篇作品，在行文方式、用典风格、语言技巧上，都很接近《沙州释门索法律窟铭》。

　　总体而言，P.4640 作为集中抄录悟真及相关碑铭的文集，记录的名人名篇较多，其重要性不言而喻。这些作品，主要创作于悟真出任都僧统之前，而抄录是在悟真升任都僧统之后。在这 11 篇作品中，既有悟真年轻时喜爱研摩的作品，也有悟真师友的相关作品，更多展现的是悟真的一些早期作品。当然，《大唐宗子陇西李氏再修功德记》是个例外，这篇作品作于乾宁元年，即悟真去世的前一年，充分展现了悟真晚年文学水平所达至的高度。

　　这些碑铭作品，比较集中的保存于今天敦煌莫高窟的洞窟中。11 篇作品，竟然有 6 篇作品，至今仍然完好地保存于莫高窟洞窟中。它们分别为第 148 窟《大唐宗子陇西李氏再修功德记》（《大历碑》）、《大唐宗子陇西李氏再修功德记》（《乾宁碑》），第 12 窟《沙州释门索法律窟铭》，第 231 窟《阴处士碑》，第 85 窟《翟家碑》，第 365 窟《吴僧统碑》。据统计，现存兼具敦煌遗书、莫高窟窟铭两种保存样态的文学作品，共计 13 篇①，而本卷的 6 篇作品，几乎占了现存敦煌遗书和莫高窟洞窟碑文总数量的一半。而如果从碑文的文学成就上衡量，上述碑文无疑都居于上乘的地位。由此可以看出本件文书在敦煌遗书及莫高窟洞窟碑文中的重要地位和价值，同时也再次凸显出悟真及其文学创作在敦煌遗书乃至莫高窟洞窟碑文中的不朽地位和价值。

---

　　① 参考郑炳林《敦煌碑铭赞及其有关问题》，《敦煌碑铭赞辑释》，甘肃教育出版社 1992 年版，第 5 页。

第五节　伯 4660 邈真赞专集与悟真的都僧统之路

P. 4660 与 P. 4640 相似，为一卷重要文书，与悟真作品抄录一起的还有其他一些名家名作，有些学者将本卷定名为《敦煌名人名僧邈真赞汇集》，正是基于这点原因。本卷作品从政治、宗教、文化、文学、民俗关系等不同层面，反映了中晚唐敦煌社会全貌的重要历史资料，历来颇为学者所重视。

P. 4660 卷作为一部邈真赞专集，共收录邈真赞作品 39 篇，末尾落款处多有"恒安书"，表明为敦煌灵图寺知藏（图书馆馆长）恒安本人负责抄写。其抄写时间当在悟真出任都僧统期间，是对都僧统悟真学习、创作的邈真赞的一次系统整理。依其内容，大致可分为以下四类作品，这四类作品不仅集中反映了悟真在都僧统任内的出色才干，而且见证了悟真通向都僧统的学习与成长历程。

一　敦煌陷蕃作品与悟真早期成长

P. 4660 卷作为一部邈真赞专集，共收录邈真赞作品 39 篇，大致可分为以下四类。

第一类是敦煌陷蕃时期作品，共计 7 篇。郑炳林先生指出，P. 4660 卷的年代排列顺序，呈现倒序排列的特征，作品"愈往后年代愈早，愈往前年代愈晚，往往不标明年代的，其写作年代与后边相邻年代相同"①。这一规律按诸原卷，可以得到充分证明，是颇有道理的。这样的排列顺序，可能与抄写者有很大关系。按照古代文书档整理的自然顺序，先归档的被置于底部，后归档的在上部，抄写者抄录时，依其自然顺序，先抄上面的，后抄下面的，所以出现了倒序排列的年代顺序。这 7 篇作品，被抄于卷末，出现的时代顺序却是本卷

① 郑炳林：《敦煌碑铭赞辑释》，甘肃教育出版社 1992 年版，第 155 页。

中最早的。这 7 篇作品，可以分为四组，均作于吐蕃统治敦煌后期。

第一组是 1 篇作品：敦煌名僧惠苑《都毗尼藏主阴律伯真仪赞》，杜牧有《敦煌郡僧正惠苑除临坛大德制》，可见惠苑在当时官至都僧政①，名气大。

第二组是 2 篇，均为报恩寺禅池所写的赞文，一署名"沙门善来"，另一署名"弟子比丘利济"，前者盖为同辈，后者为其弟子。

第三组是 3 篇，由洪辩、李颙、善来三人分别为报恩寺都教授李惠因所写的赞文。洪辩赞文全称《敦煌都教授兼摄三学法主陇西李教授阇梨写真赞》，署名"释门都法律兼副教授苾蒭洪辩"，从题名与署名比较来看，洪辩当为下属、晚辈，洪辩称誉李惠因"间世英首"，"两邦师训，一郡归投"，仰慕之情，溢于言表。据考，吐蕃统治河西陇右时，每州皆设一都教授（又称之僧统）②。因此，李惠因都教授一职，相当于洪辩、悟真担任的都僧统职位，掌僧尼事务，从上述 5 篇作品来看，赞主禅池、李惠因均为报恩寺高僧。禅池赞文，题署为"报恩寺王法阇梨讳禅池"，此处理解上出现歧义，一种将"王"校录作"主"③，另一种认为"法"后疑夺"师"字④。按前一种理解，禅池姓法，为报恩寺主。法姓是稀姓，《后汉书》有《法雄传》。按后一种理解，禅池姓王。结合本卷名人名僧的整体情况来看，前一种理解，似乎更契合当时实际。细审敦煌原卷，"王"上部似乎有"丶"，而书写时与"寺"下部有所重叠。据此大致可以推测，在吐蕃统治敦煌后期，报恩寺在敦煌寺庙地位较高，因为有李惠因出任都教授。李惠因之后，都教授一职主要转移至灵图寺，从宋正勤到到洪辩，再到悟真，都是灵图寺高僧。这 5 篇作品，反映的是都教授一职未曾转移至灵图寺的情形。

---

① 参考郑炳林《敦煌碑铭赞辑释》，甘肃教育出版社 1992 年版，第 220 页。

② 同上书，第 215 页。

③ 唐耕耦、陆宏基：《敦煌社会经济文献真迹释录》（五），全国图书馆文献缩微复制中心 1990 年版，第 149 页。

④ 参考郑炳林《敦煌碑铭赞辑释》，甘肃教育出版社 1992 年版，第 216 页。

最后一组是李顒《都法律氾和尚邈真赞》，与上一组《故沙州缁门三学法主李和尚写真赞》是同一作者，只不过在署名上后者多"从兄"二字，表明李顒与李和尚（李惠因）为同宗同族同辈，其署名还有"宰相判官兼太学博士"，根据本卷的写作时间推断，这些官衔应是吐蕃官方授予的。仅从官衔上看，吐蕃对待李顒还是很优渥的。吐蕃统治敦煌时期，既重视高僧，又笼络汉族知识分子，这两点在本卷中都得到了充分体现。但是，这些笼络手段仍然很难以让他们忘怀大唐王朝。在缅怀都教授李惠因的赞文中，无论是洪辩的"两邦师训，一郡归投"，还是李顒的"两朝钦德，一郡含悲"，都深切地寄托了这"一郡"（敦煌郡）与"两邦"、"两朝"（大唐、吐蕃）的复杂关系。他们"身在曹营心在汉"，虽然敦煌沦陷了，但他们仍然翘首中原、心系大唐。《新唐书·吐蕃传》记载，敦煌人"每岁时祀父祖，衣中国之服，号恸而藏之"，实为这番情景的真实写照。

综观这7篇作品，从赞主到作者，都是当时敦煌影响力较大的僧俗名士。他们作为悟真之前的敦煌地区重要的僧俗官吏，与悟真有着千丝万缕的联系。吐蕃统治敦煌后期，悟真已经开始逐步崭露头角，上述僧俗名士所熏陶的敦煌文化氛围，为悟真的成长提供了极好的环境氛围。以洪辩为例，悟真作为其门下弟子，当受其教诲不少，而此时洪辩还只是"释门都法律兼副教授"，其人生和事业也都还处于蓬勃发展的重要阶段。因此，这7篇作品的出现，为后世展现了洪辩、悟真师徒二人共同成长的历史现场，其文献价值不言而喻。

二　早期悟真与张球的文学切磋

第二类是张球作品，共计5篇。张球是敦煌归义军政权初期的重要作家，其文学成就仅次于悟真。张球在《张禄邈真赞》末尾署名"题于真堂"，过去学术界较长一段时间内都将"真堂"误以为是张球的书斋堂名，从而将本卷及其他敦煌遗书中凡落款有"真堂"的作品，一律判定为张球所作。其实，这是一种误读、误判。真堂，即灵堂，是悬挂死者遗像以供祭奠的场所，而并非书斋堂名。关于真堂及其功用的研究，以郑炳林《敦煌写本邈真赞所见真堂及其相关问题研究——关于莫高窟供养人画像研究之一》①一文最具代表，从而破除了过去将真堂误为张球堂名的判断。

收入本卷这5篇张球作品，还有一个值得关注的现象，就是拥有一个几乎共同的署名：军事判官兼监察御史。从《翟神庆邈真赞》中的"沙州军事判官将仕郎守监察御史"，到《凝公邈真赞》《译经三藏吴和尚邈真赞》中的"军事判官将仕郎守监察御史上柱国"，再到《张禄邈真赞》中的"沙州军事判官将仕郎兼监察御史里行"，最后到《敦煌阴处士邈真赞并序》中的"归义军诸军事判官宣义郎守监察御史"。这是依本卷倒序排列的自然顺序。梳理这些署名的官衔，可以发现：它们倒序排列的自然顺序，竟然合乎当时创作时间的实际顺序。据此可以进一步证实本卷依时间倒序排列的年代特征。

从这5篇作品署名表明，这是一组张球的早期作品。将仕郎，为唐代文散官，从九品（《旧唐书·职官志》）。"守"，犹言暂时代理，古代多指官阶低而署理较高的官职。张球以将仕郎从九品的身份，先后暂时代理监察御史、监察御史上柱国，后来由暂时代理，升任"兼监察御史里行"，从"里行"一职看，虽然去掉了临时代理（"守"）的身份，但"里行"也不是正官。之后，张球从将仕郎升任宣义郎，官升两级，宣义郎是从七品（《旧唐书·职官志》），但仍"守"监察御史。敦煌文书中可考的，张球最后任职为"节度判官宣德郎兼御史中丞柱国"（P.3288V），时为乾宁三年（896），悟真已于一年前去世。宣德郎，为文散官，正七品。从将仕郎（从九品）到宣义郎（从七品），再到宣德郎（正七品），在长达三四十年，张球始终在文散官的职位上徘徊，职位也仅至正七品。他的一生，成为当时敦煌底层文士生活及奋斗的一个历史缩影。

① 郑炳林：《敦煌写本邈真赞所见真堂及其相关问题研究——关于莫高窟供养人画像研究之一》，《敦煌研究》2006年第6期。

他的这 5 篇作品为何被收录本卷，原因还有待进一步探究。或许源于他与早年悟真的密切关系。从张球乾宁三年的作品判断，他立该出生比悟真稍晚。他们不仅同时经历了吐蕃统治敦煌、归义军政权初期两个重要历史阶段，而且同时是这个历史时期两个文学成就最高的人。悟真第一，张球次之。根据上述官衔考证，这些作品都是张球于咸通十年（869）之前创作的。咸通十年，张球《大唐敦煌译经三藏吴和尚邈真赞》题署："节度判官朝议郎检校尚书主客员外郎柱国赐绯鱼袋"，而同年悟真出任都僧统。

换而言之，本卷收录的张球这些作品，都创作于悟真任都僧统之前。从这个意义上看，它似乎是早年悟真与张球文学切磋的一个历史见证。它记录了悟真早期文学创作、学习、交流的历史进程。

三　追忆师友与《禅和尚赞》

第三类是悟真师友作品，共 2 篇：惠苑《宋志贞律伯彩真赞》、窦骧《吴和尚赞》。《宋志贞律伯彩真赞》赞主为灵图寺高僧宋志贞，宋氏卒于咸通八年，惠苑为之作赞，恒安手书，惠苑题署"门徒"、恒安落款"弟子比丘"，均反映出宋志贞的辈分。悟真、恒安同辈，年龄略长，自然也是"弟子"之列。惠苑在赞中称颂说："一郡轨仪，四方钦雅。"宋氏为敦煌名门望族，在当时敦煌势力、财力极大。从本篇题名"彩真赞"，可以窥见一斑。除本篇外，本卷其他篇名或曰邈真赞，或曰图真赞，或曰写真赞。可见它们之间，应该有所区别。即使在今天的艺术条件下，"彩真"画像的艺术效果，明显应优于一般"写真"画像。更何况是在技术条件相当有限的一千多年的古代敦煌。所以说，这篇宋志贞的"彩真赞"，可以让我们管中窥豹，想象下宋氏家族财势雄厚的情形。

《吴和尚赞》赞主为悟真的老师吴僧统洪辩，在 P.4640 中也有两篇洪辩的碑铭，作者都是窦骧，所不同的是，本卷与洪辩《吴和尚赞》同时抄录的还有一篇悟真作品《禅和尚赞》。这两篇作品一前一

后，抄录于同一时期。《吴和尚赞》题署"扶风窦良器"，这个窦良器
与 P.4640《吴僧统碑》、《先代小吴和尚赞》作者窦良骥，是同一人。
《吴和尚赞》虽然没有交代吴和尚的具体姓氏，但揆之文意，应为吴
僧统洪辩无疑。①《禅和尚赞》虽然也没有直接交代赞主是谁，但是诸
多信息显示，它与《吴和尚赞》的赞主，是同一人。一是这两篇作品
前后连抄，创作时间大致相同。二是这两篇作品中的这位高僧都以坐
禅出名，连坐禅方式、坐禅地点也都一致。②《禅和尚赞》也没有作者
署名。不过，从其文辞、语气推断，作者应是悟真无疑。其开篇云：
"卓哉我师，万德来资。"末尾又说："体质灰烬，神识云飞。千秋不
朽，有耳感知。天生圣力，赞美若斯。劫石将尽，功名不坠。"大中七
年，敦煌刚刚光复，洪辩便离开人世，悟真在悲恸欲绝之中，创作此
文。悟真回忆往事，洪辩生活中的点点滴滴，涌入眼前："百行具集，
精苦住持。戒如白雪，秘法恒施。乐居林窟，车马不骑。三衣之外，
分寸无丝。衣药钵主，四十年亏。邰（阇）寺花果，供养僧尼。"作
为至亲至近之人，在这篇赞文中，他将都僧统洪辩和尚亲昵地尊称为
"禅和尚"，以一"禅"字尊呼之，其他所有的题署都显得多余，似乎
唯有这样，才能无限近距离地表达他们情同父子的无尽哀思。所以，
尽管这两篇作品，都没有写明具体的赞主，甚至也没有署名作者，但
是倘若我们细细读来，从它们的字里行间，从那份情感深处，我们还
是能够真切地感受到这位赞主的身份，这位作者的身份。

四　佚名邈真赞与都僧统悟真的密切关系

第四类是悟真作品，共计 25 篇，除苏翚《悟真邈真赞》外，其他
24 篇均为悟真作品。上文所述第一类 7 篇作品（主要是都教授李惠因

①　详细还可参阅郑炳林《敦煌碑铭赞辑释》，甘肃教育出版社 1992 年版，第
200—201 页。
②　详细请参阅郑炳林《敦煌碑铭赞辑释》，甘肃教育出版社 1992 年版，第
204 页。

赞）之后，紧承以悟真为两位都教授撰写的作品，一篇为都教授张金炫：《沙州释门都教授炫阇梨赞并序》，另一篇为都教授洪辩：《禅和尚赞》。据郑炳林先生考证，敦煌都教授一职，李惠因之后为宋正勤，之后为张金炫，之后为洪辩。张金炫卒于唐文宗太和六年（832），同年洪辩继任；《沙州释门都教授炫阇梨赞并序》作于同年。原卷没有署名作者，不过，据文中内容推断，应为悟真无疑。一是文中称"此寺同餐，如同兄弟。念其情厚，略述本事，并赞德能"、"希哉我师"，表明作者与赞主亦师亦友，关系非同寻常。张金炫任都教授在洪辩之前，"阐扬禅业，开化道俗，数十余年"、"传灯不绝，柄一方教主"，悟真与其朝夕相处，定然多受教化、开导，故悟真尊为"我师"。二是本文的语言风格与其他悟真作品相近，尤以"鹅珠谨护"一句最为鲜明。本文的"鹅珠谨护"，又见于悟真《前沙州释门故索法律智岳邈真赞》（P.4660）。同卷悟真《沙州释门故阴法律邈真赞并序》作"鹅珠尚护"，仅改动一字。

其余22篇作品，有14篇作品署名为悟真①，有8篇是佚名作品。在这8篇作品中，已有4篇作品（《令狐公邈真赞》《张兴信邈真赞》《王景翼邈真赞并序》《张僧政邈真赞》）经徐志斌考证，确定作者为悟真。② 考证颇有道理，兹不赘述。以下笔者将重点探讨剩下的这4篇佚名作品：《索公邈真赞》、《河西管内都僧统邈真赞并序》、《伊州刺史临淄左公赞》、《张议广邈真赞》。

1. 《索公邈真赞》

《索公邈真赞》全称《唐河西节度押衙兼侍御史巨鹿索公邈真赞》，索公名字不详；P.3703V《释迦牟尼如来涅槃会功德赞》："厥

---

① 有《阴法律邈真赞并序》、《阎英达邈真赞并序》两篇未署"悟真"撰，但根据"河西都僧统京城内外临坛供奉大德兼阐扬三教大法师赐紫沙门"题署，都公认其作者是悟真无疑。

② 徐志斌：《〈河西都僧统唐悟真作品和见载文献系年〉补四则》，《敦煌学辑刊》1998年第2期。

有信士巨鹿索公讳，趋庭受训"，叙述的是同一人，可惜文中以"讳"的形式将索公名字隐去了。笔者推断《索公邈真赞》的作者为悟真，有四个方面的证据。

一是本篇的一些词汇，多见于悟真其他作品。本文开篇："间生英杰，颖拔恢然。"与前一篇《索法律智岳邈真赞》开篇："间生仁贤，懿德自天。"作为夸耀赞主的开篇之语，二者形式一致，内容相近，都用"间生"起句，其余意思相近。又本文："松筠秉节，铁石心坚。"与前一篇《索法律智岳邈真赞》："寒松比操，金石齐坚。"表述也相似。而《索法律智岳邈真赞》作者署名是悟真。又，本文"位忝衙（牙）爪，敕赐衣冠。鼎鼐俄缺，掩归夜泉"，与悟真《梁僧政邈真赞》"名传帝阙，敕赐勋功。俄然示疾，今也云薨"，表述也相近。《梁僧政邈真赞》署名"都法师都僧录赐紫悟真"。

二是本篇文辞讲究，如"良木冀秀，逝水潺湲"、"元戎轸悼，士卒哀缠"，对仗精工，颇符合悟真的行文特色。

三是赞主身份显赫，战功卓著。文中称他"阀阅贵流，毅勇军前。文武双美，荣望崇迁。横铺八阵，操比苏、单。功庸卓绩，名播九天。位忝衙（牙）爪，敕赐衣冠"，地位功绩，非同常人；他还深得众人的爱戴，其去世后，"元戎轸悼，士卒哀缠"。为如此身份地位的人写赞，对作者的要求自然也是比较高的，除拥有较高的文学才华外，还应拥有较高的的社会地位。而在当时敦煌，能够具备这样双重条件的显然只有悟真。根据前篇《索法律智岳邈真赞》署名，当时悟真的题衔是"河西都僧统京城内外临坛供奉大德都僧录阐扬三教大法师赐紫沙门"。

四是悟真为索公故妻杜氏作邈真赞。龙纪二年（890），悟真作《京兆杜氏邈真赞并序》（P. 4986+P. 4660），题署为"巨鹿索公故妻京兆杜氏邈真赞并序"。此处巨鹿索公，与《唐河西节度押衙兼侍御史巨鹿索公邈真赞》，应是同一人。据郑炳林先生考证，巨鹿索公卒于咸通十一至十二年间（870—871）①，而其妻卒于龙纪二年（890）。
时隔二十年后，悟真仍为索公故妻杜氏作赞，足见悟真与索公交情匪
浅，既然能为索公妻子作赞，那么为索公本人作赞的可能性就更大了。
因此，综上诸多因素，本篇的作者应是悟真。

2.《河西管内都僧统邈真赞并序》

《河西管内都僧统邈真赞并序》，一直以来被误为张球的作品。分
为两种情形：一种是根据本篇"题于真堂"的题署，将真堂误为张球
的堂名，从而将本篇作品径直归为张球的作品②；另一种是否定了
"真堂乃张球堂名"的看法，但却又根据前一篇已经为悟真所作，故
本篇"只能是张球所撰，别无他人"③。第一种情形，郑炳林先生等已
经否定，真堂实际是灵堂，是悬挂逝者遗像以供祭奠的场所，不是张
球堂名，不能简单据此推断本篇为张球作品。第二种情形，需要仔细
与前一篇进行对比后，才能见出分晓。

本篇既不署作者，也不署赞主姓名，确实给研究带来一定的困难。
不过，据郑炳林先生的考证④，结合 P.3720《悟真告身》第四件及前
一篇悟真所作的《河西都僧统翟和尚邈真赞》，本篇赞主应为翟沄荣，
即悟真的前任都僧统，其说颇有道理。根据 P.3720《悟真告身》第四
件文书《沙州刺史张淮深奏白当道请立悟真为都僧统牒并敕文》记
载："右河西道沙州诸军事、兼沙州刺使（史）、御史中丞张淮深奏：
臣当道先有敕授河西管内都统赐紫僧法荣。前件僧去八月拾肆日染疾
身死。今请替亡僧法荣便充河西都僧统，裨臣弊政。谨具如前。"张淮
深上报朝廷，奏请悟真接任翟法荣都僧统。

根据牒文，翟法荣于咸通十年八月十四日染病身亡。《河西管内都

---

①　郑炳林：《敦煌碑铭赞辑释》，甘肃教育出版社 1992 年版，第 168 页。

②　姜亮夫先生《莫高窟年表》说："真堂乃张球堂名。"又于《沙州释门故张僧
政赞》云："真堂一名，见于张球所撰各文，故即以此赞归之球也。"颜廷亮先生《张
球著作系年与生平管窥》根据姜先生的这一判断，径直将本篇归入张球作品。

③　郑炳林：《敦煌碑铭赞辑释》，甘肃教育出版社 1992 年版，第 173 页。

④　同上书，第 172 页。

僧统邈真赞并序》与前一篇《河西都僧统翟和尚邈真赞》，都写于翟法荣去世之后。《河西管内都僧统邈真赞并序》有时间题署，《河西都僧统翟和尚邈真赞》没有时间题署，笔者根据这两篇作品内容推断，它们的作者都是悟真，在时间创作上，有一定先后。

《河西管内都僧统邈真赞并序》创作时间在前，其末尾题署云："时咸通十年白藏中月蓂凋一十三叶题于真堂。"唐耕耦先生等《敦煌社会经济文献真迹释录》说："白藏指秋月，中月即八月。蓂凋一十三叶，即二十八日。"① 颇有道理。《尸子·仁意》："春为青阳，夏为朱明，秋为白藏，冬为玄英。"此处"白藏中月"即秋八月。又，蓂为古代传说中的一种瑞草。它每月从初一至十五，每日结一荚；从十六至月终，每日落一荚。所以从荚数多少，可以知道是何日。一名历荚。《竹书纪年》卷上："有草夹阶而生，月朔始生一荚，月半而生十五荚；十六日以后，日落一荚，及晦而尽；月小，则一荚焦而不落。名曰蓂荚，一曰历荚。"此处"蓂凋一十三叶"，即二十八日。据此可知，《河西管内都僧统邈真赞并序》作于咸通十年八月二十八日。又据上引 P. 3720《沙州刺史张淮深奏白当道请立悟真为都僧统牒并敕文》，翟法荣于同年八月十四日病亡。这两个日期之间，相差仅十四日。所以，题署说"写于真堂"，即在翟法荣灵堂匆忙写就。所以既没有题署作者姓名，也没有题署赞主姓名。

《河西都僧统翟和尚邈真赞》创作时间偏后，从其题署"河西都僧统京城内外临坛供奉大德都僧录兼教喻归化大师赐紫沙门悟真"来看，应作于悟真任都僧统之后。据 P. 3720《沙州刺史张淮深奏白当道请立悟真为都僧统牒并敕文》，其落款为"咸通十年十二月廿五日牒"，所以，悟真正式出任都僧统应在咸通十年的年尾了。此时距离翟法荣去世已经四个多月了，很明显，这篇邈真赞，不是作于翟氏去世之际。至少在牒文时间"咸通十年十二月廿五日"之后。但从下一篇《索法

---

① 唐耕耦、陆宏基：《敦煌社会经济文献真迹释录》（五），全国图书馆文献缩微复制中心 1990 年版，第 129 页。

律智岳邈真赞》"庚寅年（咸通十一年）七月十三日题记"来看，又应在此之前。因此，《河西都僧统翟和尚邈真赞》创作时间，应该介于这两个时间之间：咸通十年十二月廿五日之后，咸通十一年七月十三日之前。赞文开篇云："兹绘像者，何处贤良？"据此推测，这幅绘像，有别于翟法荣去世时悬挂于灵堂的画像。悬挂于真堂（灵堂）的那幅画像，很可能是翟法荣生前所画；而这幅绘像，是翟法荣去世后，时人追忆的画像。悟真所作的《河西都僧统翟和尚邈真赞》，即为此次绘像而写。所以赞文结尾说："邈生前兮影像，笔记固兮嘉祥。"首尾呼应，交代作文的缘起。而《河西管内都僧统邈真赞并序》不一样，是为翟法荣去世时供奉于真堂的生前画像而作。

因此，这两篇作品，虽然作者都是悟真，虽然创作对象都是翟法荣，却是不同时期的翟法荣画像，创作时间也并不相近。

为什么说《河西管内都僧统邈真赞并序》作者为悟真呢？主要是本篇的一些词汇，多见于悟真其他作品。本篇"挺资惠海，德爽智山。三教通而礼乐全，四禅辟而虚空朗。秉安远之德，蹈罗什之踪"，与悟真《河西都僧统翟和尚邈真赞》"幼挺英灵，壮志昂藏。五篇洞晓，七聚芬香。南能入室，北秀升堂"，行文相同，句法相似，内容相近，倘若不是同一个作者，很难想象有如此巧合或摹仿。又本篇"威稜诚奢"、"紫衣宝袄"、"每谕三车"，与悟真《翟家碑》"威稜侃侃"、"敕赐紫衣"、"诱驾三车"，用语相近。这三篇作品，都是为翟氏所作，而《河西都僧统翟和尚邈真赞》《翟家碑》作者都是悟真，《河西管内都僧统邈真赞并序》与这两篇作品的相同相近之处又较多，那么它作于张球之手的可能性很小，而很大程度上仍然与其他两篇一样，也出自悟真之手。

3.《张议广邈真赞》

《张议广邈真赞》全称为《唐河西节度押衙银青光禄大夫检校国子祭酒侍御史清河张府君讳议广邈真赞》。本篇粘连于咸通十年悟真《索义辩和尚邈真赞》之后，咸通八年惠苑《宋志贞律伯彩真赞》之前，郑炳林先生据此推测"本篇当撰于咸通八年至十年间"①。按，揆之文本及史实，本篇撰于咸通十年可能性更大。

从赞文内容来看，张议广为一员武将，最后战死沙场，这篇赞文为其死后而作。文中说"门传将相，家处军容"，称赞他出身将相世家，家风军纪极好；又说"武经三略，矢穿九重"，赞扬他文韬武略，智勇全才；又说"剑舞居妙，堂习弯弓"，赞扬他十八般武艺，样样精通，非一般将才可比；又说"殊功已立，身殁狂凶"，称赞他建立丰功伟绩，可惜身殁狂凶；又说"丈夫志操，宣籍雕龙。千秋之后，谁与我同"，称赞他志节忠贞，誓死不降，赢得青史留名。据荣新江先生研究，在咸通十年左右，回鹘假装归附于张淮深，诈言纳款投诚，却趁归义军不备，一度攻陷瓜州，张淮深组织敢死队等精锐力量，予以反击，夺回瓜州。② P.3451《张淮深变文》"早向瓜州欺牧守"、"初言纳款投旌戟"、"敢死残破回鹘贼"等，说的就是这桩事情。P.2709《唐懿宗赐张淮深敕》："敕沙州刺史张淮深有所奏，自领甲兵，再收瓜州。"朝廷诏敕予以表彰。本篇赞主张议广，文韬武略，武艺超群，很可能就是这次张淮深组织敢死队的中坚力量，奔赴瓜州退敌，最终战死沙场，而瓜州赖其死力，得以收复。故赞文说"殊功已立，身殁狂凶"，"狂凶"，结合上述史实来看，应指当时进犯瓜州的回鹘。

如上文所分析，本文叙述层层推进，用词讲究，文采精美，四言骈文，两句一韵，气势铿锵，连贯而下，一韵到底，将一代名将渲染而出，非名家手笔，不能作此文章。这是笔者推断作者为悟真的依据之一。

其二，悟真作为张淮深倚重的重要助手兼文士，也是撰写这类文章最合适人选。咸通八年，张议谭卒于长安，张议潮应召入京，张淮

---

① 郑炳林：《敦煌碑铭赞辑释》，甘肃教育出版社1992年版，第184页。
② 详细请阅荣新江《甘州回鹘成立史论》，《历史研究》1993年第5期；荣新江《归义军史研究——唐宋时代敦煌历史考索》，上海古籍出版社2015年版，第7页。

深主政河西，内外交困，悟真成为其主要助手。咸通十年，张淮深在给朝廷的奏章中说："悟真深开阐谕，动迹徽言，劝导戎惑，实凭海辩。今请替亡僧法荣便充河西都僧统，裨臣弊政。"（P. 3720）P. 4660 苏翚《都僧统唐悟真邈真赞并序》描述悟真协助张议潮、张淮深："赞元戎之开化，从辕门而佐时。军功抑选，勇效驱驰。"同年，张淮深击退回鹘，收复瓜州，吊死扶伤，安定人心，正是悟真本职所在。因此，这篇《张议广邈真赞》就是当时击退回鹘后，表彰忠义、凝聚人心的代表作品。

其三，本文篇幅短小精悍，意蕴无穷，文辞匠心独运，颇具特色，语言风格与悟真其他作品相似。尤以"孤贞守节，如筠若松"，与上文所提及的悟真《索公邈真赞》"松筠秉节，铁石心坚"、悟真《索法律智岳邈真赞》"寒松比操，金石齐坚"，表述相似。

此外，本文开篇称张议广："彬彬秉直，济济仁风。衣冠盛族，声振寰中"，特别称赞张氏的郡望或家族，也是悟真行文的一大风格。

4.《伊州刺史临淄左公赞》

《伊州刺史临淄左公赞》全称《故前伊州刺史改授左威卫将军银青光禄大夫检校太子宾客殿中侍御临淄左公赞》。这篇作品，应与《张议广邈真赞》作于同一时期。据郑炳林先生考证，按 P. 2962《张议潮变文》记载，大中十一年八月前后，伊州刺史是王和清，左公当继王和清于大中十一年之后出任伊州刺史。① 伊州在归义军疆域最西端，S. 3329+S. 11564+P. 2762+S. 6161+S. 6973 悟真《敕河西节度兵部尚书张公（淮深）德政之碑》（简称《张淮深碑》）记载，归义军领土"西尽伊吾，东接灵武，得地四千余里，户口百万之众，六郡山河，宛然而归"。但归义军并没有控制伊州全境，伊州城西纳职县却被回鹘等占据。P. 2926《张议潮变文》："敦煌北一千里镇伊州城西有纳职县，其时回鹘及吐谷浑居住在彼，频来抄劫伊州，俘掳人物，侵夺畜牧，

---

① 郑炳林：《敦煌碑铭赞辑释》，甘肃教育出版社1992年版，第183页。

曾无所安。"自归义军成立伊始，伊州边境始终成为一个困扰的难题。后来回鹘还一度攻陷伊州。P.5007《诗集》在《寿昌》之后题写两行文字云："仆固天王乾符三年（876）四月廿四日，打破伊州。"因此，笔者认为本篇与上篇《张议广邈真赞》作于同一时期，是鉴于回鹘攻陷瓜州后，伊州形势紧张，伊州刺史地位枢要。故朝廷（主要是归义军政权）给伊州刺史加官晋爵，加封改授左威卫将军等实职，也应该就在这一时期。赞文称誉左公："嘉谋济代，承旨阶墀。封疆受土，典郡西陲。四方使达，君命应期。尽忠奉国，尽节众推。名高凤阙，玉塞声飞。蒸哉古往，赫矣今时。"联系当时史实，这段虚夸的评价，并不为过，它适应了当时边关形势紧急、笼络人心的政治需要。

之所以说它的作者是悟真，原因大致与上文相同。

一是悟真作为张淮深倚重的重要文士，无疑是撰写这类文章最合适人选。这样一篇《伊州刺史临淄左公赞》，足以笼络伊州民心，胜抵十万精兵。张淮深奏章中说："悟真深开阐谕，动迹徽言，劝导戎惑，实凭海辩。"本篇即是精彩体现之一。

二是本文开篇称伊州刺史"临淄左公"，以中原郡望呼之，又称其"金方茂族，间生一枝"，特别称誉左氏家族，这也是悟真行文的一大风格。

三是本篇的一些词汇，也多见于悟真其他作品。本篇"金方茂族，间生一枝"，与后一篇悟真《索义辩和尚邈真赞》"龙堆鼎族"、"联支胤玉，间生兹息"，表述相近；本篇"膏肓遘疾，俄谢而瘗"，与后一篇悟真《索义辩和尚邈真赞》"俄然示疾，无常淄速"、同卷悟真《梁僧政邈真赞》"俄然示疾，今也云薨"等，表述也相近。

总之，这4篇佚名邈真赞，都与悟真有千丝万缕的联系，尤其是《伊州刺史临淄左公赞》、《张议广邈真赞》两篇作品，笔者通过钩沉史迹发现，虽然悟真仅为一介文弱之士，但其通过邈真赞作品的创作，散发出无穷的艺术魅力，发挥出许多意想不到的政治效果。

综观本卷悟真创作的24篇作品中，除7篇外，其余17篇均大多作于悟真任都僧统时期。这 7 篇作品分别作于此前的四个时期：一是最早创作的 2 篇，作于他担任都法师时期，分别为两位都教授而作，一篇为都教授张金炫：《沙州释门都教授炫阇梨赞并序》，另一篇为都教授洪辩：《禅和尚赞》，二是《梁僧政邈真赞》，作于他兼任都法师都僧录时期；三是《阴文通邈真赞》，作于他兼任都僧录与副僧统时期；四是《伊州刺史临淄左公赞》《张议广邈真赞》《河西管内都僧统邈真赞并序》这 3 篇作品，作于代理都僧统时期。即咸通十年八月至十二月间。当时，前任都僧统翟法荣于八月十四日病逝，到同年十二月二十五日朝廷诏敕文书颁发之前，前后四个多月，悟真以副僧统代行都僧统之职，所以，这 3 篇作品，都没有署名，与当时悟真代行都僧统的尴尬身份，也有一定关系。本卷中悟真正式出任都僧统期间所作的 17 篇作品，有两种题署内容：除作于咸通十一年前后的 2 篇作品《河西都僧统翟和尚邈真赞》、《索义辩和尚邈真赞》，题署"河西都僧统京城内外临坛供奉大德都僧录兼教喻归化大法师赐紫沙门"，其余 15 篇作品均题署"河西都僧统京城内外临坛供奉大德兼阐扬三教大法师赐紫沙门"。这些题署官衔的变化，集中体现了悟真地位与身份的变化。

　　总而言之，本卷所收录 39 篇作品，尤其是悟真本人所创作的 24 篇作品，集中展现了他从都法师到都僧录，再到副僧统，尤其是都僧统任期内的邈真赞作品创作。在这一段长达近六十年的人生岁月中①，他以邈真赞的学习与创作为纽带，担负起敦煌政治、宗教、文化事业的诸多重任，成为归义军政权初期的核心人物之一，为归义军政权建设、敦煌地区的民族团结、敦煌归义军政权与大唐中央政权的外交往来等诸多方面做出了杰出的贡献。

---

　　① 本卷收录最晚的作品是龙纪二年（890）悟真《京兆杜氏邈真赞》，本卷收录的吐蕃统治敦煌后期的作品，以都教授李惠因去世（832）为可考时间，前后时间相距 59 年。

第六节　伯 3963、伯 3259 悟真纪念文集 与张承奉、曹议金政权

——兼论曹议金为粟特后裔说

悟真的一生，对于当时的敦煌人们来说，既充满着传奇与骄傲，也充满着敬仰和爱戴。时前任河西节度掌书记试太常寺协律郎苏翚《都僧统唐悟真邈真赞并序》开篇说"英灵神假，风骨天资。夙彰聪敏，志蕴怀奇"，道尽了悟真的"神"、"奇"；往下说"趋庭者若市，避席者风追。不呼而来，不招而归"，写尽了悟真颇受敬仰和爱戴的人格魅力；往下又说"入京奏事，所请无违"、"受恩三殿，声播四维"，写尽了敦煌人的骄傲与自豪。悟真"六和御众，三十余期"，担任都僧统三十多年，始终秉持公正祥和的作风，"怀瑾握瑜，知雄守雌。其直如弦，其平如砥"，不仅深受人们爱戴，而且禽兽颇得感化，"凑飞禽而恋就，萃走兽而群随"。苏翚的这篇邈真赞，作于广明元年（880），时值悟真七十多岁高龄，绘生前画像，故苏翚为此作文。但此后悟真又生活了 15 年，直到乾宁二年（895），以八九十岁的高龄圆寂。① 如此高寿的年龄，更加促进他人生传奇的书写。在他去世后，《唐和尚百岁书》《缁门百岁篇》等将悟真一生事迹编成文学作品，得到广泛传播；其一生创作的许多佳作，更成为当时及后世敦煌人们学习的范文。直到今天，在敦煌莫高窟的窟铭中，仍然随处可见悟真创作留下的那些精美作品。

一　两件纪念悟真文集伯 3963、伯 P3259 的文本比较

悟真去世后，人们用各种形式表达对他的怀念。现存敦煌遗书中

---

① 一说悟真享年 95 岁，据《缁门百岁篇》"五十恩延入帝京"推算，悟真于大中五年（851）入京奏事，则其生年为 801 年。笔者认为，"五十恩延入帝京"中的"五十"大致是虚算，实际可能不足 50 岁；此外，《缁门百岁篇》也更多带有传奇的色彩，其真实性到底有多大，还有待进一步探究。

发现两件纪念悟真的文集：P. 3963、P. 3259，引起学术界的共同关注，但一直以来研究不够深入。仅有郑炳林先生作有初步校录（第37页），其余学者多只提及篇名。这两件抄本，均有残缺，字迹总本有些模糊，但郑炳林先生在当年条件十分有限的情况下，加以细心校录①，厥功甚伟。兹以《法国国家图书馆敦煌西域文献》公布的图版为底本，今在吸收和借鉴郑先生成果基础上，新校如下（凡因当年图版模糊而导致校录不佳的地方直接加以校订，不再一一出注。因为这只是现在图版质量清晰一些了，不敢示以高明）。

由于这两件文书在内容上略有差别，《法国国家图书馆敦煌西域文献》刊布时，在命名上也略有不同，P. 3963为《唐曹和尚传文》，而P. 3259为《都僧政纪念文》。为了方便比较，笔者校录时，也分别予以整理，省称甲卷、乙卷。

P. 3963为《唐曹和尚传文》（简称甲卷），存十九行，每行约二十字，前三行下部残阙，书法较好。其文曰：

　　▢▢窃以释教象玄，非愚莫▢▢能比谕。某自虽晚学▢▢监，偷光于槐市，先生分教，总▢▢端，腾波澜于大浸；五乘妙慧，湍流千门。适谈空而不取，戏论俱亡；涉有而靡溺，原河不二，终日言无说，体寂皈如，显有知空。法山自峻，孰能洞晓。直尽无依渡，六度于爱河，指迷津于彼岸者，兹诚有我大师旷公，诞迹人间，继斯洪论，得双林之奥旨，流法乳于阎浮。永（承）古传文，于兹不泯。尔后麻尊阐教，理迹（即）俱同导引，并得居深源，指谕辐凑于大麓。

　　敦煌胜地，累代高僧，非唯李、宋、石、王之明公，近复唐、曹之大哲。我先师唐、曹和上（尚），此郡人也。学该今古，识远通仁。指一言而万流得源，谈三空而千门领会。遂留浩汗，宗示

――――――――――

① 郑炳林：《敦煌碑铭赞辑释》，甘肃教育出版社1992年版，第137页。

后来。

　　某乙之徒，谬承严训。太保崇善，受付嘱于今时。欲使大教分流，光扬不绝，抑登高座，战汗交并。旬月以来，相依简读（牍）。今晨告诉，魂［魄］囷然①。辞二郊②于慈颜，交涟雨泣；别檀越于金容，俄而涕泗。未知后会，早晚相逢。再萃谈空③，谁能可定。珍重珍重，勉自克修。三会禅法，同登觉路。

　　P. 3259 为《都僧政纪念文》（简称乙卷），存十一行，每行约十九字，书法有些潦草。其文曰：

　　━━蒙前贤大师旷公，诞迹人间，继斯洪论，得双林之奥志，流法乳于阎浮。永古楷文，于兹不绝泯。尔后麻宗大阐，理即俱同导引，敦煌英杰，得其深源，指谕辐凑于大［麓］。

　　敦煌胜地，累代高僧，非唯李④、宋、石、王之明公，近复唐、曹之大哲。蒙先师都僧统和尚、河西管内敕授赐紫都僧政和尚，深慈普洽，命一凡语，则示诲之恩，若子之怜。其和尚等龙堆双宝，间代之模。学该今古，识达通仁。指一言而若流得源，谈三宝而千门领会。遂流浩汗，宗示后来。

　　况厶强保（褓袄）入四（寺），谬承严训，万审知一，自是泥人，焉能救弱。

　　仔细比较以上两件文书，大约有一半以上的篇幅并不相同。甲、

---

①　本句脱一字，似为"魄"字。

②　二郊：指南郊、北郊。

③　谈空：玄谈，清谈。此处指谈论佛教义理。空，佛教以诸法无实性谓空，与"有"相对；此处泛指佛理。谈空，为唐人习用语。孟浩然《游明禅师西山兰若》诗："谈空对樵叟，授法与山精。"高适《同群公宿开善寺赠陈十六所居》诗："谈空忘外物，持诚破诸邪。"皆其例。

④　"李"，原卷作"柰"，似为"李"字误书。

乙卷内容相同的地方，主要集中在两个地方：

1. 从"大师旷公"到"近复唐、曹之大哲"，甲乙卷内容大致相同。

2. "学该今古"到"宗示后来"，甲乙卷内容大致相同。

但是，这两处也有些细微的差别，值得注意。为方便阅读，试用表格比较如下。

甲卷	乙卷	异文说明
得双林之奥旨	得双林之奥志	甲卷作"旨"，乙卷作"志"。按，甲卷是
永古传文	承古楷文	甲卷作"永"，乙卷作"承"。按，乙卷是。 甲卷作"传"，乙卷作"楷"。按，甲卷是。 所以，本句应为"承古传文"
于兹不泯	于兹不绝泯	乙卷"绝"，从句式看，当为衍文。乙卷"泯"字缺末笔，甲卷未缺笔，这两件当抄于晚唐时期无疑，由此可以看出唐代行文有的避讳，也有的不避讳。因此单纯以避讳与否来判定敦煌抄本出现的年代，说服力不强
庥尊阐教，理迹俱同导引	庥宗大阐，理即俱同导引，敦煌英杰	甲卷作"迹"，乙卷作"即"。按，乙卷是。又，乙卷"敦煌英杰"四字，甲卷脱
并得居深源	并得其深源	甲卷作"居"，乙卷作"其"。按，乙卷是
指谕辐凑于大麓	指谕辐凑于大［麓］	乙卷"麓"字脱，据甲卷补
识远通仁	识达通仁	甲卷作"远"，乙卷作"达"。按，甲卷是
指一言而万流得源	指一言而若流得源	甲卷作"万"，乙卷作"若"。按，甲卷是
谈三空而千门领会	谈三宝而千门领会	甲卷作"空"，乙卷作"宝"。按，乙卷是
遂留浩汗	遂流浩汗	甲卷作"留"，乙卷作"流"。按，甲卷是

从上表的比较可以看出，甲、乙卷各有短长，可以相互校补。甲、乙卷内容不同的地方，主要有三处：

1. 乙卷"蒙前贤大师旷公"以上残阙，但甲卷此处比乙卷多出将近七行的内容。

2. 从"近复唐、曹之大哲"至"学该今古"之间，甲、乙卷内容差别较大。

甲卷　我先师唐、曹和上（尚），此郡人也。

乙卷　蒙先师都僧统和尚、河西管内敕授赐紫都僧政和尚，深慈普洽，命一凡语，则示诲之恩，若子之怜。其和尚等龙堆双宝，间代之模。

对比可以发现，甲卷内容相对简单。仅提"先师唐、曹和尚"，唐和尚指唐悟真，俗姓唐。曹和尚，即中和三年病逝的曹法镜和尚。乙卷没有提曹和尚，而对先师都僧统悟真多有赞誉感恩之词。最后"其和尚等龙堆双宝，间代之模"，参校于甲卷，既然称"龙堆双宝"，可能除唐和尚外，还有曹和尚，但作者由于没有明提，只能存疑。

3. 从"宗示后来"到卷末，甲、乙卷内容差别更大。

甲卷　某乙之徒，谬承严训。太保崇善，受付嘱于今时。欲使大教分流，光扬不绝，抑登高座，战汗交并。旬月以来，相依简读（牍）。今晨告诉，魂［魄］罔然。辞二郊于慈颜，交涟雨泣；别檀越于金容，俄而涕泗。未知后会，早晚相逢。再萃谈空，谁能可定。珍重珍重，勉自克修。三会禅法，同登觉路。

乙卷　况厶强保（褓襁）入四（寺），谬承严训，万审知一，自是泥人，焉能救弱。

如果说，前面的比较，我们还不能够足以区分这两件文书的话，那么从"宗示后来"以下，甲、乙卷的内容差异，就为我们判定作者身份提供了一些依据。

甲、乙卷作为纪念唐和尚的文书，有些内容出现重复，并且高度相似，但它们又分属于两个不同的作者，可以据此推测，当时可能流行有可供参考的模本。这两件文书中，高度相似的内容，可能都是从参考模本中传播开来的。

在这些重复相似的内容中，都涉及"我（前贤）大师旷公"，其中"旷公"，即明公，是古代对有名位者的尊称。下文又有"敦煌胜地，累代高僧，非唯李、宋、石、王之明公，近复唐、曹之大哲"，即是此义。悟真任都僧统三十多年，名位尊贵，又是佛教高僧，故文中尊为"大师旷公"。结合上文所述及甲乙卷的其他内容，笔者小结如下：这两卷文书，创作于同一时期，同为纪念悟真而作，但分属于两个不同的作者；这两个作者，都是曾经跟随悟真学习的重要弟子。

二　悟真纪念文集与张承奉、曹议金政权之关系

甲卷称"某自虽晚学"，"偷光于槐市"，说他拜入悟真门下求学，虽然时间较晚，但他刻苦勤奋，略得悟真之法。"偷光"，用匡衡凿壁偷光，刻苦好学，终有所成就的典故。"槐市"，本义指汉代长安读书人聚会、贸易之市，因其地多槐而得名。后来借指学宫、学舍。这里指悟真讲学场所。

乙卷称"某襁褓入寺"，因此他拜入悟真门下求学，比甲卷作者要早。两人都声称"谬承严训"，亲炙于悟真。但从两卷比较来看，甲卷作者似乎成为悟真圆寂后官方公认的衣钵传人。其文曰："太保崇善，受付嘱于今时。欲使大教分流，光扬不绝，抑登高座，戋汗交并。"悟真卒于乾宁二年（895），时归义军政权首领为张承奉，之后从曹议金起，转为曹氏政权。据荣新江先生《归义军史研究》，张承奉的尊号有尚书、司空等职，但未曾有过太保一职；而到同光三年（925），曹议金出任"检校司空兼太保"（P.3805《同光三年六月一日归义军节度使牒》）。① 据此推测，此处甲卷中的"太保"应当很可能是指曹议金。同光三年（925），时值悟真去世（乾宁二年，895），刚好三十周年。以悟真在当时敦煌的威望及影响力，受到曹议金的重视，并为之确定衣钵传人，"欲使大教分流，光扬不绝"，将悟真的精神法脉传承下去。故甲卷作者被曹议金看重，委以重任，故文中说

---

① 荣新江：《归义军史研究——唐宋时代敦煌历史考索》，上海古籍出版社 2015年版，第 101 页。

"太保崇善，受付嘱于今时"，而"抑登高座，战汗交并"，仅是作者的谦虚客套之词。

曹议金继掌归义军政权后，崇信佛教，对僧侣礼待有加，甲卷称"太保崇善"，洵非虚誉。P. 3718《程和尚（政信）邈真赞并序》说："自太保统握河陇，国举贤良，念和尚雅量超群，偏锡恩荣之秩。"其中的太保，据荣新江先生考证，也指曹议金。又，P. 3556《大唐敕授归义军应管内外都僧统充佛法主京城内外临坛供奉大德兼阐扬三教大法师赐紫沙门氾和尚（福高）邈真赞》说："洎金山白帝，国举贤良，念和尚以（与）不群，宠锡恩之秩，遂封内外都僧统之号，兼加河西佛法主之名。五郡称大师再生，七州阐法主重见。爰至吏部尚书秉政敦煌，大扇玄风。和尚请座花台，倍敬国师之礼，承恩任位，经法十五余年。"又P. 3556《归义军应管内都僧统陈和尚（法严）邈真赞》说："洎金山白帝，国举贤良，念和尚雅望超群，宠锡恩荣之秩。爰至吏部尚书秉政莲府，封赐内外都僧统之班，兼加河西佛法主之号。"以上"吏部尚书"，据荣新江先生研究，也都是曹议金无疑。①曹议金崇信佛教，封赐本朝都僧统之余，敦煌历代都僧统也成为时人关注的话题。所以，上文甲、乙卷都叙述说：

> 敦煌胜地，累代高僧，非唯李、宋、石、王之明公，近复唐、曹之大哲。

担任都僧统长达三十多年的唐和尚悟真，便受到人们的热议。因此，同光四年，时值悟真去世 30 周年的重要年份隆重纪念唐和尚悟真。于是，便有了以上甲、乙两件文书。因此，结合上述史实看来，甲、乙两件文书的写作时间，应该就在同光四年（925）。这两件文书，是应纪念悟真去世 30 周年酝酿产生的重要纪念作品。

---

① 荣新江：《归义军史研究——唐宋时代敦煌历史考索》，上海古籍出版社 2015年版，第 97—98 页。

悟真乾宁二年（895）去世后，中经张承奉政权，其影响力及社会声誉有所下降和消歇。这其中的原因，应大致与悟真晚年无意中卷入归义军的内部斗争，有一定关系。如本章第四节所述，乾宁元年（894），悟真应李明振妻张氏之约，为莫高窟第148窟撰写碑记，即《大唐宗子陇西李氏再修功德记》（又称乾宁碑）。张氏是张议潮第十四女，又是率李氏诸子诛杀索勋的功臣。大顺元年（890），张淮深死于非命，关于张淮深之死，历史谜团较多，一说死于其族弟张淮鼎之手，一说死于索勋之手，关于索勋的历史功过，也众说纷纭。但无论哪种说法，索勋在张淮深去世之后，窃据归义军政权，则是事实。悟真与张议潮、张淮深情感深厚，而张氏作为张议潮之女，又率众除掉索勋，立侄男张承奉为节度使，所有这些，悟真无疑都是具有好感的。所以，他在《大唐宗子陇西李氏再修功德记》中对于张氏力挽狂澜的平乱之举，表示欢欣鼓舞：

　　夫人南阳郡君张氏，温和雅畅，淑德令闻，深遵陶母之人（仁），至切齐眉之操。先君归觐，不得同赴于京华；外族留连，各分飞于南北。于是先兄亡弟丧，社稷倾沦，假子（手）托孤，其几勤于苟免。所赖太保神灵，辜恩剿毙，重光嗣子，再整遗孙。虽手创大功，而心全弃致。见机取胜，不以为怀。乃义立侄男，秉持旄钺。总兵戎于旧府，树新勋于新墀。内外肃清，秋毫屏迹。……间生神异，诚（成）太保之徽猷。虽处闺门，实谓丈夫之女。

在碑文中，悟真多次谈及"太保"张议潮，表明他之所以答应张氏为李家窟撰写碑铭，很大程度上是源于悟真对于张氏父辈张议潮的感念和追怀。加之张氏在张议潮、张淮深等张氏子孙衰敝凋零的情况下，在"社稷倾沦"之际，援手相助，"重光嗣子，再整遗孙"，拥立侄男张承奉，承继大业，确实是深明大义之举。至于李氏拥兵自重，架空张承奉，由此引发内讧，这是于乾宁元年悟真撰写碑文时所始料未及的。

据荣新江先生所蒐集的有限的史料记载，张氏之子实掌归义军政权，多在乾宁二年三月之后①，而此时悟真已经圆寂。P.2856乾宁二年三月十一日《营葬都僧统榜》记载：

> 营葬榜。僧统和尚迁化，今月十四日葬。准例排合葬仪，分配如后：
>
> 灵车，仰悉殉潘社慈音律师、喜庆律师。香舆，仰亲情社法惠律师、庆呆律师。邀舆，仰子弟庆口律师、智刚律师。钟车，仰中团张远口、李鹊鹊、朱神口。鼓车，仰西团史兴子、张兴盛。九品往生舆，仰当寺。纸蟠，绍通。纳色，喜寂律师、道济。大蟠两口，龙、莲各一口，净土、开元各蟠一对。
>
> 右件所请诸色勾当者，缘葬日近促，不得疏慢，切须如法，不得乖格者。乾宁二年三月十一日。僧政、都僧录贤照。

悟真死后，在都僧统康贤照的安排下，丧葬办得很隆重，除灵图寺外，开元寺、净土寺、悉殉潘社、亲情社、中团、西仰等僧俗团体都参与办理悟真送葬活动。②

根据荣新江先生钩沉的史料发现，乾宁三年，张承奉等发动政变，夺回归义军实际大权，这便是悟真身后发生的事情了。但由于可能受到乾宁元年这篇碑记的牵连，悟真的地位，在张承奉政权时期不免受到一定的影响。

另外，还有个很重要的原因，即与张承奉对待佛教的态度有密切

---

① 荣新江：《归义军史研究——唐宋时代敦煌历史考索》，上海古籍出版社2015年版，第203—207页。

② 参考齐陈骏、郑炳林《河西都僧统唐悟真作品和见载文献系年》，郑炳林主编《敦煌吐鲁番文献研究》，兰州大学出版社1995年版，第639页。

关系。据荣新江先生研究，从宗教信仰来看，张承奉不能算是一位佛教徒，他大概更迷信于阴阳五行谶纬之说。① 据 S. 1604 连续书写的《天复二年（902）归义军节度使张承奉帖》《都僧统贤照帖》记载：

使　　帖都僧统等

右奉处分，盖缘城隍或有数疾，不净五根，所以时起祸患，皆是僧徒不持定心，不虔经力，不爱贰行。若不兴佛教，何亏卩哉。从今已往，每月朔日前夜、十五日夜，大僧寺及尼僧寺燃一盏灯。当寺僧众，不得欠少一人，仍须念一卷《佛名经》，与灭狡猾，嘉延人轮，岂不于是然乎。仍其僧统一一钤辖，他皆放（仿）此者。四月年八帖。

都僧统　　帖请僧尼寺纲管、徒众等

奉尚书（张承奉）处分，令诸寺礼忏不绝，每夜礼《大佛名经》壹卷。僧尼夏中，则合勤加事业，懈怠慢烂，故令使主嗔责，僧徒尽皆受耻。大家总有心识，从今已后，不得取次。若有故违，先罚所由网管，后科本身，一一点检……天复二年四月廿八日帖，都僧统贤照。②

从帖文可见，张承奉将当时敦煌出现的疾病祸患等归咎于僧徒，并要求都僧统对僧众严加管束。都僧统贤照接到帖文后，即下帖给各寺僧官徒众，要求严格遵照执行。"我们从敦煌文书中了解到，自吐蕃统治时期开始，由于佛教势力的增强，最高僧官握有极大的权力，往往与其地方统治者一同治理敦煌社会，如摩诃衍与吐蕃节儿，吴洪辩

---

① 荣新江：《归义军史研究——唐宋时代敦煌历史考索》，上海古籍出版社 2015 年版，第 274 页。

② 录文参考荣新江《归义军史研究——唐宋时代敦煌历史考索》，上海古籍出版社 2015 年版，第 275 页。

与张议潮，都是如此。直到张承奉时期，我们首次看到节度使如此向都僧统发号施令，表明归义军的政权已完全凌驾于教权之上。"① 张承奉对待佛教的态度的改变，可能有三个方面的原因。

第一，当时敦煌佛教势力日益强大，给归义军地方统治者带来了极大的压力。正如荣新江先生指出的："敦煌是一座佛教城市，特别是在吐蕃统治时期，新建了几座寺院，僧尼人数大增，在张议潮率众推翻吐蕃统治的过程中，沙州都教授洪辩及其弟子悟真也率僧尼大众响应起义，对归义军的建立给予了极大的支持。统治瓜沙僧尼大众的河西都僧统及其下属各级僧官，也是归义军节度使手下的释吏。"也正是因为这样的原因，自归义军政权建立伊始，佛教最高僧官都僧统便与归义军政权的最高领导人，共同治理敦煌。但是，由于大唐天子对于归义军政权领导人的缺乏信任，迫使张议谭、张议潮等领导人先后委身入朝，严重削弱了归义军政权的统治力量。紧接着，张淮深遇害，张淮鼎、索勋等先后篡位，李明振家族执政，一连串的内讧，更将归义军政权推向了覆灭的边缘。而相比之下，佛教都僧统一直传承有序，稳步发展。早在张议潮起义时期，悟真等便已创立了不少功勋；到大中五年，悟真、曹法镜等一行高僧，又受到天子极高的礼遇，衣锦还乡，倍受敦煌百姓崇信。特别是自悟真任都僧统以来，三十多间，佛教地位及个人威望日益提升。所有这些，对本已摇摇欲坠的归义军政权造成了极大的挤压，形成一种潜在的威胁。因此，张承奉一意孤行，以自己的政治力量凌驾于都僧统之上，有意打压日益兴盛的敦煌佛教力量。

第二，悟真晚年无意中卷入张承奉与李明振家族政治斗争的漩涡，这成为张承奉动辄将灾殃祸患归咎于僧徒的直接诱因。如前文所示，乾宁元年，悟真应张议潮第十四女李明振妻邀请，为李家窟撰写碑铭。尽管当时悟真在碑文中详细交代了作碑记的缘由，但这件事情，在张

---

①　荣新江：《归义军史研究——唐宋时代敦煌历史考索》，上海古籍出版社 2015年版，第 275 页。

承奉看来，是以悟真为首的敦煌佛教力量支持李明振家族执政的一个鲜明信号。因此，在张承奉铲除李明振家族势力，实际掌握大权后，便开始整顿佛教，动辄归咎僧徒。上文所引，张承奉发帖文给都僧统贤照，贤照是悟真的继任者，如前文所论，悟真隆重的丧葬活动就是他一手操办的。因此，从这个意义上看，张承奉整顿、打压佛教，实际上是对支持李明振家族的佛教力量的一次大清算，是将铲除李明振家族势力从政治军事领域延伸、扩大化到宗教领域的一大体现。

第三，张承奉个人宗教信仰的影响。据荣新江先生等研究，张承奉很可能是张淮鼎之子，而张淮鼎又很可能就是大顺元年（890）杀害张淮深夫妇及六子的凶手。虽然现存史料还没有明显的证据证明张淮鼎是否因为宗教信仰的原因杀害张淮深等人，从而夺取政权，但从张承奉热衷信奉的阴阳谶纬之说看来，在当时敦煌地区，在归义军执政者的周围，除以悟真为代表的佛教僧团外，应该还聚集着一批重视阴阳谶纬学说的儒士。① 这批儒士的存在，很大程度影响并掌控了张承奉的个人宗教信仰。

从张议潮起义开始，敦煌僧团一直充当着归义军执政者的重要谋士，从洪辩到悟真，尤其是到张淮深统治时期，对悟真更是礼遇有加，颇为器重。而这样的情形，必然遭到反对势力的忌恨。这股反对势力的强大，从他们以迅雷不及掩耳之势铲除李明振家族势力，并且不给后世留下任何的蛛丝马迹②，可以窥见一斑。这股反对势力的强大，从张承奉金山国政权时期人才济济，涌现出的一批出色的文学作品，如

---

① 张承奉僚属，今天可考的不是很多，从金山国时期作品的署名来看，主要有"大宰相江东吏部尚书"张文彻、"三楚渔人臣张永进"等。从"江东"、"三楚"等来看，两人可能是来自南方的中原汉人士族。他们是金山国时期张承奉的重要谋臣。

② 荣新江先生说："乾宁三年初，正当李氏家族力图抛开张承奉，独揽大权的时候，沙州出现了一场倒李扶张的政变。虽然关于这种自相残杀的丑闻没有明确的史料记载，但从前后的史料对比中不难发现这一变化。"（《归义军史研究——唐宋时期敦煌历史考索》，上海古籍出版社 2015 年版，第 207 页）

《白雀歌》、《龙泉神剑歌》等①，可以窥见一斑。这股反对势力的强大，从他们野心勃勃，拥戴张承奉自号"金山白衣天子"，建立金山国，开疆拓土，意欲夺取五凉全境，可以窥见一斑。

总之，在当时佛教盛行的敦煌地区，其潜在的反佛教力量，也是不容小觑的。由于这股反佛教力量的干预与影响，张承奉便弃用佛教，转而迷信阴阳谶纬之说。这种从东汉开始被阴阳谶纬改头换面的儒家末学，成为张承奉金山国时期的主流思潮，主宰着一切。因此，上述诸多因素的存在，必然导致张承奉对佛教的反感与冷落，导致佛教的被管束、打压。

三　悟真衣钵传承之争与曹议金政权建设

从甲乙卷记载的内容来看，甲、乙卷这两个作者，都是曾经跟随悟真学习的入室弟子。一个入学虽然偏晚，但由于刻苦用功，深得悟真的思想精髓；另一个襁褓入寺，自幼跟随悟真学习，朝夕相处，与悟真感情深厚。

这次悟真衣钵传承的册封仪式，很可能是与纪念悟真去世三十周年的活动一起举办的。因为在甲、乙卷的作品中，既明确地表达了对先师唐和尚悟真的怀念之情，又含蓄地传达了作者有关衣钵传承的态度。从甲、乙卷比较来看，甲卷作者无疑是胜利者，而乙卷作者是失败者。因为根据甲卷内容，作者"某乙之徒"，接受太保曹议金"欲使大教分流"的委任，奔赴任所，辞亲别友，情感依依，虽然外示伤感悲戚，却很难掩饰得住内在的欢欣；而乙卷不免怨艾，甚至尖酸刻薄。

仅从甲、乙卷内容判断，这场悟真衣钵传承之争的胜负，很大程度上取决于甲、乙卷作者自身的性情。从两卷的文本内容上看，甲卷作者情感奔放，其离别之语，温情脉脉："今晨告诉，魂〔魄〕罔然。

---

① 详细请参阅颜廷亮《敦煌西汉金山国文学考述》，甘肃人民出版社 2009 年版。

辞二郊于慈颜，交涟雨泣；别檀越于金容，俄而涕泗。未知后会，早晚相逢。再萃谈空，谁能可定。珍重珍重，勉自克修。三会祥法，同登觉路。"无论对慈颜双亲，还是檀越同修，言辞敦厚，颇具君子风范。而乙卷作者"况厶襁褓入寺，谬承严训"，俨然摆出老资历的架势，似乎有意与甲卷"某自虽晚学"针锋相对，纠缠于甲卷作者的进入师门晚、资历浅；又说"万审知一，自是泥人，焉能救弱"，以泥菩萨过江自身难保为借口进行推诿，从其推诿的口气中不难看出还夹杂着一种愤激和不满。乙卷的这种负气情绪，与甲卷形成鲜明的对比，形成一定的相互呼应。因此，倘若深入阅读甲乙卷，悟真衣钵传承之争，仅在情绪上，胜负高下立判。

　　当然，这场悟真衣钵传承的册封仪式，远非上述这么简单。这场仪式的身后，蕴含着深刻的政治背景。简单说来，即曹议金政权对于张承奉政权佛教态度的拨乱反正。曹议金上台后，改弦更张，又开始大兴佛教，不仅抄写大批佛经，开凿巨大佛窟，而且将瓜沙僧尼的代表人物、归义军的文臣武将统统绘入他的功德窟中，体现了他的良苦用心，从而成功地实现了归义军政权从张氏到曹氏的平稳过渡，奠定了曹氏政权的基业，使之延续了一百多年。① 因此，有鉴于此，这场悟真衣钵传承的册封仪式，实际应该源于曹议金的精心策划，也是他良苦用心、广结善缘的体现之一。所以，甲卷作者说"太保（指曹议金）崇善，受付嘱于今时"。

　　因此，在悟真去世30周年纪念之际，以官方的名义确立悟真的衣钵传承，是曹氏政权释放出的又一个佞佛信号。借助于悟真在敦煌地区的广泛影响力，赢取广大僧尼大众的支持，确立曹氏政权的地位和威望。

　　当然，为了提高曹氏家族的声望，聚拢人气，他们还抬出了一位曹姓的高僧大德：曹法镜。甲乙卷都说："敦煌胜地，累代高僧，非唯

———————

① 参考荣新江《归义军史研究——唐宋时代敦煌历史考索》，上海古籍出版社2015年版，第241—243页。

李、宋、石、王之明公，近复唐、曹之大哲。"将曹法镜与唐和尚悟真列于同等重要的地位，这应该是曹氏政权舆论宣传的需要。

（一）曹法镜与曹议金族属推论

结合有限的敦煌史料来看，这位曹法镜大师虽然也颇有建树，但与唐和尚悟真相比，毕竟还有些差距。郑炳林先生根据 P.2134《瑜伽随听手镜记》、S.1154《瑜伽论》、P.2061《瑜伽师地论分门记》等敦煌遗书中，都署有"法镜"或"法镜和尚"，推断出曹法镜是吴法成的弟子，曾跟随吴法成学习《瑜伽师地论》。曹法镜（804—883）与悟真（801？—895），在出生时间上相近，曹法镜卒于中和三年（883），时年80岁，悟真作《都僧政曹僧政邈真赞》（P.4660），以示纪念。曹法镜与悟真，同赴长安，敕赐紫衣，悟真文中回忆说："入京进德，明庭校劣。敕赐紫衣，所思皆安。旋归本群（郡），誓传讲说。"曹法镜一生，主要有两件大事，一是随使团入京；二是讲授佛经，祛疑解惑，水平较高。悟真称誉说："瑜伽百法，净名俱彻。敷演流通，倾城恠悦。后辈疑情，赖承斩决。"因此，相较于唐和尚悟真而言，"曹法镜在归义军时期主要以讲授佛经为己任，从有关敦煌文献记载来看，除了曹法镜讲授《瑜伽论》、《百法论》、《净名经》、《维摩经疏》等，没有发现他在其他方面有任何作为"①。尽管也可以认为，"曹法镜的入朝事迹主要不在归义军政权的政绩上，而在于敦煌与中原地区佛教的交流上"，他与悟真"是两种类型的代表"②，但相比较而言，他的影响毕竟十分有限。

那为什么会将曹法镜的地位抬升至与悟真并尊呢？显然是当时曹氏政权建设的需要。曹议金家族，之前在敦煌并不显赫，影响力也相

---

① 郑炳林：《北京图书馆藏〈吴和尚经论目录〉有关问题研究》，载段文杰、茂木雅博主编《敦煌学与中国史研究论集纪念孙修身先生逝世一周年》，甘肃人民出版社2001年版，第130页。

② 郑炳林：《晚唐五代敦煌归义军政权与佛教教团关系》，《敦煌归义军史专题研究三编》，甘肃文化出版社2005年版，第51页。

当有限。关于曹氏郡望及来源的讨论，学术界至今并未形成一致的看法。明确记载曹议金家族的郡望及来源的，目前仅见于 P. 4633《曹良才邈真赞并序》：

> 公讳厶乙，字良才，即今河西一十一州节度使曹大王之长兄矣。公乃是亳州鼎族，因官停彻（辙）于龙沙；谯郡高原，任职已临于西府。

序文称曹议金长兄曹仁裕（字良才）出自亳州谯郡曹氏，是中原的汉族大姓。因为做官来到了敦煌。此处"龙沙"、"西府"都是敦煌的别称。但有关这段史料记载的真实性，肯定者与否定者均持之有据，分歧较大。① 持否定意见者，以荣新江先生、冯培红等为代表，他们认为"敦煌的谯郡曹氏一族在曹议金出现以前没有见到任何记载，所以曹议金的来历是个谜"②；序文有关"谯郡曹氏先祖于何时到敦煌做官，语焉含糊，不足征信"，"自曹魏迄宋，在传世史籍中找不到谯郡曹氏徙居敦煌的记载"，这一切"说明了曹议金这一支曹氏的来历不明"③，从而一致得出曹议金为粟特后裔的结论。

在讨论中，荣新江先生还推测曹法镜也可能是出身曹国的粟特后裔，他推测说，估计曹法镜不是出身中原大姓，否则赞文中一定会提到。④ 荣先生的这一推测，颇有道理。可惜他囿于篇幅，没有展开论述，兹略作补充。

悟真《都僧政曹僧政邈真赞》开篇说："丕哉粹气，历生髦节。"

---

① 详细请参阅冯培红《敦煌曹氏的族属问题》，《敦煌的归义军时代》，甘肃教育出版社 2013 年版，第 251—258 页。

② 荣新江：《敦煌归义军曹氏统治者为粟特后裔说》，《历史研究》2001 年第 1 期。

③ 冯培红：《敦煌曹氏族属与曹氏归义军政权》，《历史研究》2001 年第 1 期。

④ 荣新江：《敦煌归义军曹氏统治者为粟特后裔说》，《历史研究》2001 年第 1 期。

旄节，指古代使者所持的竹节，以牦牛尾作饰，这里指外交使者。旄，通"旌"。全句大意是说，天地聚生灵气，不断涌现出一批批优秀的外交使者。这样的开篇写法，后来被《曹良才邈真赞并序》的作者全盘借鉴。曹良才，即上文所说的曹议金长兄，也是唯一一篇交代曹议金家族来历的作品。《曹良才邈真赞并序》开篇说："盖闻河岳降灵，必应杰时之俊；星辰诞质，爰资护塞之勋。是以极边神府，千载降出于一贤；英杰奇仁，五百挺生于此世。"倘若仔细比较，这两篇作品写法颇为相似。前者寥寥八字，后者洋洋洒洒五十余字，但表述的含义，基本一致，都说天地聚生灵气，英杰应时而生，但英杰诞生于何处，则都语焉不详。后者虽然下文补述说"公乃是亳州鼎族"，但由于显露的破绽太多，反而导致学者疑窦丛生，窥破马脚。

像《都僧政曹僧政邈真赞》这样开篇的写法，很不符合悟真的行文风格。综观悟真的邈真赞或碑铭作品，为人作碑赞，开篇必先夸耀赞主的家族或郡望。如 P.4640《翟家碑》开篇："总斯美者，其唯都僧统和尚。本起自陶唐之后，封子丹仲为翟城后，因而氏焉。其后柯分叶散，壁（璧）去珠移，一支徙官流沙，子孙因家，遂为敦煌人也。"又同卷（S.0530 同）《沙州释门索法律窟铭》："和尚俗〔姓索〕，香号〔义辩〕。其先商王帝甲之后，封子丹于京索间，因而氏焉。……以元鼎六年，自巨鹿南和徙居于流沙，子孙因家焉，遂为敦煌人也。"P.4660《金光明寺索法律邈真赞并序》开篇："巨鹿律公，贵门子也。丹之远流，抚徙敦煌。"《阴法律邈真赞并序》开篇："敦煌令族，高门上户。"《阎英达邈真赞并序》开篇："锵锵君子，济济豪猷。"《索义辩和尚邈真赞》开篇："轩皇之流，龙堆鼎族。"《阴文通邈真赞》开篇："门承都护，阀阅晖联，名高玉塞，礼乐双全。"《梁僧政邈真赞》开篇："释门龙像，俗管豪宗。森森枝流，落落花丛。"尽管每篇作品的创作角度并不一致，但在内容上比较一致。这与《都僧政曹僧政邈真赞》开篇只字不提郡望或家族，形成了鲜明的差别。此其一。

　　其二，《都僧政曹僧政邈真赞》相邻的一篇是另外一位曹僧政的邈
真赞《敦煌管内僧政兼勾当三窟曹公邈真赞》，尽管这位曹公，其香
号已经不可考，但其开篇说："武威贵族，历代英雄。陈王流息，犹继
仁风。"陈王，即曹参，明确指出这位曹僧政的曹氏家族是"武威贵
族"，汉丞相曹参之后。这篇作品，同样出于悟真之手。而这位香号不
详的曹僧政，论社会功绩和个人威望，明显不如都僧政曹法镜。但悟
真在赞文中反而对这位香号不详的曹公家族赞誉有加，而对曹法镜的
家族或郡望只字不提，这其中必有蹊跷。

　　其三，在三篇非中原人士的邈真赞作品中，悟真也对于他们的家
族或出身加以美赞。这三篇作品的赞主，虽然都不是中原人士，不像
中原文化那样讲究郡望、门第，也没有中原人士那样深厚的家族背景，
但是悟真仍然按照他的写作惯例，对他们的家族或出身予以夸赞。在
P.4660《沙州释门勾当福田判官辞弁邈生赞》中，赞主辞弁，单从他
的姓氏就可以知道，他的家族不是中原人士。但悟真在赞文中说："先
尊镌窟，奇功有残。子能继绍，修饰俱全。功成九仞，庆设皆圆。助
修大像，勾当厨筵。"追溯辞弁先尊镌窟善举，称赞子承父业，功德圆
满。在 P.4660《康通信邈真赞》中，康氏非中原家族，悟真也不避言
其出身："番和镇将，删丹治人。先公后私，长在军门。"当然，从本
篇题署"从弟沙门法师恒安书"来看，这位康通信是恒安的从兄，恒
安与悟真交往过密，故很可能通过恒安得知康通信的籍贯和出身。
P.4660《银青光禄大夫检校太子宾客使持节诸军事守瓜州刺史兼左威
卫大将军赐紫金鱼袋上柱国康使君邈真赞并序》开篇："伟哉康公，
族氏豪宗。"这位康公是康国人，以康为姓，所以不言其族源和郡望，
但康国人作为昭武九姓之一，魏晋以来就开始大量在河西定居，《唐康
陵墓志》记载："东晋失图，康国跨全凉之地。……宠驾侯王，受茅
土而开封，业传枝胤。"①虽然这一说法不免夸大，但也体现出康国人

---

　　① 敦煌康氏的发展，详细请参阅郑炳林《敦煌碑铭赞辑释》，甘肃教育出版社
1992 年版，第 152—153 页。

自魏晋以降在凉州的发展势头。加之这位康公作为瓜州刺史"领郡晋昌，四岳诸侯"，地位枢要，所以悟真开篇便称"伟哉康公，族氏豪宗"，对其人其族加以赞叹。

其四，悟真作为经历过吐蕃统治的敦煌汉族人，有着很深的中原情结，而在宗法观念浓厚的农耕文明时代，最能够体现他们与中原纽带关系的便是他们的姓氏。所以，从年青时代，悟真很重视敦煌氏族与中原的源流关系。北图位字七十九号（新 8418）《贞观八年五月十八日高士廉等条举氏族事件奏抄》题署"大蕃岁次丙辰后三月庚午朔十六日乙酉鲁国唐氏蒭莶悟真记"，丙辰岁，即唐文宗开成元年（836）①，时年悟真二十余岁。② 这份奏抄，实际上是一份天下氏族的名录，过去关于这件文书的定名及成书时间，有不少分歧，邓文宽先生在前贤成果基础上，认为这是一份贞观八年（634）有关天下氏族的奏抄文书。③ 文书结尾有皇帝敕令云："敕令臣等定天下氏族，若不别条举，恐无所凭，准令许事。讫。件录如前。敕旨依奏。"这份天下氏族录便颁布，200 多年后，时值陷蕃的敦煌人还在传抄这份天下氏族录，其中意义非同寻常。

邓文宽先生指出，这份姓氏录的实际用途，一是写邈真赞或传记时，需要辨别某人是何处氏族；二是因习尚看重氏族、郡望，故用以对僧徒进行谱学知识的教育。④ 除邓先生所说的寺院实际用途外，悟真抄写这份氏族录，恐怕更多的是他个人方面的因素。关于这层深刻的意义，邓先生在文中也是表示赞同，并有过不少论述的。⑤ 它从侧面传达出青年时代悟真的个人抱负和志向。这在悟真的"大蕃"、"鲁国唐

---

① 向达：《敦煌丛抄贞观氏族志残卷补注》，《北平图书馆馆刊》6 卷 6 号。

② 邓文宽认为悟真享年约 80 岁，故时年二十岁左右；笔者认为悟真享年可能 80 多岁，故时年应二十多岁。

③ 邓文宽：《敦煌文献〈唐贞观八年高士廉等条举氏族事件奏钞〉辨证》，《敦煌吐鲁番耕耘录》，（中国台北）新文丰出版有限公司 1996 年版，第 233—252 页。

④ 同上书，第 258 页。

⑤ 同上书，第 254—256 页。

氏"等题署中反映得非常强烈。文末署名"大蕃",表明悟真身处吐蕃统治之下,以抄写《姓氏录》的形式,以表明心迹,毋忘华夏正统,同时对民心的凝聚与引导,起到了极好的作用。

在这样特殊的时代环境中,数祖、认祖归宗,是最好的血缘纽带。按照常理,悟真既然已经出家,便以释家为姓,但他题署曰:"鲁国唐氏蒭苾悟真",一面是俗姓,另一面是释家,二者合成在一起,有些不伦不类,这体现出青年时代的悟真颇具个性的形象。蒭苾,又作苾蒭,即比丘,为受具足戒者之通称。唐玄奘《大唐西域记·僧诃补罗国》:"大者谓苾蒭,小者称沙弥。"悟真既然已经受具足戒,便已经具备释家身份,但他仍然不肯舍弃俗家的身份,将"鲁国唐氏"冠于"蒭苾"之上。这既是悟真的个性使然,也是时代的必然。

据敦煌遗书 S.2052《新集天下姓望氏族谱一卷并序》,鲁国郡二十姓,唐氏居其首。这应该是当时敦煌比较通行的说法。因此,悟真是颇以为自豪的。而且,他对自己"鲁国唐氏"俗姓的认同和题署,无论他是青年比丘,还是资深都僧统,都不影响他对"唐氏"俗姓的钟爱。正因为如此,现存敦煌遗书中,尤其是本节重点探讨 P.3963、P.3259 两件纪念文集中,人们也都习惯称呼他为"唐和尚"。如 P.4640《翟家碑》署名"唐僧统述",P.4640《沙州释门索法律窟铭》署名"唐和尚作",P.2748V、S.0930V 有《唐和尚百岁书》。这些作品中的题署,有些是他自己题的,有些是后人补题的。无论是哪一种情形,都反映了悟真眷念"鲁国唐氏"的执着的世俗情怀。这份执着,实际体现了他浓厚的中原文化情结和对大唐的挚爱,具有鲜明的时代色彩。正因为这份挚爱,悟真几乎会在他所有的碑铭赞作品中,在为每一位赞主作赞时,都会溯其源流,以明其氏族传承、家族谱系。

综上所述,悟真《都僧政曹僧政邈真赞》笔下的这位都僧政曹法镜,其族源应该不是来自中原,否则,按照悟真的行文习惯,必然会有所交代,并且称誉一番。因此,按照这一逻辑推论,曹法镜族源只可能来自西域,而且他们在敦煌定居的时间不是很长,否则,按照悟真的行文习惯，也必然会有所交代，如他称赞康使君那样。因此，鉴于以上考虑，笔者比较赞同荣新江先生所提出的曹法镜为粟特人的说法。

据池田温、荣新江先生等研究，河西地区的非中原曹姓，即来自中亚粟特地区的曹国人，他们和康国、石国等昭武九姓一样，以国为姓。池田温先生在《八世纪中叶敦煌的粟特人聚落》一文中指出，西魏大统十三年（547）瓜州（敦煌）计帐样文书中，就有曹匹智拔、曹乌地拔，推测是出自曹国的粟特人。① 此后曹姓粟特人不断内迁，自吐蕃统治敦煌以后，他们和中原汉族人杂居在一起，相互通婚，与土著居民没有太多分别。

（二）曹议金抬升曹法镜在佛教界的地位

从 P. 3963、P. 3259 两件纪念文集来看，曹议金将曹法镜在佛教界的地位抬升到与悟真比肩，可能有两种动机。第一个动机是抬升粟特高僧在敦煌佛教界的地位，借机抬高粟特人在敦煌政治、宗教生活中的社会地位。P. 3963、P. 3259 同时记载说："敦煌胜地，累代高僧，非唯李、宋、石、王之明公，近复唐、曹之大哲。"值得特别注意的是，这里所提的六位高僧中，除曹法镜外，还有一位姓石的粟特高僧。石姓，其族源为中亚粟特地区的石国，属昭武九姓之一。如果说，只有曹法镜一位粟特高僧，恐怕这一现象还值得足够关注。但是，六居其二，那就不由得让人想到这恐怕是有意抬高粟特高僧的地位了。从曹议金时代往前追溯，数十年间敦煌涌现的名僧很多，以 P. 4660《敦煌名人名僧邈真赞汇集》最为典型，它集中了吐蕃统治敦煌后期到归义军政权初期的许多重要高僧。从 P. 4660 卷早期的文献记录来看，这里提到的四位早期高僧，其中的李、宋、王三位，似乎应当指担任过吐蕃时期最高僧官的都教授李惠因（P. 4660 善来《李教授和尚赞》、李颙《沙州缁门三学法主李和尚写真赞》、洪辩《敦煌都教授兼

_____

① 参考荣新江《敦煌归义军曹氏统治者为粟特后裔说》，《历史研究》2001 年第 1 期。

三学法主陇西李教授阇梨写真赞》)，以及李惠因之后继任都教授的宋正勤（P.2770《释门文范》)、敦煌三藏法师王禅池（P.4660善来《敦煌三藏法师王禅池图真赞》、利济《法和尚赞》) 三人。其中这位姓石的高僧，笔者在现存敦煌遗书中还没有发现他的资料，仅从这一点判断，大约他在当时的名气和影响比较有限，与曹法镜相似，都是被曹议金有意拔高、抬升起来的。众所熟知，在这一时期，两位吴和尚：吴法成、吴洪辩，也都是著名高僧，其个人著述、生平事迹在同时期的敦煌遗书多有记载，而却被排除在上述六大名僧之外。这多少有些让人匪夷所思。

之所以会出现这样的情形，很可能与曹议金的官方舆论引导具有一定的关系。这从 P.3963、P.3259（为叙述方便，分别简称甲卷、乙卷）两件文书的比较中，大约可以发现一些端倪。甲卷记载说：

敦煌胜地，累代高僧，非唯李、宋、石、王之明公，近复唐、曹之大哲。我先师唐、曹和上（尚），此郡人也。

而乙卷却记载：

敦煌胜地，累代高僧，非唯李 、宋、石、王之明公，近复唐、曹之大哲。蒙先师都僧统和尚、河西管内敕授赐紫都僧政和尚，深慈普洽，命一凡语，则示诲之恩，若子之怜。其和尚等龙堆双宝，间代之模。

两件文书，第一句记载相同，这可能是当时通行的一般说法。但到了第二句，两件文书的记载，就迥然不同了。甲卷"我先师唐、曹和尚，此郡人也"，紧承上句"近复唐、曹之大哲"而来，同时尊唐、曹为先师。乙卷却只提先师都僧统唐和尚，不提曹和尚。乙卷第三句"其和尚等龙堆双宝，间代之模"，模糊言之，仍然不愿意提曹和尚。

　　这是什么原因呢？表明乙卷作者对唐、曹并称，颇有微词。即不愿意将唐、曹并提，实际上是不承认曹法镜与唐悟真比肩的宗教地位，也不满意曹议金有意抬升曹法镜地位的做法。由此可以判断，曹议金的这一做法，遭到一些以乙卷作者为代表的悟真门徒的反对。究其根本，是源自于他们对悟真的真诚爱戴，乙卷作者襁褓入寺，与悟真感情甚为深厚，他最不愿意看到唐悟真与曹法镜并尊的情形。如前所述，按曹法镜在当时敦煌的贡献和地位，是远不能与唐悟真比肩的。曹议金的这一做法，无疑是变相地降低了唐悟真的形象和地位，让他屈尊与曹法镜并肩，这是悟真门下最亲信弟子所不能接受的。而甲卷作者，入门较晚，虽然自称用功勤奋，"偷光槐市"，但毕竟对于悟真的感情可能相对要淡一些，故能积极地响应曹议金，配合曹议金，按照他的政治意图，将唐、曹并尊，并同时奉唐、曹为先师，并顺利地夺得了衣钵传承之位。所以，笔者认为 P. 3963、P. 3259 两件唐和尚纪念文集，不是一件简单的宗教事件，它集中体现了曹议金借助于宗教舆论、佛教力量来进一步巩固曹氏政权而做出的诸多努力。而曹议金的上述动机及其努力，恰恰从某些方面证明了曹议金家族是出自曹国的粟特人的现实。尽管为了政权统治的需要，他会极力以汉族谯郡曹氏大姓的面貌出现，但通过 P. 3963、P. 3259 这样的文书，我们还是可以发现掩藏于他内心深处的粟特人宗族情怀。我们也期待发现更多的敦煌文献资料来进一步证明他的上述情怀。

　　总之，不论是何种原因导致这种唐、曹并尊的现象，都不会影响悟真在当时及其后世的广泛而深远的影响。青山遮不住，毕竟东流去。悟真生平及其诗文集作品的研究，必将伴随敦煌学研究的深入，而不断被人们所熟知。他在敦煌文学史、文化史上的地位，也必将随着研究的深入，而不断被人们所深知。

　　高山仰止，景行行止。一个时代的神奇人物，必定是这个时代风云变幻中引导人们不断前行的伟大舵手。而舵手的故事，如岁月鎏金，风华依旧。

第七节　结　语

斯人已逝，余泽长存。

本章集中探讨的这 10 件悟真诗文集抄本，分别从不同角度见证和反映了悟真一生不同历史时期的生活印迹。笼统说来，其一是 P. 3770、P. 3770V 卷，主要收录悟真早期作品，在创作时间上主要跨越了敦煌陷蕃、敦煌光复两个时期。虽然是早期创作，但亦不乏名作，如为纪念张议潮率众光复敦煌庆寺而作的《张族庆寺文》，文学水平比较高，堪为悟真早期创作中的代表作品。

其二是 P. 3886V、S. 4654 酬答诗集，再现了大中五年悟真一行赴京城长安与两街大德及诸朝官之间的文学交流。这次文学交流，迄今所知，留下共计 18 篇作品（加上 P. 3720 卷），其中诗序两篇（悟真诗序、辩章赞奖词），诗歌 16 首。这次诗歌酬唱，成为悟真一生美好的回忆，也是他逐步崭露头角、渐入辉煌的人生转折。

其三是 P. 4640，主要收录的是悟真早年学习及中年时期创作的作品，其作品大多创作于悟真出任都僧统之前，而抄录是在悟真升任都僧统之后。本卷既收录有悟真年轻时喜爱研摩的作品《大唐宗子陇西李氏再修功德记》，也有悟真师友的相关作品《阴处士碑》《吴僧统碑》《先代小吴和尚赞》《吴和尚赞》等，更多收录的是悟真中年时期的一些作品，如《翟家碑》等代表作品，当时悟真的身份还只是副僧统。有一篇例外：《大唐宗子陇西李氏再修功德记》，作于悟真去世的前一年（乾宁元年），这可以算是悟真的绝笔之作。所以，P. 4640 的鲜明特色，就是这些收录作品文学成就总体较高。本卷 11 篇作品中，竟然有 6 篇作品至今仍然完好地保存于莫高窟洞窟中，这不能不说是个奇迹。同时，它也体现了悟真在担任都僧统之前以更多精力投入文学创作的情形。

其四是 P. 3720、P. 3720V 卷，由悟真自编整理，时间大约在悟真年过六旬之后，在自编集之前，悟真撰有一篇自序，简略交代一生行迹，此次自编整理的作品，朝廷敕悟真的"官告四通"、"兼诸节度使所赐文牒"，以及大中五年出使长安时与"两街大德及诸朝官"的酬唱诗，这些文书及诗歌作品，是悟真一生中最为珍贵的记忆。"官告四通"及所赐文牒，是他一生官职履历的象征，从大中五年的都法师，到大中十年的都僧录，再到咸通三年的副僧统，再到咸通十年的都僧统。这四件告身，清晰地展现了他一生重要的四次僧官升擢的历程。而与"两街大德及诸朝官"的诗歌酬唱，也是他一生荣耀的记忆。因此，悟真有针对性地对这些文书作品加以归类整理，从而留下了第一份较为系统的悟真生平事迹及其创作的文集。

其五是 P.4660 综合卷，共收录邈真赞 39 篇，之所以称为综合卷，因为其作品创作时间跨越最长，既有吐蕃统治敦煌后期 7 篇作品，又有归义军初期的作品，当然更多的是悟真出任都僧统之后的作品。它们既客观记录了悟真早期文学创作、学习、交流的历史进程，又集中展现了悟真从都法师到都僧录，再到副僧统，尤其是都僧统任期内的政治生活与文学创作。

当然，P.4640 卷、P.4660 卷在体现专集的同时，也体现出综合卷的特色。P.4660 收录的悟真 24 篇作品，只有 7 篇作品是创作于都法师、都僧录、副僧统期间，其余 17 篇作品均作于任都僧统时期。可以说，在创作时间上，是对 P.4640 卷的一个延续。P.4640 卷作品多创作于悟真出任都僧统之前，而 P.4660 卷作品多创作于悟真出任都僧统之后。P.4640、P.4660 作品文体相近，在时间上一前一后，堪为姊妹篇，分别代表了悟真出任都僧统前后不同时期的创作风格。

其六是 P.3963、P.3259，两件悟真纪念文集，这两件作品同中有异，分别出自悟真的两位弟子之手，创作时间为悟真去世三十周年之际，时值归义军节度使曹议金在位。

综观这 10 件悟真文集，形态各异，有碑铭、邈真赞专集，有诗歌专集，也有总集、选集、纪念文集。其编撰的方式，多种多样，有悟真的自编整理本（P. 3720、P. 3720V），有弟子的追忆和缅怀（P. 3963、P. 3259），也有专门人员的归类、整理。其中出力最多的是灵图寺知藏（图书馆馆长）恒安，其中 P. 3770、P. 4660 等，末尾落款处多有"恒安书"，表明为恒安本人负责抄写，书法工整谨严；也有些可能由恒安出面主持，而由悟真弟子抄录的，如 P. 4640，抄写质量不佳，疑为悟真弟子参与抄录整理。还有如 P. 3720 等，可能由灵图寺弟子张灵俊抄录整理。总的来说，这些悟真诗文集的抄录整理，多半完成于悟真担任都僧统时期，另外一些则大约完成于悟真去世后的三四十年间。人们通过悟真诗文集的抄录整理，表达对他的爱戴与怀念。

这些当时人们虔诚劳作的成果，已经成为我们今天重温那些历史记忆的一串串珍宝，将我们吸引着，带向远方，寻觅，……寻觅那些久久的追逐与梦幻。

第五章

敦煌作家作品的后世影响

敦煌文学虽然地处僻地，但由于它位于中西文化交通的要道上，是汉、唐盛世丝绸之路的"咽喉之地"（《隋书·裴矩传》），"华戎所交，一都会也"（《后汉书·郡国志》），所以其辐射极广，对中原文化产生了深远的影响。以敦煌文学而言，它的影响无疑是多方位的、广泛而深远的。探寻这些影响，可以极大地丰富与深化人们有关古代文学家族谱系、传承与源头的诸多认识。

第一节　民间通俗文学样式的影响

敦煌文学对后世影响最大的是通俗文学领域。过去我们的文学史及文学创作，更多地关注的是士大夫文学，但敦煌遗书的发现，极大地改变了我们过去认识的偏颇。敦煌遗书中的敦煌俗文学作品给人们以很大的惊喜，这种惊喜所带来的巨大冲击力，以至于学术界较长一段时间内都直接用敦煌俗文学来涵盖整个敦煌文学，由此体现出敦煌俗文学的巨大魅力及对人们认识上的影响和震撼。

首先是变文的发现，之前的古代文学作品中，从未出现过这类作品，"变文"是一种什么样的文体？变文的含义是什么？变文又是怎么出现的？诸如此类的系列问题，曾经无数次地引发人们的热议与探讨。过去人们研究我们的说唱文学历史，最早只能追溯到宋代。宋代之前，因为史料的缺乏，无法进行更多的深入探讨。但是，敦煌变文及其他敦煌说唱文学的发现，则有力地改变了这一现实，填补了我们认识上的一些空白。以敦煌变文为代表的敦煌说唱文学的发现，让我们对说唱文学的源头与传承有了丰富的认识，在魏晋南北朝志人、志怪小说和唐人传奇与宋明清颇为流行的说唱文学、戏曲和话本系统的小说之间，找到了这个过渡的中间环节①，从而充实了古代文学特别是俗文学研究的相关内容。

敦煌变文对于后世的影响，正如有学者指出的那样："宋元以后的话本、鼓子词、诸宫调、词话、弹词、鼓词等等一切说唱文学，以及戏剧文学，尽管名称、体制各有一定差异，发展道路、时代先后也不相同，然而追根溯源，却又都与变文有很深的血缘关系。"②这一点，学术界基本达成共识。

其次是敦煌话本的后世影响。众所熟知，宋代"说话"技艺高度繁荣，"说话"艺人术有专长，形成"说话四家"。据宋代耐得翁《都城纪胜》"瓦舍众伎"记载：

　　说话有四家：一者小说，谓之银字儿，如烟粉、灵怪、传奇；说公案，皆是朴刀干棒及发迹变泰之事；说铁骑儿，谓士马今鼓之事。说经，谓演说佛经；说参请，谓宾主参禅悟道等事：讲史书，讲说前代书史文传兴废争战之事。

这里实际上描述了六种宋代"说话"类型，其中"说经"、"说参请"，直接渊源于敦煌的话本，二者之间相承的轨迹，今天仍然清晰可循。敦煌遗书《庐山远公话》以庐山慧远法师、崔相公及家人奴仆的问答、讲说作为行文形式，既有"演说佛经"，又有"宾主参禅悟道"。因此从这个意义上看，宋代话本与《庐山远公话》之间，堪为直接传承关系。《叶净能诗》以道士叶净能种种奇幻法术，其中包含

---

①　参考颜廷亮主编，张鸿勋撰稿《敦煌文学概论》，甘肃人民出版社1993年版，第272页。

②　同上书，第270页。

颇多传奇灵怪之事，又与上述宋代"一者小说"类的"灵怪、传奇"颇为相近。而宋代的"说铁骑儿"、"讲史书"，在敦煌话本中也可以找到直接的源头。如敦煌遗书中的《韩擒虎话本》，取材于正史故事，即隋文帝杨坚发动政变，篡周登基，并派大将韩擒虎渡江灭陈的历史，敦煌话本将这一段历史细加演绎，其中既有"前代书史文传兴废争战之事"，又有"士马今鼓之事"。《韩擒虎话本》把韩擒虎与任蛮奴交战的场面细节描述得颇为精彩，再现前代"士马今鼓之事"，以此吸引听众。

再次是对神魔小说的影响。敦煌变文、话本作品中，有不少涉及佛教神通广大、威力无穷、变化万千的宗教故事。例如《降魔变文》《目连变文》《唐太宗入冥记》《黄仕强传》等作品，上天入地、与妖魔斗法、出入冥府等奇幻多变的艺术手法和思想内容，对以《西游记》为代表的明清神魔小说产生了深远影响。

第二节　敦煌文学作品文体的后世演变与影响

敦煌文学作品产生了不少新兴的文体，这些文体对于后世文学影响发展具有重要的影响。虽然有些文体，在后世不断演变，但其源头却在敦煌文学中。

一是敦煌题记作品对后世题跋作品的广泛影响。"题记"一词最早出现于唐代，其最早含义是指就名胜古迹或有纪念性的文物等著文抒怀。也指所著之文，唐代郑谷《次韵和秀上人游南五台》"中峰曾到处，题记没苍苔"即其例。

作为一种文体，它开始产生于唐五代时期。也有学者把它追溯到汉朝时期。姚华《论文后编》："而一文之后，有所题记（如《仪礼后记》，亦出汉儒。）后人称曰'书后'，亦或曰'跋'，则后序之变，

前或曰'引'（苏明允《送石昌言北使》），又前序之变也。"① 姚华
将"题记"文体的出现追溯至汉儒，这与日本学者池田温《中国古代
写本识语集录》中，将西汉刘向的《战国策书录》作为该书的首篇②，
有些相似。依据姚华对于"题记"文体历史的阐述，可以看出：题记
与后世的序、跋类文体，尤其是"题跋"文体，虽然名称不同，但实
质一致。它们在形式及其功能上，大体相同。

　　唐五代时期，正是题跋的文体形式萌芽产生的重要阶段。"跋文汉
晋时代还没有，唐代称题某后或读某，如李翱有《题燕太子丹传后》，
韩愈有《读荀子》等。称'跋'，最早见于宋代欧阳修。欧阳修有
《集古录》'跋尾'若干篇，是附在他所珍藏的碑文真迹之后，考订和
说明每篇碑文情况的。"③ 这是最早以"跋"命名的题跋作品。

　　而敦煌写经题记的出现，正是早期题跋文体发展的另一种形式。
这些交代写经缘起、经过、时间、供养人情况与其他相关背景的题记，
功能作用正与欧阳修写在碑文真迹之后的说明叙述性文字相同。

　　陈国灿先生将"题记"阐释为"附于写经的文字。"并且指出：
"敦煌莫高窟藏经洞数万卷写经中，有尾题者约千余件。有为诵读。流
传抄写勘校经典的题记。有为祈愿、修功德写经题记。经尾除祈愿文
外，还有写经目的、时间地点、背景、供养人状况等。"④

　　敦煌写经题记，开后世题跋之先河。从内容来看，敦煌题记主要
是附于经卷之前或之后的说明性文字。在形式上，位置并不固定，有
些置于经卷之前，有的置于经卷之后。这与早期的序文、后世的题跋
一样，有的置于全书之前，有的置于全书之后，情形有些相似。胡适
先生曾经指出敦煌写经题记有三个方面的重要价值：一是可以知晓写

---

① 姚华：《论文后编》，王书良、方鸣、杨慧林、金辉、胡晓林：《中国文化精华
全集——文学卷（三）》，中国国际广播出版社 1992 年版，第 1062 页。

② ［日］池田温：《中国古代写本识语集录》，东京大学东洋文化研究所 1990 年
版，第 1 页。

③ 褚斌杰：《中国古代文体概论》，北京大学出版社 1984 年版，第 366 页。

④ 季羡林主编：《敦煌学大辞典》，陈国灿撰写词条"敦煌写经题记"，第 453 页

经的年代；二是可以使我们知道当时写经的情形；三是使我们知道当时写经的校勘工作。① 敦煌写经题记所充当的这些重要的史学和文学价值，对后世题跋也产生了一定的影响。

二是《上梁文》作品的影响。在敦煌遗书中发现了一类新兴文体：儿郎伟。有关"儿郎伟"的含义、文体性质，学界迄今仍然没有形成共识。以"儿郎伟"为题名的作品包罗广泛，既有《驱傩文》，也有《障车文》，还有《上梁文》等。在后世文学中，《驱傩文》作品不见传于世，《障车文》仅见唐代司空图一篇（《全唐文》卷808）。而《上梁文》作品在宋代却得到了充分发展，成为兴盛的重要文体。

晚唐五代时期，有敦煌人李琪，历仕晚唐、后梁、后唐三朝，其作品《长芦崇福禅寺僧堂上梁文》（《全唐文》卷847）直接受敦煌民间《上梁文》的影响，将敦煌民间文学转变成为文人案头文学。

到了宋代，《上梁文》的文人创作一时成为风尚，陡然兴盛起来，作品总量达上百篇之多，其中有不少名篇传世。这批文人大多出身寒微，起于底层民间，后来经由科举策业而成为朝中重臣。如王禹偁、杨亿、欧阳修、苏轼、王安石、辛弃疾、黄庭坚等，这些人都是《上梁文》创作的好手。特别是以欧阳修为首的宋代散文六大家，他们倡兴古文，推动了散文的再次繁荣，《上梁文》的兴起与繁荣，可以说正是这一潮流的表征之一。《上梁文》从敦煌民间走向宋代的士大夫案头创作，正折射出敦煌文学由民间走向文人化的发展历程，体现了敦煌民间文学对于后世士大夫文学的深远影响。

三是诗话的影响。"诗话"本是敦煌说唱文学的一种表现形式，属于敦煌"词话"一个类别。其体制有诗也有散文，诗即通俗的诗赞。后世传世文献最早的诗话，一般都会追溯到宋代才开始出现《大唐三藏取经诗话》，宋代为什么会突然出现这类诗话，其源头也正是在敦煌

---

① 胡适：《〈敦煌石室写经题记〉与〈敦煌杂录〉序》，原文刊发于1936年《北平图书馆馆刊》（第10卷第3期），后被收录于杨曾文、杜斗城主编《中国敦煌学百年文库·宗教卷（二）》，甘肃文化出版社1999年版，第11页。

文学的"诗话"作品中。

周绍良先生说："我们从敦煌遗书中发现一些卷子，可以看到很精彩的散韵写的'孟姜女故事'（P.5039），它的体裁与变文基本相似，只是没有一些在变文中所具有的特征，除了叙事的散文、韵文相互使用外，并且援引古人成诗为证，这与后来章回小说使用胡曾《咏史诗》、周昙《咏史诗》是一样的。"① 鲁迅《中国小说史略》在提及《大唐三藏取经诗话》的影响时说："今所见小说分章回者始此；每章必有诗，故曰诗话。"而《大唐三藏取经诗话》直接承传敦煌诗话，由此可见这些敦煌诗话作品，对后世章回小说中的"诗赞"形式所产生的深远影响。

第三节　作家作品的直接影响

五至十一世纪是敦煌文学发展的黄金时代，这个时期涌现的不少敦煌作家作品至今仍然还产生着一定的影响。

一是莫高窟碑铭的影响。五至十一世纪伴随敦煌佛教文化的发展，石窟造像也空前高涨。时至今日，莫高窟洞窟中还保存了不少名家名人名作，比较著名的有：杨绶所作的第148窟《大唐陇西李氏莫高窟修功德记》，悟真所作的第148窟《大唐宗子陇西李氏再修功德记》、第12窟《大唐沙州释门索法律义辩和尚修功德记碑》、第85窟《翟家碑》、第94窟《张淮深造窟功德碑》、第36窟《莫高窟功德记》，窦良骥所作的第231窟《大番故敦煌郡莫高窟阴处士修功德记》（又名《阴处士碑》）、第365窟《吴僧统碑》等。这些洞窟碑铭的存在，见证了敦煌历史的千年沧桑，也为我们了解敦煌历史文化、文学创作提供了直接的一手材料。

二是李暠父子故事、李暠遗令的影响。李暠父子的故事在后世民

---

① 周绍良：《敦煌文学刍议及其他》，（中国台北）新文丰出版有限公司1992年版，第61页。

间广为传播，保存至今的一些正史及野史、笔记小说中仍然保留着李暠父子的传奇故事。在唐代，唐代帝王宗室李姓，以李暠为先祖，唐玄宗李隆基天宝二年（753）追尊李暠为兴圣皇帝（《新唐书·玄宗本纪》）。大诗人李白也以李暠为先祖，李白的族叔李阳冰《草堂集序》云："李白，字太白，陇西成纪人。凉武昭王李暠九世孙，蝉联珪组，世为显著。"所有这些，体现了李暠父子在官方与民间的广泛影响。

建初九年（413）冬十月，李暠仿照诸葛亮的《诫子书》，作有《诫诸子书》，后世又称为《手令诫诸子》。后世将这篇作品视为早期"私令"文体的重要源头，在文体学发展史上具有重要的开拓意义。遗令，指临终前的告诫、嘱咐。遗令是古代的私令之一，属于"命"类文体，具有较强的民间色彩。从宋代开始，宋人刘清之《戒子通录》中，即收录李暠这篇作品。到明代贺复征《文章辨体汇选》中，更是将其作为"私令"文体的代表作品，他说："刘勰曰令者，命也。王祥训子孙遗令、李暠戒诸子手令是也。"由此可见这篇作品的后世影响。

三是刘昞的创作影响。刘昞作为西凉重要文士，彪炳史册。刘昞一生著述颇丰，颇负盛名，唐代学者刘知几称"刘昞裁书，则磊落英才粲然盈瞩者矣"（《史通》卷18）。但今天流传的著作不多，影响较大的有《人物志注》。清代四库馆臣称誉该书："文词简古，犹有魏晋之遗。"刘昞还著有《敦煌实录》，可惜散佚不存。清代学者张澍在此基础上，辑佚散失史料，成《续敦煌实录》五卷①，成为敦煌学整理与研究领域的先驱者之一。

四是敦煌作品对偶句式的影响。在敦煌文学作品中，还出现了罕见的鼎足对的对偶句式。这在唐代出现的理论著作《文镜秘府论》中则没有谈及。它体现了敦煌文学在对偶句式上的发展。如 P.4660《敦煌三藏法师王禅池图真赞》："泉先竭兮为甘，木先折兮由直，人先殒

---

① （清）张澍辑，李鼎文校点：《续敦煌实录》，甘肃人民出版社 1985 年版。

兮为贤。"与此同时，敦煌文学作品中还出现了一些字数较多的对偶句式，如 P.2482《罗盈达邈真赞并序》："播白氏输秦之酬策，掩萧何佐汉之声华。""七州恸哭而云雁愁容，五郡含悲而星光暗淡。"又如 P.4640《张潜建和尚修龛功德记》："朱轩映重阁而焜煌，旭日对金乌而争晶。"P.4660《都僧统唐悟真邈真赞并序》："讨瑜伽而麟角早就，攻净名而一揽无遗。纵辩泉而江河喷浪，驰舌端而唇际花飞。"S.4473 V《将仕郎前守沧州南皮县令王谦上侍郎启》："良匠者度材而可用，明工者任器而可行。细可以为线为丝，巨可以为梁为栋。"均为七言、八言，甚至是九言的对偶句式。所有这些，对后世的对偶句式产生了较大的影响，值得我们研究重视。

重之，回顾敦煌遗书自 1900 年发现至今，已经走过了百余年的发展历程，敦煌遗书已经成为享誉世界的文化遗产，备受世人瞩目。改革开放以来，中国大陆的敦煌学研究发生了翻天覆地的变化，经过数十年的发展，已经成为国际敦煌学研究的重镇之一，发挥着举足轻重的影响。纵观敦煌学的各个研究领域，名家辈出，名作不断涌现。敦煌文学的研究也在稳步发展，取得了一些辉煌的成绩。佀是，在看到成绩的同时，我们也要看到一些遗憾与不足，并以此进一步推进敦煌文学研究的纵深发展。

如今，世界各大敦煌遗书收藏机构之间，开诚布公地展开国际合作与交流，人们在敦煌文献的资源共享、共同研读等方面，取得了长足发展，这是过去所无法想象的。因此，敦煌文学的研究与国际敦煌学研究同步发展，正在迈入学术史上的黄金时期。如何把握历史机遇，推进敦煌文学向纵深发展，是摆在世人面前的又一个新课题。

"折戟沉沙铁未销，自将磨洗认前朝。"（杜牧《赤壁》）敦煌跨越历史的千年沧桑，如陈坛老窖，久而弥醇，吸引人不禁跟随它，走向历史的记忆深处，流连忘返，沉醉不知归路，乐亦在其中矣。

后　记

　　今天偶然间给一位高中老师打电话，虽然我们之间多年来时常还保持着联系，但是忽然间我感觉到她应该年届古稀了，心底忽地禁不住伤感起来，因为在我的记忆中，她还始终是我高三时候的那个年龄。直到今天，直到我放下电话的那个瞬间，我才猛地不经意间意识到：嘀，我已经高中毕业二十年了。我都将近不惑之年，老师焉有不老的道理呢？"人寿几何，逝如朝霜。时无重至，华不再阳。"岁月流逝，古今同慨，及时勉励，莫负盛年。昔日陶渊明既有"盛年不重来，一日难再晨"的鞭策，也有"四十无闻，斯不足畏"的惕惧。闻道古贤，回首往昔，光阴虚度，不禁汗颜。

　　敦煌古刹，藏经面世，轰动寰球，至今百又余年，后生小子，投身此道，亦颇有年。早在学生时代，初阅敦煌宝卷，便一往情深。2008 年，以《敦煌文的整理与研究》为题，申报国家社科基金项目，有幸获得资助，黾勉从之，目不窥园，三年为期，粗具文稿，喜获结项，专家好评。又以此申请武汉大学学术丛书，亦获得资助，出版付梓，得尚永亮先生赐序，并蒙荣新江先生来信鼓励。2012 年，以《五至十一世纪敦煌作家作品整理与研究》为题，申请教育部人文社科规划项目，也有幸获得资助。读书、作文，本是一种怡情、消遣，却获得如许鼓舞，投入之情，自然难以遣怀。

　　在兴致勃勃的当头，无意间拜读到敦煌文学老一辈学者颜廷亮先生出版的《敦煌文学千年史》，发现颜先生的一些看法与我不谋而合，颇有"眼前有景道不得，崔颢题诗在上头"的遗憾。颜先生从 20 世纪

80 年代起，即投身于敦煌文学研究，功底深厚，这部《敦煌文学千年史》是他多年心血的结晶。颜先生都已经完成这么一部大作了，我还有再写的必要吗？顿时不免有些气馁，以此停顿徘徊，蹉跎不前，费去不少光景。如何在颜先生大作之后，另辟蹊径？我在阅读敦煌遗书中苦苦冥思，时间这么就过去了。直到有一天，我突然思路大开，逐渐形成眼前的这份文稿，"看似寻常最奇崛，成如容易却艰辛"。

这份书稿起笔时，我还任教于西安文理学院，而完稿时已任教武汉大学四载有余，数年之间，一直能够静心书斋，沉醉于敦煌文卷的研磨之中，而不至于消耗许多无谓的精力，虚度人生，颇得益于院领导的殷切关怀，令人感铭。

感谢中国社会科学院文学研究所刘跃进先生百忙之中为本书赐序，蚊蚋得附骥尾，奖掖谬爱，不胜感激。近年来，我有幸拜入先生门下，进入中国社科院博士后流动站。先生近年来从事秦汉文学文献等研究，开拓甚多，承蒙指点门径，惠我良多，诸多勉励和关怀，增进了我投身此道的信心和勇气。

感谢武汉大学中国传统文化研究中心冯天瑜先生近年来的殷切关怀，先生是我慕名已久的一代大家，能够在珞珈山聚首，并能时常得到先生的点拨，开示迷津，助我成长，实为人生之十足幸事。先生淡泊名利，醉心学术，爱恤学生，更让我领悟到为学、为人的一些道理。

感谢武汉大学文学院古代文学教研室诸位师长的关怀、提携与帮助。教研室诸位师长多为海内名家，为学日以广进，为人宽厚仁爱，颇富士林君子风范，我作为后生小子，问学其间，颇受恩惠。或游艺，或切磋，教我良多，倍感温馨。

感谢魏耕原、贺信民、张进、朴云锡等诸位先生给予我学业、人生、工作的诸多悉心指点，感谢他们多年来慈父（母）殷的关爱。承蒙恩师魏耕原先生不弃，将我引入学术圣殿，从本科到博士，指点我读书的门径，导引我一路蹒跚走来，逐渐领悟为学、做人的一些朴实道理。感谢本科辅导员钱章胜老师关怀帮助我度过了人生最艰难的时期，并且一直给予我不断上进的信心和勇气。

同时感谢林倩、李小成、伏漫戈、张磊、王作良、李静、张隆、苏蕾、杜波等诸位友朋多年来的无私帮助，使本书的一些工作能够顺利推展，她（他）们的古道侠肠，令人感铭。本书的出版，得到了中国社会科学出版社曲弘梅编审的大力帮助，在此表示衷心的感谢。

本书即将付梓之际，我有幸赴巴黎参加会议之机先后结识了徐爽、罗逸东（Béatrice L'Haridon）、牟和谛（Costantino Moretti）、王微（Françoise Wang-Toutan）等汉学家，和他们的探讨、切磋之乐，实为人生之美事。感谢他们百忙中的晤会与热情。

总而言之，眼前这部小小书稿，实在承载和凝聚着太多关爱与感激的情感。最后，谨以此书奠祭我的双亲！同时，将此书献给所有关怀、帮助过我的人。

人生百年，黾勉从事，勿忘初心。是为记。

钟书林

2016 年 7 月 28 日定稿于武汉八一路寓所

2017 年 10 月 8 日定稿于法国巴黎寓所